देवानव

(देव मय दानव)

लेखक : राघव

AF850483

BecomeShakespeare.com

First published in 2021 by

Becomeshakespeare.com

One Point Six Technologies Pvt Ltd.

119-123, 1st Floor, Building J2, B - Wing, WadalaTruck Terminal, Wadala East, Mumbai, Maharashtra, India, 400022.T:+91 8080226699

© ISBN - 978-93-5438-007-5

देवानव
(देव मय दानव)

लेखक : राघव

ॐ पूर्णमदः पूर्णमिदं पूर्णात्पूर्णमुदच्यते ।

भावार्थ – परमात्मा सभी प्रकार से सदा सर्वदा परिपूर्ण है। यह जगत भी उस परब्रह्म से पूर्ण ही है, क्योंकि यह पूर्ण उसी पूर्ण से ही उत्पन्न हुआ है। उस पूर्ण में से पूर्ण को निकाल देने पर भी वह पूर्ण ही शेष रहता है। ॐ ॐ ॐ

प्रस्तावना

जब लेखन व लेखनी में स्पर्धा हो तो अनुभवों का कटाक्ष पैदा होता है और जब इनमें समर्पण हो तब अनुभूतियों की झलकियाँ। ये कथा भी ऐसी ही घटना का वृत्तान्त है, जब लेखन और लेखनी आपस में संघर्ष कर समर्पण को पाते हैं। जहाँ विचार आन्दोलन करते हैं, लेखनी उनका मार्गदर्शन करती है और लेखन के प्रति समर्पण में वो आन्दोलन एक आविष्कार करता है। चूँकि जहाँ तमस है, उजाले की प्रतिक्रिया भी वहीं महसूस की जा सकती है, ये दोनों एक दूसरे के विरोधी नहीं बल्कि पूरक हैं, विरोध तो संघर्ष पैदा करता रहा है और समर्पण ने उसे एक दूसरे का अहसास दिलाया है, कि प्रकृति पर विजय पाना मनुष्य का शुरू से ही एक ऐसा लक्ष्य रहा है जैसे कोई हाथ अपने शरीर पर विजय पाने निकला हो, तब हाथ को शरीर के बारे में जिस प्रकार समझाया गया वही एक कथा बन पड़ी। आइये जानते हैं संग्राम से समर्पण के इस सफ़र को....

इस कथा को शुरू करने से पहले ही हम समझ लेवें कि यह कथा किसी भी सदी की हो सकती है, इसमें जिस तरह के शोधों का वर्णन है उनमें सनातन के अंश पुराणों का सारांश भी है, जो कि कहानी को उसके गंतव्य तक पहुँचाने में उत्प्रेरक का काम करता है। इसमें केवल मानवीयता की ही गंध भरी हुई है, जिसमें व्यक्ति के कर्मों के हिसाब से उसका व्यक्तित्व परिभाषित किया गया है। जहाँ मनोविज्ञान के आधार पर धरती पर तीन तरह के जीव पाए जाते हैं।

पहले वो जो पेट से सोचते हैं, पशु।

दूसरे मन से सोचने वाले, मानव।

तीसरे बुद्धि से सोचने वाले, भगवान।

चूँकि जीव पञ्च धातुओं से मिलकर बना है, जल, वायु, आकाश, अग्नि और धरती और इन पांचो का शुद्ध सम्मिश्रण बुद्धि को बताया गया है, उदाहरण के तौर पर एक नवजात बच्चा, जिसे नहीं पता कि उसे क्या महसूस हो रहा है, बस हो रहा है इसलिए रो रहा है और तभी वो अपने मुँह में एक द्रव पाता है और चुप हो जाता है, अब जब भी उसे वैसा ही महसूस होता है वो चिल्लाता है, उसकी बुद्धि का विकास वहीं से आरंभ हो जाता है और जो भी इसको पूर्ण रूप से विकसित करता है, शायद हम उसी को भगवान (भूमि, गगन, वायु, अग्नि और नीर का सबसे शुद्ध सम्मिश्रण) मानना आरंभ कर देते हैं, जो कि इन विलक्षित गुणों से विकास की परिभाषा बनता है और जीवन मृत्यु के चक्र से स्वतंत्र हो जाता है, तब हम ये मानते हैं कि वो जब चाहे तब इस धरा पर आ और यहाँ से जा सकता है। लेकिन इस सम्मिश्रण से प्राप्त शक्ति यदि सीधे न चल कर उलटे रास्ते चल निकले तब? तब डर पैदा होना शुरू हो जाता है, जहाँ–जहाँ तक वो जाता है, डर का साम्राज्य खड़ा होना शुरू हो जाता है और जिस साम्राज्य की बुनियाद डर हो, दहशत हो, उसका अंजाम उसकी दीवारों में होने वाले सुराख तय कर देते हैं। यह कहानी ऐसे ही एक साम्राज्य की है जो जहां तक फैला वहां तक दहशत फैलती चली गयी, और एक दिन जब बुनियाद का धीरज टूटा तो साम्राज्य और साम्राज्याधीश उसी के मलबे के नीचे पाए गए।

एक बार फिर हम जान लेवें कि यह कहानी किसी भी सदी की हो सकती है। इसमें कहीं पर राम मिलेंगे, कहीं भरत तो कहीं कृष्ण का अप्रत्यक्ष दर्शन होगा, किन्तु ये कथा उनके जीवन काल से कई सदियों बाद से आरम्भ होती है, जहाँ शिक्षा का इतना महत्त्व समझ आता है, कि यदि किसी देश पर अधिकार पाना हो तो उसकी शिक्षा को या तो प्राप्त कर लो और यदि प्राप्त ना हो पाए तो उसे नष्ट कर दो....

तो चलिए चलते हैं कथानक की ओर, उससे पहले एक मन की

बात, "यदि आप जीवन में परिवर्तन चाहते हैं, तो आपको अपने तरीकों पर काम करना होगा पहले उन्हें बदलना होगा। हम चाहते तो हैं कि सब अच्छा हो जाए, लेकिन हम देख, पढ़ और सुन वही रहे हैं जो अब तक देखते, सुनते, पढ़ते आ रहे हैं"। इसलिए...

"जब कहावत से काम चले तो दोहा क्यों सुनना, जब दोहे से काम चले तो चौपाई क्यों, जब चौपाई से काम बनता हो तो काव्य क्यों और काव्य से काम बने तो महाकाव्य क्यों?" इस कथा में भी कुछ ऐसे ही प्रयोग किये गये हैं, कहानी एक रफ्तार के हवाले है, केवल जहाँ उपयुक्त आवश्यकता लगी वहीं पर दृश्यपट डाले गये हैं, अन्यथा ये कहानी हजार पृष्ठों की हो जाती, या शायद, उससे भी अधिक।

धन्यवाद...

\- राघव

देवानव
(देव मय दानव)

मूलांक (कथानक)

ये कथा उस घटना से आरंभ होती है, जब एक हाथ अपने शरीर पर विजय अभियान लेकर निकलता है, और जब उसे अपने लक्ष्य के तिलिस्मों का रहस्य ज्ञात होता है तब उसके जीवन की उथल पुथल उसे संघर्ष के पायदानों पर जिस तरह चुनौती देती रहती है, वही चुनौतियाँ इस कहानी का उलझा हुआ आधार बनना शुरू कर जिन घटनाओं का निर्माण करती हैं और उन घटनाओं के मोती जिस माला का रूप लेना शुरू करते हैं, वह माला उस हाथ को डराने लगी।

इस कहानी के पात्रों को काल्पनिक ही रखा गया है, लेकिन वक्तव्य सनातन साहित्य का वृत्तांत लिए बैठा है। यह वृत्तांत सनातन के प्रायोगिक विश्लेषण के साथ है, जिसमें स्त्री का महत्व व शक्ति सिद्धांत को युगों से घटते रूप में बताया है कि सतयुग में जिसे माँ कहा, त्रेता में बहन, द्वापर में वो पत्नी बनी और कलयुग में वस्तु या दासी और स्त्रीत्व गुण को ना समझ पाने के कारण, वो हाथ अपनी इस नासमझी को सहन नहीं कर पाया और जिस मंजिल पर पहुंचा, वहां से उसे दिखी तो बस एक गहरी खाई, जहाँ से छलांग लगाना भी घातक और न लगाना, उन दर्दनाक हादसों की याद में जीने की सजा।

इस कथा में सृष्टि रचना का उद्देश्य बिग बेंग सिद्धांत मनोविज्ञान की उत्पत्ति और उसका विश्लेषणात्मक रवैया उत्प्रेरक का काम कर रहा है, जो कहानी को एक और नयी दिशा दे रहा है, जिसके अनुसार ये भी माना जा सकता है कि ये कथा उस सभ्यता की है जिसने पाषाण से लौह और लौह से आधुनिक काल तक का सफर

किया है। जहाँ कहानी का मुख्य पात्र अपनी मनोदशा को समझने के लिए ऐसे प्रयोगों का उपयोग करता है जो कहीं सकारात्मक प्रभाव डालता है तो कहीं विध्वंस मचाता है और जब उसे ज्ञात होता है कि वो इन प्रयोगों से अपना ही घर जलाता रहा, तब उसकी मनोदशा का बिगड़ना सहज ही है, जिसका उपचार वो कहाँ पाता है? यही इस कहानी की मूल आत्मा और यात्रा है।

कहानी का वृत्तांत काल्पनिक कहने का आशय इसको किसी भी समुदाय से न जोड़े जाने का एक अहम् पहलू है, कथा एक मूल उद्देश्य को लेकर चलती है जो कि केवल रसानुभूति संग आत्मविश्लेषण है।

कथा की दिशा एक विकसित सभ्यता से अविकसित सभ्यता की ओर पलायन कर विकास के जो पद चिन्ह छोड़ती है और वो पद चिन्ह जिस प्रकार की पगडंडी बनना शुरू होते हैं, वो पगडण्डी विकास को विनाश में रुपांतरित करती दृष्टांत होती है।

अंत में इस हाथ का ये सफर केवल एक ही संदेश देता है, "प्रेम" और प्रेम का विस्तार "सेवा"।

कभी अपनी जड़ो को काट डालने वाला कोई तना, कोई भी शाखा, खुद पर किसी भी तरह का फूल उगा सकती है? कभी नहीं! कहानी तीन अध्यायों के साथ एक उपसंहार लिए हुए पौराणिक व एतिहासिक कथाओं को उनके सारगर्भित जोड़ के साथ जिस मोड़ पर समाप्त होती है, वह अपने आप में एक सवाल खड़ा करती है – "क्या हाथ, शरीर से जीत पाएगा ?

इस सवाल के जवाब को ही ढूंढने का सफर, अपने में ये पूरी कहानी है। इसका जवाब कदाचित् कुछ और लेख लिखवा दे। लेकिन उसकी प्रेरणा आप सभी हैं, अतः आप ही निर्णय लेंगे कि जवाब की तलाश में फिर एक नया सफर शुरू करना है या इसे यहीं विराम देना है......

क्योंकि ये कथा अध्यात्म का वैज्ञानिक और तथ्यात्मक सार है, जिसमें शरीर के सात भागों (भौतिक, भावनात्मक, मानसिक, सूक्ष्म, अध्यात्मिक, ब्रह्म और निर्वाण) को आधार बना कर कथा को रचा गया है, जिसकी तीन कड़ियाँ हैं, देवानव इसमें पहली कड़ी है।

देवानव (देव मय दानव) तीन शरीरों – भौतिक, भावनात्मक और मानसिक शरीर के मौलिक घटनांकों का काल्पनिक मिश्रण है, बाकी के चार शरीरों का विश्लेषण अगली दो कहानियों के साथ समाप्त होगा, जिनमें से दूसरी कथा के लिए आध्यात्मिक, सूक्ष्म और ब्रह्म शरीर को आधार बनाया गया है, और अंतिम भाग के लिए "निर्वाण" को आधार बनाया गया है।

साधु...

आभार

इस लेखन में भले ही कलम मैंने घिसी लेकिन उन लोगों के प्रति कृतज्ञता संपादित किये बिना ये लेखन अधूरा है जिन्होंने हर समय मेरी मदद की, चाहे वो पड़ोस वाली आंटी विद्या बड़ौले जी हो या मेरे मित्र।

इसी को क्रमबद्ध करते हुए मैं कृतज्ञता संप्रेषित करता हूँ अपनी दादी (घीसीबाई) व दादाजी (नाथू सिंह जी) को, जिनकी ऐतिहासिक कहानियों ने मुझे जिज्ञासु बनाया और एक यात्री बनने की पूरी तैयारी करवाई। सुबह दादाजी के साथ मोहल्ले के समस्त आवारा व पालतू पशुओं को भोजन कराने के दौरान समाजसेवी कथाओं का सूत्रपात होता था, जो कि सुबह के 6 बजे हवन करने के बाद से आरंभ होता था, तो दिन में दादी के द्वारा पढ़ी जा रही पौराणिक कथाओं में उन सामाजिक विषयों की विस्तृत जानकारी मिलती थी। साथ ही मेरी माँ (सुनिता देवी) उन कथाओं को अपने जीवन में उतारने के सहज मार्ग बता मेरी प्रथम गुरू होने के दायित्व को दादा दादी के साथ पूर्ण ईमानदारी से निभा रहीं थीं। यहीं पिताजी (श्री दयाल सिंह जी) इन कथाओं में कर्तव्यों की बात करते थे जिन्हें जीवन पर्यंत निभाना है, तो मेरे पितातुल्य भैया (दीपेंद्र सिंह) बताते क्या नहीं करना, मेरी चारों बहनें (पूर्णिमा, जया, लीना व नीति) ही थीं जो माँ के हिस्से का दुलार भी मुझे दिये जा रही थी और सँवार रही थी निकट भविष्य के लिए।

वहीं से इस कहानी के बीज अंकुरित होने लगे जो बाद में चल कर समय की लॉकडाउन (कोरोना काल) नामक चिंतन शिविर की उपजाऊ भूमि पर इस तरह प्रस्फुटित हुई है कि एक मनोरंजक कथा के साथ रोचक तथ्यों व जानकारियों का खज़ाना बन गया, जितना कुछ मैंने उनसे सुना और सीखा। इसके लिए मैं भारत सरकार को व्यक्तिगत रूप से धन्यवाद देता हूँ कि जो कथा वर्षों से मेरे भीतर निर्मित बांध को उफान पर आई नदी

के समान टोच रही थी और वो बांध टूटने की कगार पर ही था कि लॉकडाउन लगा और मुझे उस कथा को कागज पर उतारने का मौका मिल गया, अन्यथा जिन तथ्यों को इसमें मैंने अपनी पूरी आत्मीयता से पिरोया है, वे पुष्प बिखर जाते और यह सुंदर माला बन ही ना पाती।

इसी लॉकडाउन के दौरान यह चेतना आई और इस चेतना के जागरण होने का कारक बना मेरा ससुराल। मेरी सासू माँ (कला भारती गोस्वामी) जिन्होंने पूरे 2 माह तक मुझे माँ की कमी का अहसास ही होने नहीं दिया, मेरे उठने का समय उन्हें याद रहता था मुझे कब किस चीज की आवश्यकता रहती, उस पर पूरा ध्यान उन्होंने दिया, मेरे ससुर पिता (श्री शिवनारायण भारती गोस्वामी जी) भी इस बात से अवगत थे और मेरे लिए सदैव पिता तुल्य तत्पर रहे। इन दोनों के ही इस अथक सहयोग से मैं वो समय निकाल पाता था कि लेखन कार्य निरंतर जारी रहे, अन्यथा लॉकडाउन में घर की व्यवस्था ही पूरा समय खा जाती। साथ ही मैं अपनी पुत्री तुल्य छोटी साली दिव्या, प्रीति और पुत्र तुल्य साले साहब सक्षम का आभारी हूँ जो प्रतिदिन मेरी आवश्यकताओं की सूची घर वालों के साथ साझा करते।

सहयोग का यह सिलसिला यहीं नहीं रुकता, भावेश बख्शी मेरे उन परम मित्रों में से है जिनके साथ मैंने इस विषय को साझा किया। भावेश भाई ने पूरे एक माह तक चले इस लेखन अभियान में सर्वेक्षण के लिए अपना योगदान दिया और इसे साकार करने में अहम भूमिका निभाई। मेरे मित्र सुमित राज जिनसे मैंने अपने मन की बातें साझा की। गिरीश भगवती जो हर पल मेरे लिए तत्पर रहे क्योंकि यही वो समय भी था जब मुझे पुत्र रत्न की प्राप्ति हुई थी, जिसका भार आगे रह कर गिरीश ने संभालने का संबल मुझे दिया। गलियारा फिल्म के सुमित दुबे जी इस दौर में सबसे मजबूत स्तंभ बन मेरे समक्ष खड़े हुए, उन्होंने अपने कार्यालय का एक केबिन मेरे लिए खाली करवा दिया ताकि मैं निर्विरोध रूप से अपनी इस

लेखनी को इसके अंतिम गंतव्य तक पहुँचा सकूं, वही इस उपन्यास को लेकर पब्लिकेशन्स के धक्के भी खा रहे थे और मुझे इन सभी विषम परिस्थितियों से दूर रखने की भरसक कोशिश कर रहे थे। सिद्धार्थ भाई जो इसी कार्यालय में मेरे सलाहकार रहे। लोकेश सांकला जिन्होंने तकनीकी रूप से इस पूरे कार्य का आकलन कर पूरी किताब को रचनात्मकता दी। नितेश गोस्वामी मेरा अनुज जिसने इसका पोस्टर डिजाइन किया।

श्रेया जिसने इस पूरे कार्य का सुपरवीज़न किया, चाहे वो प्रूफ रीडिंग हो या पोस्टर डिजाइन हो या प्रकाशन संबंधित समस्त कार्य। इन सबका श्रेय मेरी पुत्री समान प्रिय बहन श्रेया गुप्ता के ही खाते में जाता है, क्योंकि एक समय ऐसा आया जब मैं अपने लेखन को प्रकाशित करने की दौड़ में हताश हो चुका था, तब उसी ने इसकी बागडोर संभाली।

इसी क्रम में मेरे दीदी (जया चौहान) व जीजाजी (विक्रम सिंह चौहान) जो इंदौर शहर में मेरे प्रथम संरक्षक रहे और मेरे हर फैसले को दुरुस्त करते रहे।

कृतज्ञता के इस क्रम में कोटा महाविद्यालय के ड्राइंग के मेरे गुरू देव प्रो. मनोज वर्मा जी अग्रणी हैं, जिन्होंने मुझे रंगमंच से जोड़ा और जीवन के रंगों से अवगत करवाया। उन्हीं के सानिध्य में मैंने रंगमंच में पदार्पण किया और रंगकर्मी शरद गुप्ता जी से भेंट हुई, जिन्होंने रंगमंच की बारीकियों से अवगत करवाया, वहीं से लेखन की शैली को धार मिलने लगी।

इंदौर में एम बी ए करने के बाद प्रयास 3डी नाट्य समूह के माध्यम से मैंने अपने इन्हीं प्रियजनों के बताए सिखाए मार्गों का अनुसरण करते हुए अपना जीवन व्यतीत करने का निर्णय लिया, जहाँ प्रयास के माध्यम से अपना ध्येय लोगों तक पहुँचाने लगा कि, 'कला साधन नहीं साधना है'। इस मंच ने मुझे नयी दिशा दी है। यही वो कारक बना जीवन

का कि आज पुस्तक के माध्यम से आप तक पहुँच पा रहा हूँ।

अब विशेष कृतज्ञता उस नन्ही परी के लिए, जो तब मेरे जीवन में आई जब मैं परियों की कथाओं में खोया हुआ दुनियादारी से विलग होने लगा था, मेरी बचपन की संगिनी गुड़िया, जिससे दूसरी कक्षा में मित्रता हुई और वो मित्रता लगभग 8 वर्षों तक रही। कारण, उस नन्ही उम्र में ही उसने जीवन के गूढ़ रहस्यों का साक्षात्कार स्वतः ही कर लिया था और मेरा मार्गदर्शन करने लगी थी। दादा–दादी और माँ की कथाओं का सरलीकरण कर मुझे प्रायोगिक तरीके बताने लगी, वहीं से ये कथा और इसके आने वाले संस्करणों का उद्भव हुआ है, अन्यथा मेरे लिए ईश्वर एक प्रतीक और भय के सिवा कुछ ना रह जाता। बहुत प्यार तुम्हें गुड़िया, मैं जानता हूँ आज तुम जहाँ भी होगी मुझे देख रही होगी, मेरी मार्गदर्शक बन पथप्रशस्त कर रही होगी।

और एक अहम पहलू मेरे जीवन का मेरी बेटी ध्येयसी उर्फ भव्या, जो हर पल मेरी थकन अपनी तुतलाती जुबान और दिव्य मुस्कान से दूर कर दिया करती थी, मेरा 3 माह का बेटा सम्राट जो अपनी बहन का साथ उसी निश्छलता से निभा रहा था।

और सबसे महत्वपूर्ण कृतज्ञता मेरी प्रिय जीवन संगीनी ज्योति, जो सचमुच एक दीप्त ज्योति समान मेरे हर कदम पर मेरे साथ रही और मेरे पथ को दीप्तमान करती रही, वही मेरे लेखन की ताकत बनी, वही कलम की स्याही, वही अंतर्मन प्रेरणा जिनके बिना ये लेखन शायद ही कभी आप तक पहुँच पाता, उनका आभार महत्वपूर्ण इसलिए कि उन्होंने ही मुझे इस विषय को विस्तृत रूप देने की प्रेरणा दी, साथ ही इसे पूरा करने में भरपूर सहयोग।

और अंतिम आभार उस परमेश्वर के साथ समस्त पाठक समूह का, जो भी इस लेखनी से परिचित होते रहे हैं और होते जा रहे हैं।

धन्यवाद...

देवानव

(देव मय दानव)

अनुक्रमणिका

अध्याय - 1	देवपुत्र	1 - 1[illegible]8
अध्याय - 2	पूर्वी नगर का रहस्य	121 - 2[illegible]0
अध्याय - 3	पुस्तक का रहस्य	211 - 287
	उपसंहार	289 - 330

अध्याय - 1

देवपुत्र

घटनांक - 1

जब प्रकृति ने अपनी करवट बदली तब आग हवा हो गयी, हवा पानी, पानी हिम, हिम समंदर और समंदर रेगिस्तान। उन्ही रेगिस्तानों में से एक के बीचों–बीच था, दलदली मैदान। जहाँ बड़े–बड़े तालाब ही पूरे वर्ष का पानी बरसात में इकट्ठा कर लिया करते, जहाँ जीवित हो उठे थे कई कबीले, जिनमें से एक कबीला जो रेगिस्तानों के सबसे करीब था, उन लोगों की आश्रय स्थली बन चुका था, जिनको लिखने थे इतिहास के कुछ नए अध्याय, लेकिन जूझ रहे थे वो एक बड़ी समस्या से जो कि

उनके जीवन पर बन आयी थी। रेगिस्तानों से आती थी एक बड़ी छिपकली जिसे ये 'बरु' कहा करते थे और ये बरु उठा ले जाती थी इनके जीवन के नए अंशों को जो बच्चों के रूप में ये पैदा करते थे, तब इस कबीले ने चूहों से सीखा था घर बनाना और दूसरे कबीलों व अन्य जानवरों से बचने के लिए बना ली थी ज़मीन के भीतर एक गहरी सुरंग, जिसको ढंका करते थे काँटों से, ताकि बरु इनके बिल में मुंह डालते तो उनके मुंह काँटों से कट जाते और फिर उसी बरु के विषेले दांत और हड्डियाँ इनके हथियार हो जाते दूसरे जानवरों और कबीलों से लड़ने के लिए। सांपों से सीखा था रेंगते हुए चुपके से हमला करना, छिपकलियों का साथ तो इनसे बना ही हुआ था जो इन्हें अपने शिकार की हर हरकत पर नज़र रखना सिखा रही थी, और इन सबसे जो सीखा था वो था "किसी पर रहम न करना"।

इन सबके बीच कोई एक थी, जिसने शायद कभी उन तालाबों के आस–पास उग रही झाड़ियों में उड़ती हुई एक तितली देख ली थी, जिसको जब एक मेंढक ने निगला तो उसे दुःख की अनुभूति हो गयी, जिससे उसने अपने समूह से बना लिए थे एहसासों के रिश्ते और करने लगी समझौते अपनी भूख से। उसके इस त्याग के भाव ने ही उसे बना दिया था उस कबीले की मुखिया, जिसका नाम था माईया। माईया ने दिया था कुछ समय पहले ही एक बच्चे को जन्म लेकिन वो ज्यादा जी नहीं पाया था, क्योंकि उसे उठा ले गयी थी एक रेगिस्तानी बरु, जिसका आकार दो वयस्क पुरुष जितना था। शायद ये दुःख वहीं से इसके भीतर घर कर गया हो, वैसे देखा जाए तो भावनाओं का इनसे दूर–दूर तक कोई नाता नहीं था, फिर भी कब किसका ममत्व जाग जाये, ये तो प्रकृति पर ही निर्भर है, कि वो किसे इस उपहार से सुसज्जित करती है। माईया अब और क्रूर हो चुकी थी, उसके लिए केवल अपना कबीला ही अपनी संतान थी, बाकी किसी पर कोई रहम नहीं।

ये लोग किसी सभ्यता के निशान नहीं छोड़ते, अगर वो मुसाफिर इनके पास नहीं आता। क्यूंकि इनका जीवन तो वैसे ही बीत रहा था जैसे

उस धरती के बाकी जीवों का। ये कभी भोजन के लिए आपस में लड़ते, तो कभी पानी के लिए। तब एक दिन दोपहर के वक़्त, रेगिस्तान में धूल भरी आंधियां उठी जो कि उन दलदली मैदानों तक आने लगी और वहां के तालाबों को ढकने लगी, तभी वहां से आती हुई एक परछाई दिखी, जिसके कदम डगमगा रहे थे। वो मुसाफिर अपनी उसी चाल से चलता हुआ रेगिस्तान के उस पार से इनके पास आया, जिसका पहनावा बता रहा था कि वो किसी सभ्यता से आया है। वो भूखा था, अधमरा था, पानी मांग रहा था। तब माईया, जो कि इस कबीले की मुखिया थी, उसी ने अब तक इस कबीले को संभाला था, और यहाँ आने पर उसी ने उसकी मदद की थी, अन्यथा कबीले के बाकि लोग तो उसे भोजन समझ खा ही जाते। तब इन्होंने ही उसे अपने हिस्से से पानी दिया, खाना दिया, जो कि कंद होते थे या कच्चा मांस। प्यास तो ये गर्मियों में जब कभी तालाब सूख जाते तो दूसरे जानवरों के रक्त से ही बुझाते। शायद उसका रेगिस्तान पार से आने की वजह ही उसके बचने का कारण बन गया, क्योंकि माईया के बच्चे को एक बरु कुछ हफ्तों पहले ही उठा कर उस ओर ले गयी थी।

तब उस मुसाफिर ने इस अहसान को चुकाना अपना कर्तव्य समझा और इन्हें बताये जीवन को सही रूप से जीने के तरीके, जो वो उस पार से लेकर आया था। और इस कबीले ने अपने आस-पास से उन संसाधनों को जुटाना शुरू किया, जिससे ये अपना स्तर पशुओं से बेहतर कर जीवन के सफ़र का नया अध्याय लिख सकें।

सफ़र की शुरुआत में इन्होंने उसके बताये अनुसार बनाये कुछ पत्थरों और हड्डियों के हथियार और औज़ार। भूमिगत घरों ने लिया ज़मीन के ऊपर आश्रय झोपड़ों के नाम पर। पूरे कबीले को झाड़ियों और काँटों की बाड़ बना कर सुरक्षा की दृष्टि से मजबूत किया गया। भाषा को स्थान मिलने लगा। जहाँ ये लोग केवल अपने हलक से निकलने वाली ध्वनियों का उपयोग करते थे, वहीं उस मुसाफिर ने इन ध्वनियों को होठों, दांतों आदि को मिलाकर कुछ शब्द देने शुरू कर दिए, जो कि इनकी भाषा

और उस मुसाफिर की भाषा के मिश्रण से पैदा होने वाली एक नयी शैली ही बन चुकी थी, जिसको केवल यह लोग ही समझ सकते थे। लेकिन कुछ शब्द अब भी मुसाफिर की ही देन थे। अब ये मुसाफिर इस कबीले में अपना एक महत्वपूर्ण स्थान पाने लगा, जो कि इनकी ज़रूरत और आदत बनता जा रहा था।

एक रात आसमान काला न होकर लाल दिख रहा था, मानों कोई आसमान का कलेजा काट रहा हो और तभी अचानक से कई बरुओं ने उस कबीले पर धावा बोल दिया। लोगों की लाशें चारों ओर बिखरने लगीं, बरुओं की भूख तब भी न मिट रही थी। एक–एक कर पूरा कबीला अपने अंतिम पायदान पर पहुँच रहा था। तब उस रेगिस्तान पार के मुसाफिर ने आसमान को देख शुरू की प्रार्थनाएं और अचानक से उस फटे कलेजे से बरसने लगे लाल अंगारे। सभी लोगों ने ज़मीन के भीतर की अपनी पुरानी सुरंग में घुस कर जान बचाई और इधर बरुओं की तो मानो अब खैर नहीं थी। पासा पलट चुका था। शिकारी ही अब शिकार बन उस लाल ज़मीन पर खुद भोजन के रूप में बिखरा पड़ा था।

सुबह होते–होते चारों ओर थी तो केवल मांस की महक, राख होते अंगारे और हवा के साथ ऊपर उठता धुँआ। रात भर की थकन और भूख, जो कि अब शांत होने को थी, तब उस मुसाफिर ने बताया इन्हें आग का महत्व कि, 'ये दूर आसमान के उस सूरज से लिया गया एक विशेष उपहार है, जो कि सूरज से उसे मिला है, लेकिन रेगिस्तान के उस पार के लोगों ने इससे वो छीन लिया था'। तब इन्होंने उस तोहफे को संवारना शुरू कर दिया, लेकिन आग जलाते कैसे हैं? ये इनको अभी तक समझ नहीं आया, क्योंकि ये समझने लगे कि 'आग केवल सूरज ही दे सकता है'। इसलिए उसी आग को हमेशा जलाए रखते और उसमें ईंधन डालते रहते, जिससे वो बुझ न पाए।

अब बरुओं का आतंक लगभग समाप्त हो चुका था। जो कुछ बची थीं, उन्हें ढूँढ़–ढूँढ़ कर मारा गया और इस कबीले को उस मुसाफिर ने

नाम दे दिया "अबरू"। माईया उसके इस समर्पण भाव से खुश थी और उसी ने इस मुसाफिर को कबीले का नया मुखिया घोषित कर दिया, जिसके बारे में कोई नहीं जानता था कि 'वो कौन है?' और अबरू की विकास नीति उसी को सौंप दी, जहाँ किसी भी देवी देवता का कोई स्थान नहीं था, अगर कोई सर्वोच्च था तो केवल वही, जो रेगिस्तान पार से आया था, जिसे ये अब "मठाधीश" कहते हैं। 'वो अब इनका ईश्वर हो चुका था', जो इनको बेहतर तरीके से जीवन जीना सिखा रहा था। अब ये लोग तैयार होने लगे जीवन के बदलाव में भविष्य का इतिहास गढ़ने के लिए, जिसकी शुरुवात इन्होंने की, 'आग को पालने से'। कोई ये भी नहीं जानता था कि 'वो अपनी शक्तियों को भी इनकी सहायता से बड़ा रहा है और उस शक्ति से रेगिस्तानों के उस पार रह रहे कबीलों को बर्बाद करने की चाहत लिए यहाँ बैठा हुआ है और उनकी बर्बादी को अबरू की उन्नति का नाम दे रहा है'।

"जिस सभ्यता की बुनियाद प्रतिशोध का बीज हो, उससे किस तरह की फसल उगने वाली थी, ये लोग इस बात से अनभिज्ञ थे..."।

घटनांक - 2

अबरू कबीले की चर्या अब बस यही हो गयी, दूसरे कबीलों को लूटना और उनसे अपने लिए संसाधन जुटाना। शायद शिकार करने का तरीका उनकी लूट का आधार हो चुका था। स्वच्छंदता यहाँ का नियम हो गया, जिसका मतलब है कि “पूरे तौर से प्राकृतिक संसाधनों पर जीवन यापन करना, प्रकृति इंसानों के लिए है, इसका जितना इस्तेमाल कर सकते हो करो”। पत्थरों और हड्डियों के औज़ार व हथियार, जानवरों की खाल और लकड़ियों से बने बर्तन। कोई भी आदमी किसी भी औरत के साथ संबंध बना सकता है या कोई भी औरत किसी भी आदमी से। यहां इनसे जो भी बच्चे होते उनको कबीले के बच्चे माना जाता और उन बच्चों को स्वच्छन्दता की सीख दी जाती, ताकि बड़े होकर वह कबीले की और यहां के जीवन की उसी प्रकार देखभाल कर सकें जैसा कि उनके अग्रज कर रहे हैं।

स्वच्छन्दता के नियम के अंतर्गत पूरे कबीले के लोग एक दूसरे के साथ हैं, ये कबीला ही इनकी पूरी दुनिया है, इसके बाहर जो भी हैं, वो केवल इनके लिए संसाधन हैं, जिनका इस्तेमाल कर अपना जीवन समृद्ध करना इनका अधिकार है। वहां अलग–अलग प्रकृति के लोगों को अलग–अलग दलों में बांटा गया था, जैसे जिनको पहाड़ियों की जानकारी होती उन्हें पहाड़ी दल, जंगलों और पौधों की जानकारी रखने वालों को जंगली दल, वैसे ही दरिया दल, रेगिस्तानी दल, खबरी दल और एक दल विशेष था लुटेरा दल, जिसकी कमान माईया के ही हाथ में थी। लूटेरे दल को भी दो भागों में बांटा गया, एक बचाव दल और एक कातिल दल, जिससे आपस में किसी भी बात पर झगड़े न हों और ये

मठाधीश के इरादों को पूरा करते रहें। इन सब का काम जीवन यापन के लिए अलग–अलग जगहों से भोजन व संसाधन तलाशना होता था, तथा जीवन को बेहतर ढंग से जीने का तरीका खोजना।

इन दलों के एक–एक दल मुखिया रहते जो कि मठायुक्त कहलाने लगे थे, साथ ही यह मठायुक्त उस मठाधीश को सर्वोच्च शक्ति मान कर सारा कार्य करते थे, जो कि स्वच्छंदता के नियम की रखवाली करता था। स्वच्छंदता के नियम के अंतर्गत एक बात विशेष थी कि जब कोई भी दल कोई विशेष वस्तु लेकर आता तो उस विशेष वस्तु पर उस एक दिन और एक रात के लिए उसका अधिकार होता और वही उनको कोई नाम देता, फिर वह वस्तु एक भवन में रखकर सार्वजनिक कर दी जाती, जिस भवन की निगरानी मठाधीश करता था।

यहां पर घरों की बनावट भी पूर्ण रूप से प्राकृतिक होती। लकड़ियों व झाड़ियों से बने हुए छोटे–छोटे झोपड़े, जिनमें दरवाजे का स्थान खाली ही रहता। उन झोपड़ों में इतनी मजबूती नहीं होती, किंतु भवन की मजबूती का विशेष ध्यान रखा गया और उसका आकार बाकी घरों से काफी बड़ा बनाया गया था जो कि उस कबीले के बीचों–बीच था, जिस प्रकार एक रानी मधुमक्खी रहती है। यहां से इनमें दर्शन की झलक तो दिखती है पर उसका व्यवहार नहीं, क्योंकि इनमें लुटेरा दल सबसे पहले पायदान पर माना जाता था, चूँकि बाहूबल उसी के पास था, और संसाधन प्राप्त करने का सबसे अहम् हथियार भी।

जब एक बार की लूट में इनको काफी जन हानि हुई तो इन्होंने अपनी संख्या बढ़ाने के लिए दास दासियों के रूप में दूसरे कबीलों से लोगों को भी लाना शुरू कर दिया, और उनसे पूरे कबीले के कार्य भी करवाने लगे, जिससे इनको अपनी सारी ऊर्जा लूट में लगाने को मिल गयी, दास–दासी बनाने की एक ही शर्त होती, 'जिन लोगों को मरने से डर लगता वही दास–दासी बन सकते थे', बाकियों को मार दिया जाता,

साथ ही जो दास या दासी अबरू के तौर तरीके सीख लेता और अपनी निष्ठा अबरू के प्रति समर्पित कर देता, उसे दासत्व से मुक्त कर उसकी प्रकृति के अनुसार बाकी दलों में शामिल कर लिया जाता।

स्वच्छंदता नियम के अंतर्गत स्त्रियों को भी उतना ही माना गया जितना पुरुषों को, इसलिए स्त्री–पुरुष की संख्या हर दल में तुलनात्मक रूप से बराबर ही थी। अब लूटेरा दल निश्चिन्त हो दूसरे आस–पास के दलदली कबीलों पर धावा बोलता और वहां से भोजन के सामानों के साथ अन्य वस्तुएं जैसे उनके बर्तन, औज़ार, हथियार व कोई स्त्री या पुरुष पसंद आ जाए जो दास–दासी बनने को तैयार हो जाएँ, उन्हें अपने साथ अबरू कबीले में शामिल करने को ले आता।

दास–दसियों के आने से कबीले की आतंरिक सुरक्षा को मजबूत करने के लिए एक दल और बनाया गया था "रक्षा दल" जिसके लिए भी एक मठायुक्त नियुक्त किया गया। इसके साथ एक कैद निरीक्षक भी वहां होता, जो स्वच्छंदता के नियम तोड़ने वालों को एक बड़े से मटकेनुमा कैद में बंद कर देता, जो कि ज़मीन के भीतर बनाया गया था। जिसका निर्णय मठाधीश लिया करता। कैद रक्षक के पास एक पताका होती, जो इस बात का निश्चय करती कि कैदी को मुक्त किया जाए। यह पताका सज़ा की तय अवधि के बाद मठाधीश के कहने पर वो सुरक्षा दल को देता और सुरक्षा दल कैदी को रिहा कर देता।

वर्षों बीत गये। कबीले का स्वरुप पहले से काफी हद तक बदल चुका था और सभी गतिविधियां नियमानुकूल चल रही थी। लेकिन मठाधीश परेशान था। वो रेगिस्तान के उस पार धावा बोलना चाहता था, जहाँ से वो आया था। लेकिन अबरू कबीला दलदली कबीलों को उसके सिखाये तरीकों से ही लूटने में व्यस्त था। तब एक दिन उसने रेगिस्तानी दल के माध्यम से ये खबर भिजवाई कि रेगिस्तानों में अब तक के लूटे गये कबीलों से अधिक विकसित एक कबीला है, जहाँ से अबरू को भोजन व

संसाधन के साथ–साथ जीवन जीने के बेहतर तरीके भी मिल सकते हैं। इसके साथ ही मठाधीश ने ये घोषणा भी करवा दी कि 'वहां पर कोई जीवित नहीं रहना चाहिए अन्यथा वे लोग भविष्य में अबरू को मिटा देंगे'।

लुटेरा दल की मठायुक्त माईया ने उस रेगिस्तानी कबीले की छान–बीन खबरी दल से करवाई तो उसे मालूम चला कि 'वे लोग रात के समय सबसे ज्यादा कमजोर होते है', माईया ने इसी का फायदा उठाया और उन पर धावा बोल दिया। वहां किसी को जिन्दा नहीं छोड़ा गया, सिवाय एक लड़के के जिसकी उम्र लगभग दस वर्ष होगी। लूटेरों ने जब माईया से ऐसा करने का कारण पूछा तो वो बोली, "इस बच्चे से अबरू को क्या नुकसान हो सकता है?" शायद उसे अब तक अपना बच्चा याद रहा हो जिसे बरु उठा कर रेगिस्तानों में ले गयी थी और वो अपने साथ उस दस साल के लड़के को दास बनाकर ले आई। इस बात से मठाधीश नाराज हुआ, लेकिन माईया के कारण चुप रह गया, क्योंकि माईया अब भी अपना वही वर्चस्व इस कबीले में बनाये हुए थी।

माईया ने ही लूट में काफी मेहनत दिखाई थी, साथ ही उस कबीले की सुरक्षा कड़ी तोड़ने की योजना बनाई थी। वहीं से वो अपने साथ उस लड़के को ले आई थी। अतः उसी को नियमानुसार उस दास से नवाज़ा गया और उसका नाम भी रखने का अधिकार दिया गया, तब उसने उस लड़के को नाम दिया, 'परवानाली'। पूछने पर माईया ने बताया कि 'जिस तरह एक परवाना शाम को चिरागों के आस–पास मंडराता है, वैसे ही ये लड़का उस शाम उस कबीले में मौत की आग के आस–पास मंडराता हुआ दिखा था, जो पहनावे से उसी कबीले का लग रहा था'। माईया को नियमानुसार ये अधिकार भी था कि वह पूरा एक दिन और एक रात उसे अपने पास रख सकती है, फिर उसे भवन की सेवा में लगा दिया जाएगा।

उस रात जश्न हुआ जिसमें उस लड़के परवानाली ने मठाधीश

को देखा, वो ये चेहरा पहचानने की कोशिश कर रहा था, उसे याद आ रहा था कि वो अपनी माँ की गोद में था और उसके पिता इस आदमी से झगड़ा कर रहे थे, उसके बाद ये आदमी वहां नज़र नहीं आया और अब वो आदमी उसे घूर रहा था।

जश्न समाप्ति के बाद माईया परवानाली को अपने झोपड़े में ले आई जहाँ उसने परवानाली को अपने बिस्तर पर साथ सोने को कहा। परवानाली थोड़ा हिचकिचाया पर फिर एकाएक न जाने क्या उसके दिमाग में आया और औरत के पास पहुँच गया, उस दस साल के लड़के ने माईया पर वो जादू बिखेरा जो आज तक इस कबीले का कोई आदमी नहीं कर सका। परवानाली ने माईया के बदन को सहलाया और पास में जल रही एक सिगड़ी पर गर्म पानी कर, उसके पूरे बदन को उस गर्म पानी से धोया और मालिश कर उसके एक–एक भाग को पानी पिला आराम देने लगा माईया को इस हाथ के स्पर्श ने अपने अतीत में भेज दिया, तब जब माईया किशोरी थी और इस कबीले की उस पहली अव्यवस्थित प्रजाति में से एक, जहां हर चलती हुई चीज केवल भोजन कहलाती थी। तब माईया एक छोटी सी छिपकली का पीछा करते हुए जब रेगिस्तानों की मुंडेर तक जा पहुंची, वहां एक कटीली झाड़ी के पीछे से एक बरू ने अचानक ही इस पर हमला बोल दिया था, एकाएक हुए इस हमले ने माईया को संभलने का मौका ही नहीं दिया उसका शरीर मानो जड़ था, हाथ में पकड़े हुए पत्थर समान वो निष्क्रिय थी, बरु का पूरा मुंह खुला हुआ माईया के सिर को पकड़ने आगे बढ़ा ही था कि तभी एक बड़ा सा पत्थर उस बरु के सिर पर आकर लगा और बरू अब माईया की बगल में था, पत्थर उसके पैरों के पास गिरा था, बरु का मुंह लहू से सना हुआ था, वह निढाल माईया के पैरों में गिरा हुआ था। माईया ने पलट कर देखा तो उसके दाहिने ओर एक गठीले बदन का स्वामी एक पुरुष खड़ा था, जिसकी मुद्रा बता रही थी यह विशाल पत्थर उसी ने फैंक कर माईया की

जान बचाई है। उसका कसरती शरीर अब तक के देखे गए सभी पुरुषों से भिन्न था, जो कि केवल एक लंगोट से ढका हुआ था, उसके बालों की गुथवा चोटी कमर तक झूल रही थी और बाकी के बचे बाल कंधों पर गर्म हवा के साथ उड़ रहे थे। आंखों में एक नम भाव, जिसे देख माईया ने स्वयं का समर्पण कर दिया तब उस पुरुष ने माईया को उठाया और वही कुछ दूरी पर बनी कुटिया में ले जाकर बरू के हमले से हुए घावों की चिकित्सा करने लगा और उस रात्रि माईया ने अपने भीतर के स्त्रीत्व को पहचाना, वह पुरुष अगली सुबह वहां से चला गया और माईया को स्त्रीत्व के साथ–साथ ममत्व के गुण भी दे गया। आज परवानाली का स्पर्श उसे उसी पुरुष की याद दिला रहा था। कि तभी कुछ छींटे उस जलती हुई सिगड़ी पर गिर पड़े, जिसकी चटचट के शोर से माईया की स्वर्ण स्मृति बिखर गई और उसने उस लड़के परवानाली को अपने लड़ाका हाथ से जमकर एक तमाचा मार दिया, जिससे वो एक ओर जा गिरा और खुद सिगड़ी में वहीं आस–पास पड़ी लकड़ियों के गट्ठर से लकड़ियां डालकर उसे सुलगाने लगी। तब उस लड़के ने अपनी ही भाषा में माईया से माफी मांगी, उनकी आँखों से माईया समझ गयी कि वो अनजाने में हुई अपनी इस भूल पर शर्मिंदा है और उसकी इस बात से माईया भी शर्मिंदा हुई और उससे बोली, "तू नहीं समझेगा यह सबसे कीमती चीज है, जो मठाधीश सालों पहले सूरज से लेकर आए थे"। परवानाली उसकी भाषा नहीं समझ पाया था पर हाथों की मुद्राओं से समझ गया था कि अब वो नाराज नही है, बल्कि वो भी माफ़ी ही मांग रही है साथ ही 'सूरज' शब्द सुनते ही उसकी आँखों में चमक आ गई, उसे याद आया कि उसके पिता भी इस शब्द को कहा करते थे, इस पर परवानाली ने माईया से पूछा "सूरज?" तब माईया बोली "हां मेरे मठाधीश ने ऐसा ही बताया है, कि वह जो आसमान में दिनभर चमकता रहता है, वही सूरज है", इस पर परवानाली ने अपने शब्दों को उसी की तरह इशारों का सहारा दिया और पूछा, "वहाँ इतनी

दूर से कैसे?" माईया एकटक उसकी जिज्ञासु हरकत को देखने लगी और बोली, "मुझे नहीं पता, मेरे मठाधीश जाने या सूरज, बस इतना पता है कि वो कोई तिलिस्मी रास्ता था", कह कर वो अपने बिछौने पर चली गई और बोली "अब वह रास्ता खत्म हो गया है इसलिए इस चीज जिसे आग कहते हैं, को बुझने नहीं देते"। परवानाली 'तिलिस्मी' शब्द पर ही अटका हुआ था, और जब उसने देखा कि माईया बिस्तर पर जा चुकी है और नींद लेने की कोशिश कर रही है तो उसने अपने ही स्थान से उस शब्द को दोहरा दिया और पूछा, "तिलिस्मी मतलब?" माईया ने उस लड़के की बड़ती जिज्ञासा को संशय से देखना शुरू किया, वो बिस्तर से उठी और सिगड़ी से एक जलता हुआ अंगारा उठा कर परवानाली की हथेली पर रख दिया जिससे वो एक दम तिलमिला गया,लेकिन उसने अपनी चीख को भीतर ही दबा लिया, जिसे देख माईया के चेहरे पर मुस्कान बिखर गई और बोली "रहस्यमई दुनिया, यही कहते थे न तुम्हारे कबीले वाले" और वापस अपने बिस्तर पर आँखें बंद कर सो गयी। इस बात से वह दस साल का लड़का अपना घर याद कर बोलने लगा, "वहां पर भी ऐसी ही आग जलती थी पर हमेशा नहीं, मां किसी तरह यह आग जलाया करती थी, किस तरह यह बात मैं भूल चुका, या शायद मुझे पता ही नहीं"। माँ शब्द के साथ माईया की आँखे खुली और उसने उसे अपने पास बुलाया और उसके गालों को चूमकर बोली "मां की याद आ रही है?" परवानाली कुछ ना बोला बस अपने हाथ को देखता रहा, जो अभी–अभी अंगारे से जला था, उसको इस भीषण नरसंहार के बाद कुछ याद नहीं था, उसे केवल इतना ही याद आ रहा था कि "शाम का समय था, जब सूरज अपनी ढलान पर था और वह उसके पिता के साथ तरबूज के खेतों से लौटने की तैयारी कर रहा था, जहाँ वो ज़मीन को कुरेद–कुरेद कर अपने खेतों की तस्वीर उकेर रहा था, तभी आतंकियों ने हमला कर दिया। वह अपने पिता के साथ भागता हुआ अपने कबीले आया, जहां

लूटेरों का एक दल पहले से मौजूद था और उनका पूरा कबीला उजाड़ डाला गया था। तब उसके पिता ने एक औज़ार से जिससे वो खेती करते थे, उठाकर उन लुटेरों का सामना किया था और उसकी मां जिसके वस्त्र पूरी तरह से निकले हुए थे, को जिंदा ही जलाया जा रहा था। उसकी बहन के साथ जो कि उससे केवल कुछ वर्ष ही बड़ी थी, उसके साथ कुछ लोग बिना कपड़ों के कोई गंदा खेल कर रहे थे और हंस रहे थे। इधर उसके पिता को बहुत सारे लोग जिनके हाथों में पत्थर और हड्डियों से बने हथियार थे, उन हथियारों से एक के बाद एक वार कर रहे थे और वह खुद कुँए की एक मुंडेर के पीछे छिपकर यह सब देख रहा था। उस मुंडेर पर जो चित्रकारी पत्थरों से खुरच-खुरच कर बनी हुई थी, जिसमें उसका कबीला दिख रहा था, जिसे वो डर में या गुस्से में कुरेद-कुरेद कर मिटा रहा था, तभी एक लुटेरी का हाथ आया और उसे अपने बदबूदार कपड़ों में छुपा लिया"। इसके साथ ही परवानाली की आंख खुली तो उसने उसी औरत को अपनी बगल में सोते हुए पाया।

सूरज सिर पर चढ़ आया था। उसने उठकर पूरे घर की साफ सफाई कर दी, और खाने के लिए कुछ ढूंढता रहा, लेकिन खाने को जब कुछ न दिखा तो उसने रात की जूठन में हाथ डाल कर देखा जहां अब केवल हड्डियों में लिपटे हुए मांस के अधपके टुकड़े ही पड़े थे, उसने उन्हीं से भूख मिटाने की बहुत कोशिश की पर असफल रहा। तब गुस्से में उसने उस हड्डी को जोर से ज़मीन पर मारा, जिससे ज़मीन पर एक सितारे जैसी आकृति उभर आई जिसको देख परवानाली की भूख मिट गयी, और वो वहीं बैठा-बैठा उस ज़मीन पर आकृतियाँ उकेरने लगा। लेकिन उसकी ये चित्रकारी कुँए की मुंडेर वाली चित्रावली से भिन्न थी, इसमें अब मारकाट वाले दृश्य थे और जब वह एक दृश्य पर आकर रुका, जहां चार ढांचे एक ढांचे पर लिपट रहे थे तो उसका हाथ कांपने लगा और उसने पाया कि एक मर्दानी हाथ ने उसके हाथ को संभाला और उठाकर सीधा कर दिया।

यह माईया थी, वह बोली, “ताकत ही सबसे बड़ा हथियार है, इससे तुम सूरज को भी पा सकते हो और रोते वह है, जिनमें ताकत नहीं, जो कमजोर हैं”। माईया के फूले हुए नथुने और हाथ पकड़ने की ताकत परवानाली को बता रही थी कि माईया उसे रोने से रोक रही है, वो उसे हिम्मत और होंसले की बात कह रही है, जिससे वो अपने परिवार को फिर से पा सकता है, और यह बात परवानाली ने गांठ बांध ली। वह इसी बारे में हर समय सोचता रहता और भवन व कबीले के कामों में लग गया। अब वो अबरू भाषा को धीरे–धीरे सीखने लगा, जो कि उसके लिए बहुत कठिन काम नहीं था, क्योंकि बहुत से शब्दों से वो पहले से ही परिचित था, बस उनके उच्चारण का तरीका थोड़ा भिन्न था।

वह हर जगह पत्थरों व हड्डियों से कुरेद–कुरेद कर चित्र श्रृंखला बनाया करता था। उसके चित्रों में लड़ाई–झगड़े व मारकाट ही अधिक दिखते थे और यह चित्र वहां के लोगों को बहुत भाते थे। इन चित्रों से उनका मनोबल और उत्साह बढ़ता था। वे जोश में रहते और मठाधीश की आज्ञा की प्रतीक्षा करते रहते। इस तरह परवानाली धीरे–धीरे पूरे कबीले का चहेता होने लगा। अब जिस भी दल का व्यक्ति सम्मानित होता, वह परवानाली को ही मांगता। परवानाली उनके साथ पूरा एक दिन बिताता। उनके घर के काम भी करता जाता और उनके किस्से सुन–सुन कर, उनकी ज़मीनों पर उनकी चित्रश्रृंखला बनाता रहता। औरतों को तो उससे अलग ही लगाव हो गया था। वह सभी उसे अपने पास सुलाती भी थी।

और माईया की निगाहें उसमें ना जाने क्या टटोलती रहती, जहाँ परवानाली माईया से दूर होते हुए भी उसके सबसे करीब था।

“फूल बबूल के हों या गुलाब के, किसी को भी बुरे नहीं लगते ...”

घटनांक - 3

समय का पहिया अपनी रफ़्तार पर था और परवानाली अब जवान दिखने लगा था। केवल औरतें ही नहीं अब तो आदमी भी उसको चाहने लगे थे। उसका रंग और रूप कबीले के लोगों से थोड़ा ही अलग था, वो कुछ हद तक मठाधीश के रंग सा दिखने लगा था। माईया अब बूढ़ी हो चली थी, और उसे भवन में अपनी अंतिम इच्छा के अनुसार रख दिया गया था, जहाँ वो अपनी अंतिम सांसे गिन रही थी। तब एक सख्त आदमी को लूटेरे दल का मठाधीश बनाया गया, जिसका नाम था एहसोई। एहसोई मठाधीश का बहुत ख़ास था, जो कि उसकी ओर से पूरे कबीले पर नज़र रखे हुए था, साथ ही परवानाली पर भी। माईया इस बात को जानती थी, इसलिए वो अपने कबीले के लिए चिंतित भी थी, खासकर परवानाली के लिए क्योंकि उसकी इतनी वर्षों की निष्ठा के बाद भी उसे अब तक वो दर्जा नहीं मिला जो उसके बाद आये दास–दासियों को प्राप्त हो चुका था। परवानाली अब भी दास ही बना हुआ था।

एक दिन एहसोई ने लूट के बाद परवानाली की मांग की और उसे अपने घर ले आया। नशे में सवार होकर वह परवानाली के बदन पर टूट पड़ा। वह उसे खरोंचने लगा, उसके कपड़े उतारने लगा। यह बात परवानाली को पसंद नहीं आ रही थी। उसे समझ नहीं आ रहा था कि एहसोई उसके साथ ऐसा क्यों कर रहा है। उसने एहसोई को मना किया तो उसने परवानाली को एक मुक्का मार दिया। इस पर परवानाली के गुस्से की

सीमा नहीं रही। वह भूल गया कि वह दास है और बचपन से अपने सीने में दबी हुई उस गुस्से की आग को अपनी ताकत बना उसने भी जमकर एक मुक्का एहसोई को मारा, तो नशे में धुत्त एहसोई वहीं एक गुलाटी खाकर बिखर गया और परवानाली का गुस्सा कुछ ही पलों में गायब हो गया, अब वो बस अपने किये पर पछता रहा था, कि उसे अगली सुबह मटकी की सज़ा दी जाऐगी।

अगले दिन एहसोई ने मठाधीश को इसकी शिकायत की, जो कि उम्र का एक बड़ा चरण पार कर रहा था। लेकिन उसके चेहरे पर बिखरी हुई सलवटें बता रही थी कि वो अब भी खुश नहीं था। उसे कुछ और भी चाहिए, जो वो अब तक हासिल नहीं कर पाया, या वो अपने किये कार्यों का पश्चाताप कर रहा था। वहां जमा मठायुक्तों के दल ने उसे निर्णय लेने को कहा, तो मठाधीश ने स्वच्छन्दता के नियम का हवाला देकर कहा, “दोनों ही पक्षों को अपनी बात रखनी चाहिए”, क्योंकि वो परवानाली को सीधे तौर पर सज़ा नहीं दे सकता था। अब परवानाली पूरे कबीले का चहेता हो चुका था। उसका गलत निर्णय कबीले में विद्रोह पैदा कर सकता था। चूँकि अबरू लोग अब भी माईया को मानते हैं, जो वहीं भवन में एक शिला पर लेटी हुई हर कार्यवाही में शामिल रहती है और माईया परवानाली को हर आफत से बचाना भी चाहती थी। इसीलिए मठाधीश इस उम्र में ऐसा जोखिम नहीं उठाना चाहता था। उसने एहसोई का पक्ष सुनने के बाद परवानाली को अपना पक्ष रखने को कहा, तो परवानाली जो कि अब तक डर में खड़ा हुआ था, ने एक ही सांस में सब बता दिया जो कुछ भी घटा था। इस पर सभी आदमी–औरत, जो वहां उस सुनवाई में उपस्थित थे बोले, “यह तो स्वछंदता के नियम के विरुद्ध है। ऊपर से एक

आदमी दूसरे आदमी के साथ जबरदस्ती संबंध बनाये, यह तो बिल्कुल एक अपराध है"। इस पर परवानाली की सांस में सांस आने लगी तो उधर से एहसोई बोला, "परवानाली दास है। मैं जो चाहे उसके साथ कर सकता हूँ"। तब परवानाली की राहत को फिर से नज़र लगी, बाकि सभी लोगों ने कानाफूसी करना आरंभ कर दिया और माईया शिला पर लेटी हुई मठाधीश की ओर ही देख रही थी। ऐसा कबीले में पहली बार हुआ था, कि किसी दास के साथ जबरदस्ती की शिकायत आई हो और वो भी कोई आदमी की आदमी के साथ। चूँकि स्वच्छन्दता का नियम जबरदस्ती के विरुद्ध है, पर यदि दास के साथ जबरदस्ती हुई हो तब क्या करना चाहिए, इस पर अब तक कानून नहीं बना था। ऊपर से यह मुकदमा परवानाली पर था, जो अब पूरे कबीले का चहेता हो चुका था और जिस पर माईया की ख़ास नज़र थी। यह देख मठाधीश ने ऐसा निर्णय लिया जिससे किसी को बुरा ना लगे। वह बोला "यह स्वच्छंदता नियम के विरुद्ध है। पर यह लड़का दास भी है, इस बात को भी नकारा नहीं जा सकता। इसलिए इसकी कार्यकुशलता और प्रकृति को देखते हुए इसे दासता से मुक्त कर इसे लुटेरों के दल में शामिल किया जाता है"। इस बात से सभी लोग खुश हो गए। एहसोई को सजा नहीं मिली इसलिए वह संतुष्ट तो था, लेकिन परवानाली के प्रति उसके मन में गुस्सा भर चुका था। परवानाली भी इस निर्णय से रात वाली बात को भुला बैठा। क्यूँकि अब वो दास नहीं है, अब उसे लोगों के घर काम नहीं करना पड़ेगा। अब उसका खुद का भी एक घर होगा और वहां उपस्थित सभी लोग खुश थे कि परवानाली बच गया। इसी खबर के साथ माईया ने अपनी अंतिम बची हुई सांस को बाहर फैंक दिया जिसे वो अब तक अपने सीने में भर चुपचाप लेटी हुई थी और इस कबीले

को अपना आखिरी प्रणाम कह दिया।

"फल तो हर बीज की नियति है, लेकिन उसका असर ही उसकी परिणति तय करता है..."

घटनांक - 4

अब परवानाली चित्र नहीं बनाता था, वह लुटेरों के साथ लूट में जाता था। हालांकि वह दूसरे लोगों के साथ भी रहना चाहता था, क्योंकि उनसे वह उनके किस्से सुनकर उनके घरों की जमीनों और दीवारों जो कि अब मिट्टी से लिपे होते थे, पर उन किस्सों को उकेरा करता था, जिससे उसे लूट के अलग–अलग तरीके सीखने को मिलते थे। अब वह अपना अधिक समय लूटों में ही बिताता था।

एक दिन कबीले में खबरी दल ने खबर दी की रेगिस्तान के उस पार एक बहुत बड़ा जलाशय है जो कभी नहीं सूखता। जहाँ पर पानी एक दिशा से दूसरी दिशा में बहता रहता है, जिसे वो लोग नदी कहते हैं। उनके औज़ार–हथियार, पत्थर और हड्डी के नहीं, किसी अलग ही चीज के बने हैं"।

खबर मिलते ही अबरू कबीले में लूट की तैयारियाँ शुरू हो गयी, लेकिन मठाधीश के चेहरे की सिलवटें आने वाले कल की घबराहट बता रही थीं।

"आम कह देने से करेले के बीज, आम के फल नहीं देते...."

घटनांक - 5

परवानाली लुटेरों के दल के साथ लूट में शामिल हो उस कबीले गया, जो कि नदी किनारे था। वहां उसने जो औज़ार और हथियार देखे वो उनके पत्थरों से बने हथियारों से सचमुच ही अलग थे। ये किसी हड्डी के भी नहीं थे। ये अजीब सी चमक रखते थे और इनके हथियारों से अधिक मजबूत व हलके थे। वो इन संसाधनों का रहस्य जानना चाहता था और अपने लूटेरे दल को वहीं लूटमार में छोड़ वो उस कबीले के बाहर आ खड़ा हुआ। तब उसने उस कबीले की मुंडेर से देखा कि 'नदी के दूसरे छोर पर एक पत्थरों से बना ऊंचा पहाड़ दिख रहा है, जो कि प्राकृतिक नहीं है, जिसके आस–पास एक समृद्ध कबीला भी बसा हुआ है, शायद उन्ही लोगों ने ये पहाड़ भी बनाया होगा, और वो कबीला चारों ओर से पत्थरों की ही दीवार से घिरा हुआ है, जो कि दो आदमियों जितनी ऊँची होगी। परवानाली सोचने लगा कि 'जरुर ये हथियार वहीँ से बनकर आये होंगे, क्योंकि यहाँ इस कबीले में तो ऐसी कोई विशेष बात नज़र नहीं आई, जिससे ये सिद्ध हो कि ये हथियार इन्होंने ही बनाये हों'।

परवानाली ने यह बात लूट के बाद हुई संगोष्ठी में कही, तो सवाल उठा कि 'वो नदी पार कैसे जाएंगे? उनमें से दरिया दल के अलावा किसी को तो तैरना भी नहीं आता'। तब परवानाली ने सुझाव दिया, "जिस नगर से हम लूटमार करके आए हैं, वहां मैंने नदी किनारे बहुत सी लंबी लकड़ियों को दोने के आकार में देखा था। जिनके बारे में उस कबीले

से लाये गये दास–दासियों ने बताया है कि वे उन दोनों जिन्हें वे लोग 'नौका' कहते हैं, के द्वारा ही नदी पार करते हैं। हम भी उन्ही नौकाओं का उपयोग कर उस पार जा सकते हैं"। तब एहसोई, जो कि परवानाली को नीचा दिखाने की जिद किये बैठा था, बीच में ही बोला "वह नौका चलाएगा कौन? हममें से किसी को उसका तरीका नहीं पता"। इस पर परवानाली ने एक सुझाव और दिया, "जिन दास–दासियों को हम अपने साथ लाए हैं, उन्हें अपने दरिया दल के लोगों के साथ मिला कर ले चलेंगे, वही हमें उस पार लेकर जाएंगे"। इस पर एहसोई को फिर से उसकी बात को ख़ारिज करने का मौका मिल गया और बोला, "वह ऐसा क्यों करेंगे? वहां से तो उनके संबंध होंगे, वो उल्टा वहां पहुंचने से पहले ही चिल्ला कर उन्हें आगाह कर सकते हैं, और हमारी जान जोखिम में डाल सकते हैं"। इस पर परवानाली थोड़ा रुका और सोच कर बोला "वह ऐसा नहीं करेंगे, क्योंकि हम दास–दासी उन्हीं को तो बनाते हैं, जिनको मरने से डर लगता है"। इस पर सभी परवानाली की युक्ति और सूझबूझ पर मुस्कुरा दिये और योजना पर सहमत हो गए साथ ही परवानाली को ही लूट की योजना बनाने को कहा कि "कब वहां से निकलना है? किस–किस का क्या–क्या दायित्व होगा?" तब परवानाली ने कहा "योजना तो मैं बना दूंगा, लेकिन एक शर्त है"। सभी परवानाली की ओर सवालिया निगाहों से देखने लगे, तभी परवानाली ने कहा, "वहां किसी के भी साथ जबरदस्ती शारीरिक संबंध कोई नहीं बनाएगा। यह स्वच्छंदता नियम के विरुद्ध है", इस बात से सभी ने सहमती जताई और परवानाली के इस निर्णय का सम्मान भी रखने की शपथ ली, पर एहसोई बस अपना मुंह बनाकर रह गया। उसका लूट योजना का अधिकार उससे छिन चुका था।

योजना पर काम आरंभ हुआ। परवानाली चित्रों के माध्यम से सभी को पूरी योजना की रूप रेखा समझाने लगा, कि "दरिया दल के कौन लोग दोने चलाने वाले दल को संभालेगे और कौनसा दल उस कबीले की दीवारें गिराएगा, कौन खाने–पीने की चीजें जुटायेगा और कौन लड़ाई लड़ेगा, साथ ही उसने खबरी दल को उस कबीले के रहन सहन व तौर–तरीके जानने के लिए रवाना कर दिया"। उसने खुद को लड़ाई वाले दल में ही शामिल रखा और वह दिन आया जब खबरी दल ने उसे आकर सूचना दी कि 'ये कबीला एक बड़े कबीले का हिस्सा है, जो वहां से आधे दिन की दूरी पर है। इस कबीले के लोग दिन भर काम करते हैं और रात को सभी अपने–अपने घरों में आराम करते हैं। रात को वहां का सुरक्षा दल भी आराम करता है। बहुत कम लोग ही सुरक्षा व्यवस्था में रहते हैं या काम के लिए जागते हैं। किन्तु पिछली लूट से वे लोग सतर्क हैं, इसलिए सुरक्षा दल एक नियम के तहत बारी–बारी सुरक्षा का ध्यान रखता है। लेकिन हम उन्हें आसानी से लूट सकते हैं, क्योंकि बड़ी सेना मुख्य कबीले में रहती है। वो जब तक आएगी, तब तक लूट–मार कर अबरू वापस आया जा सकता है'। ये सब सुन परवानाली के मन में भविष्य के कुछ चित्र बनने लगे। वो क्या थे? कैसे साकार होंगे? इस बात को उसने समय पर ही छोड़ दिया।

अबरू कबीला परवानाली के नेतृत्व में पहले उस कबीले पहुंचा, जहाँ पिछली बार लूट की थी। फिर वहां से सभी उन नौकाओं में सवार होकर रातों–रात नदी पार उस कबीले पहुंच गए और अचानक से वहां धावा बोल दिया।

इस कबीले की दीवारें पहले के लूटे हुए कबीलों के मुकाबले

मजबूत थी, जिनको तोड़ने में इनके पत्थरों और हड्डियों से बने हथियार ही चटकने लगे और एहसोई वहीं पर जोर–जोर से उन दीवारों पर प्रहार करता चिल्लाने लगा, जिससे वहां के लोगों को लुटेरों का संकेत मिल गया और उस कबीले में हड़कंप मच गया। लेकिन उनके योद्धा तैयार होते, उससे पहले ही परवानाली ने लुटेरों को एक दूसरे की मदद से दीवारों पर चढ़ाया और उस कबीले पर धावा बोल दिया। चारों और बस चीख पुकार थी। धधकती आग थी, लोग मार रहे थे, लोग मर रहे थे। तभी परवानाली ने एक लड़की की चीख सुनी तो पाया कि उस पत्थरों के पहाड़, जो कि यहीं के लोगों ने बनाया है, के पास से एहसोई एक लड़की को उठाकर पहाड़ के पीछे की तरफ ले जा रहा था। परवानाली उसके पीछे गया और ऐसा करने से उसे रोका तो उसने परवानाली पर हाथ उठाया, पर परवानाली के पीछे अबरू लुटेरों को देख चुप रह गया और लड़की को छोड़ दिया। लड़की भाग कर उस पहाड़ी के भीतर घुस गयी, जहाँ एक लम्बी सुरंग थी। परवानाली भी उसके पीछे–पीछे भीतर गया । वो सुरंग एक कक्ष में जाकर खुली। परवानाली ने पाया कि वहां एक बड़ी सी आग जल रही है, उस आग के ऊपर एक अजीब से चमकते बर्तन में लावा उबल रहा है और वह लड़की एक आदमी से लिपटी हुई है, जिसके कपड़े आधे जले हुए हैं और वह पूरा धुएं से काला पड़ा हुआ है। उसकी सिर्फ आंख और दांत ही नज़र आ रहे हैं। धुआं उस लड़की से लगकर उसे भी काला कर रहा है। तभी लुटेरों का एक दल जिनको संसाधन जुटाने की जवाबदारी दी गयी थी, कुछ कातिल लूटेरों के साथ परवानाली का पीछा करते हुए वहां आ पहुंचा और वहां रखे नए हथियारों पर टूट पड़ा, उनमें से एक कातिल लुटेरे ने उन दोनों आदमी और लड़की को मारने की कोशिश

की तो परवानाली ने उसे रोक दिया और उन दोनों के पास जाकर एक पत्थर पर अपना पैर जमा दिया, तब उस आदमी ने उस लड़की के सिर पर हाथ फेरा और अपना सिर परवानाली के पैरों में रख, दास–दासी बनना मंजूर कर लिया। परवानाली ने सभी को वहां से बाहर जाने को कहा। सब वहां से चले गए और परवानाली ने वहां से बाहर निकलते समय एक अलग ही तरह से बने हुए चमकते हथियार को देखा, जो कि पिछली लूट में हासिल हथियारों सा ही दिख रहा था। वह दिखने में काफी बड़ा और भारी लग रहा था। उसने उसे उठाने पर पाया कि वह भी पिछले हथियारों की तरह उसके पत्थरों के हथियार से काफी हल्का है। उसने उस हथियार से अपना पूरा दम समेट कर कक्ष की दीवार पर एक वार किया तो दीवार में एक चिंगारी के साथ एक छोटी सी दरार आ गई, लेकिन वो हथियार अब भी वैसा का वैसा ही था। परवानाली खुश हो गया और उस दरार को ध्यान से देखने लगा। उसे अब याद आने लगा था कि माँ आग कैसे जलाया करती थी। उसने वहां पर हो रहे हर काम को ध्यान से देखा और फिर उन दोनों को अपने साथ चलने को कहा।

आदमी और लड़की परवानाली के साथ अबरू कबीले तक आ गए, जहां नई खोज के लिए जश्न हुआ, साथ ही एहसोई के स्वच्छन्दता नियम को तोड़ने के कारण उसे लूटेरों के मठायुक्त पद से हटा कर लोगों की पसंद से परवानाली को ही लुटेरों का अगला मठायुक्त घोषित कर, वो दोनों, आदमी और लड़की परवानाली के हवाले कर दिए गए और प्रथा के अनुसार उनका नाम रखने को कहा तो परवानाली ने अगले दिन तक का समय मांग लिया। जश्न अपने उफान पर था, सभी लोग ताड़ी के नशे में चीख रहे थे जिससे उन दोनों नवागंतुक दास –दासी के मन में अजीब सा

भय घर कर रहा था, जिसे परवानाली ने पहचान लिया और उन दोनों को वहां से अपने घर ले आया।

परवानाली ने उनको घर का एक कोना दिखाया और नशे में धुत्त अपने बिस्तर पर जा गिरा। तब आदमी ने देखा कि दरवाजे वाला स्थान खुला है और वहीं वो हथियार पड़ा है जो कि उसने बनाया था। वो जैसे ही हथियार की तरफ बढ़ा, परवानाली की आंखें खुल गई। वह तुरंत उठा और उसने उस लड़की को पकड़कर अपने बिस्तर पर पटक दिया और उस पर चढ़ने लगा। यह देख उस आदमी ने परवानाली के पांव पकड़ लिए और गिड़गिड़ाने लगा कि 'उसकी बेटी को छोड़ दिया जाए, वह जो चाहेंगे वह करने को तैयार है'। इस पर परवानाली को आश्चर्य हुआ कि यह आदमी उस भाषा में बोल रहा है, जो उसके पिता के यहां बोली जाती थी। पर अब वो ये भाषा समय के साथ भूल चुका है, बस कुछ ही शब्द उसे याद हैं। वह उठा और दरवाजे के पास रखे उस हथियार के पास गया, जहां केवल दरवाजे का खांचा बना हुआ था पर दरवाजा नहीं। वहां से उसने उस हथियार को उठाया और उस आदमी के पास आया। आदमी ने आंखें मींच ली और हाथों को बांधकर अपनी मौत का इंतजार करने लगा, उधर वह लड़की भी चुपचाप आंखों में आंसू भर कर पत्थर बनी, यह सब होता देखती रही। लेकिन जब बहुत देर तक कोई हरकत ना हुई तो उस आदमी ने आंखें खोली और पाया कि परवानाली उसके सामने वही औज़ार लिए बैठा है। तब परवानाली ने उनकी ही भाषा में उनसे पूछने की कोशिश की, "इसे क्या कहते हैं ? और यह बनते कैसे हैं?" इस बात से वह दोनों आदमी और लड़की चौंक गए और एक दूसरे को देखने लगे कि तभी परवानाली चीखा कि "इसे क्या कहते हैं?" वह आदमी तुरंत बोला

"हथौड़ा"। परवानाली के चेहेरे पर एक हल्की सी मुस्कान थी, उसने धीरे से दोहराया "हथौड़ा"और बोला "इसे बनाते कैसे हैं?" आदमी ने दरवाजे की तरफ देखा तो परवानाली भी पलटा, उसने पाया कि बाहर जश्न चल रहा है, लोग आ जा रहे हैं। परवानाली उठा, बाहर निकला और एक बड़े पत्थर से दरवाजे को ढँक, घर के अंदर चला गया। यह देख जश्न मना रहे सभी लोग सोच में पड़ गए, क्योंकि इस कबीले के हर घर के द्वार खुले ही रहते हैं, लेकिन परवानाली ने ऐसा किया, मतलब कोई कारण होगा। यह सोचकर सभी अपने-अपने काम में लग गए, लेकिन उनकी निगाहें उस पत्थर पर ही टिकी हुई थी, जिसके भीतर परवानाली उन दोनों दासों के साथ था।

जब परवानाली भीतर आया तो उसने पाया कि आदमी उस लड़की को कुछ बोल रहा था, क्या बोल रहा था ये वो ठीक से सुन और समझ नहीं पाया लेकिन जो वो सुन पाया था वो केवल इतना था कि "नज़र रखनी है"। परवानाली आदमी के पास गया और उससे उसका नाम पूछा तो वह आदमी बोला, "सियोल्पा और ये लड़की मेरी बेटी मार्गरिटा है"। परवानाली को अचानक ना जाने क्या विचार आया उसने मार्गरिटा को उठाया और जलती हुई सिगड़ी के पास ले आया, फिर उस जलती हुई सिगड़ी को वहां रखे लकड़ी के बने बर्तन में भरे पानी से बुझा दिया, पूरे घर में तब अँधेरा था, बस झोंपड़े की दरारों से छन कर आ रही बाहर की रोशनी ही भरी हुई थी, जिससे केवल अंदाजा लगाया जा सकता था कि 'कौन कहाँ है और क्या कर रहा है'। अब परवानाली ने मार्गरिटा को फिर से आग जलाने को कहा, मार्गरिटा परवानाली के इस पागलपन से थोड़ी घबरा गयी थी, उसने परवानाली से अपने बाजू को

छुड़वाया और अपने पिता की ओर हाथ फैलाया, सियोलूपा ने अपने कपड़ों में हाथ डाला और दो पत्थर मार्गरेटा को दिए, जिनको सिगड़ी में रखे हुए आधे जले लकड़ी के टुकड़ों पर रगड़ने से, उस घर में पहले सा उजाला हो गया और गीली लकड़ियाँ चटक–चटक कर जलने लगीं। परवानाली के चेहरे पर एक तिरछी मुस्कान बिखरने लगी, तब सियोलूपा परवानाली के पास आया और उसे एक वादा करने को कहा, "यदि तुम मेरी बेटी को दासता से मुक्त करवा दो, तो मैं जीवनभर तुम्हारा दास बनकर तुम्हारे लिए ऐसी कई शोध कर दूंगा"। तब परवानाली ने पूछा "शोध का क्या मतलब?" योलूपा ने कहा "इस प्रकृति में बहुत सी ऐसी चीजें हैं जिनके बारे में कोई नहीं जानता। हम लोग उनको खोजते हैं और उनके प्रयोग करते हैं, उसी को शोध कहते हैं"। उसने बताया कि 'उसी शोध से उन्होंने धातु विज्ञान को खोज निकाला है और धातुओं के प्रयोग कर ऐसी कई चीजें बना लेते हैं जैसे घर के लिए खिड़की दरवाजे, घर के बर्तन भांडे, औज़ार, हथियार इत्यादि'। परवानाली तुरंत खड़ा हुआ और कमरे में घूमने लगा, वह कुछ सोच रहा था पर उसे सूझ नहीं रहा था, तभी उस आदमी ने कहा "एक युक्ति है।" परवानाली ने पूछा "क्या?" वह बोला, "अगर तुम मेरी बेटी से विवाह कर लो"। इस पर परवानाली ने उस आदमी की गर्दन पकड़ ली और एक तरफ ले जाकर बोला "यहां स्वछंदता का नियम चलता है, यहां ऐसी कोई प्रथा नहीं है। यहां कोई भी आदमी किसी भी औरत के साथ और कोई भी औरत किसी भी आदमी के साथ संबंध बना सकते हैं"। अचानक उसे ख्याल आया कि 'जो वो सोच रहा था वो इस आदमी को कैसे मालूम चल गया', और उसकी पकड़ सियोलूपा की गर्दन से ढीली पड़ गयी। तब सियोलूपा चुपचाप जाकर

अपनी जगह बैठ गया। अब परवानाली रात भर इसी बात को लेकर सोचता रहा कि "शायद उस धातु विज्ञान से ही इन्हें दूसरे के मन की बात भी समझ आ जाती है, इसलिए अगर उसे वह धातु विज्ञान मिल जाए तो वह सबसे अधिक ताकतवाला हो जाएगा"।

अगले दिन भवन में संगोष्ठी में जहां आगामी योजनाओं की तैयारियां चल रही थी, वहां परवानाली ने देखा कि 'कुछ लोग किसी बड़े पत्थर पर एक छोटे से पत्थर से कुरेद–कुरेद कर कुछ चिन्ह बना रहे हैं'। उसने एक व्यक्ति से पूछा तो उसने बताया कि "यह स्वछंदता की नियम शिला है, इस शिला पर खोजी दल और लुटेरे दलों के मुखिया जो कुछ ऐसा नया सीख कर, सुन कर या देखकर आते हैं, जो यहां के कबीलाईयों के फायदे का है, उसे मठाधीश की इजाजत से इन शिलाओं पर लिख लिया जाता है और पूरे कबीले में उसको प्रचार दल की सहायता से फैला दिया जाता है"। तब परवानाली ने उस पत्थर के पास जाकर हाल ही में उकेरे गए चिन्ह देखे, जो बता रहे थे, कि 'दरवाजे ढंके होने चाहिए ताकि सूरज की रोशनी से सुबह की नींद ना टूटे'। ऐसी कई शिलाएं वहां थी जिन पर अलग–अलग दलों के आधार पर नियम लिखे हुए थे। यह 'घर निर्माण' वाली शिला थी। तभी मठाधीश अपने कुछ सहायकों की मदद से वहां पहुंच गया, जो कि चलने में ही लाचार दिखने लगा था। मठाधीश के आते ही नियमों की योजना पर बातचीत शुरू हुई, इस पर परवानाली ने कहा, "स्वच्छंदता के नियम के अंतर्गत एक नियम और होना चाहिए, विवाह का नियम"। यह कहते ही उसने पाया कि पूरा भवन एक दम शांत हो गया, सभी एक दूसरे को देखने लगे। इसकी परवाह किये बिना परवानाली ने कहना जारी रखा "जिस कबीले से मैं आया हूँ, वहां पर भी

ऐसा नियम होता था, इससे हम पशुओं से थोड़ी और भिन्नता पा लेंगे, आप सभी इस पर अपनी सलाह रखें"। इस पर वहां बहस शुरू हो गई कि "इससे उनकी स्वच्छंदता चली जाएगी। एक आदमी और एक औरत जीवनभर के लिए एक दूसरे से ही बंधे रहेंगे और फिर हममें और दूसरे कबीलों में अंतर ही क्या रह जाएगा?", तब परवानाली ने बताया कि "इससे कबीले की व्यवस्था में सुधार होगा। सभी लोगों में एक परिवार की भावना आएगी और परिवार की भावना से सभी इस कबीले के प्रति भी ऐसी ही भावना पा लेंगे क्योंकि ये कबीला भी हमारा परिवार है"। इस बात के साथ वहां दो दल बन गए एक जो परवानाली की इस बात का समर्थन कर रहा था और एक जो विरोध। मठाधीश ने हालात बिगड़ते देख अपनी टूटी-फूटी आवाज में कहा, "इसके लिए एक और दल बनाया जाए. जो आपस में सलाह कर किसी निर्णय तक पहुंचे", तब उनमें से चुनिंदा लोग निकलकर मठाधीश के साथ इस नियम पर चर्चा करने लगे, बाकी सभी उस भवन से बाहर निकल आए। कुछ देर के बाद भीतर से आवाज आई और सभी भीतर चले गए। अब निर्णय सबके सामने आया कि "स्वच्छन्दता के नियम को बरकरार रखते हुए आदमी-औरत को यह स्वतंत्रता दी जाएगी कि वह किसी भी एक आदमी-औरत का चुनाव कर उनके साथ वैवाहिक संबंध बना सकता है, और जो स्वच्छंद ही रहना चाहे वह भी स्वतंत्र हैं, पर इसकी दो शर्ते हैं कि विवाह के बाद फिर वह किसी और के साथ विवाह नहीं कर पाएंगे और दूसरा यह कि वह दोनों बस रात को ही एक दूसरे से मिल पाएंगे बाकी पूरा दिन वह कबीले व भवन की सेवा में वैसे ही रहेंगे जैसे रहते आये हैं"। इस बात से परवानाली खुश हो गया तब मठाधीश ने उसे अपने पास बुलाया और उसके कान में कहा,

"तुम अबरू को बर्बाद करने का कारण बन कर आये हो", परवानाली उसकी इस बात से हैरान रह गया, वो तो अब इसी को अपना घर मानने लगा है, लेकिन मठाधीश ने ऐसा क्यों कहा, वो समझ नहीं पा रहा था, कि तभी लोगों की आवाज़ आई, "मठाधीश क्या कह रहे हैं?", इस पर परवानाली जोर से बोला, "इस नियम की शुरुआत मठाधीश मुझसे ही करना चाहते हैं..", और मठाधीश को फिर से हैरानी से देखने लगा, जो कि आँखें बंद कर वहीं नींद निकाल रहा था। लोगों ने उससे पूछा कि 'क्या वो इस बात पर राजी है?' परवानाली ने ये कहते हुए तुरंत मंजूर कर लिया कि 'मठाधीश अबरू परिवार के मुखिया हैं, इसलिए मैं उनकी इस इच्छा को तुरंत स्वीकार करता हूँ और मार्गरिटा को ही अपनी पत्नी के रूप में चुन लेता हूँ, जिसे हम अभी दासी बना कर लाये हैं', तब लोगों को लगा कि शायद एक रात में ही उसे उस लड़की से प्रेम हो गया है, फिर उससे पूछा, "और उस आदमी का क्या नाम रखा?" तो परवानाली बोला, "सियोल्लूपा"। लोगों ने नाम रखने का कारण पूछा तो परवानाली बोला, "क्या आप लोगों को पता है कि आप यहाँ क्यों हैं?" तब सब दूर सन्नाटा छा गया, फिर परवानाली बोला, "ऐसे ही कुछ बातें अकारण ही होती हैं" और फिर मठाधीश की ओर मुड़ कर बुदबुदाया, "लेकिन मैं हम दोनों के यहाँ होने का कारण ढूँढ़ कर ही रहूँगा"।

अब विवाह की एक प्रथा बनाई गई जिसमें "मठाधीश को ही सर्वशक्तिमान मानकर उसके सामने दोनों ही कसम खाएंगे कि वह जीवनभर एक दूसरे के अलावा किसी और से संबंध नहीं बनाएंगे", और तुरंत ही परवानाली और मार्गरिटा के विवाह की घोषणा के साथ पूरे कबीले को इस नए नियम की जानकारी भी दे दी गई। परवानाली को पसंद करने

वालों ने इस नियम का आदर किया और खुद भी इस नियम का पालन करने लगे।

अब परवानाली कबीले की तरक्की में लग गया। सियोत्लूपा, कबीले के अन्य दलों में शामिल कर लिया गया और मार्गरेटा को कबीले में स्वच्छंदता नियम का प्रचार करने वाले दल में शामिल कर दिया गया क्योंकि अब वह दासी नहीं रही थी। देखते ही देखते पूरे कबीले का कायाकल्प होना शुरू हो गया। सभी घर अब मजबूत होने लगे और उनका आकार भी पहले से बड़ा होने लगा था। मुख्य भवन का भी कायाकल्प स्वाभाविक था, लेकिन एहसोई परवानाली के इन बढ़ते क़दमों से कुंठित रहने लगा और परवानाली के विरुद्ध साजिश करने लगा, जिसके लिए उसने उन लोगों को अपने साथ मिला लिया जो अब भी स्वच्छन्द थे।

"आवश्यकता आविष्कार की जननी है और आविष्कार नियमों के संरक्षण में पनपता है.."

ΨO∞ꝏ

घटनांक - 6

परवानाली ने अपने प्रशंसकों और सियोल्पा की सहायता से अपने घर में एक गुप्त तहखाना बनवाया, जहां सियोल्पा जो कि खोजी दलों के साथ उनकी सेवा के लिए दास बनकर कभी पहाड़ों पर तो कभी जलाशयों में तो कभी जंगलों में जाता और वहां से अपने साथ कुछ ऐसे पत्थर छिपाकर ले आता जिनसे धातु बनाई जा सके और वह पत्थर परवानाली के तहखाने में लाकर रातभर अलग–अलग धातुओं के शोध करता। वह परवानाली को धातुविज्ञान की जानकारी भी देता और वहां ऊपर मार्गरिटा निगरानी करती रहती, जैसा कि उससे परवानाली ने कह रखा था। अब कबीले का आकार बड़ा हो गया था, जिससे मठाधीश की वैसी पूछ परख ना रही जैसी पहले थी। इस पर वह परवानाली पर बौखला चुका था क्योंकि वह खुद विवाह संबंध को नहीं मानता था, चूँकि उसको औरतों से ज्यादा सख्त आदमियों में दिलचस्पी थी, इसलिए अब उसे वह सुख नहीं मिल रहा था, जो पहले मिलता था और इधर कबीले में भी ऐसे कई लोग थे जो परवानाली से नफरत करते थे क्योंकि परवानाली ने स्वच्छंदता के नियम को तोड़ दिया था और अब पारिवारिक लोग डर में रहने लगे थे। यह बात उन स्वच्छंदों को रास नहीं आ रही थी। उन्होंने एहसोई के कहने पर परवानाली की गतिविधियों पर ध्यान देना शुरू किया कि परवानाली के घर से रात में कुछ ठोकने–पीटने की दबी हुई आवाज़ आती हैं, उन्हें शक हुआ "परवानाली कहीं कोई साजिश तो नहीं कर रहा, कहीं यह अपने कबीले, अपने माता–पिता की मौत का बदला तो

नहीं लेना चाहता" और इस काम को ठीक अंजाम तक पहुँचाने का काम एहसोई ने लिया जो परवानाली को अपना दुश्मन मान चुका था।

एक रात जब मार्गरेटा निगरानी करती हुई सो गई, तब एहसोई घर में घुस गया और तहखाने में जाकर चुपके से सारी गतिविधि देख आया और तुरंत मठाधीश के पास पहुंचकर, उसकी इच्छाओं को पूरा करते हुए उसके कान भर दिए। मठाधीश भी तो बस मौके की तलाश में ही था, अगले ही दिन वह अपने सहायकों के साथ परवानाली के घर पहुँच गया और पूरे कबीले को सूचित कर परवानाली के घर के बाहर इकट्ठा कर लिया, फिर रक्षादल को परवानाली के घर की छानबीन के लिए भेजा, जहां से तहखाने में चल रहे गुप्त शोध का रहस्य पूरे कबीले के सामने उजागर कर बिना किसी सुनवाई, परवानाली को 'धुएं' की सजा सुना दी, जिसमें कैदी को ज़मीन के नीचे बने हुए कैद मटके में बंद कर विषैले पौधों को जलाकर उनका धुआं उसमें छोड़ा जाता था, जिससे कैदी 10 से 12 दिनों तक तड़प–तड़प कर मर जाता था। साथ ही मार्गरेटा को दासी बना दिया गया और जितने भी मठायुक्त हैं उनके साथ एक–एक रात बिताने की सज़ा सुनाई। सियोल्पा की विशेषता को जानकर उसे कबीले के लिए धातु विज्ञान और धातु शोध के कार्य में लगा दिया गया। तुरंत कैद रक्षक वहां आए और परवानाली को ले जाकर मटके में बंद कर दिया, साथ ही मार्गरेटा को भवन में ले जाया गया, जहां बाकी दासीयां थीं। सियोल्पा खुद को कोस रहा था, वो अपने आपको पीट रहा था, वह अपनी बेटी को उन भेड़ियों के बीच जाते देख रहा था, जिसकी रक्षा के लिए वह अब तक समझौते करता रहा, फिर सब नियति पर ही छोड़कर अपनी सज़ा भुगतने चला गया। मार्गरेटा की आंखें अपने पिता को जाते हुए देख पथराई हुई

थीं।

उस रात मार्गरिटा को सबसे पहले हयाती के पास भेजा गया, जो कि परवानाली के बाद लुटेरों के मठायुक्त बनने का प्रबल दावेदार हो चुका था, जिसने मठाधीश के लिए कई कबीले उजाड़ फैंके थे, और परवानाली के साथ कंधे से कंधा मिलाकर अबरू की उन्नति में लगा हुआ था, लेकिन वो परवानाली की इस बात से नाराज़ था, कि उसने इतनी बड़ी बात उससे छिपाई, जबकि वो तो उसे अपना सबसे अहम् हिस्सा मानता था। हयाती ने मार्गरिटा को अपने बिस्तर पर बैठा दिया और दूर जाकर ताड़ी पीने लगा। मार्गरिटा अब भी पथराई हुई थी, उसमें मानो जान ही ना हो, तब हयाती बोला "तुम स्वच्छंद हो, यदि तुम संबंध ना बनाना चाहो तो"। इस पर मार्गरिटा की पथराई आंखों में नमी आ गई, उसने हयाती की ओर देखा जो कि अभी भी ताड़ी ही पी रहा था, तब हयाती ने कहा, "मैं परवानाली की परवाह करता हूँ, एक लूट में परवानाली ने मेरी जान बचाई थी, उसने वह विषैला तीर अपने दाहिने कंधे पर लिया था, जो मेरी ओर बढ़ रहा था, लेकिन परवानाली ने स्वच्छंदता के नियम के विरुद्ध काम किया है इसलिए मैं उसकी कोई मदद नहीं कर सकता, बस इतनी कर सकता हूँ, कि उसकी विवाहिता को एक रात के लिए दासत्व से मुक्ति दे सकता हूँ"। इस पर मार्गरिटा की आंखों में चमक आ गयी उसने तुरंत हयाती से कहा कि "परवानाली कबीले की भलाई के लिए ही शोध कर रहा था। वह गुप्त रूप से इसलिए काम कर रहा था क्योंकि यही उसका तरीका है, वह पहले खुद किसी काम के नतीजे पर पहुंचता है फिर सबको बताता है, उसे मुफ्त की वाहवाही नहीं चाहिए होती, ये बात तो उसके करीबी होने के नाते तुम भी जानते ही होंगे", यह सुनते ही हयाती ने

एकटक मार्गरिटा को देखा और उसकी आंखों को देखकर उसे लगा कि वह सच बोल रही है, साथ ही अपने शब्दों में जो दरियादिली वो दिखा चुका था उसकी भी परीक्षा का समय अचानक ही उसके सामने था, तब अपनी दरियादिली का वर्चस्व बनाये हुए वो बोला, "यदि ऐसा है तो बहुत बड़ी भूल हो गई लेकिन अब तो कुछ भी नहीं हो सकता, मठाधीश तो पहले से ही किसी मौके की ही तलाश में था क्योंकि वह परवानाली की बढ़ती लोकप्रियता से परेशान था, उसे लगने लगा था कि उसका ओहदा खतरे में है, इसलिए उससे बात करने से कोई फायदा नहीं", उसने सोचा इस पर शायद मार्गरिटा को थोड़ी तसल्ली मिल गयी होगी, लेकिन मार्गरिटा तब भी चुप ना बैठी, उसे तो हयाती पर सवार होने का एक सहारा मिल चुका था जो कि हयाती ने खुद ही दे दिया था, तब वो बोली, "ओह! तब तो तुम्हें उसके क़र्ज़ में ही अब जीवन भर रहना पड़ेगा, चाहे तुम किसी भी ओहदे पर जाओ, क्योंकि परवानाली तो अब बस कुछ ही दिनों का मेहमान है", हयाती को मार्गरिटा की यह बात चुभ गयी, वो अब मठायुक्त होने वाला है, जिसकी एक बड़ी छवि उसकी नज़रों में तैरने लगी, तब उसने बड़े दिल के साथ बड़ा जिगर दिखाते हुए कहा, "एक तरीका है"। तब मार्गरिटा ने पूछा "क्या?", तो वह बोला "हम किसी तरह परवानाली को कैद से मुक्त करा दें और उसे यह कबीला छोड़कर भागने में मदद कर दें, इस तरह उसका अहसान भी चुक जाएगा"। यह कह कर वह कक्ष में घूमने लगा और बोलता रहा कि "लेकिन यह होगा कैसे?" वो सोच रहा था कि मार्गरिटा शायद अब कुछ ना कह पायेगी, लेकिन तब मार्गरिटा ने तुरंत कहा "वह तुम मुझ पर छोड़ दो, बस जैसा–जैसा मैं कहूँ करते चले जाना, इससे तुम पर कोई आरोप भी नहीं लगा पायेगा और तुम्हारा क़र्ज़

भी चुक जायेगा", हयाती मार्गरेटा के इस षड्यंत्रकारी दिमाग से परिचित नहीं था, वो तो इसे अब तक एक ऐसी लड़की समझ रहा था जिसने अपनी जान बचाने के लिए पहले दासी बनना स्वीकार किया फिर परवानाली की विवाहिता बन गयी, लेकिन अब उसकी पी हुई सारी ताड़ी उतर चुकी थी, वो अब सावधान था, उसने मार्गरेटा से पूछा, "लेकिन तुम करोगी क्या?", तब मार्गरेटा बोली, "कल मेरे साथ रात बिताने की बारी कैद रक्षक की है"। हयाती को उसका इशारा समझने में देर नहीं लगी और इसी के साथ उसने अगली रात ही परवानाली को छुड़ाने की योजना बना ली और सियोल्लूपा को भी इसमें शामिल कर लिया। मार्गरेटा ने उसे भी परवानाली के साथ भाग जाने को कहा, पर सियोल्लूपा नहीं माना, वह अपनी बेटी को छोड़कर नहीं जाना चाहता था और वह भी ऐसी हालत में। तब मार्गरेटा ने उसे समझाया, "अब मैं आपकी नहीं परवानाली की जवाबदारी हूँ, विवाह के बाद बेटी बाप की नहीं पति की जिम्मेदारी होती है"। यह सुन सियोल्लूपा चुप रह गया पर उसके आंसू थम नहीं रहे थे, तब मार्गरेटा ने धीरे से उसे कहा, "नज़र भी तो रखनी है" और फिर सहज भाव से बोली, "आप उसे मेरी याद दिलाते रहना, उसकी एक जिम्मेदारी यहां कैद है", तब सियोल्लूपा ने अपनी बांह पर झूल रहे कमीज के कपड़े को ऊँचा किया, जहाँ कई सारे धागे बंधे हुए थे, उनमें से एक धागा खोल कर मार्गरेटा के हाथ में रखते हुए बोला, "गरिमा शक्ति" और चुपचाप वहां से चला गया, हयाती कुछ समझ नहीं पाया वो कुछ पूछता इससे पहले ही मार्गरेटा बोल पड़ी, "गरिमा का अर्थ है एक औरत का शील, जिसे केवल उसका विवाहिता ही छू सकता है" ये कह कर वो बिस्तर पर जाकर सो गयी और हयाती पूरी रात घर के बाहर ही बैठा ताड़ी पीता रहा।

अगली शाम भवन में, जहां मार्गरेटा बाकी दासीयों के साथ बैठी थी, तब वहां कैद रक्षक आया। वह पूरी तरह से नशे में धुत था और वहां बैठी सभी दासियों में मार्गरेटा को ढूंढ रहा था, तभी मार्गरेटा खुद ही खड़ी होकर उसके पास चली आई, यह देख उसके भद्दे से चेहरे पर एक भयानक मुस्कान आ गई। वह मार्गरेटा को खींचता हुआ कबीले के बीच मार्ग से होता हुआ अपने घर की ओर जा रहा था, पूरा कबीला यह दृश्य देख रहा था। उनके चेहरे फीके थे तभी सियोल्लूपा की नज़र भी उस पर पड़ी, पर योजना के अनुसार वह चुपचाप बैठा रहा कि अचानक कैद रक्षक की थकान भरी चीख सुनाई दी, जब सबने उस ओर देखा तो पाया, कैद रक्षक मार्गरेटा को खींचने का भरपूर यत्न कर थक कर निढाल हो चुका है, मार्गरेटा जो कि अपनी जगह पर चुपचाप मूर्ति बनी खड़ी है, कैद रक्षक से हिल भी नहीं पा रही, उसकी धड़कन तेज थी और साँसे फूल चुकी थीं, तब मार्गरेटा ने अपने पिता को देखा जो कि अब आश्वस्त हो चुका था कि उसकी बेटी अपनी रक्षा स्वयं करने योग्य हो चुकी है, तब एक मुस्कान के साथ उसने मार्गरेटा को योजना पर आगे बढ़ने का इशारा कर दिया और अपने काम में पहले की तरह लग गया। यह देख बाकी लोग भी अपने-अपने काम में लग गये और अब मार्गरेटा ही कैद रक्षक को उठा कर उसके घर तक पहुंची, जहाँ पहुँचते ही कैद रक्षक मार्गरेटा पर टूट पड़ा। तब मार्गरेटा ने उसको अपने सीने में दबोचते हुए कहा "बेसब्री फल के रस का मज़ा नहीं ले पाती है"। कैद रक्षक को यह अंदाज अच्छा लगा और वह बिस्तर पर अपनी अब तक की थकान निकालने लग गया। मार्गरेटा ने उसके लिए ताड़ी बनाई और अँधेरा होने तक उसे भरपूर तरीके से पिलाकर सुला दिया, फिर एक खूंटी पर टंग रही पताका को निकाल कर अपने पिता को चुपके से दे दिया, जो कि रात्रि के अन्धेरें में वहीं खड़ा इस

समय की प्रतिक्षा कर रहा था। उसने कैद रक्षक के भवन की मशालें बुझा दी थी ताकि कोई भी इस गतीविधी को देख ना पाए और वह पताका लेकर रक्षादल के पास गया और बोला "किसी शोध के विषय की जानकारी के लिए मठाधीश ने परवानाली को बुलाया है" , रक्षादल ने पताका देखी तो तुरंत परवानाली को मटके से बाहर निकाला, जो कि अधमरी हालत में था। उसे दो रक्षकों ने पकड़ा और सिओलुपा के साथ चल पड़े, तब एक सुनसान पड़े रास्ते पर हयाती ने उन दोनों रक्षकों को मार गिराया और परवानाली व सियोलूपा को वहां से भगा दिया।

अगली सुबह जब यह बात पता चली कि सियोलूपा और परवानाली भाग गए हैं तो पूरे कबीले में शोर मच गया कि 'रक्षादल मजबूत नहीं है'। इसकी योजना भी सियोलूपा नें मार्गरिटा के मार्गदर्शन में बना ली थी कि वह पहलें से ही उसके साथ काम कर रहें लोगों के कान भरने शुरू कर दे कि रक्षादल मजबूत नहीं है। अब जब लोगों ने इस बात को चिल्ला-चिल्लाकर कहना शुरू किया, नारे बाज़ी करने लगे । रक्षादल की जान आफ़त में आ गयी तब रक्षादल ने सारा दोष कैद रक्षक पर ढोल दिया और पल्ला झाड़ लिया, अब कैद रक्षक पर बात आई, उसको तो कुछ याद ही नहीं था कि 'पिछली रात क्या हुआ था?' उसे तो बस इतना याद था कि 'जब वह उठा तब मार्गरिटा कपड़े पहनते हुए उसके घर से बाहर निकल रही थी', इसलिए सारी गलती उसी की मानी गई और उसे दस दिन मटके की सजा सुना दी गई, जिससे कबीलाइयों का आक्रोश शांत हो गया।

"किसी ने यह सोचने की कोशिश ही नहीं की, कि "सियोलूपा के पास वो पताका आई कहां से?"

घटनांक - 7

परवानाली सियोल्लूपा के साथ नदी मार्ग पर पहुंचा तो वो समझ गया कि सियोल्लूपा उसे अपने कबीले ले जा रहा है और वो बीच में ही रुक गया। सिओलुपा भी परवानाली की शंका को भांप गया कि, उसके कबीले वाले परवानाली को पिछली लूट का दोषी मानकर उसे दंड देंगे, तब सिओलुपा ने उसे भरोसा दिलाते हुए कहा, "मैं नगराधीश को यह विश्वास दिला दूंगा, कि तुम भरोसे के आदमी हो तुम ही अब तक मेरे और मेरी बेटी मार्गरिटा के रक्षक रहे हो, साथ ही शोधकार्य में तुम्हारी जिज्ञासा को देखते हुए अपने सहायक के तौर पर मांग भी कर लूँगा", इस पर परवानाली बोला, "और मार्गरिटा?" सियोल्लूपा की आँखों में नमी आ गयी, वो खुश था कि परवानाली उसके लिए परवाह करता है और बोला, "अब वो तुम्हारी ज़िम्मेदारी है सो उसके बारे में सोचना तुम्हारा दायित्व, मैं अपने दायित्व निभा रहा हूँ जो मुझे सौंपे गये हैं", इस पर परवानाली फिर बोला, "कैसे दायित्व? किसने सौंपे हैं ये दायित्व?", सियोल्लूपा ने अपने भावों को विराम देकर कहा, "तुम मेरी बेटी के विवाहिता हो इसलिए मेरा दायित्व बनता है तुम्हारी रक्षा करना, उसी ने मुझे ये काम सौंपा है, अब देर न करो और मेरे साथ मेसोतामी नगर चलो फिर हमे बहुत से काम भी करने हैं, मार्गरिटा को वहां से निकालने की युक्ति भी सोचनी है", यह सुनकर परवानाली को उस पर भरोसा हुआ और वो उसके साथ उसके कबीले जिसे वो मेसोतामी नगर कह कर बुला रहा था, की ओर बढ़ गया।

मेसोतामी में वैसा ही हुआ जैसा सियोल्लूपा ने कहा था, सियोल्लूपा ने जाते ही अबरू कबीले के सारे हाल बता दिए, साथ ही उसने बताया, "छान बीन करने पर मालूम चला था कि अबरू का मठाधीश रेगिस्तान के पार से वहां गया है और वहां के लोगों को अनैतिक रूप से जीने की शिक्षा देने लगा है", इस पर नगराधीश बोले, "रेगिस्तान पार का व्यक्ति और शोधों से दूर, ये कैसा रहस्य है?" तब सियोल्लूपा बोला, "वहां उसके बारे में कोई नहीं जानता, इसलिए इससे अधिक कोई जानकारी नहीं मिल पाई है", इस पर नगराधीश बोले, "कहीं ये वही तो नहीं?", सियोल्लूपा कुछ न बोला। परवानाली की आँखे बड़ी हो गयी, तभी नगराधीश ने सियोल्लूपा की नगर वापसी घोषणा कर दी और परवानाली को शोधकार्यों में शामिल कर लिया गया, साथ ही अबरू पर आक्रमण कर उसे मठाधीश के अनैतिक शासन से मुक्ति दिलाने की तैयारी भी होने लगी, जिसे परवानाली ने ये कह कर रोक दिया कि 'वो उसके अपने लोग हैं, वो वहां नरसंहार नहीं चाहता', नगराधीश को उसकी बातों से आश्चर्य हुआ कि 'परवानाली परजीव–रक्षा का सूत्र जानता है', इस बात से खुश हो नगराधीश ने यह घोषणा भी करवा दी कि 'परवानाली ही अब अबरू को स्वतंत्र करवाने की योजना बनाएगा, कि किस तरह बिना जन–हानि हुए वो ये काम कर सकता है, यदि ऐसा हुआ तो वहां का अगला मठाधीश वो उसी को बना देंगे' और परवानाली को उसके कहे अनुसार योजना का उपयुक्त समय देकर सियोल्लूपा को अपने पास बुलाया और उसे कहा कि 'परवानाली का विशेष ध्यान रखा जाए, इसमें कुछ भिन्न लक्षण हैं, साथ ही उसे यहाँ की प्रथा भी सिखाओ, जिससे वो अबरू में समृद्ध और नैतिक सभ्यता को जन्म दे सके' ये कह कर नगराधीश ने सभा समाप्त कर दी।

एक दिन जब सियोल्पा और परवानाली खोजी दल के साथ मिलकर पहाड़ों से पत्थर लेकर आये तो परवानाली ने पाया कि जो पत्थर सियोल्पा उसके कबीलों की पहाड़ी से लेकर आता था, यह उनसे अलग हैं, तब सियोल्पा ने बताया कि "जलवायु का अंतर आ जाता है", इससे परवानाली को अपने पिता की बात याद आई, जब वह उनके साथ तरबूजों के खेत पर काम कर रहा था कि "धरती पर जलवायु के अनुरूप ही फल और संसाधन उपलब्ध होते हैं", इसी के साथ उसे यह भी लगा कि शायद इसीलिए वह उत्तम धातु बनाने में कामयाब नहीं हो पा रहा था। फिर उसने पूरी शिद्दत से वहां के धातु कर्म को समझा उसने वहां जाना कि किस तरह अलग-अलग प्रकार की धातुओं से उपयोग के अनुसार अलग-अलग वस्तुएं बनाते हैं, जैसे घर के बर्तन, घर की मजबूती को बढ़ाने के लिए खिड़की-दरवाजे, काम करने के औज़ार व युद्ध करने के हथियार। हर बात के लिए अलग किस्म की धातु उपयोग में ली जाती है। इस तरह दिन पर दिन बीतने लगे, लेकिन परवानाली ऐसी किसी भी योजना को साकार रूप नहीं दे पा रहा था जिसमें जनहानि हुवे बिना वह अबरू नगर का मठाधीष बन सकें।

एक रात पूरे कबीले में जश्न मनाया गया जिसे वह लोग 'वायोत्सव' के नाम से पुकार रहे थे, वे लोग पत्थर से बनाये गए उस पहाड़ के पास एक बेढंगे और बड़े से पत्थर के आगे आग जलाकर नाच रहे थे। कुछ लोग गा रहे थे तो कुछ लोग धातु से बने गोल मटके जिनके मुंह के स्थान पर एक बड़ा सा चमड़े का टुकड़ा लगा था, जिसे ये नगाड़ा और ढोल कहते हैं, बजा रहे थे और नाचने वाला दल बार-बार उस पत्थर के आगे अपने हाथों की मुद्राओं से एक मानव आकृति बना रहे थे। तब

परवानाली ने सियोल्लूपा से इसके बारे में पूछा तो उसने बताया, "यह लोग अदृश्य शक्ति को अपना ईश्वर मानते हैं और उसी की प्रार्थना कर रहे हैं, चूंकि जलवायु बदल रही है, इसलिए वह पत्थर के आगे मानव आकृति बना कर नाच रहे हैं, क्योंकि वे मानते हैं कि वह अदृश्य शक्ति ही हर जीव में ऊर्जा का संचार करती है, जो कई कणों से मिलकर बने हैं और वह पत्थर को इस धरती का सबसे मजबूत कण समझते हैं, इसलिए वे उस ईश्वर की प्रार्थना कर रहे हैं, कि वह अगली जलवायु में भी उनकी वैसे ही सहायता करें जैसे पिछली जलवायु में की थी वह उसको धन्यवाद भी बोल रहे हैं और आगे के लिए प्रार्थना कर रहे हैं। साथ ही वे उस सर्वोच्च शक्ति को अवतार लेने के लिए भी पुकार रहे हैं"। "अवतार?" इस शब्द ने परवानाली को फिर सवालों में डाल दिया। तब सियोल्लूपा ने कहा, "इनका मानना है, कि यहां धरती पर जब-जब अत्याचार बढ़ता है तब-तब ईश्वर इस कण में आता है और चार शक्तियों, जो कि उसे आकाश, वायु, अग्नि और पानी से मिलती है, के साथ उन बुराइयों को मिटा देता है"। "चार शक्तियां?" परवानाली ने फिर से सवाल पूछा तो सियोल्लूपा बोला, "क्योंकि इनका मानना है कि मानव पांच धातुओं के मिश्रण से बना है, जो धरती, वायु, आकाश, अग्नि, पानी है, तब वह ईश्वर ही है जो इस मिट्टी से बनकर उठा हो और बाकी की इन चार शक्तियों को अपने भीतर जगा लेता है फिर वह जो चाहे कर सकता है इसलिए यह लोग उसे ईश्वर कहते हैं, कि वह इनको सताने वालों को ही उन शक्तियों से मारता है और इन्हें बचाता है। मानव इन्हीं पांच धातुओं का ही मिश्रण है जिसमे ये सब सुप्त अवस्था में हैं। मानव का शरीर मिट्टी से बना है, जिसमे असीम सहनशीलता होती है, इसमें जरा भी त्रुटी आ जाए तो वह स्वार्थी होने

लगता है, दूसरा है जल, जो मानव को शीतलता प्रदान करता है, जिसका अनुपात मानव शरीर में बाकी सब से अधिक है, इसलिए इसे संयम में रखना आवश्यक है अन्यथा मानव अपनी सौम्यता खो देता है, फिर है वायु, ये हमारी स्मरण शक्ति को बनाये रखता है, इसकी कमी हमारी यादों को मिटा देती है, आकाश पुरे शरीर का संतुलन बनाये रखता है, जिसके विकृत हो जाने पर शारीरिक संतुलन बिगड़ जाता है और अंतिम है अग्नि जो इन सबमे सबसे शुद्ध धातु मानी गई है, यही वो धातु है जो आपमें जिज्ञासा उत्पन्न करता है और खोजी बनाता है, किन्तु इनका संतुलन बिगड़ गया तो मानव क्रोधी या झगड़ालू हो जाता है, इसलिए यह लोग किसी के मरने पर उसे अग्नि के हवाले कर देते हैं जिससे उसकी बाकी की धातुओं को भी शुद्धता मिल जाए और वह इस जीवनचक्र से मुक्त हो जाए"। "जीवनचक्र से मुक्त होना मतलब?" परवानाली ने संदेह से सियोल्रूपा को देखा तो सियोल्रूपा ने कहा, "इनका मानना है कि मानव अपने कर्मों के हिसाब से फल भोगता है, यदि वह कोई गलत काम करता है तो उसे अपने उन कार्यों का परिणाम भी इसी धरती पर रहते हुए भुगतना पड़ता है और यदि अच्छे कार्यों का परिणाम भोगना हो, तो वह भी यहीं भोगता है, इसलिए यह मानते हैं कि कुछ लोगों के कर्मों का परिणाम यदि इस जन्म में भुगतना बाकी रह गया हो तो वह वापस इस धरती पर जन्म लेकर भोगता है, चाहे अच्छे हों या बुरे। इसलिए वह मृत्यु के बाद उसे अग्नि के हवाले कर देते हैं, कि उसका जो अच्छा था वह इनके साथ रहेगा और जो बुरा था वह अपने साथ लेकर जाए और उसे भी शुद्ध कर ले। इस तरह वह अपने कार्यों को शुद्ध करता हुआ कभी ना कभी इस चक्र से मुक्ति पा ही लेता है"। इस पर परवानाली बोला फिर अच्छे काम करने

का फायदा ही क्या है? जब बार–बार इधर ही आना है, तो स्वच्छंदता के नियम से ही जियो"। तब सियोल्लूपा बोला, "स्वछंदता कोई बुरा नियम नहीं है, बाकी जीव भी वैसे ही जीते हैं, किन्तु मानव ईश्वर की उत्कृष्ट कृति है, इसलिए उसे बाकी जीवों से भिन्नता दिलाने के लिए कुछ नियम बना लिए गये हैं, जिन्हें नैतिक नियम कहा गया है, जिससे वो इस प्रकृति के एहसानों का सभी जीवों की ओर से धन्यवाद कर सके, साथ ही प्रकृति द्वारा प्राप्त संसाधनों से जन कल्याण कर सके", यह सुन परवानाली कुछ पलों के लिए शांत हो गया और सामने हो रहे नृत्य को देखने लगा, तभी सामने जल रही अग्नि में कुछ लोगों ने एक मिश्रण डाला तो अग्नि की लपटें भभक उठीं, जिसे देख परवानाली के विचारों को एक आकार मिलने लगा और वो बोला, "अच्छा बताओ, कोई व्यक्ति पिछले जन्म के अच्छे कामों का सुख इस जन्म में भोग रहा हो और उस समय उससे कोई गलत काम हो जाए तो?" सियोल्लूपा परवानाली की बातों में शूल सी चुभन महसूस करने लगा और उसने परवानाली से नज़रे चुराते हुए कहा, "अगर उसने कोई अनैतिक या अप्राकृतिक कार्य कर दिया तो उसे उनको शुद्ध करने के लिए फिर से आना होगा" फिर अचानक परवानाली की ओर देख कर बोला, "लेकिन यदि सुख या दुःख भोगते हुए भी उसने कोई अनैतिकता या अप्राकृतिक कार्य नहीं किया तो उसे ईश्वरीय शक्ति ही मान लिया जाता है और उसी को जीवनचक्र से मुक्त माना जाता है कि वह जब चाहता है, यहां आ जा सकता है, इसलिए यह लोग उसे प्रसन्न कर यहां बुला रहे हैं", इस पर परवानाली बोला, "मतलब इस जन्म के बुरे कार्यों के परिणाम अगले जन्म में भुगतना है", सियोल्लूपा ने तुरंत उत्तर दिया "नहीं ! यदि आपको एहसास हो जाए कि आपसे कोई अनैतिक या अप्राकृतिक

कार्य हो गया है, चाहे भूल से ही, तो आप उसका पश्चाताप भी यहीं कर लो, इससे इसी जन्म में आपको मुक्ति मिल सकती है और आप इन सबसे मुक्त हो जाओगे"। तब परवानाली बोला, "क्या, तब भी आपको ईश्वर माना जाएगा?", तो सांस भरकर सियोल्लूपा बोला, "नहीं ! तब आपको एक अच्छा मानव या फरिश्ता या उसका संदेश वाहक मान लिया जाएगा", परवानाली ने एक गहरी साँस ली और पूछा, "और.... बेटा?", तब सियोल्लूपा मुस्कुरा कर रह गया और उस पूरी रात परवानाली वहीं बैठा-बैठा अपने सामने चल रहे समारोह को अग्नि के साथ थक कर निढाल होने तक देखता रहा और सोचता रहा।

अब दिन-रात परवानाली खयालों में डूबा रहने लगा तब सियोल्लूपा उसे बार-बार छेड़ता कि 'क्या उसे मार्गरिटा की याद आ रही है? जो वहां अबरू कबीले में कैद है' और उस समय के लिए परवानाली की आंखों के आगे मार्गरिटा आ जाती वह बस यही सोचता कि फिर 'क्या हुआ होगा मार्गरिटा और हयाती का?' और वापस धीरे-धीरे अपने पुराने ख्यालों में डुबकी लगाने लगता, वो अब तय कर रहा था लेकिन उसे दिशा नहीं मिल रही थी।

"बारूद आग से दूर रहे, इसी में सबकी भलाई है..."

ΨO∞ ꙮ

घटनांक - 8

अबरू कबीले में परवानाली के बाद नई योजनाएं बनाने वाला कोई नहीं बचा, मठाधीश भी बेखौफ होकर अपने पुराने तरीके से रहने लगा, उसके चेहरे की सिलवटें अब दुरुस्त भी होने लगी थीं। स्वच्छन्दता का नियम फिर से चलने लगा पर मार्गरेटा की जवाबदारी थी नियमों के प्रचार और उनकी देख रेख की, चूँकि वह दासत्व से मुक्त की जा चुकी थी, जिसके लिए हयाती ने उसकी मदद की। उसने मठाधीश को ये कह कर मार्गरेटा को दासत्व से मुक्त करवाया कि 'लोग स्वच्छन्दता और स्वतंत्रता के नियमो में झूल रहे हैं, इसलिए उनको संभालने का काम मार्गरेटा अच्छे से कर सकती है' और अब मार्गरेटा हयाती के साथ मिल कर यही काम करती है, लेकिन उन्हें पता नहीं था कि 'उन्होंने यहीं पर कितने दुश्मन बना लिए हैं', मठाधीश और एहसोई तो पहले ही परवानाली के विरुद्ध थे अब तो कैद रक्षक भी इनका दुश्मन बन गया, उसने मठाधीश को उस रात को हुई सभी घटनाएँ बता सारा दोष मार्गरेटा पर मढ़ दिया, मठाधीश को भी सारा माजरा समझने में देर नहीं लगी, लेकिन अब देर हो चुकी थी, परवानाली हाथ से निकल चुका था। तब हयाती और मार्गरेटा को ही अपने प्रतिशोध का शिकार बनाया और एक षडयंत्र रच उन्होंने ये अफवाह फैला दी कि 'मार्गरेटा विवाह के जिन नियमों का प्रचार कर रही है, वही हयाती के साथ स्वच्छंदता के वैवाहिक नियम को तोड़ रही है'। इस बात से वहां दो बड़े दल बन गए एक वह जो हयाती और मार्गरेटा के साथ थे और दूसरे स्वच्छंदता के प्रशंसक। तब मठाधीश ने ये घोषणा

करवा दी कि 'हयाती और मार्गरेटा विद्रोह की तैयारियां कर रहे हैं, वो जन समुदाय को मठाधीश के विरुद्ध भड़का रहे हैं'। मार्गरेटा और हयाती को तुरंत बंदी बना लिया गया। हयाती को धुएं की सजा और मार्गरेटा को पुनः दासी होने की सजा सुना दी, क्योकि मठाधीश विवाह के नियम को पूरी तरह से ख़त्म करना चाहता था, चूँकि परवानाली भी अब यहाँ नहीं है, इस बात का पूरा फायदा उसे मिलने लगा था। इस बात से वहां तुरंत नगर युद्ध छिड़ गया और विद्रोहियों को मारा जाने लगा। जो बचे वो वहां से पलायन कर गए।

भागते-भागते वे लोग नदी के किनारे पहुँच गये जहाँ से सियोल्लूपा का नगर दिखाई दे रहा था, तब उनमें से किसी ने कहा, "हमें परवानाली को ढूंढना चाहिए, वह अपनी विवाहिता की मदद करने जरूर आएगा"। तब सवाल खड़ा हुआ कि 'वह गया कहां होगा? उसे ढूंढें कहां?' तभी एक आदमी बोला, "वह सियोल्लूपा के साथ भागा है, जरूर सियोल्लूपा के कबीले ही गया होगा"। इस बात से सभी सहमत हो गए। तभी एक आवाज़ आई कि 'वह लोग तो उसे लुटेरा समझते हैं, उन्होंने तो उसे मार दिया होगा' तब एक औरत आगे आई और बोली, "नहीं वह सियोल्लूपा के साथ है और उसका नाम परवानाली है, अगर ऐसी बात होती तो हमसे पहले परवानाली को ही ऐसा शक हुआ होगा और वो सियोल्लूपा के साथ नहीं गया होगा, लेकिन सियोल्लूपा की बेटी से उसके वैवाहिक संबंध हैं, इसलिए सियोल्लूपा भी उसकी मदद कर रहा होगा" तब धीरे-धीरे सब सहमत हुए और सिओलुपा के कबीले की और चल पड़े वो तय कर रहे थे कि "वो वहां के मठाधीश से शरण मांग लेंगे। वह उन्हें बताएंगे कि वे लोग मार्गरेटा के बताए नियम से ही चलते हैं, जो कि

उनके ही नगर की थी और वो मार्गरेटा को भी यहाँ से छुड़ाने के लिए उनसे मदद मांग सकते हैं"। इन लोगों की भिनभीनाहट पूरे वातावरण में गूंज रही थी और जब वे नदी मार्ग से सियोल्पा के नगर पहुंचने ही वाले थे तब वो नगर सतर्क हो गया और सभी लड़ाके योद्धा उस नगर की हदों पर तैनात हो गए। परवानाली भी वहां एक हथियार लेकर तैयार हो गया। यह देख वहां के योद्धा परवानाली की वफादारी की प्रशंसा करने लगे तभी परवानाली ने नदी मार्ग से आ रहे उन लोगों को पहचान लिया जो अबरू कबीले से आ रहे थे और सभी योद्धाओं को सावधान रहते हुए लड़ाई ना छेड़ने का कहा। वह बोला "शुरू उन्हें ही करने देना"। तब परवानाली ने उन्हें ध्यान से देखा तो पाया कि वे लोग बिना हथियार हैं और बहुत ही दयनीय स्थिति में हैं। जब वे लोग मेसोतामी की हदों तक आए तो परवानाली को देखकर रोने लगे उन्होंने अबरू कबीले की पूरी घटना को उसके सामने रो दिया। परवानाली जो कि इतने दिनों से ना जाने किस अनजान सोच में डूबा हुआ था, उसकी सोच को एक दिशा मिल गई। उसने तुरंत उनके साथ अबरू कबीले पहुंचने का फैसला कर लिया और निकलने ही वाला था कि सिओलुपा वहां भागता हुआ आया, उसने परवानाली को रोका और बोला, "इस तरह तो तुम खुद ही मारे जाओगे, फिर मार्गरेटा और हयाती की मदद कैसे कर पाओगे?" सियोल्पा ने उसे उपाय सुझाया, "यदि यहां के नगराधीश से मदद लें तो हम वहां से उन डकैतों को भगा सकते हैं और एक व्यवस्थित व्यवस्था बना सकते हैं"। इस पर परवानाली सहमत हो गया हालाँकि वो अपने लोगों की मदद खुद ही करना चाहता था, लेकिन इस समय उसे सियोल्पा की बात सही लगी और उसके साथ नगराधीश के पास पहुंच गया। सियोल्पा ने सारा

घटनाक्रम नगराधीश को सुना दिया। नगराधीश परवानाली की बहादुरी और वफादारी से खुश हुए और उसे एक बड़ी सेना का सेनानायक बनाकर अबरु कबीले पर चढ़ाई करने में सहायता की, साथ ही सियोल्लूपा को कहा, "वहां जाकर एक सभ्य समाज की स्थापना करो"। यह बात सुनकर परवानाली के कान खड़े हो गए उसे शायद यह बात अच्छी नहीं लगी, वो सोच रहा था कि, 'वह अबरू लोगों का चहेता है, वह उसे ही अगला मठाधीश चुनना चाहते थे, सियोल्लूपा को क्या पता, वहां के लोगों का व्यवहार? क्या है उनके जीवन जीने का तरीका? और फिर नगराधीश ने खुद ही परवानाली को अबरू का नया मठाधीश नियुक्त करने का वादा भी किया था, तब सियोल्लूपा को ऐसा कहने के पीछे क्या कारण था?' यह बात वह पूरे रास्ते सोचता रहा और सामने पाया अबरू कबीला, जहाँ उसके जीवन के बारह साल गुजरे थे। वहां चारों ओर सन्नाटा फैला पड़ा था। लोग घूम रहे थे, अपना काम कर रहे थे। एक अजीब सी निरवता फैली पड़ी थी। हवाओं ने भी शायद इस कबीले से संबंध तोड़ लिया था, यहाँ न हवा थी, न धूप, चिपचिपा वातावरण और उसमें घूमते चिपचिपे लोग और जब उन लोगों ने परवानाली को देखा तो उनके चेहरे पर चमक आ गई, उस उमस भरे माहौल में आसमान से पानी की फुहार शुरू हो गयी और उस भीगते कबीले पर सिओलुपा ने ध्यान दिया और बाकी सैनिकों को भी दिखाया। तब परवानाली बोला, "मैं अपने लोगों को मरने नहीं दूंगा, केवल मठाधीश के अनैतिक नियमों से अपने कबीले को मुक्त करवाना है और मार्गरेटा व हयाती को कैद से छुड़ाना है"। उसने यह बात सभी से कही और आगाह किया कि "कोई भी झगड़ा ना करें", सभी ने एक हुंकार के साथ सहमती जता दी।

इधर नगर में यह बात सूखी लकड़ियों में आग की तरह फैल गई कि परवानाली बड़ी सेना लेकर आया है। जब यह बात मठाधीश को मालूम चली तो उसकी साँसे उखड़ने लगी, उसके चापलूसों ने तुरंत परवानाली से अपना जीवन दान मांगना शुरू कर दिया जिनमें कैद रक्षक भी था, लेकिन परवानाली ने उस पर कोई रहम नहीं किया और अपने हाथ में पकड़ी हुई तलवार से उसका सिर एक ही झटके में अलग कर दिया और बाकी लोगों को जीवन दान देकर ये वचन लिया कि 'वे लोग स्वच्छन्दता के नियम का हर रूप में पालन करेंगे साथ ही कबीले की व्यवस्था को बनाये रखेंगे, कभी विद्रोह नहीं करेंगे', सभी ने वचन दिया कि मरते दम तक स्वच्छन्दता के नियम का हर रूप में पालन करेंगे। तब परवानाली मठाधीश के भवन गया, जहाँ वो अपनी अंतिम साँसे ले रहा था, उसका चेहरा फिर से सिलवटों में घिरने लगा था। परवानाली ने वहां पहुंचकर पाया कि मठाधीश के साथ एहसोई खड़ा है और परवानाली ने ये चिल्लाते हुए एहसोई का सिर भी धड से अलग कर दिया कि 'वो अनैतिक कार्यों में मठाधीश का साथ देने वाला दोषी है', परवानाली ने उसके कटे हुए सिर को अपनी तलवार की नोंक पर रखा और मठाधीश के पास गया, तब मठाधीश ने धीरे से उसके कान में बुदबुदाया, "तुम अबरू को बर्बाद करने आये हो" और ये कहते ही उसकी आखिरी साँस आधे में ही अटक गयी, परवानाली फिर से उसे आश्चर्य से देखता रहा, वो उससे अपने माता–पिता के बारे में जानना चाहता था लेकिन..., तब वहां मौजूद लोगों ने उससे पूछा तो उसने बताया, "मरने से पहले मठाधीश ने मुझे अबरू कबीले की जिम्मेदारी सँभालने को कहा है, वो चाहते थे कि अब से मैं अबरू का नया मठाधीश कहलाऊं", ये सुनते ही सियोलूपा के कान खड़े

हो गये वो उसे अपने सैनिकों के साथ खड़ा–खड़ा देखता रहा और परवानाली की आँखों में एक शरारत खेलने लगी, उसने सियोल्रूप को देख अपने चेहरे पर एक तिरछी मुस्कान फैंक दी और उससे बोला, “मेसोतामी के नगराधीश की भी तो यही शर्त थी कि बिना मारकाट के मैं यहाँ का मठाधीश बन सकता हूँ, जिनको मैनें मारा वो अनैतिक लोग थे, साथ ही तुम्हारी बेटी मार्गरिटा के दोषी भी ”। तभी एक बड़ा शोर उस भवन में उठा और बिना किसी जन हानि के परवानाली वहां का मठाधीश घोषित हो गया।

परवानाली ने हयाती व मार्गरिटा को मुक्त कर नगर के कार्यों को गति देने के निर्देश भी तुरंत ही दे दिए। सियोल्रूपा भी उसके मठाधीश बनने पर चुप रहा क्योंकि वो जान चुका था कि ‘अबरु लोग उसे चाहते हैं, और वह मार्गरिटा का पति भी है, साथ ही सभ्य मानव बनने के लायक लक्षण अब उसमें दिखाई दे रहे हैं’। लेकिन सियोल्रूपा एहसोई और कैद रक्षक की हत्या से थोड़ा चिंता में था, फिर उसने इसी को अपनी बेटी के लिए न्याय मान लिया साथ ही उसने परवानाली में बहते पानी के गुण देख लिए थे, जिसके संकेत भी उसके अबरू में आते ही आसमान ने दे दिए थे। अब बस इस धारा को सही दिशा देने की आवश्यकता थी, अन्यथा ये बहता पानी तबाही भी ला सकता है, तब उसने अपने साथ आई सेना को वापस भेज दिया और परवानाली का मार्गदर्शन करने लगा। अब परवानाली उसके कहे अनुसार कबीले के विकास कार्यों में लगकर उसे और सुदृढ़ करने लगा।

“अब यात्रा आरम्भ होती है – मानव के देव या दानव होने की...”

घटनांक - 9

नगर में चारों ओर शांति छाई हुई थी, लोग अपने कामों में मगन रहने लगे थे, उनके पास बात करने के लिए कोई विषय ही नहीं बचे थे, क्योंकि परवानाली ने सभी को सभी प्रकार की सुविधाओं से लेस कर रखा था, हर आदम की इच्छा पूरी हो रही थी। लेकिन आदम भूखा भले ही रह ले पर बोले बिना नहीं, क्योकि सदियों की खोज के बाद ही तो आदम ने भाषा का आविष्कार किया था, जिससे वो अपने मन की पीड़ा दूसरे से साझा कर सके लेकिन पीड़ा यहाँ किसी को थी नहीं, तो बोले तो क्या बोले? तब अखोजी व सुस्त लोगों के पास विषय केवल एक ही होता है, 'परनिंदा'। तभी अचानक से एक लहर उस शांत माहौल में धीरे-धीरे बढ़ने लगी, जिसका झोंका परवानाली और सियोलूपा को भी छूने लगा कि 'जब परवानाली सियोलूपा के नगर में शरण लिए हुए था तब यहाँ हयाती और मार्गरिटा के बीच अनैतिक संबंध होने लगे थे', इस लहर ने परवानाली को बैचेन कर रखा था, उसका किसी काम में मन नहीं लगता, वो जहाँ जाता वहां उसे लोगों की सवालिया नजरें चुभने लगी, उसे अब बस सवाल ही सवाल नज़र आने लगे। सियोलूपा उसकी इस बैचेनी को समझ गया और उसने इसका उपाय निकाला, उसने परवानाली को मार्गरिटा से मिलने को कहा और बोला, "बहुत समय से तुमने आराम नहीं किया है, कुछ दिन अपने भवन जाकर आराम कर लो, वहां मार्गरिटा तुम्हारा खूब ध्यान रखेगी"।

तब एक रात जब परवानाली सियोलूपा के कहने पर मार्गरेटा के पास अपने भवन गया। वहां मार्गरेटा एक शिला पर बैठी हुई कुछ चिन्ह बना रही थी और दरवाजे पर दस्तक होते ही उसने अपना काम बंद कर पीछे देखा तो वहां परवानाली को पाया, जो उसके गले में हाथ डालने ही वाला था कि अचानक वह उठ खड़ी हुई, इस पर परवानाली ने उसे आश्चर्य से देखा तो वह बोली, "बुरा नहीं मानना, मैं तुम्हारी परवाह करती हूँ, तुम्हारा सम्मान भी करती हूँ, पर मैं तुमसे प्रेम नहीं करती"। तब परवानाली ने पूछा, "क्या वो बात सही है जो कबीले में फैली हुई है?", मार्गरेटा ने हामी भरते हुए कहा, "हाँ मैं हयाती से प्रेम करने लगी हूँ, पर मजबूर हूँ कि मुझे स्वच्छन्दता के वैवाहिक नियम के अनुसार अब जीवनभर ऐसे ही तुम्हारे साथ रहना पड़ेगा"। परवानाली कुछ ना बोला और वहां से बाहर निकल गया जिससे मार्गरेटा को एक संशय ने घेर लिया और उसने जल्दी से उस शिला को छिपाने की व्यवस्था की जिस पर वो परवानाली के आने से पहले कुछ लिख रही थी।

अगले दिन ही परवानाली ने जन समूह बुला कर स्वच्छंदता के नियम में एक ठोस परिवर्तन किया, उसने घोषणा करवाई कि "सभी लोग विवाह के नियम का सख्ती से पालन करेंगे", इससे सभी लोग अचानक हुए इस परिवर्तन से हैरान थे, वो अब तक के स्वच्छन्द नियम से खुश थे कि वे चाहें तो विवाह करें और न चाहें तो स्वतंत्र रहें, लेकिन इस घोषणा से सियोलूपा और मार्गरेटा के चेहरे पर खुशी आ गयी, जो कि इसके तुरंत बाद परवानाली की घोषणा से फीकी हो गयी, परवानाली ने आगे कहा, "जिसे भी वैवाहिक जीवन से संतुष्टि नहीं है, वह अपनी विवाहिता से अलग हो सकता है, उसे केवल अपनी विवाहिता को एक शब्द, 'अलग'

अकेले में कहना होगा, फिर छः दिन बाद सामूहिक रूप से, यह छह दिन इसलिए दिए जा रहे हैं कि कहीं वह अपना निर्णय बदलना चाहे तो बदल सकते हैं। किंतु यदि वह छह दिन बाद सामूहिक रूप से यह बात कह देते हैं तो फिर उन्हें वैवाहिक बंधन से मुक्त माना जाएगा"। यह सुनकर सभी लोग खुश हो गए, पर मार्गरेटा एकदम मचल गई उसने ऐसा नहीं चाहा था, उसने सियोल्लूपा को इस घोषणा का कारण बताया कि "यहां के मठायुक्तों से मेरा शील भंग हो चुका है इसलिए मैं बस खुद की छाया परवानाली पर पड़ने नहीं देना चाहती थी क्योंकि अब मैं 'सती नियम' पर चल रही हूँ"। यह शब्द सुनते ही सियोल्लूपा ने मार्गरेटा के मुंह को दबाया और बोला कि "इन बातों की भनक भी परवानाली को नहीं पड़ना चाहिए, वह अभी इस लायक नहीं हुआ है"। और दोनों बाप-बेटी एक दम चुप रह गये।

परवानाली घोषणा स्थल से मार्गरेटा के पास आया और उसे "अलग" बोलकर निकल गया। मार्गरेटा की ज़मीन सरक गई। सियोल्लूपा हैरान खड़ा परवानाली को जाता देखता रहा। उसने परवानाली को समझाने की कोशिश की, पर परवानाली नहीं माना, वो बस एक ही बात हर बार कहता और अपना पल्ला झाड़ लेता कि 'ऐसा करने को उसे पुराने मठाधीश ने कहा है, जिसके शव को मरने के बाद जंगल में जानवरों के भोजन के रूप में फैंक दिया गया था, उन्ही में से एक काले पंछी ने उसे ऐसा करने का इशारा किया है'।

परवानाली ने अगले छह दिनों के लिए खुद को अपने कक्ष में बंद कर लिया। अपने कक्ष में अकेला बैठा परवानाली बस यही सोचता रहा कि 'सियोल्लूपा यहाँ का मठाधीश बनना चाहता था, इसलिए उसने मार्गरेटा से उसका ये अपमान करवाया है, वो सियोल्लूपा को ही इसका

दोषी मान रहा था, कि उसने जानबूझ कर ही ऐसा किया, शायद वो पहले से ही जानता था कि मार्गरेटा हयाती से प्रेम करती है, इसलिए परवानाली के विवाह कानून का वो मज़ाक बनाना चाह रहा हो, जो कि मठाधीश को सर्वोच्च शक्ति मान कर किया जाता था और इसके विपरीत मेसोतामी में एक अदृश्य शक्ति को सर्वोच्च शक्ति मान कर, या यह भी हो सकता है कि सचमुच विवाह नियम का ये दोष हो कि आदमी–औरत हमेशा के लिए बंध कर रह जाते हों', साथ ही सियोल्पूपा और मार्गरेटा के उस पर अहसान थे, इसलिए वो उनकी इच्छा भी पूरी करना चाहता था, इसलिए वो मार्गरेटा को खुद से अलग कर उन अहसानों को चुकाने का निर्णय ले चुका था।

छह दिन बाद, उसने सामूहिक रूप से यह घोषणा भी कर दी कि 'वह मार्गरेटा से अलग हो रहा है'। पूरे कबीले में एक मातम सा छा गया, लोग उन दोनों को एक साथ देखना ही पसंद करते थे, वो तो बस बातें करना चाहते थे, और बात करने के लिए उनके पास कोई विषय नहीं बचा था, चूँकि बातों का सिलसिला शुरू करने के लिए किसी न किसी की बुराई जरुरी होती थी, अब परवानाली में तो उन्हें कोई बुराई नज़र ही नहीं आती थी इसलिए उन्होंने उसकी विवाहिता मार्गरेटा को ही विषय बनाना शुरू कर दिया था, उन्हें अपनी इस भूल का भी एहसास हो रहा था, और तभी सियोल्पूपा मार्गरेटा को लेकर वहां पहुंचा, जिन्हें देख परवानाली समझा कि 'अब मार्गरेटा को शायद अपनी गलती का एहसास हो रहा है कि उसने हयाती जैसे के लिए किसको खो दिया है', लेकिन अब परवानाली बदला लेने का मन बना चुका था, इसलिए वो मन ही मन कुछ तय करने लगा, इसके साथ ही उसे अपनी गलती का भी एहसास हो रहा

था कि शायद उसने सियोल्रूपा को समझने में भूल की है, लेकिन अब बहुत देर हो चुकी थी, इसलिए परवानाली ने थोड़ी देर सोचने के बाद कहा, "अब यदि यह मुझसे विवाह करना चाहती है तो इसे पहले किसी और से विवाह करना होगा और वह आदमी इसका विवाहिता होने के नाते मैं ही चुनुँगा", और उसने हयाती को मार्गरेटा से विवाह करने के लिए चुना।

पूरे नगर में इसकी भी घोषणा हो गई कि "विवाहित जोड़ा अलग होने के बाद यदि फिर से एक होना चाहे तो विवाहित औरत को पहले किसी और से विवाह करना होगा और वो दूसरा आदमी, पहला विवाहित आदमी ही चुनेगा"। सियोल्रूपा और मार्गरेटा वहीं खड़े स्तब्ध रह गए। सियोल्रूपा यहां उनके नगर की रीत चलाने के लिए आया था। पर यहां तो परवानाली ने उनके नगर के पहले नियम को ही तोड़ दिया, उनके विवाह जैसे अभेद्य कवच का ही सत्यानाश कर दिया। अलग होने तक ठीक था लेकिन 'फिर से एक होने के लिए किसी और से विवाह....'।

घटनांक - 10

अलग होने के बाद मार्गरेटा ने अपने पिता सियोल्लूपा के घर ही शरण ली। अबरू का पूरा वातावरण अब शांत था, सभी अपने अपने काम में लगे हुए थे, चाहे मन हो या न हो, एक उदासी उस माहौल को घेरे हुए थी, कोई किसी से बात नहीं करता, शायद सभी अपनी भूल का पश्चाताप करने में जुटे हुए थे।

और एक दिन मार्गरेटा अपने पिता सियोल्लूपा के कक्ष में गयी, जो कि दो पत्थरों को घिस–घिस कर उनमें चिंगारी निकालने की कोशिश में जुटा हुआ, खीज रहा था और बडबड़ा रहा था कि 'अब फिर से नए अग्नि यंत्र लाने होंगे, इस जोड़े के भीतर की आग अब ख़त्म हो चुकी है', तब उसके हाथों से उन पत्थरों को लेकर मार्गरेटा ने उससे कहा, "डर के कारण मेरे मुंह से हयाती का नाम निकल गया था कि कहीं परवानाली वो शिला न देख ले, जिस पर मैं अपने नियम शोध लिख रही थी"। सियोल्लूपा ने उससे पूछा, "वो शिला कहाँ है?" मार्गरेटा ने उन पत्थरों को घिसते हुए कहा, "वो तो मैंने तभी तोड़ कर नष्ट कर दी थी जिस दिन परवानाली ने मुझसे अलग होने की घोषणा पूरे कबीले के सामने, अप्राकृतिक नियम के साथ कर दी थी", सियोल्लूपा ने अपना सिर पीट लिया, मार्गरेटा ने उससे ऐसा करने का कारण पूछा और बोली, "अच्छा ही तो हुआ", तब सियोल्लूपा बोला, "पर वो शिला तोड़ने की क्या आवश्यकता थी? उसे यहाँ ले आती", तब मार्गरेटा ने उसे आश्चर्य से

देखा और बोली, "आपको शिला की पड़ी है?", इस पर सियोल्पा अपनी सफाई देते हुए बोला, "वो परवानाली है, वो हर एक चीज को गौर से देखने की सिद्धि रखता है, इसलिए उसने उस शिला को भी देख ही लिया होगा", मार्गरिटा को अपने किये पर पछतावा होने लगा, तब सियोल्पा मार्गरिटा को हयाती से विवाह करने के लिए मनाने लगा कि 'अब परवानाली से पुनः विवाह करने के लिए उसे हयाती से विवाह करना ही पड़ेगा क्योंकि परवानाली पर नज़र रखने के लिए उन्हें ऐसा करना ही होगा, चूँकि परवानाली में फिर से कुछ भिन्न लक्षण दिख रहे हैं, यह बाकि कबीलाईयों से अलग है, इसमें वो ताकत है, लेकिन सही मार्गदर्शन की ज़रूरत है'। तब मार्गरिटा इस काम के लिए इस शर्त पर तैयार हो गई कि 'उसे वशम शक्ति का उपयोग करने की स्वतंत्रता मिले', सियोल्पा ने अपनी बांह के कपड़े को ऊपर किया और वहां से एक धागा खोल कर मार्गरिटा को दे दिया, तब मार्गरिटा ने उस धागे को उन पत्थरों पर रख उन्हें जोर से घिसा और कक्ष में रोशनी हो गयी.....।

हयाती ने इसको परवानाली की तरफ से अपना सम्मान समझा और मार्गरिटा से विवाह कर, मार्गरिटा को अपना सम्मान चिन्ह समझ, अपने मित्र की अमानत को विशेष स्थान देने लगा। वह उसके पास भी नहीं आता। यह बात मार्गरिटा को अच्छी लगने लगी कि इससे उसका सती नियम भंग नहीं होगा और वह हयाती के साथ ही रहने लगी, और उसने अपने पिता सियोल्पा को ही परवानाली पर नज़र रखने के लिए मना लिया।

इधर सिओलुपा परवानाली पर नज़र रखने के लिए उसके साथ ही रहने लगा। परवानाली उससे नए-नए शोध करवाता और अपने

कबीले को सुदृढ़ कर मेसोतामी की तरह नगर बनाने में जुट गया। अब घर पहले से और मजबूत हो गये, उनमें खिड़की दरवाजे बनने लगे, घर के सामानों का भी रूप बदला, हथियार और औजारों का भी नवीनीकरण हो गया। कुल मिला कर, उसके नगर की मजबूती बढ़ने लगी। सियोल्र्पा उसके लिए कई शोधकार्य करता, इस काम में उसकी मदद के लिए और लोगों की नियुक्ति भी कर ली गई थी।

एक दिन शोध कार्य के दौरान एक आदमी की जान चली गई तो उसकी अंतिम यात्रा की तैयारी सियोल्र्पा ने करवा दी। इस पर परवानाली ने जब वहां आकर देखा कि उस आदमी को लकड़ियों से बने एक त्रिकोण पर लेटा कर जलाया जा रहा है तो परवानाली ने तुरंत मना कर दिया और घोषणा की "आदमी नैतिक–अनैतिक कार्यों का पुतला होता है और नैतिक–अनैतिक कार्यो का भुगतान यहीं इसी धरती पर ही होना चाहिए लेकिन इसके शव को जलाकर इसे उस भुगतान से बचाने से हम सब भी अनैतिक कार्य से जुड़ जाएंगे इसलिए इसको यहीं मिट्टी में दबा दिया जाए, क्योकि ये शरीर मिट्टी का ही बना हुआ है। जिससे वातावरण में बदबू भी नहीं फैलेगी, और दूसरे मांस भक्षी जानवरों का डर भी नहीं रहेगा, और किसी को पता भी नहीं चलेगा कि यहाँ कोई रहता भी है, जिससे हम पर आक्रमण की स्थिति भी नहीं बनेगी"। वैसा ही किया गया और उस जगह को शवों के लिए ही खाली छोड़ इसकी भी घोषणा कर दी गई। सिओलुपा के गुस्से की सीमा न रही, लेकिन उसने अपने गुस्से को शांत कर परवानाली से इसका कारण पूछा तो परवानाली बोला, "तुमने ही तो कहा था, मानव को उसके कार्यों का भुगतान यहीं करना होता है तो हम उसे अगले जन्म तक की मोहलत क्यों दें? वह यहीं पर उसका

भुगतान कर मुक्ति पाए"। तब सिओलुपा ने कहा कि "वह शव है, ज़मीन में गड़ा हुआ है, वह कैसे भुगतान करेगा?" तब परवानाली बोला "ज़मीन के भीतर उसके बदन को कीड़े मकोड़े खाएंगे"। तब सियोलूपा ने कहा, "यदि वह भला आदमी हुआ तो?" इस पर परवानाली एकदम उछला और बोला "तभी तो....., वह इसी जन्म में अपने नेक कामों का परिणाम भी भोगने के लिए वापस आएगा", और फिर अचानक सियोलूपा के पास आया और उसके कान में बोला, "और यदि वह फिर से जी उठा, तो मैं उसे... ईश्वर मान लूंगा", यह बोलकर वहां से चला गया। सिओलुपा जहाँ उसके इस पागलपन से आतंकित हो रहा था, वहीं नगर में परवानाली की इन बातों से पूरे नगर में एक फुसफुसाहट दौड़ने लगी कि "परवानाली के पास ऐसी सोच कहां से आती है उसकी हर बात नईं और अजीब होने लगी है जैसा उन्होंने पहले कभी ना सुना ना देखा"। यह फुसफुसाहट गर्म होने लगी और सभी उसे कोई अद्भुत शक्ति मानने लगे। जब यह बात परवानाली तक उसके मठआयुक्तों के द्वारा पहुंची तो उसने यह घोषणा करवा दी कि "वह उस परमशक्ति जिसका नाम ईश्वर है, जो इस पूरी दुनिया को चलाता है, जिसको किसी भी आकार में नहीं ढाला जा सकता, जो कही भी कभी भी किसी भी आकार में आ और जा सकता है, परवानाली उसी ईश्वर का बेटा है..."।

घटनांक - 11

अब सभी हर समय हर काम में परवानाली की प्रार्थना करते क्योंकि सभी परवानाली से खुश थे। नगर और समृद्धि की ओर बढ़ रहा था, शोध से नए नए रोजगार बनने लगे, बाज़ार सजने लगे जहाँ एक चीज के बदले दूसरी चीज का चलन हो गया, खेती को लेकर भी परवानाली शोध कर रहा था लेकिन इस काम में सफल नहीं हो पा रहा था, वो अब तक केवल कंद की ही पैदावार बढ़ा पाया था, जिनमें ज़मीन के नीचे ही उगने वाली फसल थी, साथ ही उसने तरबूज की खेती तो सियोल्लूपा की मदद से पा ही ली थी, लेकिन वो अब भी इससे संतुष्ट नहीं था।

उधर लोग अपनी–अपनी मौज में रहने लगे। अब ये बात तेजी से चारों ओर होने लगी कि "परवानाली सचमुच किसी तरह के ईश्वर का बेटा है, जिसे दूसरे कबीले वाले पूजते हैं"। तब कुछ खबरी मठायुक्तों ने परवानाली को इसकी खबर दी और कहा कि "यदि वो उस परमशक्ति ईश्वर का बेटा है, जो पूरी धरती को चलाता है, जैसा कि अब अत्ररू कबीले के लोग मानने लगे हैं, तो परवानाली को पूरी धरती पर ही सभी जीवों को समृद्ध करना चाहिए"। और तुरंत परवानाली ने एक घोषणा करवा दी कि "वह यदि अपनी आवाम के सामने वास्तव में उस ईश्वर का बेटा सिद्ध हुआ हो, तो इस धरती की जिम्मेदारी भी उसकी है, वह यहां के सभी लोगों का भला करना चाहता है इसलिए वह सब दूर यह संदेश भेजना चाहता है कि वह ईश्वर का बेटा है और धरती का राजा। सभी लोग

उसके लिए उसके पिता से प्रार्थना करें" साथ ही उसने अपने सन्देश वाहकों को सियोलूपा के संरक्षण में उसकी भाषा सीखने का भी काम सौंप दिया जो कि अबरू लोग पुराने मठाधीश के कारण बहुत हद तक सीख ही चुके थे, कि 'न जाने कब उनको इसकी जरूरत पड़े'।

उसकी सेना और संदेशवाहक चारों दिशाओं में कूद पड़े। जो शांति से माना उनको शांति से और जिन्होंने इसे स्वच्छंदता पर अतिक्रमण समझा उनको युद्ध में हराकर अपनी सीमाएं बढ़ाने लगा। सब दूर उसका झंडा फहराने लगा और उस दलदली मैदान में अब अबरू नगर की सीमाएं स्थापित होने लगी। वो अपने नियमों की शिला हर जगह लगाने लगा। धातुशोध व धातुकर्म के द्वारा उन कबीलों को उन्नत भी करता चला गया और सभी उसे ईश्वर का बेटा मानने लगे, भले ही डर से पर वे लोग उसके लिए प्रार्थना करते।

इस बात से परवानाली की महत्वाकांक्षा और बढ़ने लगी। वह सचमुच खुद को ईश्वर समझने लगा। वह जो कह देता आखिरी सत्य हो जाता, इसके बाद किसी को कुछ कहने की आवश्यकता ही नहीं रहती।

एक शाम अपने भवन की मुंडेर पर बैठा–बैठा वो अपने नगर को निहार रहा था, कि उसे वो घर दिखा जहाँ माईया रहती थी, जहाँ झोपड़े के स्थान पर अब एक मजबूत घर आ गया था। वहां देख उसे माईया याद आई जिसके बारे में वो केवल इतना ही जानता था कि रेगिस्तानी छिपकली उसके बच्चे को उठा ले गई थी और उसी बच्चे के स्थान पर माईया परवानाली को देखा करती थी, वो उसकी छाया में संरक्षित महसूस करता था, जिसके शव को जंगली जानवरों का चारा बना कर, जंगल में फैंक दिया गया था। तभी उसे आसमान में सूरज के पास घर

लौटते पंछियों का झुण्ड दिखा और उसे उसकी वो 'सूरज' वाली बात याद आई, कि 'सबसे अधिक ताकत वाला सूरज को पा सकता है, जो कि तिलिस्म में रहता है', और उसने सूरज जहाँ से निकलता है उस दिशा में जाने का निश्चय किया। ये बात जब सियोलूपा को पता लगी तो वो परवानाली के पास भागा-भागा गया और बोला, "पूर्व जाने का विचार त्याग कर अपने अबरू नगर के विकास पर ध्यान देना चाहिए, वहाँ जो भी गया वापस लौट कर नहीं आया"। इस बात से परवानाली की जिज्ञासा और अधिक बढ़ गयी, और उसने खुद पूर्व दिशा की ओर कूच करने का फैसला किया, जहां से सूरज उगता है।

घटनांक - 12

परवानाली ने पूर्व की ओर अपनी सबसे बड़ी सेना के साथ प्रस्थान किया, जो कि उसने उन दलदली कबीलों को जीत कर बना ली थी। इस बात की सूचना सियोल्लूपा ने तुरंत अपने नगर मेसोतामी पहुंचा दी। परवानाली अभी आधा रास्ता भी तय नहीं कर पाया था कि उसने सामने मेसोतामी की एक बड़ी सेना के साथ वहां के नगराधीश को पाया, नगराधीश ने वहीं परवानाली को पड़ाव डाल अपने साथ रात का भोजन करने का आग्रह किया, जिसे परवानाली मना नहीं कर पाया। रात्रि भोजन के बाद नगराधीश ने परवानाली का गंतव्य पूछा तो उसने अपने पूर्व दिशा की ओर जाने की बात कही जिस पर नगराधीश ने उसे ऐसा करने से मना किया, साथ ही उसे याद दिलाया कि 'उसके बुरे वक़्त में मेसोतामी नगर ने ही उसकी मदद की थी, इसलिए उसे उनकी बात मान कर लौट जाना चाहिए', पर परवानाली पर तो सूरज को करीब से देखने की धुन सवार थी, और सियोल्लूपा के बाद अब उसके नगराधीश भी वहाँ जाने से मना कर रहे हैं, वो सोचने लगा कि 'यदि ये छोटी सी बात होती तो नगराधीश इतनी बड़ी सेना लेकर इस बात को समझाने नहीं आता', इस बात ने उसकी इच्छाओं को और हवा दे दी, उसे लगा 'शायद वहां कोई तिलिस्म है, जहाँ से मेसोतामी अनोखी चीजे लाता है, और इतना समृद्ध है, इसीलिए ये वहां जाने से मना कर रहे हैं'। ये बात उसने हयाती को बताई जो कि योद्धाओं का मठायुक्त बन उसके साथ चल रहा था, कि "हम किस

तरह इन लोगों से झगड़ा किये बिना यहाँ से निकल सकते हैं?" तब हयाती ने एक तरकीब निकाली और उसी रात जब सब नींद में सोये हुए थे, उसने अपने सैनिकों के साथ चुपके से उन सबको कत्ल कर डाला, और उस नगर को भी अबरू की सीमा में मिला लिया।

पूर्वी मीमांसा

इस तरह वह इलाके जीतता हुआ, उन्हें समृद्धि का पाठ पढ़ाता, पूर्व के एक नगर पहुंचा, जहाँ से सूरज आसमान की ओर जा रहा था, जिसे हलके–हलके धुंध जैसे बादल घेरे हुए थे। नगर के बाहर सफ़ेद मोती चमक रहे थे, जो कि उगते सूरज के साथ भूमि के भीतर समाते जा रहे थे। नगर के द्वार से निकलते कुछ लोग उन मोतियों को अपने झोलों में भर–भर कर उस द्वार के बाहर जमा कर रहे थे और कुछ देर बाद जब और लोग उस द्वार पर आये तो उन पर मोतियों को लुटा रहे थे, मानो वो कोई उत्सव मना रहे हों, या कि मानो कोई सुनहरा बाज़ार लगा हो।

पूर्वी नगर द्वार के इस दृश्य को देख परवानाली की आंखें फटी की फटी रह गई। यह नगर तो उसके नगर से मानो हज़ार साल आगे चल रहा हो, जो शोध वह वहां के लोगों से करवा रहा था, वह शोध तो यहाँ

मानों बच्चों का खेल था। इमारते एकदम मजबूत, बड़े–बड़े घर। उसे याद आया कि मेसोतामी नगर में भी ऐसे ही मजबूत भवन थे, पर यहां तो हर घर उससे भी अधिक सुंदर और ऊँची–ऊँची दीवारों में सुरक्षित। ये नगर, एक खुले हुए बड़े से दरवाजे से देखने पर किसी तिलिस्म सा ही लग रहा था, जिसके बारे में उसने बचपन में माईया से सुना था कि "जहाँ सूरज रहता है उसे तिलिस्म कहते हैं"।

इस नगर की भव्यता ने उसे भीतर से झकझोर दिया, तभी उसने देखा कि उसका एक सन्देश वाहक दल जो उस नगर के द्वार पर खड़े एक व्यक्ति जिसने सिर से लेकर पैर तक धातु की पोशाक पहन रखी थी, जो कि उस बाज़ार का निरीक्षणकर्ता लग रहा था, से बात करने पहुंचा। उनकी बातचीत में धातु की पोशाक वाला आदमी सन्देशवाहक दल पर हँस रहा था। उसने कई ऐसे लोग भी जमा कर लिए और सभी उस दल पर हंसने लगे। इससे संदेशवाहक दल नाराज हो गया और उनके बीच झगड़ा हो गया। धातु की पोशाक वाला दल संदेशवाहक दल पर भारी पड़ता देख परवानाली के बाकी दल झगड़े में कूद पड़े और देखते ही देखते नगर में नरसंहार होने लगा, जिसमें पूर्वी योद्धा जिनकी गिनती अबरू योद्धाओं के मुकाबले आधी भी नहीं थी, वो अबरू योद्धाओं पर भारी पड़ने लगे। अबरू सैनिक उस सुरक्षा कवच को तोड़ ही नहीं पा रहे थे, पूर्वी योद्धाओं ने जो धातु की पोशाक में थे उन्होंने गोल पहियों जैसे धातुओं को आगे किया हुआ था और जैसे ही कोई अबरू योद्धा वहां जाता, एक सरिया उन गोल धातुओं में से निकलता और अबरू लाश वहां गिर जाती, तभी हयाती ने अपने योद्धाओं की कमान संभाली और झगडे में कूद गया, उसने उन धातु के पहियों को सीढ़ी की तरह उपयोग

कर उस द्वार के भीतर कूद गया और वहां खड़े एक व्यक्ति को जिसने धातु के वस्त्रों के स्थान पर कोई साधारण सा लाल रंग का कपड़ा अपने बदन पर डाला हुआ था, जिसके सिर के बाल किसी विशेष तरह से बंधे हुए थे, उसे बंदी बना लिया, जिससे वहां के सभी योद्धा शिथिल हो गये, और उन्होंने युद्ध समाप्त कर आत्म समर्पण कर दिया, अबरू सैनिकों के लिए अब ये सुनहरा अवसर था उन सभी को क़त्ल करने का, लेकिन उन्होंने परवानाली के कहने पर केवल एक धातु की पोषाक वाले योद्धा जो युद्ध में अपना योगदान सबसे अधिक दे रहा था का सिर धड़ से अलग कर, बाकियों को बंदी ही बनाये रखा, साथ ही वो उस भवन की ओर गये जहाँ वो लाल कपड़ा ओढ़ा हुआ आदमी हयाती की गिरफ्त में खड़ा था, जो नगर द्वार के बिलकुल ठीक सामने कुछ दूरी पर था, जिसमें कई लोग झगड़े से पहले थालियों और बक्सों को ढके हुए अंदर जा रहे थे, जिसकी मुंडेर पर एक लड़की खड़ी ये सब देख रही थी। और थोड़ी ही देर में वह नगर वीरान हो गया, जिसे परवानाली वहीं खड़े-खड़े उजड़ता देख रहा था। जहाँ लुटेरों के दल बेशकीमती खजानों से भरे बक्से लेकर लौट रहे थे, यह बक्से उन्होंने उसी नगर के लोगों को बंधक बनाकर उन पर लाद रखे थे, जिनमें से एक वह लड़की भी थी जो झगड़ा आरंभ होने से पहले उस भवन की मुंडेर पर, एक थाली में छोटी सी आग जलाए खड़ी थी और ऊपर सूरज को देखकर एक लाल धातु से बने पात्र से, जो कि दिखने में बेहद सुंदर था, पानी डाल रही थी, और झगड़ा आरंभ होने पर सूरज के आगे दोनों हाथों की हथेलियों को चिपका कर कुछ बोल रही थी, दूर होने के कारण उसकी आवाज़ नहीं आ रही थी। लेकिन परवानाली समझ चुका था कि 'वह किसी तरह की प्रार्थना कर रही है'। जब लड़की नगर

द्वार पर आई तो परवानाली को देख कर वो पीछे मुड़ी और वहां खड़े उस लाल कपड़े वाले आदमी को अंतिम प्रणाम कर, परवानाली की आँखों में झांकती हुई, उन बंधकों में शामिल हो गयी।

परवानाली ने नगर से लूट कर आए अपने दल को कुछ मीलों के सफर के बाद एक वीराने में विश्राम करने को कहा, वो अब भी उस नगर को भुला नहीं पा रहा था, रह–रह कर उसके भीतर वो नगर द्वार ही आ रहा था, तभी उसने आसमान में देखा जहाँ अब सूरज नहीं, पूरा चाँद था, और तारे झिलमिला रहे थे, जहाँ एक तारा आसमान में टूटा, और परवानाली उस टूटे तारे की दिशा में जाने लगा, तभी हयाती ने उसके ऐसा करने के पीछे का कारण पूछा, तो उसने उसे आसमान में टूटता तारा दिखा कर कहा कि 'उसके पिता ईश्वर ने उसे मिलने का इशारा किया है', यह कह कर वह एक पहाड़ी की तरफ बढ़ गया जिसके पीछे तारा जा रहा था। कुछ लोग उसके साथ हिफाज़त के तौर पर चले गए, बाकी लोग झुककर उसका सजदा करने लगे और लूट के माल की रखवाली में लग गये, तभी हिफाजती दल जो परवानाली के साथ गया था वापस आया और उस लड़की को लेकर परवानाली के पास चला गया, जो झगड़े के दौरान प्रार्थना कर रही थी।

परवानाली पहाड़ी पर बनी एक सुरंग में बैठा था। हिफ़ाज़ती दल ने उस लड़की को सुरंग में जाने को कहा, लड़की सुरंग के अंदर गई । उसने पाया कि परवानाली अकेला एक पत्थर पर बैठा कुछ सोच रहा है, जो उसके आने से सचेत हो गया, उसने लड़की को अपने पास बुलाया उसने देखा कि लड़की की पोशाक अबरू नगर की महिलाओं की पोशाक से भिन्न है, इसकी पोशाक थोड़ी बहुत मार्गरेटा और उसके नगर की

महिलाओं से मिलती जुलती है, लेकिन उसका पूरा बदन धातुओं से ढंका हुआ है, बस सीना और कमर किसी विशेष प्रकार के कपड़े से ढंका है, वो उसे ठीक से देखना चाहता था, लेकिन सुरंग में अँधेरा बहुत था, तब उसने लड़की को अपने पास बैठकर, आग जलाने के लिए कहा। उस लड़की ने अपने सीने के कपड़े में से एक डिब्बी निकाली और उसमें से एक पतली सी लकड़ी निकाल कर उससे डिब्बी को रगड़ा और आग जला दी। यह परवानाली के लिए सबसे आश्चर्यचकित करने वाली घटना थी, अब तक उसके नगर अबरू में पत्थरों को घिसकर आग जलाना ही सीख पाए थे, जो कि बड़ा ही मशक्कत भरा काम था इसलिए वे लोग आग को बुझने नहीं देते थे लेकिन यह तो उससे भी अधिक विकसित हैं। वह तो स्वयं को ईश्वर समझ रहा था लेकिन "यहां की एक आम स्त्री भी चमत्कार जानती है, तो यहां का मठाधीश कितना अधिक ईश्वर के करीब होगा?" परवानाली को जलन भी हो रही थी और जिज्ञासा भी। उसने उस लड़की से उसके नगर के तौर तरीकों के बारे में पूछा, साथ ही उनके रहन–सहन और विज्ञान की जानकारी लेनी चाही, उनके ईश्वर के बारे में बात की, लेकिन लड़की कुछ ना बोली चुपचाप उस जलती हुई छोटी सी लकड़ी से सुरंग में मौजूद लकड़ियों को इकट्ठा कर उनमें आग लगाने लगी। परवानाली के धैर्य की सीमा टूटने लगी, उसने उस लड़की की पहनी धातुओं को पकड़ा और अपने पास खींच लिया। लड़की ने जली हुई वो छोटी लकड़ी उन दोनों के बीच कर दी। परवानाली ने लड़की को देखा, उस हल्की सी रोशनी में उसका चेहरा दमक रहा था, उसकी आँखों में अब भी कोई डर नहीं था, और परवानाली ने उसे छोड़ सुरंग की दीवारों से टकराना शुरू कर दिया, तभी उसे विचार आया कि 'शायद ये लड़की

उसकी भाषा नहीं समझ पा रही', इसलिये उसने मेसोतामी नगर की भाषा में उससे पूछा। इस पर लड़की ने लकड़ियों को इकट्ठा कर उनको जलाया, और उस अँधेरी सुरंग में रोशनी कर परवानाली के पास गयी, जो कि इस उजाले में असहाय दिख रहा था, उसके आकार से बड़ी उसकी परछाई थी, तब लड़की बोली, "अग्नि ही ईश्वर का चिन्ह है, और इसी के द्वारा ईश्वर हम तक विकास के सन्देश पहुँचाता है, इसलिए हमारा नगर अग्नि के सबसे बड़े खंड, उस सूरज की प्रार्थना करता हैं, जो सबसे ऊपर आकाश में रहता है, और वहीं से अपने बच्चों की चारों ओर से देखभाल करता है। वो सुबह उठता है, और हमें भी जगाता है, और रात में जब वो पश्चिम के पर्वतों के पीछे सोने जाता है तो हमें भी विश्राम का सन्देश देता है, हम अपने दिन की शुरुवात, उसी की प्रार्थना से करते हैं, उसी की देखरेख में अपने सारे कार्य करते हैं"। परवानाली की आँखे चमक उठी, वह तुरंत बोला, "अब तो तुम्हारा ईश्वर सो चुका है, अब रक्षा कौन करेगा?" तब लड़की ने कहा, "ईश्वर का चिन्ह, अग्नि। उसी ईश्वर ने तुम्हें चेतना दी कि तुम चर्चा से पहले उजाला करने को कहो"।

परवानाली की इर्षित पीड़ा बढ़ने लगी, उसने तुरंत उस आग को पैरों से कुचल कर बुझा दिया, और लड़की की ओर देखा तो पाया कि उसके धातु अब भी चमक रहे हैं, वो इनके विषय में जानना चाहता था, उसने अपने गुस्से को काबू में रख उस लड़की को फिर से आग जलाने को कहा, वो चाह रहा था कि वो लड़की को पूरी तरह से देखे, वो उसकी उन चमकती धातुओं से विचलित हो रहा था, जो अँधेरे में भी चमक रही थी, लेकिन उजाले में उनकी चमक सामान्य हो जाती। लड़की ने फिर वैसा ही किया, उसने आग जला दी और आग के पास ही बैठ गयी। वो

आग को निहार रही थी, ऐसा लग रहा था मानो वो प्रार्थना कर रही हो। परवानाली को कुछ धुंधली सी तस्वीरें दिखने लगी, जब उसकी माँ भी ऐसे ही अग्नि के सामने घंटो बैठी रहती थी। उसने देखा कि लड़की कुछ कहने जा रही है तभी उसने अपने अबरू नगर के धातु विज्ञान के बारे में उसे बताना शुरू कर दिया, कि किस तरह धातु से अलग–अलग तरह के उपयोग कि वस्तुएं बनाई जाती है, लेकिन धातु को पहन भी सकते हैं ये उसने पहली बार देखा था। तब लड़की को उसके भोलेपन पर हंसी आई और बोली, "इसे स्वर्ण कहते हैं", उसने स्वर्ण की कई विशेषताएँ उसको बताई, कि "इसको अब तक की प्राप्त धातुओं में सबसे शुद्ध माना जाता है, इसे पहनने से शरीर स्वस्थ रहता है", उसने बताया कि "कई लोग तो अपने दांतों को निकलवा कर वहां स्वर्ण दन्त लगवाते हैं, जिससे भोजन के साथ यह धातु मिलकर शरीर के भीतर पहुँच जाती है, और कुछ तो भोजन में भी इसका उपयोग करते हैं, जिससे शरीर निरोगी व मनुष्य दीर्घायु बना रहता है"। परवानाली की जिज्ञासाएं ओर बढ़ने लगी, उसने वहां के भवनों के बारे में पूछा, तो लड़की ने बताया, "वहां के लोग चट्टानों से पत्थर, चूना, और एक ख़ास तरह की मिट्टी से एक मजबूत लेप तैयार करते हैं, यह घोल दो पत्थरों को इस तरह जोड़ देता है कि मानो वो कभी दो थे ही नहीं, साथ ही वहां के लोग शिल्प शोध से पत्थरों को तराश कर उनसे अलग–अलग तरह की आकृतियाँ भी बनाते है, जो कि भवनों को एक कलात्मक सौंदर्य देता है, और भवन सजीव दिखते हैं", तब परवानाली ने उससे पूछा, "और उस भवन को क्या कहते हैं जिसमें तुम रहती हो, जिसकी मुंडेर पर खड़ी तुम उस आसमान में उठ रहे सूरज की प्रार्थना कर रही थी, जो बाकी के भवनों से थोड़ा अलग भी दिख रहा

था?" तब लड़की बोली, "उसे देवालय कहते हैं, जहाँ वहां के देवता रहते हैं?" "देवता?", परवानाली ने फिर पूछा, तो लड़की बोली, "वही... जिसे तुम ईश्वर कह रहे हो", तब उसने उसे रंगों का भी विवरण दिया जिनसे वो भवन लीपा हुआ था और अलग दिख रहा था, कि इन रंगों का उपयोग वो किस तरह भवन को सजाने व खुद के श्रृंगार के लिए करते हैं। तभी परवानाली ने उसके चेहरे को ध्यान से देखा तो पाया कि उसकी आँखों के नीचे काला रंग और होंठो पर लाल रंग पुता है, उसके हाथ और पैर भी लाल रंग से पुते हुए थे, पर वहां उँगलियों और हथेलियों पर कुछ गोल–गोल आकृतियाँ बनाई गयी थी तब लड़की ने बताया कि, "इसे महोर कहते हैं, ये किसी विशेष अवसर पर ही लगाया जाता है, जैसे ईश्वर की प्रार्थना का बड़ा पर्व या विवाह।" इस पर परवानाली ने उससे पूछा, "अभी कौनसे ईश्वर की प्रार्थना के लिए लगाया है?" तो लड़की ने बताया कि 'उसका विवाह होने वाला था, जो लड़का धातु की पोशाक पहने नगर द्वार पर खड़ा था जिसका सिर धड़ से अलग किया गया था उससे, वो उसका होने वाला पति था'। परवानाली ने इस बात पर अपना सिर झुकाया और खड़ा हो, अफ़सोस दिखाया, और थोड़ी देर बाद बोला, "तो क्या उस भवन में जिसे तुम देवालय कह रही हो, उसमें वो लोग तुम्हारे विवाह का सामान लेकर जा रहे थे?", तब लड़की बोली, "हाँ...वो मेरे विवाह का सामान था, जिसे तुम लोग लूट आये", परवानाली फिर शांत हो गया।

थोड़ी देर की ख़ामोशी के बाद उसे तोड़ते हुए परवानाली ने कहा, "हमारे यहाँ तो ऐसी कोई प्रथा नहीं है, हम लोग तो केवल मठाधीश को ही सर्वोच्च शक्ति मान साधारण तरीके से विवाह कर देते हैं", इस पर

लड़की ने कहा, "अच्छा है...." लड़की उससे आगे कुछ कहती इससे पहले ही परवानाली ने उससे उसके बारे में पूछा, तो वो केवल इतना ही बोली कि, "अभी तक का मेरा परिचय इतना ही है कि मैं उस नगर के एक पुजारी की बेटी थी, और अब दासी", फिर आगे वो कुछ कहती इससे पहले ही परवानाली बोला "पुजारी तुम्हारे पिता का नाम है?" लड़की ने सांसो के साथ जो वो कहना चाहती थी उसे गहराई में उतार लिया, और बोली, "नहीं, ये एक पदवी होती है, जो पूरे नगर की ओर से ईश्वर की प्रार्थना करता है, वो मंदिर जैसे पवित्र स्थलों पर रहता है, जिसे देवालय भी कहते हैं। इन देवालयों में हम अपने देवताओं को मूर्त रूप देकर उनकी प्रार्थना करते हैं। ये मूर्तियाँ पत्थरों की बनाई जाती है", इस विषय को बेकार जानकर परवानाली ने उसे बीच में ही टोकते हुए कहा, "क्या यहाँ के लोग पञ्च धातुओं से बना मानव मानते हैं?" तब लड़की उसी सहजता से बोलती रही, "वे लोग मानते हैं कि मानव पञ्च धातुओं से मिलकर बना है, जिसमें मन, बुद्धि, अहंकार उसे खोजी और साहसी या कृपालु बनाते हैं, जिसमें मन जल है, बुद्धि अग्नि और अहंकार भूमि", परवानाली को सियोल्लूपा की बात याद आ गयी कि शरीर मिट्टी का बना हुआ है, फिर उसने बिना समय गवांए तुरंत पूछा, "इस नगर के अलावा और ऐसे कितने नगर हैं? जहाँ ये नियम चलता है।" लड़की की उदास आँखों में हलकी सी तरावट आ गयी, उसके नथुने थोड़े फूल गये और वो बोली, "ये नगर तो एक छोटा सा हिस्सा है एक देश का, ऐसे कई नगरों से मिलकर हमारा देश बना हुआ है, जिसकी देखभाल वहाँ के प्रजापालक करते हैं", साथ ही उसने सामान्य होते हुए बताया, "कहा जाता है, कुछ सदियों पहले एक खोजी टुकड़ा पश्चिम की ओर गया था जो वापस लौट

कर नहीं आया"। परवानाली तुरंत उछला, वो समझ चुका था कि ये सियोल्पा का नगर मेसोतामी ही था और अचानक परवानाली को अपने पिता उस गुफा की दीवार पर बन रही अपनी परछाई में दिखे, वो परछाई मानो कुछ इशारा कर रही हो पर उसे परवानाली समझ नहीं पा रहा था और जब वो उस परछाई के पास गया तब तो वो बिल्कुल ही छोटी हो गयी थी, जिसे समझना अब और भी मुश्किल था। उसे अपने पिता का ख्याल आया जिनके साथ वो तरबूजों के खेत में उनका अपने नन्हे हाथों से हाथ बंटाया करता था । उसने लड़की से उनकी खेती के बारे में पूछा, तो लड़की ने फिर से एक लम्बी गहरी साँस ली और बोली, "वहां जलवायु के अनुसार खेती होती है, ग्रीष्म की अलग, शीत की अलग और वर्षा की अलग", साथ ही उसने बताया, "वर्षा और शीत की खेती महत्वपूर्ण होती है, तब धरती स्वर्ण उगलती है, जिसे अनाज कहते है, यह अनाज पूरे वर्ष भर उनको भोजन देता है, जिसे पीस कर, उबाल कर, पका कर भोजन तैयार किया जाता है"। इस पर परवानाली ने उससे तरबूज की खेती के बारे में पूछा, तो वह बोली, "तीन अलग-अलग खेती और होती है, एक वर्षीय, द्वि वर्षीय, और बहुवर्षीय, इसमें कुछ फसल एक बार उगाने पर पूरे वर्ष भर फल देती है, कुछ दो वर्षों तक तो कुछ अनेक वर्षों तक, बस उन फसलों की देखभाल हमे करनी होती है, जैसे वो ईश्वर हमारी करता है", परवानाली को मानो अब विज्ञान का भण्डार मिल गया, वो उस लड़की के साथ कई दिनों तक उसी सुरंग में रहा, वो वहीं बैठा-बैठा उसकी बातें सुन रहा था जहाँ उसकी परछाई थी, जहाँ अब एक मकड़ी बड़ा सा जाला बुन रही थी, जिसका आकार दिनों दिन बढ़ता ही जा रहा था, और जिसमें कई छोटे-छोटे कीड़े फंस कर उस मकड़ी का

भोजन बन रहे थे। वहां बैठा–बैठा वो उससे पूर्वी नगर के शोधों के बारे में जानता रहा, और जब बाहर निकलने लगा तो उसने उस लड़की को चुप रहने को कहा, और बोला, "अब तुम हमेशा मेरे साथ ही रहोगी", और इस खुशी में वो ये भूल गया कि 'इस भाषा से उसका क्या संबंध है?', जिससे उसने मार्गरिटा और सियोल्पा से भी बात की थी और अब इस लड़की से, तब लड़की ने ही बाहर निकलते हुए पूछा, "तुम्हें हमारी भाषा कैसे आती है?" तो परवानाली ने जल्दी–जल्दी में बोल दिया, "एक लूट में कुछ लोग मिले थे उनसे सीख ली", तब लड़की ने कहा, "तुनने सीखा तो पर ..." वो अपना वाक्य पूरा करती इससे पहले ही परवानाली ने उसे चुप रहने का इशारा किया और सुरंग से बाहर निकल आया।

बाहर निकल कर उसने पाया कि उसके लोग उसकी प्रतीक्षा कर रहे हैं, उन्होंने ही बताया कि 'उसे अंदर गये लगभग पांच दिन हो गये हैं'। इस पर परवानाली बोला, "मैं अपने पिता ईश्वर से बात कर रहा था, जो मुझे इस पूरी धरती की देखभाल की ज़िम्मेदारी सौंप रहा था, वो चाहता है कि मेरे और मेरे बाद भी उसकी ये धरती सलामत रहे, इसके लिए उसी ने मुझे इस धरती को समृद्ध करने के कई सारे तरीके बताए हैं,", तब अचानक उसकी नज़र उस लड़की पर पड़ी तो उसके पास जाकर बोला, "इसने भीतर मेरी बहुत सेवा की है, इसलिए पिता ने इस लड़की को मेरी ही सेवा में रहने का उपहार दिया है, और उसी ने इस लड़की को एक नाम भी दिया है, पुस्तक, ये उस सात आसमानों के ऊपर रहने वाले ईश्वर को बेहद पसंद आई, जो कि इस धरती को और उस पहले आसमान पे चमकते हुए सूरज को चलाता है, इसलिए अबरू नगर की प्रथा के अनुसार मैं इसे अपनी दासी बना नाम देता हूँ, आसमानी"। जितने भी

लोग वहां थे सभी उन दोनों के आगे झुक गये, और वो लड़की परवानाली को घूर रही थी, जिसे देख परवानाली की मुस्कान फीकी होने लगी, वो उसे बताना चाहता था कि 'बचपन में उसने अपने पिता से सुना था कि पुस्तक इन्सान की सबसे अच्छी दोस्त होती है', तभी हयाती उसके पास आया और उसने पूछा, "आगे क्या करना है? वापस अबरू नगर लौटना है, या पूर्वी नगर पर फिर से धावा बोलना है?" तब परवानाली ने आसमानी को देखते हुए कहा, "अब हम पहले अपने नगर जायेंगे और अपने पिता ईश्वर के कहे अनुसार लोगों को समृद्धि का पाठ सिखायेंगे"। इस बात से आसमानी की आँखों की गर्मी थोड़ी कम हो गयी, और वो परवानाली के काफिले के साथ अबरू नगर की ओर चल पड़ी।

घटनांक - 13

अबरू नगर पहुँचते ही परवानाली ने घोषणा करवा दी कि जितने कबीले उसने अब तक जीते हैं, उन सब को अबरू का नाम दिया जाए, ये सब अबरू की हदें होंगी, जिसे देश के नाम से जाना जाएगा, जिसका कामकाज अबरू की राजधानी परवानाली से होगा, उसने अपना नाम अपने नगर को दे दिया और नगर का नाम देश को। परवानाली अब पूरे देश का बादशाह कहलाने लगा, लोग कहते कि "ईश्वर के बाद ईश्वर का बेटा ही इस दुनिया का शाह है"। परवानाली ने अलग-अलग नगरों में मठाधीश नियुक्त कर दिए, जो सीधे उसी को खबरचीन थे। उसने कबीलों को समृद्ध कर नगरों में बदलना शुरू कर दिया। कुछ ही वर्षों में उसका देश समृद्धि का स्वाद चखने लगा, वहां के दलदल अब ठोस ज़मीन में बदलने लगे, धातु विज्ञान के साथ अन्य विज्ञानों के शोध जो उसने आसमानी से सुरंग में जाने थे उनको उपयोग में लाने लगा, साथ ही सियोल्लूपा के संरक्षण में अबरू लोगों को पूर्वी भाषा का ज्ञान भी देने की व्यवस्था कर दी गयी, परवानाली सोचने लगा था कि "शायद ये भाषा जन्म से ही मनुष्य को मिलती है, लेकिन अबरू लोगों में वो गुण नहीं हैं इसलिए ईश्वर ने उसे इनकी भलाई के लिए भेजा है" और अब लोग अपनी अबरू भाषा के साथ पूर्वी भाषा का भी विज्ञान समझने लगे, मूर्धन्य, कंठ्य, तालव्य, दन्तोष्ठ, ओष्ठ्य, इत्यादि से निकलने वाले स्वर व व्यंजन। अबरू लोग उसके कामों से बेहद खुश थे। परवानाली अब

ईश्वर के ओर करीब माना जाने लगा। सुबह उठने से लेकर रात को सोने तक सभी की ज़ुबानों पर अब परवानाली का ही नाम होता।

लेकिन परवानाली अब भी परेशान था, उसकी आँखों के सामने से पूर्वी देश जाता ही नहीं था, वो दिन रात बस यही सोचता कि "तब वो देश वैसा था तो अब ओर कितना समृद्ध हो गया होगा?" उसकी इस जिज्ञासा ने उसकी नींद उड़ा रखी थी, वो एक बार फिर पूर्वी नगर जाना चाहता था, लेकिन लोग उसके द्वारा दिए गये संसाधनों में और देश की समृद्धि में खोये हुए थे, परवानाली को खबरें मिल रही थी, कि 'अबरू लोग मारकाट छोड़ कर इसी तरह जीना चाहते हैं', और वो खुद को लाचार समझ रहा था, कि तभी आसमानी उसके पास आई, और उससे अपना दासित्व नियम निभाते हुए उसकी परेशानी का कारण पूछा तो परवानाली ने बताया, "देश के लोग अब खुश हैं" इस पर आसमानी बोली, "ये तो अच्छे संकेत हैं", तब परवानाली खीज गया और बोला, "मुझे डर है, कि कहीं वो इस सुख में मुझे या मेरी बातों को न भूलने लगे" तब आसमानी बोली, "तुम उनके ईश्वर के बेटे हो, खुद उनके ईश्वर हो, तो वो कभी तुम्हारी बात नहीं भूलेंगे, चाहो तो आज़मा कर देख लो" इस बात से परवानाली की आँखों में चमक आ गयी और उसने तुरंत सभी नगरों के मठाधीशों तक सन्देश भिजवा दिया कि "वो उन सबसे राजधानी में मिलना चाहता है।"

खबर मिलते ही सभी मठाधीश राजधानी परवानाली पहुंचे, जहाँ उनके स्वागत की ख़ूबसूरत तैयारियां की गयी थी, सभी अपने नगर लौट कर बेहद खुश थे, अपने नगर की खूबसूरती देख सभी की आँखे फटी की फटी रह गयी। वहां की सड़कें, भवन अपने आप में किसी दूसरी दुनिया

की अनुभूति करवा रहे थे। वे लोग आपस में बातें कर रहे थे कि 'ईश्वर का घर शायद ऐसा ही होता होगा, इतना ही खुबसूरत'। इसके बाद वो दास दासियों के साथ एक बड़े भवन में गये, जो कि राजधानी के बीचों–बीच बना हुआ था, ये इतना विशाल था कि पूरे नगर के लोग इसमें आरान से रह सकते थे, लेकिन इसमें केवल परवानाली और आसमानी ही रहते हैं, साथ ही कुछ ख़ास लोगों का दल सियोल्लूपा के साथ वहां काम करने के लिए रहता है, जो कि परवानाली के लिए वहीं पर शोध करते हैं। कुछ मरे हुए शवों को चीर रहे थे, कुछ पत्तियों को पीस कर कोई लेप बना रहे थे, कुछ पत्थरों को काट कर उस पर कुछ उकेर रहे थे, कुछ अलग–अलग रंगों के शोध में लगे हुए थे। पूरा भवन मानो एक बहुत बड़ी प्रयोगशाला बना हुआ था। इस भवन को वहां के लोग दरबार पुकारा करते थे, यहीं पर परवानाली अगले दिन सबसे मिलेगा, मिलने का स्थान दरबार के बीचों–बीच एक बड़ा सा कक्ष था, जहाँ करीब हजार लोग एक साथ बैठ सकते हैं, और उस कक्ष के मुख्य द्वार के ठीक सामने वाले दूसरे छोर पर एक ऊँचा स्थान बनाया गया है, जहाँ ईश्वर का बेटा परवानाली बैठता है। यह सब देख कर वहां आये सभी मठाधीशों के आश्चर्य का ठिकाना नहीं रहा, तब एक दासों का समूह वहां आया और उन्हें उनके कक्षों तक पहुंचा कर उनके आराम की सारी व्यवस्था कर दी।

अगले दिन दरबार में बैठक हुई, जब सभी पहुँच गये तब एक दास ने सभी को चिल्ला चिल्ला कर सचेत किया कि, "ईश्वर के बेटे, अबरू देश के बादशाह, परवानाली दरबार में दाखिल हो रहे हैं", यह ढंग आने का, सभी को चकित और सचेत कर गया। तब परवानाली दो दास और दासियों के साथ एक बहुत बड़ी पोशाक पहने उस कक्ष में दाखिल हुआ।

उसके आने पर एक और दास ने फिर से सबको चिल्ला कर सचेत किया कि "सभी खड़े होकर ईश्वर के बेटे को सम्मान देवें, और जब वो बैठे तभी सब बैठें"। सभी ने वैसा ही किया, और परवानाली उस ऊँचे स्थान पर जाकर बैठ गया। सभी ने अपना अपना स्थान लिया। तब एक और दास आया और बोला, "दरबार की कामकाजी शुरू की जाए, ईश्वर के बेटे, अबरू के बादशाह, अबरू के हाल जानना चाहते हैं"। तब सभी ने राजधानी की सुन्दरता की तारीफें की, वे खुश हैं कि उनका कबीला इतना समृद्ध और बड़ा हो चुका है, और इन सबका श्रेय उन्होंने परवानाली को ही दिया। तब परवानाली ने उन सबको बुलावे का कारण बताया, "मैं चाहता हूँ कि अबरू का हर नगर ऐसे ही ईश्वर का घर बन जाए, और फिर पूरी धरती। इसके लिए पिता ने पूर्वी देश जाने का सन्देश दिया है"। इस बात के साथ पूरे कक्ष में एक सन्नाटा छा गया, तब मार्गरेटा उठी और बोली कि 'उसका नगर जिसको मार्गरेटा और हयाती सँभालते हैं, जिसका नाम परवानाली ने मर्याती कर दिया है, वहां सभी परवानाली के द्वारा दिए गए सुखों में डूब चुके हैं, लेकिन वो सुबह उठने से रात सोने तक परवानाली की प्रार्थना भी करते हैं, वे लोग नगर में परवानाली के कहे अनुसार जो प्रार्थनाघर बनवाए हैं, उनमें ईश्वर के बेटे के लिए प्रार्थना करते हैं', साथ ही हयाती बोला, "नगर में शिल्प विज्ञान की शालायें भरने लगी हैं, सभी बूढ़े और बच्चे वहां काम करते हैं, उन्होंने वहां ईश्वर के बेटे का एक बड़ा बुत भी बनाने का काम शुरू कर दिया है और जो जवान हैं, वो रोजगार ओर व्यापार या खेती करते हैं"। यह सुन परवानाली खुश हुआ, तब मार्गरेटा ने बीच में ही कहा, "अभी नगर के योद्धा दल और लुटेरा दल इस स्थिति में नहीं हैं कि वे युद्ध कर सकें, उनको थोड़ा समय चाहिए, चूँकि यही हाल बाकी नगरों के भी

हैं, इसलिए अपने नगर लौटते ही सभी योद्धाओं और लुटेरों को फिर से तैयार करना शुरू कर देंगे", परवानाली खून का घूंट पी कर रह गया, वो गुस्सा कर अपनी छवि ख़राब नहीं करना चाहता था। उसने उन सभी को तैयारियों के लिए समय दिया, और ये कह कर वहां से चला गया कि "आप लोग जब तक चाहें राजधानी में रह सकते हैं"।

रात के समय हयाती और मार्गरेटा सियोलूपा से मिलने गये, तब सियोलूपा ने मार्गरेटा को एक डिबिया दिखाई और उसमें से एक पतली सी लकड़ी निकल कर उसे देते हुए कहा, "अब इसे रगड़ो", मार्गरेटा ने वैसा ही किया तो वहां रोशनी हो गयी। मार्गरेटा अपने पिता की इस उपलब्धि पर खुश हुई तो हयाती चकित रह गया। सियोलूपा बोला, "इसे दियासलाई कहते है" और उसने अपने नए शोधों के बारे में भी बताया, उसने बताया कि "किस तरह परवानाली उसकी हर शोध में मदद करता है, और नए नए विषय लाकर देता है, यहाँ कई दल हैं जो अलग–अलग विषयों पर शोध कर रहे हैं, और उन सभी दलों की देखभाल और दिशानिर्देश का काम सियोलूपा ही करता है"। पिता की बातें सुन मार्गरेटा को खुशी हुई, पर फिर उसने सियोलूपा से पूछा कि 'क्या उसे पता है, कि परवानाली फिर से पूर्व नगर की और जाने की योजना बना रहा है?' तो सियोलूपा बोला, 'हाँ, वो जानता है, परवानाली ने उसे बोला था कि ईश्वर ने उसे ऐसा करने को कहा है', लेकिन सियोलूपा इस बात से सहमत नहीं है, वो चाहता है कि 'जितने विषय उनके पास हैं वो काफी हैं, उन पर ही ठीक से काम नहीं हो पा रहा, समय कम पड़ रहा है'. सियोलूपा ने हयाती की और देखते हुए उन्हें ये भी बताया कि "मुझे लगता है, परवानाली और उस लड़की जिसे वो आसमानी कहता है,

उनके बीच अनैतिक संबंध हैं"। सियोल्लूपा और वो दोनों इस बात से अंजान थे कि परवानाली वहीं एक खम्बे से सटा उनकी बातें सुन रहा है, और सियोल्लूपा ने अपनी बात को जारी रखते हुए, हयाती से पूछा, "तुम्हारे नगर के क्या हाल हैं? सुना है वहाँ शिल्प विज्ञान पर बहुत काम हो रहा है", तब हयाती जो कि अनैतिक संबंध वाली बात पर खोया हुआ था बोला, "मर्याती नगर में सब सुख तो हैं, पर वैवाहिक सुख नहीं", तब सियोल्लूपा ने पूछा, "क्या मतलब?" तो हयाती ने कहा, "लोग स्वछंदता ओर स्वतंत्रता के नियमों के बीच झूल रहे हैं, जहाँ सदियों से स्वच्छंद नियम रहा हो, वहाँ अचानक नए नियम के आने से आपसी झगडे बड़ रहे हैं, औरतें बच्चों को सँभालने के लिए रह गयी हैं, और आदमी बाहर काम करते हुए यदि किसी औरत को पसंद कर ले तो वैवाहिक नियम में बंधा महसूस करने लगता है, इसलिए वहां के लोगों में मनोरोग बढ़ रहा है", तब सियोल्लूपा ने तिरछी नज़र से मार्गरिटा की ओर देखा तो वो हँसते हुए सियोल्लूपा के कंधे पर झूलती हुई बोली, "हम दोनों ही खुश हैं, हमारा प्रेम अब भी जवान है"। बेटी की इस बात से सियोल्लूपा ने राहत की साँस ली और उन्हें उनके कक्ष की ओर जाने का इशारा किया, कि तभी परवानाली वहां आ पहुंचा, जिसे देख सियोल्लूपा की सांसे अटक गयी, तब परवानाली ने उसके कंधे पर हाथ रखा और बोला, "पिता ईश्वर ने कहा है कि पूर्वी नगर जाने से पहले अपने अबरू लोगों से मिलना चाहिए, शायद उसके संदेशों को ठीक से समझा नहीं जा रहा, या हम समझा नहीं पा रहे, इसलिए उन संदेशों को दुरुस्त करना चाहिए"। इसकी शुरुवात वो मार्गरिटा और हयाती के नगर मर्याती से करना चाहता है, जिसके लिए अगली सुबह ही उन लोगों के साथ निकल जाएगा। मार्गरिटा के माथे पर

चिंता की लकीरें उभर आई, जिन्हें देख परवानाली बोला, "मैं समझ सकता हूँ, तुम यहाँ अपने पिता के साथ कुछ दिन और रुकना चाहते हो, पर मैं अपने पिता की बात भी नहीं काट सकता इसलिए हम सियोल्लूपा को भी अपने साथ ही ले चलेगे", यह सुन मार्गरिटा ने अपने चेहरे पर एक फीकी मुस्कान डाल दी, और वहां से हयाती को लेकर चली गयी, सियोल्लूपा भी अपने कक्ष की ओर जाने लगा तो परवानाली ने उसके कंधे पर धीरे से हाथ रखा और बोला, "मेरे और आसमानी के बीच कोई अनैतिक संबंध नहीं है", और वहां से चला गया। सियोल्लूपा की समझ नहीं आ रहा था कि वो इस बात पर शांति पाए या शोक मनाऐ कि परवानाली ने बात स्पष्ट कर ली या कोई तूफान अब दस्तक देने वाला है, और इसी उधेड़बुन में वो अपने कक्ष की ओर चला गया।

घटनांक - 14

अगले दिन रवानगी के समय जब सभी मठाधीश एक बड़े मैदान में एकत्रित हुए, तब वहां उन्होंने देखा कि पहले से ही कई सारे वाहन वहां जमा हैं, जिनमें ऊंटगाड़ी, घोड़ागाड़ी, बैलगाड़ी, पालकियां इत्यादि की भरमार है। उन सभी वाहनों पर बैठने के स्थान वाली जगह पर छोटे–छोटे घरनुमा तम्बू लगे हुए हैं, जिनमें बैठने से लेकर सोने तक की अच्छी खासी व्यवस्था की गयी है, उन्ही तम्बुओं में सफ़र के दौरान खाने–पीने की सामग्रियां भी हैं, ये सब इनके लिए किसी चमत्कार से कम न था, क्योकि अब तक के सफ़र थका देने वाले होते थे, पर अब ये आराम दायक होगा। तभी वहां एक लम्बी सैनिकों की क़तार आ कर खड़ी हो गयी जिनके बाद परवानाली, आसमानी और सियोल्पूपा वहां पहुंचे, और उनके पीछे दास–दासियों की भी कतार, जिसे आरामी दल कहा जाता था चलती हुई आ रही थी। तभी एक दास ने आकर सबको सचेत किया और तब परवानाली एक ऊंट गाड़ी में आसमानी के साथ चढ़ गया और सभी को वाहनों में चढ़ने का इशारा किया, सभी अपनी–अपनी सुविधानुसार एक–एक वाहन का चुनाव कर उनमें बैठ गये और यह हजारों लोगों का काफिला मर्याती नगर की ओर चल पड़ा। सबसे आगे घुड़सवार सैनिक, उनके बाद सभी मठाधीशों के वाहन, फिर परवानाली की ऊंट गाड़ी जिसके पीछे आरामी दल पालकियों में चल रहा था, पालकियों में दासियाँ, जिन्हें दासों ने अपने कंधे पर उठा रखा था और उनके बाद

पैदल सैनिक, जिनके साथ कुछ ऐसे वाहन भी चल रहे थे जिनमें कई उपयोग के संसाधन रखे हुए थे।

शाम होने पर पहला पड़ाव डाला गया, तो आरामी दल ने तुरंत वहां तम्बू गाड़ दिए और रुकने की सुन्दर व्यवस्था कर दी, साथ ही भोजन की भी व्यवस्था में जुट गये। यह सब देख हर नगर से आया मठाधीश अचंभित था। सब कुछ इतना सुनियोजित तरीके से इतना व्यवस्थित था कि सब इसे समृद्धि की नयी परिभाषा कहने लगे।

भोजन के बाद परवानाली ने सभी मठाधीशों के साथ बैठक की। हयाती ने उससे सैन्य दल को लाने का कारण पूछा और कहा कि, "हम तो अपने ही देश में हैं, और सभी जानते हैं कि परवानाली ईश्वर का बेटा है।" इस पर परवानाली बोला, "ऐसा करने के लिए ईश्वर ने ही कहा है, पिता चाहते हैं कि उनका सन्देश सब तक पहुंचे और यदि कोई इसमें विरोध पैदा करता है तो उसे समूल नष्ट कर दे। समूल मतलब उसके परिवार सहित, ताकि कभी विद्रोह पैदा न हो"। इस पर मार्गरेटा बोली, "अब तो सभी ईश्वर के साथ हैं, कोई क्या विद्रोह करेगा?", तो परवानाली ने जवाब दिया, "शायद लोगों के मन में ईश्वर के प्रति संदेह उत्पन्न हो रहा है, उसके बनाए वैवाहिक नियम में परेशानी हो रही है, मैं उसी का समाधान लेकर चल रहा हूँ, जो कि पिता ने बताया है।" यह कहकर वो अपने तम्बू में चला गया, जिसके बाहर आसमानी खड़ी दूर आसमान को निहार रही थी, जहाँ सात सितारे चमक रहे थे और वहां बैठे मार्गरेटा और सियोल्पा आने वाले तूफान की कल्पना करने लगे।

कुछ ही दिनों के सफ़र के बाद ये काफिला मर्याती नगर पहुंचा, जिसके द्वार पर पहुँचते ही आरामी दल आगे आया और संसाधनों वाले

वाहन से कई सारे लकड़ी के पट्टे व औज़ार निकाल कर एक ऊँचा मंच बना दिया जिसका दिशा निर्देश सियोल्लूपा दे रहा था। इस ऊँचे मंच के नीचे दो बड़े गोल पहिये लगाये गये जिसे चार ऊंट मिलकर खीच रहे थे, जिस पर ऊपर की ओर परवानाली बैठा हुआ था, और ये वाहन नगर के बीच जाकर रुका, जिसकी अगुवाई एक मनोरंजन दल नगाड़े बजा कर कर रहा था, थोड़ी ही देर में पूरी नगर की जनता वहां इकट्ठी हो गयी, तब एक दास ने घोषणा की, "सभी अबरू जन... ईश्वर के बेटे, अबरू देश के बादशाह परवानाली का झुक कर सम्मान करें"। सभी ने वैसा ही किया। तब उस ऊँचे मंच से जहाँ से पूरा नगर दिखाई दे रहा था, परवानाली ने बोलना शुरू किया, "ईश्वर ही सबसे बड़ी शक्ति है, हम सब उसके ही बच्चे हैं, आज मैं उसका बेटा नहीं बल्कि उसका संदेशवाहक बन कर आया हूँ और उस ईश्वर, मेरे पिता ने ये सन्देश भेजा है कि, उसके बनाये हुए नियमो का जो कोई भी अनादर करेगा वो सज़ा का हकदार होगा, क्योकि ईश्वर अपनी बनाई हुई इस रचना को संवारना चाहता है", ये सुनते ही वहां खड़े लोगों के चेहरे पीले पड़ने लगे, जिसे देख परवानाली ने आगे कहना जारी रखा, "और साथ ही वो उसके द्वारा बनाये गये नियमो से हो रही दिक्कतों को भी दूर करना चाहता है, क्योंकि वो अबरू देश के लोगो से विशेष लगाव रखता है", यह सुन सभी के डरे हुए चेहरों पर एक सुकून आ गया, तब परवानाली ने आगे कहा, "ईश्वर जानता है, कि उसके बनाए विवाह के नियम से उसके अबरू लोग परेशानियों और मतभेदों का सामना कर रहे हैं। औलाद पैदा करने वाली औरत से पहले जैसा लगाव नहीं रहता। औरत केवल औलाद को ही सँभालने में लगी रहती है और जब आदमी काम से घर लौटता है तो मनमुटाव होने लगता है। इसलिए मैं आज उसी

परेशानी को ईश्वर के आदेश से दूर करने आया हूँ। ईश्वर का कहना है, कि तुम लोग उसका नियम ठीक से नहीं समझे। उसने विवाह का नियम इसीलिए बनाया है कि आदम जानवरों की श्रेणी से ऊपर उठे और आज देखो, आपमें और जानवरों में कितना अंतर आ गया है, आप कितने समृद्ध हो चुके हो। इसलिए ईश्वर आप सभी से खुश है और अपने विवाह के नियम को आप लोगों की सहूलियत के लिए थोड़ा और दुरुस्त करना चाहता है"। यह सुन सभी के चेहरे से बची हुई शिकन भी दूर हो गयी, और सभी जानने को बेसब्र होने लगे कि "नया नियम क्या है?" उधर आसमानी के चेहरे पर परेशानी की लकीरें खिंचने लगी, कि न जाने अब परवानाली ईश्वर के नाम पर कौनसा तूफान इस मानव सभ्यता पर लाकर खड़ा करेगा। और तभी परवानाली बोला, "पिता चाहते हैं कि हर वो आदमी जो उसके सन्देश को दूर–दूर तक फ़ैलाने में अबरू देश की मदद करता है, उसे तीन–तीन दासियों से सम्मानित किया जाएगा। वो चाहे तो उनसे शारीरिक संबंध बनाने के लिए उनसे विवाह भी कर सकता है।" ये सुनते ही नगर के सारे आदमियों में एक नया जोश भर गया, वो सभी परवानाली और उसके पिता ईश्वर के नाम के नारे लगाने लगे, लेकिन आसमानी के चेहरे पर परेशानियों की लकीरों के साथ पसीने के नाले बहने लगे। वहां खड़ी हर औरत का यही हाल था, जिसे परवानाली की बाज़ निगाहों ने पहचान लिया। और उसने आगे कहा, "ईश्वर ऐसा इसलिए चाहता है, कि वो अबरू की औरतों से भी उतना ही लगाव रखता है, ये सब उन्ही के लिए किया गया है। चूँकि औरतों ने अबरू देश की समृद्धि के लिए आदमियों से कम मदद नहीं की है, इसलिए ईश्वर उनको सुकून और प्यार की जिंदगी से सम्मानित करना चाहता है। ईश्वर कहते हैं,

ये तीन दासियाँ इसलिए हैं, कि इससे अबरू औरतों को आराम का जीवन मिले", सभी लोगों को आश्चर्य हुआ कि 'इससे अबरू औरतों को आराम कैसे मिल सकता है?' तभी परवानाली ने अपनी आँखों में उन औरतों के लिए नमी भरा सम्मान लाते हुए कहा, "एक दासी बच्चे पैदा करेगी, एक आदमी की सेवा करेगी और एक अबरू देश की औरतों की, जिससे आपके विवाहित जोड़ो के बीच पहले सा प्यार बना रहेगा"। उसकी इस बात से वहां खड़ी सभी औरतों में भी खुशी की लहर दौड़ गयी, लेकिन आसमानी के चेहरे से परेशानियाँ अब भी नहीं हट रही थी, कि तभी परवानाली बोला, "लेकिन इसकी एक शर्त है, ये दासियाँ अबरू देश की नहीं होंगी, ये दासियाँ दूसरे नगरों से लेकर आएंगे जो कि वहां बेकार पड़ी हैं, और उनको अपने अबरू देश में लाकर सम्मान की जिंदगी देंगे"। इस कथन के साथ परवानाली ने अंत में ये कहते हुए अपने भाषण को विराम दिया कि "हम शीघ्र ही पूर्व नगर की ओर धावा बोलेंगे" और पूरे नगर में एक उत्साह आ गया। जोर शोर से पूरे देश भर में परवानाली के सन्देश को पहुँचाने की तैयारियां शुरू हो गयी, साथ ही पूर्वी नगर जाने की भी। और इधर आसमानी अपना सिर आसमान में उठाए कुछ बुदबुदा रही थी।

शाम को जब परवानाली अपने आराम घर में बैठा-बैठा युद्ध के ख्यालों में पूर्व से लाया उस तलवार को निहार रहा था। तब आसमानी वहां आई, जिसे देख उसने तलवार को उसके स्थान पर रख दिया और बिस्तर पर आ बैठा। आसमानी ने उस पर ध्यान न देते हुए चिराग जलाना शुरू कर दिया और बोली, "अन्धेरा बढ़ने लगा है", इस पर परवानाली ने उससे पूछा, "जब मैं भाषण दे रहा था तब तुम क्या बुदबुदा रही थी?", चिराग रोशन करती आसमानी बोली, "क्या सुनना चाहते हो?",

परवानाली उसकी इस बात से हैरान था, उसने उम्मीद की थी कि उसे उसका जवाब मिलेगा, पर आसमानी ने तो सवाल के बदले सवाल ही उस पर थोप दिया। तब वो बोला, "मैं जानता हूँ, तुम मेरे ईश्वर से मेरी लम्बी उम्र की प्रार्थना कर रही थी, जैसा कि इस देश में सभी करते हैं", आसमानी मुस्कुराई और बोली, "हाँ...मैं अपने ईश्वर की ही प्रार्थना कर रही थी", तब परवानाली ने उससे पूछा, "कौनसे?" तो आसमानी ने कहा, "वही जो सबका पिता है", तब परवानाली बिस्तर से उठ उसके पास आया और उसके बालों को पकड़ते हुए बोला, "बात को घुमाओ नहीं, सीधे जवाब दो, किसके पिता की प्रार्थना कर रही थी?", तब आसमानी ने परवानाली से अपने बालों को छुडाते हुए कहा, "तुम्हारे पिता की", परवानाली ने तुरंत उसे छोड़ दिया और वापस अपने बिस्तर पर जाकर बैठ गया और आसमानी से अपनी इस बदसलूकी के लिए माफ़ी मांगने लगा। तब आसमानी उसके पास आई और बोली, "तुमने अच्छा किया... बहुत सी ऐसी प्रथाओं से बच गये, जिनसे तुम्हारा जीवन नष्ट भी हो सकता था"। "जीवन नष्ट हो जाए, ऐसी कौनसी प्रथा है?" परवानाली ने पूछा, तो आसमानी बोली, "वहां पूर्व में प्रथा है, कि विवाह एक ऐसा संबंध है, जिसमें एक बार बंध गये तो जीवन भर उसी को निभाना है"। परवानाली ने कहा, "हम भी अब तक यही मानते थे, लेकिन मैंने तो इस प्रथा को बदल दिया। अगर आदमी–औरत अलग होना चाहें तो हो सकते हैं।", इस पर आसमानी मुस्कुराई और बोली, "तुमने प्रकृति के नियमों को चुनौती दे दी, न जाने अब प्रकृति तुम्हें क्या दिखाएगी?", परवानाली को थोड़ी बैचेनी हुई, "तो क्या मैंने गलत किया है?" इस पर आसमानी ने जवाब दिया, "ये तो अब समय ही बताएगा, क्योंकि आज

तक के इतिहास में ऐसा कभी नहीं हुआ। पर अब शायद कुछ परिवर्तन दिखें या हो सकता हैं, ना भी दिखे.... बस देखना ये है कि उन सामानों का क्या प्रभाव पड़ता है जिन्हें तुम पूर्व से लूट में उठा लाए हो"। तब परवानाली ने उस तलवार को देखते हुए पूछा, "वो इतना सारा सामान क्या था?" तब आसमानी बोली, "वहां की मान्यता है कि जो व्यक्ति उस सामान को उठा ले, वही लड़की का पति होता है। क्योंकि उसमें एक तलवार थी जो केवल वही उठा सकता था, जो उस लड़की के लिए प्रकृति ने बनाया हो"। परवानाली फिर सोच में पड गया। वो अब भी उस तलवार को देख रहा था, जो वो पूर्वी नगर के उस भवन से लूट के बाकी सामानों के साथ उठा लाया था। तब आसमानी उसके पास आई और बोली, "डरो नहीं, वो तलवार कोई एक व्यक्ति और उठा सकता है", परवानाली ने तुरंत पूछा, "कौन?" तो आसमानी बोली, "जिससे उसका विवाह बिलकुल ही नहीं होना चाहिए", तब परवानाली ने सवाल किया, "और ये पता कैसे चलता है?", तब आसमानी बोली, "ये लड़की पर ही निर्भर करता है, कि वो उन दोनों में से किसे चुनती है?" और एक गहरी साँस छोड़कर वहां से चली गयी, तब परवानाली ने ध्यान दिया कि इस साँस की गंध वैसी ही थी जैसी वो उस गुफा में बातें करते हुए ले रही थी, लेकिन किसी बात पर उसने इस गंध को अपने भीतर ही दबा लिया था और वहां खड़ा–खड़ा उन चिरागों की रोशनी में उस तलवार के साथ–साथ अपनी परछाई को छोटा–बड़ा होता देखता रहा।

अगले दिन रवानगी से पहले परवानाली ने विवाह के नियम में एक और बदलाव करते हुए घोषणा करवा दी कि "यदि आदमी, औरत से अलग होना चाहता है तो उसे पहले औरत को वैसी ही ज़िन्दगी देनी होगी

जो उसके पास पहले से ही थी"। ये सुन अबरू लोग फिर उलझन में पड़ गये कि "ऐसा कैसे हो सकता है?", तब परवानाली ने इसका भी इलाज करते हुए कहा, "यदि औरत विवाह के समय अपने साथ कुछ लेकर आती है, तो आदमी को वो सामान उसे उसी हालत में वापस करना होगा, साथ ही इतने समय उन सब का उपयोग करने का हर्जाना भी देना होगा"। ये सुनते ही सब ने राहत की सांस ली, और औरतों को इसमें अपने लिए परवानाली की उदारता दिखने लगी। इधर परवानाली ने इस घोषणा के साथ आसमानी को देखा, तो आसमानी परवानाली को देख अपने चेहरे पर तिरछी मुस्कान बिखेरने लगी जो कि परवानाली के सीने में चुभ रही थी।

अब पूरा अबरू देश परवानाली के साथ जाने को तैयारी करने लगा, पर परवानाली के मन में कुछ और ही चल रहा था। उसने कुछ हजार योद्धाओं को ही अपने साथ चलने की मंजूरी दी और अपना काफिला पूर्वी नगर की ओर बढ़ा दिया।

घटनांक - 15

पूर्वी देश में पिछली लूट, पूरे देश के लिए लूटेरों के बड़े हमले का संकेत था, इसीलिए उन्होंने अपनी बड़ी सेना को पश्चिमी नगरों के इलाकों पर इकट्ठा किया हुआ था, इस बात से परवानाली पूरी तरह अंजान था। वो जैसे ही पूर्वी नगर के द्वार पर पहुंचा, तो उसने पाया आसमान में सूरज भयंकर रूप से अपनी तपिश फैला रहा है, जिसमें वो नगर स्वर्ण की तरह जगमगा रहा है। उसके द्वार की बाहरी भूमि की मिट्टी भी अब मोतियों के स्थान पर स्वर्ण की भांति चमक रही है। ये दृश्य देखकर परवानाली की आँखों में फिर से रहस्यमई चमक आने लगी। उसने जब द्वार की ओर झाँका तो पूर्वी देश की एक विशाल सेना को उस नगर की दीवार पर हथियारों के साथ खड़ा पाया। वो अच्छे से देख पा रहा था उनके हाथों में सधे तीर कमान जो कि उसी को निशाना बनाये हुए थे, जिससे पहले से ही कमजोर पड़ चुके उसके योद्धा व लूटेरे दल घबरा रहे थे और उलटे पाँव भागने लगे। परवानाली को ये हार स्वीकार नहीं थी, उसने तुरंत एक घोड़ा लिया और उस पर बैठ अपनी सेना के बीच जाकर चिल्लाया, "ये तुम्हारे ईश्वर का आदेश है... रुक जाओ", उसने उनको धमकाया कि 'उनमें से कोई भी वहाँ से भागा तो उसे ईश्वरीय कोप का सामना करना होगा'। उसके इन शब्दों से लोग डर रहे थे, 'एक तरफ कुआँ तो दूसरी तरफ खाई', उनको समझ नहीं आ रहा था कि वे क्या करें? इस बात को परवानाली भांप गया, उसने अपनी सेना को वापस आकर वहीं पड़ाव

डालने को कहा और भरोसा दिलाया, कि जब तक वो पूर्वी नगर की शक्ति को नाप नहीं लेता, वो युद्ध नहीं करेगा। तब उसने एक घुड़सवार को सन्देश देकर अबरू नगर की ओर रवाना कर दिया, जहाँ अब केवल स्त्रियाँ ओर बच्चे थे। मार्गरिटा को पूरे देश की देखभाल का ज़िम्मा सौंपा गया था, साथ ही सियोल्लूपा व आसमानी भी उसकी मदद कर रहे थे।

रात में परवानाली पड़ाव से ही अपने हथौड़े से खेलता हुआ उस नगर की दीवारों को देख रहा था। अब ये नगर उसे और भी आकर्षक लग रहा था। इसकी दीवारें अब पहले से भी अधिक ऊँची थी, बस परिवर्तन था तो केवल एक, पिछली बार जब वो आया था, बाहर बाज़ार लगा हुआ था, वो अब वहां नहीं है। चारों ओर रोशनी ही रोशनी थी। रोशनी में नहाया ये नगर परवानाली को बुला रहा था। परवानाली से रहा नहीं गया और वह अपने हथौड़े को वहीं छोड़, अपनी कमर पर लटकी हुई तलवार को पकड़, अकेला ही उस चांदनी रात में पूर्वी नगर के द्वार की ओर चल निकला। पीछे उसका पूरा सैन्य दल लम्बी यात्रा की थकान निकालने में व्यस्त था। उन ऊँची दीवारों के बीच बने बड़े दरवाज़े पर वो पहुंचा। वहां पहुँच कर उसने आवाजें दी, द्वार ठोका, पर द्वार खुल नहीं रहा था। उसने पत्थर उठा कर, दरवाज़े पर मारना शुरू किया, तभी एक तीर उसके पास आकर गिरा, उसने पलट कर ऊपर देखा, दीवार की मुंडेर के ऊपर एक विशाल सेना हाथों में तीर कमान साधे उसी को निशाना बनाए खड़ी थी। परवानाली अब और परेशान हो रहा था, उसने सीना पीटना शुरू किया और चिल्लाने लगा, "मुझे मार दो, पर एक बार अंदर आने दो..." तब उसने देखा कि एक बड़ा सा नगाड़ा जिसे दो लोग मिलकर बजा रहे थे जिसका शोर उस पूरे वातावरण को चीर रहा था, कि तभी वो बड़ा सा

दरवाज़ा खुला, जहाँ पर हथियार से लेस एक सेना खड़ी थी। परवानाली बिना डरे दरवाज़े के भीतर गया तो द्वारपालों ने दरवाज़ा बंद कर दिया। परवानाली इस विशाल सेना के बीच अकेला खड़ा था, तभी एक सन्देशवाहक वहां आया और परवानाली को वहां से अपने साथ नगर के भीतर ले गया। यहाँ के योद्धाओं के धातु वाले वस्त्र अब और भी मजबूत दिखाई दे रहे थे, वो सिर से पाँव तक धातु से ढके हुए थे।

उनके एक हाथ में एक गोलाकार मजबूत धातु का पहिया था तो दूसरे हाथ में एक लम्बा धातु का सरिया, जिसका मुंह इस तरह बनाया हुआ था, कि वो किसी के भी पेट में आसानी से घुस तो जाता लेकिन निकलने में पूरी अंतड़ियाँ भी निकाल लाता, साथ ही सभी की कमर पर तलवारें और खंज़र बंधे हुए थे। तभी परवानाली का हाथ अपनी कमर पर जा लगा जहाँ उसकी वही तलवार लटक रही थी जो वो यहाँ से पिछली बार लूट में ले गया था, उसने पाया सब उसकी उस तलवार को ही देख रहे हैं और वो अपनी तलवार को पकड़े आगे बढ़ गया।

उसने अपने ठीक सामने वही देवालय देखा जहाँ पर आसमानी रहती थी, जिसके चारों तरफ जहाँ बड़े–बड़े भवन थे अब वहां एक बड़ा सा मैदान था और मैदान ऊँची–ऊँची दीवारों से ढंका था। उन दीवारों के सहारे कई सारे रंगीन पुष्पों से लदे हुए पेड़ थे, जो उस मैदान में बिखरे हुए भी थे। वहां चारों ओर रंगीन रोशनी थी जो चाँद की रोशनी में मिल कर उस मैदान को और भी खुबसूरत बना रही थी। उस देवालय के चार द्वार थे और चारों द्वारों से पत्थरों का बना हुआ एक–एक रास्ता भी था, जो कि उन दीवारों तक जा रहा था, जहाँ बड़े–बड़े दरवाजे बने हुए थे, जो इस मैदान से बाहर निकलने के मार्ग थे। इनमें से एक द्वार से तो वो स्वयं ही आ

रहा था। हर द्वार पर चार–चार वाहन खड़े थे, जो कि बहुत ही आधुनिक थे। उन पर जानवरों के स्थान पर कुछ यंत्र लगे हुए थे, जिनकी रस्सी खींचने पर वो यंत्र घोड़ों से भी तेज भागते, साथ ही वाहन को भी ले जाते। ऐसे ही एक वाहन पर बैठ कर परवानाली देवालय के दक्षिणी मार्ग से नगराधीश के भवन की ओर ले जाया गया। वाहन पर चलते हुए परवानाली ने संदेशवाहक से बाकी के मार्गों के बारे में पूछा तो संदेशवाहक बोला, "एक मार्ग वो है जिससे आप स्वयं आये हैं, जो कि नगर के बाहर का मार्ग है जहाँ पर्वत, नदियाँ, सागर, जंगल इत्यादि हैं, बायीं ओर का मार्ग नगर के भीतर जाता है जहाँ नागरिक रहते हैं और जहाँ खेत हैं, दायीं ओर का मार्ग व्यापारिक क्षेत्रों में जाता है जहाँ व्यापारी लोग रहते हैं तथा जहाँ शोध कार्य किये जाते हैं, और इन दोनों के बीच वाला मार्ग जिससे अभी हम चल रहे हैं ये नगराधीश के भवन की ओर जाता है", परवानाली इस व्यवस्था को देख कुछ ना कह पाया।

पूरे मार्ग में परवानाली उस नगर की भव्यता को देख हतप्रभ था, मार्ग के दोनों ओर वृक्षों को मानवाकृतियां दी गयी थी, जो हाथ जोड़ कर सिर झुकाए स्वागत करती हुई सी लग रही थी, थोड़ी दूर आगे चलने पर पत्थरों से बनी आदमी–औरतों की आकृतियाँ आने लगीं जो कि अलग–अलग मुद्राओं में थी, जिन्हें देख लग रहा था कि वो अभी ही उस स्थान से चल कर परवानाली के पास आ जायेंगे। कुछ आकृतियाँ नृत्य कर रहीं थीं तो कुछ अलग–अलग यंत्रों को बजा रहीं थीं, इन यंत्रों में से परवानाली केवल एक को जानता था जिसकी आवाज उसने नगर द्वार पर सुनी थी, 'नगाड़ा'। उसके अलावा यहाँ और भी बहुत से यंत्र थे जिन्हें वो पत्थरों से बनी आकृतियाँ हाथों से, मुँह से बजाती हुई दिखाई दे रहीं थीं।

परवानाली से रहा नहीं गया और उसने सन्देशवाहक से इनके बारे में भी पूछा तो वो बोला, "ये वाद्य यंत्र हैं जिन्हें अधिकतर सुअवसरों पर बजाया जाता है या प्रार्थना करते समय। ये तीन प्रकार के हैं, पहले तत् वाद्य जो कि धातु के पतले तार से बनते हैं, जिन्हें हाथ की ऊँगली से हल्के से बजाते हैं। ये आपके मन को आराम देते है, या कहें तो इसका संबंध आपके मन से है। यदि मन रोगी हो जाए तो इन यंत्रों को बजाने या सुनने से मन का रोग दूर हो जाता है।

दूसरे हैं सुषिर वाद्य जिनको हवा भर कर बजाते हैं, जैसे बांसुरी। इनका संबंध बुद्धि से है। ये बुद्धि के विकारों को दूर करते हैं। और तीसरे हैं ताल वाद्य, जो कि हाथों के अलग-अलग तरह के प्रहारों से बजाये जाते हैं, जिनका संबंध शरीर से है", तब परवानाली बोला, "नगाड़ा ताल वाद्य है ना"? संदेशवाहक कुछ ना बोला, बस मुस्कुरा कर रह गया और परवानाली उन आकृतियों में खो गया।

जब इन आकृतियों ने मार्ग के साथ परवानाली का साथ छोड़ा, तब एक बड़े द्वार से उसने नगराधीश के भवन की सीमा में प्रवेश किया। परवानाली ने पाया कि 'नगराधीश का भवन उसके भवन से काफी ऊँचा था, वो एक ऊँचे पहाड़नुमा पत्थर पर बना हुआ था जहाँ पत्थरों को तराश कर अलग-अलग तरह के जीवों की आकृतियाँ उकेरी गयी हैं जो कि सजीव ही लग रहीं थीं। इस जगह से पूरा नगर दिख रहा था। ज़मीन से निकलता पानी और शिल्प उसे रोमांचित कर रहे थे, उसे लग रहा था मानो वो सचमुच ईश्वर के घर आ गया हो। तब एक और सन्देशवाहक वहाँ पहुंचा, उसने पहले वाले सन्देशवाहक को विदा किया और परवानाली को अपने साथ ले गया।

नगराधीश के भवन का मुख्य द्वार चार बड़े–बड़े खम्बों से बना हुआ था जिनके बीचों–बीच चार हाथों वाली औरत का एक बुत था, जो कि अभी तक के सभी बुतों से काफी बड़ा था, जिसका चेहरा उसे कहीं देखा हुआ सा महसूस हुआ। वो याद ही कर रहा था कि तभी उसे एक आवाज़ आई और जब परवानाली पलटा तो उसने पाया कि सन्देशवाहक परवानाली से तलवार मांग रहा है, परवानाली ने हिचकिचाहट दिखाई तो वो संदेशवाहक बोला, "चिंता ना करो जब तुम जाओगे तब वो यहीं से तुम्हें वापस मिल जाएगी। ये केवल सुरक्षा की दृष्टि से है", परवानाली जो कि इन अद्भुत दृश्यों में खोया हुआ था कुछ ना कह पाया और उसने तलवार उसके हवाले कर दी। तब उस संदेशवाहक ने तलवार को एक पत्थर पर रख दिया। इस पत्थर से वो तलवार ऐसे चिपकी मानो वो उससे कभी अलग थी ही नहीं। ये देख परवानाली फिर से चौंक गया, लेकिन उसने पाया कि उस संदेशवाहक के चेहरे पर इस तरह का कोई प्रभाव नहीं था। संदेशवाहक ने परवानाली को चुपचाप एक कक्ष तक पहुंचा दिया जो कि भवन के दायीं ओर था और बोला, "नगराधीश भीतर 'रण–पाठ' कर रहे हैं, आप चाहें तो वहां बैठ सकते हैं, किन्तु किसी भी प्रकार का व्यवधान नहीं होना चाहिए", इस बात ने परवानाली के अहम् को ठेस पहुंचा दी और वो एक ही झटके में कक्ष के भीतर चला गया, जहाँ नगराधीश एक बड़े से काले बुत के सामने बैठा आग जलाकर उसमें ज़ोर–ज़ोर से कुछ बोलता हुआ फेंक रहा था। जब–जब नगराधीश कुछ फैंकता तब–तब आग और तेज हो जाती। वहाँ उसके पास बहुत सारी थालियों में फल, मांस, फूल और अजीब तरह के व्यंजन पड़े थे, जो परवानाली ने पहली बार देखे थे। उसने देखा कि उस आग से उसकी जो

परछाई बन रही थी वो सामने उस काले पत्थर के बुत के पैरों में आग के साथ फड़फड़ा रही थी, जिसको देख वो डर गया। उस काले बुत की दो बड़ी–बड़ी डरावनी आँखे थी, मुँह पूरा खुला, जिससे जीभ बाहर लटक रही थी, मानो वो अभी ही उसे खा जाएगी, सीना खुला हुआ था, जिससे छाती के दो उभार दिख रहे थे, परवानाली समझ गया कि ये किसी औरत का बुत है, और उस बुत के चार हाथ थे, जिनमें से एक में आदमी की मुंडी, दूसरे में एक कटोरा जिसमें खून भरा हुआ था, और एक हाथ में हथियार और चौथे हाथ में तीन मुँह वाला सरिया था। उस बुत ने आदमियों की मुंडी वाली माला पहन रखी थी, और कमर कटे हुए हाथों से ढंकी हुई थी, ये दृश्य देख कर परवानाली दहल गया, उसे उस बुत में मार्गरिटा और आसमानी दिखने लगे। वो घबराया, भाग कर वापस जाने लगा, लेकिन बेहोश हो वहीं ज़मीन पर गिर पड़ा।

कुछ समय बाद जब उसे होंश आया तो उसने खुद को एक कक्ष में पाया, जहां दो दासियाँ उसकी सेवा में लगी हुई थी। वो उन दासियों को देख कर भी डर गया। वो वहाँ से भी भागा तो चारों ओर पत्थरों पर उकेरी हुई मूर्तियाँ थीं, जिनको देख वो और भी घबरा गया और आँखें बंद कर चिल्लाने लगा। पागलों सा बौखलाया हुआ परवानाली, जो उसके पास आता उसे मारने लगता। तभी एक सैन्य दल ने वहां आकर उसे वश में किया जिसके बाद नगराधीश वहाँ पहुंचे। नगराधीश के चेहरे पर एक अजीब सी चमक थी। उन धातुओं और बुतों के बीच एक आदमी के रौबदार चेहरे को देख परवानाली थोड़ा शांत हुआ।

उसने नगराधीश को ध्यान से देखा, जिसका बदन कंधे से लटक रहे एक सफ़ेद कपड़े से ढंका था, जो कि रह–रह कर हवा से उड़ रहा था,

जहाँ से उसके बांये कंधे से एक धागा लटक कर कमर के दाहिने हिस्से तक आता हुआ दिख रहा था, वहीं कमर पर एक खंज़र सुनहरे कपड़े से बंधा हुआ था और कमर के नीचे का हिस्सा लाल रंग की धोती से लिपटा हुआ था। नगराधीश ने वहां आकर परवानाली को शांति से बैठने को कहा और वो क्या चाहता है यह भी सुनना चाहा। परवानाली ने उस डरवाने बुत के बारे में पूछा जिसका खौफ अब भी उसके चेहरे पर था। नगराधीश ने हंस कर उसका ये प्रश्न टाल दिया, साथ ही एक अलग बात बता कर उसके मान को घटने नहीं दिया, वो बोला, "हम लोग वर्ष में छह बार ईश्वर की बड़ी पूजा रखते हैं जो विशेष होती है, पहली वर्ष के आरम्भ में, दूसरी तीन माह के बाद जब जलवायु बदलती है, फिर अगले तीन माह के अंतराल में। इस तरह हम पांच बार विशाल आयोजन करते हैं और छठी बार तब, जब कोई अकाल विपदा आ जाए। तब परवानाली ने कहा कि 'वो खुद ईश्वर का बेटा है, वो इस डरावने रिवाज़ को नहीं मानता', उसने कहा कि 'उसके कहने पर ये सब बंद किया जाए और उसे ही अपना ईश्वर मान कर उसकी प्रार्थना की जाए'। इस पर वहाँ खड़े सभी लोग जो धातुओं की पोशाक के भीतर थे, उस पर हंसने लगे। लेकिन नगराधीश ने वातावरण को बिगड़ने से बचाए रखने के लिए सबको वहाँ से जाने का आदेश दिया और परवानाली के पास आकर बोला, "हाँ हम सब उस ईश्वर के ही बच्चे है, हम सब उस ईश्वर को अपना माता व पिता मानकर उसकी प्रार्थना करते हैं"। इस पर परवानाली आग बबूला हो उठा, और उसने एक ही वार में वहां बने हुए एक मिट्टी के बुत को तोड़ दिया, और हंसते हुए बोला, "तुम्हारे ये बुत खुद की रक्षा नहीं कर सकते तो तुम्हारी क्या करेंगे?" नगराधीश ने उसे फिर से शांत रहने को कहा, साथ ही

बोला, "यह प्रतिबिम्ब है उस शक्ति का", तब परवानाली को सियोल्पा की बात याद आई कि 'मेसोतामी नगर के लोग भी पत्थर के आगे हाथो की मुद्राओं से मानवीय रूप बनाया करते थे' और फिर जोर से हँसते हुए बोला, "वो खुद उस पत्थर में न आया तो पूर्वी नगर के लोगो ने पत्थर को ही मानवीय आकृति दे दी"। इस बात से नगराधीश गुस्से में आ गया और अपने सैनिकों को वहां लटक रहे एक गोल धातु को बजा-बजा कर बुलाने का संकेत भेजने लगा, जिससे बाहर गये सैनिक अन्य लोगों के साथ वहां दौड़ कर आने लगे। तब परवानाली ने बिगड़ते हालातों को काबू में करने के लिए झपट कर नगराधीश को अपने बाजुओं में दबोच लिया और उसकी कमर पर लटक रहे खंज़र को लपक कर उसकी गर्दन पर लगा दिया और सैनिकों से दूर हट कर रास्ता देने को कहा। वो नगराधीश को बंदी बनाकर उस भवन से बाहर निकला और अपने साथ मुख्य द्वार तक ले आया। इस घटना को घटते वहाँ के लोग मूकदर्शक बने खड़े-खड़े देखते रहे। उसने द्वारपालों को द्वार खोलने को कहा। द्वार खुलते ही वो नगराधीश को अपने साथ बंधक बना कर ले जाने लगा, तो सैनिकों ने उसे पकड़ने का प्रयास किया। इस पर वो चिल्लाया और बोला कि 'वो नगराधीश का सौदा करेगा। यदि वो उन्हें जिंदा चाहिए तो सौदे का इंतज़ार करें', और वो नगराधीश को बंधक बना अपने शिविर की ओर ले चला।

घटनांक - 16

शिविर में पहुँचते हुए सुबह हो चुकी थी, सूरज हल्के बादलों में ढंका नीली सफ़ेद रोशनी को फैलाये हुए था। शिविर में सारे योद्धा परेशान थे कि परवानाली कहाँ चला गया। फिर जब उन्होंने देखा कि परवानाली अकेला उस नगर के द्वार की ओर से एक बंधक को साथ लेकर आ रहा है, तो सबने राहत की सांस ली और सब उसके नाम के नारे लगाने लगे। परवानाली ने वहां पहुँच कर बताया, कि "पिता ईश्वर ने मदद की। मैं अकेला ही उन पूरे सैनिकों पर ईश्वर का प्रकोप बन कर टूट पड़ा और उनके नगराधीश को बंधक बना कर ले आया"। इस बात से वहां सभी योद्धाओं और लूटेरों को विश्वास हो गया कि परवानाली सच में ईश्वर है। उसने नगराधीश को शिविर के बाहर उन पूर्वी नगर की दीवारों के सामने बीचों-बीच बेड़ियों से बाँध दिया। तपती धुप में भूखा प्यासा नगराधीश पूरा दिन बंधा रहा। नगर की ओर से कोई हलचल नहीं हुई। अगले दिन नगर का मुख्य द्वार खुला और वहां से चार लोग सन्देश वाहक बनकर परवानाली के शिविर पहुंचे और सौदे की बात करने लगे, तब परवानाली ने उन्हें कहा, "तुम नगराधीश को अपने साथ ले जा सकते हो, लेकिन बदले में पहले मुझे छः हजार दासियाँ जो पूरी तरह सिर से पैर तक कपड़ों में ढंकी हों, हज़ार अनमोल धातुओं से भरे बक्से, यांत्रिक वाहन और वो तलवार पकड़ने वाला पत्थर दो"। इस पर नगराधीश जो ये बातें सुन रहा था, चिल्लाया, "मुझे मर जाने दिया जाए, पर इसकी बातों पर ध्यान नहीं

दिया जाए। इन पर आक्रमण कर सबको मार दिया जाए, नगर की सेना के सामने इनकी मुट्ठी भर सेना कुछ नहीं है”, इस बात पर परवानाली तुरंत खड़ा हुआ और हथोड़े से उन चारों के सिर फोड़ दिए, और नगराधीश को हँसते हुए बोला, “सौदा हम भेजेंगे”। उसने तुरंत अपने एक सन्देशवाहक को अपना यही सन्देश देकर मुख्य द्वार पर भेज दिया।

दो दिनों तक पूरा माहौल शांत रहा। सूरज अब भी बादलों में गहराया हुआ था, हवा नहीं चल रही थी, चारों ओर एक उमस भरा चिपचिपा वातावरण छाया हुआ था। उन दीवारों पर तने हुए धनुष ढीले पड़ने लगे। नगर के भीतर अफरा–तफरी का माहौल था और इधर परवानाली के शिविर में जश्न हो रहा था। तीसरे दिन पूर्वी नगर का मुख्य द्वार खुला और हज़ारों औरतें एक चोले में सिर से पैर तक ढंकी हुई, उस वाहन के साथ आती दिखाई दी। तब परवानाली ने एक घुड़सवार को उनकी ओर दौड़ाया और उनको वहीं रुक कर केवल चार औरतों को उस वाहन के साथ आने को कहा। ऐसा ही हुआ। तब परवानाली ने उन औरतों को दूर कर उस वाहन का परिक्षण किया। उसने पाया की वाहन पर एक कपड़े में वही पत्थर ढंका हुआ है, तब वो ज़ोर से हंसा, उसकी ये हंसी उसके योद्धाओं और लुटेरों के लिए संदेश था कि बिना मारकाट के उनका मकसद पूरा हो गया। परवानाली ने बाकी की औरतों को भी बुलावे का इशारा कर दिया और उस जश्न में डूब गया जो कि खुशी से उसके लोग मना रहे थे। तभी उन औरतों ने वहां पहुंचते ही अपने चोले उतार फैंके और उनमें छिपे हथियारों के साथ चंडी बन उन पर टूट पड़ी।

अचानक हुए इस हमले से परवानाली और उसकी सेना संभल नहीं पाई। सभी ने अपने हथियार डाल दिये। अपने योद्धाओं को ऐसा

करता देख परवानाली का खून सूखने लगा। उसने पाया कि 'सारे योद्धा उसी को आस भरी निगाहों से देख रहे हैं, कि अब ईश्वर का बेटा होने के नाते वो ही कुछ कर सकता है। तभी उन औरतों में से जो कि परवानाली और उसके योद्धाओं को घेरे खड़ी थी, जिनके हाथों में नंगी तलवारें उनकी सांसों के साथ परवानाली और उसके योद्धाओं की ओर तनी हुई ऊपर नीचे हो रही रही थी, जिनकी लाल आंखें मानों लावा उड़ेल रही थी, उनमें से एक औरत ने एक खंजर परवानाली की ओर ये चिल्लाते हुए फैंका "हम उमा नहीं काली नियम वाली हैं,," और परवानाली उमा शब्द सुन कर स्तब्ध खड़ा रह गया, वो यही सोचने लगा कि उसने ये नाम पहले कहाँ सुना है, वो इस नाम से परिचित है पर कैसे उसे याद नहीं आ रहा था, उसने बचपन में भी जाने की कोशिश की, कि तभी वो खंजर हवा में तैरता हुआ उसके बांये कंधे पर जा लगा। उसने एक कराह के साथ ऊपर आसमान में देखा तो पाया कि घनघोर बादलों ने पूरा आसमान घेर रखा है, जहाँ सूरज को भी धरती पर नज़र डालने से उन बादलों ने रोका हुआ है, कि एक बूंद उसके माथे पर आ गिरी और देखते ही देखते बिजलियों की चमक के साथ बरसात होने लगी, जिसमें मिलकर उसका खून कंधे से रिसता हुआ ज़मीन को लाल करने लगा। लाल होती धरती को देख उसके योद्धाओं और लूटेरों का खून खौल उठा और अपने ईश्वर के बेटे का नाम लेकर सब उन औरतों पर टूट पड़े, जिसके लिए वो पहले से तैयार थीं और एक महासंग्राम उन औरतों और आदमीयों के बीच छिड़ गया, जिसमें कौन जीत रहा था कौन हार रहा था, पता लगाना मुश्किल हो रहा था। तभी परवानाली के कानों में धातुओं के कड़कने की एक अलग ही आवाज़ आई, जो की हथियारों से भिन्न थी, उसने उस दिशा में

देखा जहाँ से आवाज़ आ रही थी तो पाया कि कुछ औरतें एक हथौड़ेनुमा औज़ार से जल्दी–जल्दी नगराधीश की बेड़ियों पर वार कर उसे कैद से छुड़ाने के प्रयासों में आधी सफल हो चुकी हैं। परवानाली उस ओर भागा तो कुछ औरतों ने उसे रोकने का प्रयास किया मगर अब वो किसी के रोके न रुकने वाला था, क्योंकि अगर अब वो रुकता तो अपनी जान से हाथ धोना पड़ जाता और उन औरतों की पंक्तियों को चीरता हुआ, कई सारे घाव उनकी तलवारों से उपहार में लेता हुआ नगराधीश तक आ पहुँचा, जहाँ नगराधीश का एक हाथ मुक्त हो चुका था। तब नगराधीश, घायल परवानाली को अपने खुले हुए हाथ से दबोच कर घुटने के नीचे दबा कर बैठ गया, साथ ही परवानाली का गला अपने एक हाथ से भींच लिया और औरतों को अपना दूसरा हाथ खोलने का निर्देश देता रहा।

नगराधीश के घुटने के नीचे दबे हुए अधमरे परवानाली ने अपनी बंद होती आंखों से उस भरी बरसात में पूर्वी नगर के द्वार पर देखा जहाँ से शोर मचाते वहां के सैनिक दौड़े चले आ रहे थे फिर उन औरतों को देखा जो एक के बाद एक उस धातु की बेड़ियों पर वार कर रही थीं और अंत में उसने आसमान को देखा जहाँ से बारिश की तेज बूंदे उसके चेहरे पर मार कर रही थीं, जिससे उसका दर्द और बढ़ता जा रहा था। तब उसने पाया कि नगराधीश की पकड़ उसके गले पर से ढीली पड़ती जा रही है और वो हथौड़े के गलत प्रहार से कराह रहा है। अब उसके चेहरे पर पहले जैसा रोब भी नहीं रहा था, चूंकि वो तीन दिनों से भूखा प्यासा ही उस मैदान में पड़ा हुआ था। तब परवानाली ने गीली हो चुकी मिट्टी का फायदा उठाया और अपने खुले हाथों से उसके चेहरे पर मिट्टी चपोड़ते हुए तुरंत अपने को उसके बंधन से मुक्त करा उसे अपने पंजों में कस लिया और अपनी

उंगलियों के नाखूनों को उसकी आँख में धंसा निचोड़ते हुए चीखने लगा। जिससे वहाँ लड़ रहे सभी औरत–आदमी जहाँ थे, जिस हालत में थे, वहीं उसी हालत में पत्थर बन खड़े–खड़े उसका ये सबसे गंदा रूप देख रहे थे। परवानाली ने चीखते हुए नगराधीश की उस आँख को बाहर खींच लिया जहां से मांस और खून की फुहार फूट पड़ी फिर उस मांस के लोथड़े को अपने मूंह परऔर अपने मुँह पर उसे मलने लगा, उसके इस पागलपन से सभी डर गये। जो योद्धा पूर्वी नगर से भाग कर आ रहे थे वो नगराधीश की जान बचाने की खातिर वहीं जम गये जहाँ तक वो पहुंचे थे। औरतों ने अपने हथियार डाल दिये और परवानाली के सारे सैनिक घुटनों के बल बैठ गये। जो मरणासन पर थे वो भी अब अपने घुटनों पर थे।

लड़ाई समाप्त हो चुकी थी। परवानाली ने नगराधीश को फिर से बंधक बना लिया और सभी औरतों को अपने योद्धाओं के शिविरों में बांध दिया। साथ ही नगराधीश और घायल लोगों के उपचार के लिए पूर्वी नगर से चिकित्सक दल बुलवाकर सबका उपचार करवाना आरंभ किया। उसने नगराधीश को अपने ही शिविर में बंधक बना कर रखा और उधर उन औरतों के साथ लुटेरे और योद्धा पूरे समय अपनी भड़ास निकालते रहे। और एक रात जब परवानाली को यह एहसास हुआ कि नगराधीश अब शायद मरणासन पर जा चुका है, उसने हयाती को वहाँ से जीते हुए सामानों के साथ अबरू देश लौट चलने का आदेश दिया। और रातों–रात वे लोग जब सभी चिकित्सक सोये हुए थे, उन औरतों और बाकी सामानों के साथ चुपचाप वहाँ से निकल आए। औरतें इसलिए चुप थीं कि शोर होने पर फिर से लड़ाई छिड़ सकती है और नगराधीश की जान जा सकती है। वैसे भी अब उनके पास अपना तो कुछ बचा ही नहीं और खुद

को भाग्य और नियती के भरोसे छोड़, वो काफिले का हिस्सा बन गई। पर हयाती को शक था कि पूर्वी योद्धा उनका पीछा कर उन पर हमला करेंगे, इसलिए वो चाहता था कि नगराधीश को भी बंधक बना कर साथ ले चलना चाहिए लेकिन परवानाली ने ऐसा करने से मना कर दिया, क्योंकि उसके पास ढाल के रूप में अब वो औरतें हैं। और वो अबरू देश को लौट चला।

घटनांक - 17

सफ़र के बीच में रेगिस्तानों से पहले नदियों के बाद एक सुखे मैदान में पड़ाव डाला गया, तब हयाती ने परवानाली से पूछा, "उन औरतों को पूरे बदन ढंके क्यों बुलाया?" परवानाली ने अपना डर छिपाते हुए कहा, "पिता का आदेश हुआ था, कि उस समय हममें से किसी ने भी उन औरतों को देखा तो हम हार जाएँगे, और हुआ भी वैसा ही, उन औरतों ने हमे लगभग हरा ही दिया था, वो तो ईश्वर ने अंत समय में मदद भेज दी और हम जीत गये"। इस बात से हयाती थोड़ा संशय में आया. पर परवानाली को सबसे अलग समझ उसके साथ भोजन करने चला गया।

भोजन की थाल पर बैठा परवानाली पूरी घटना के बारे में सोच रहा था, कि पूर्वी नगर में क्या-क्या हुआ, तभी अचानक वो थाल से उठा, और सभी को भोजन करने का आदेश देकर, उस पत्थर की ओर बढ़ा, जो वो पूर्वी नगर से लाया था। वो पत्थर अब भी यांत्रिक वाहन पर एक कपड़े से ढंका हुआ था। उसने कपड़ा हटाया और पाया, कि उसकी तलवार को अब तक पत्थर ने पकड़ रखा है, उसने बहुत कोशिश की पर पत्थर से तलवार अलग न कर सका। तभी एक घुड़सवार तेजी से उनके शिविर की ओर बढ़ता दिखाई दिया, जिसके साथ एक घोड़ागाड़ी भी थी, तब हयाती परवानाली के पास कुछ योद्धाओं के साथ पहुँच गया, लेकिन परवानाली ने उन्हें बिना डरे आराम करने को कहा। थोड़ी ही देर में वो घुड़सवार परवानाली के सामने था। ये वही सन्देशवाहक था, जिसे

परवानाली ने पूर्वी नगर पहुँचते ही अबरू देश भेजा था। सन्देश वाहक परवानाली के करीब पहुंचा और झुक कर उसका सम्मान किया, साथ ही घोड़ागाड़ी की तरफ इशारा किया, कुछ ही समय में घोड़ागाड़ी भी वहां आ पहुंची जिसमें से आसमानी निकली और परवानाली ने आसमानी को घोड़ागाड़ी से उतरने में मदद की और जब उसका चेहरा देखा तो आँखें बंद कर ली, इस पर आसमानी मुस्कुराई और एक कपड़े से जो उसके दाहिने कंधे पर झूलता हुआ सीने और पेट को ढके हुए था, से अपना मुँह ढंक लिया, और बोली, "अब ईश्वर का बेटा, अबरू का बादशाह, आँखें खोल सकता है"। परवानाली ने आँखें खोली तो आसमानी के चेहरे को कपड़े में ढंका पाकर खुश हुआ, उसने वहां खड़े सभी लोगों को एकांत का आदेश दिया, और आसमानी को लेकर उस पत्थर के पास आया। आसमानी उस पत्थर को देख कर बहुत खुश हुई, वो उससे लिपट गयी, उसे चूमने लगी। परवानाली ये देख कर चकित रह गया कि 'आखिर इस पत्थर में ऐसा क्या है? जिससे उसकी तलवार भी चिपक गयी और अब आसमानी भी', थोड़ी देर के बाद आसमानी सामान्य हुई, तो उसने पाया कि परवानाली वहीं खड़ा–खड़ा उसे निहार रहा है। आसमानी ने खुद को सम्भाला और उसे बताया कि, "ये एक बहुत बड़ा आविष्कार है, ये विज्ञान का वो वरदान है जिस पर वर्षों से शोध चल रहा था, ये पूरी दुनिया की शक्ति का केंद्र है, इसी की शक्ति से दुनिया इस अनंत आकाश के बीच टिकी हुई है, और उस शक्ति को मेरे भाई ने इतने वर्षों के शोध के बाद पा ही लिया", परवानाली को बात समझ नहीं आ रही थी, उसने पूछा, "क्या ये ईश्वर है?",आसमानी बोली, "यह धरती इस पूरे आसमान, जिसको पूर्वी नगर में ब्रह्माण्ड कहा जाता है, में बिना किसी सहारे के झूल

रही है। यही वो परम शक्ति है, जिस पर दुनिया टिकी हुई है, जिसे पूर्वी भाषा में आकर्षण कहते हैं।" परवानाली ने पूछा, "तुम्हें कैसे पता चला कि यही वो पत्थर है, यहाँ तो ओर भी पत्थर हैं"। तब आसमानी बोली कि 'उसके आभूषणों ने बताया जो कि धातु के थे'। साथ ही उसने परवानाली को चारों तरफ देखने को कहा, तो परवानाली ने पाया कि उसके शिविर के सारे धातु उस पत्थर की ओर झुके हुए थे, और साथ ही परवानाली की अपनी तलवार उसी पत्थर से अब भी चिपकी हुई थी। जिसे वो छुड़ा नहीं पा रहा था। इस पर परवानाली ने आसमानी से पूछा, "तुम्हारे आभूषण तो पत्थर से चिपके ही नहीं", तब आसमानी बोली "ये सभी अब निश्रित धातु के हैं, लेकिन ये तलवार सच्चे धातु की बनी हैं। सच्ची धातु और सच्ची शक्ति एक दूसरे से मिल गये", इस बात से परवानाली की आँखों में चमक आ गयी, उसने आसमानी को आराम करने को कहा, और खुद उस पत्थर के पास बैठ गया। आसमानी अपने तम्बू में जाते जाते रुक गयी, उसने पलट कर परवानाली को देखा जो पत्थर को निहार रहा था। तब आसमानी की आँखों में पूर्वी नगर के साथ क्या–क्या हुआ होगा, वो सारी घटनाएँ चलने लगी और उसकी आंख से एक आंसू उस ज़मीन पर गिरा और उसने वर्तमान में पाया कि योद्धाओं के तम्बुओं से औरतों की सिसकियों भरी आवाज़ में आदमियों की धमक भरे अट्टाहास थे, तब आसमानी ने अपने उस आंसू को ज़मीन से समेट कर अपने माथे पर मला और तम्बू में चली गयी।

घटनांक - 18

अगले दिन सफ़र के दौरान परवानाली ने आसमानी को पूर्वी नगर के बारे में बताया, उसने वहां के वाहनों की बातें बताई, ऊँची–ऊँची दीवारों के बारे में बताया, कि 'पूरा नगर उन ऊँची दीवारों के भीतर सुरक्षित था', आसमानी की आँखों में नमी आ गयी, और नम आवाज़ में बोली, "उन दीवारों को दुर्ग कहते हैं, और जितनी भी भौतिक वस्तुएं हैं वो उस दुर्ग के भीतर सुरक्षित ही रहेंगी"। "दुर्ग?" परवानाली की आँखों में प्रश्न तैरने लगा, तो आसमानी बोली, "दुर्ग मजबूत दीवारों को कहते हैं, ये आठ तरह के होते है, 'धनु दुर्ग, जो कि निर्जन भूमि पर बसा हो, मही दुर्ग, जो असमतल भूमि पर बना हो, वृक्ष दुर्ग, जो जंगल से घिरा हो, नर दुर्ग, जिसकी सीमाओं की रक्षा सेना करती है, गिरी दुर्ग, जो कि पहाड़ों से घिरा हो, और जल दुर्ग", तभी परवानाली बोला, "जो जल के बीचों–बीच बसा हो", उसकी आँखों में सपने सजने लगे कि तभी आसमानी ने परवानाली की चंचलता को देख दुर्ग नियम के बारे में आगे बताना छोड़ दिया और कहा, "उन्होंने आकर्षण के उस सिद्धांत को सफल कर लिया, जो हजारों वर्ष पहले उनके पूर्वज लिख गये थे"।

"हजारों वर्ष पहले?" परवानाली फिर चौकन्ना हो गया, पर आसमानी की नम आँखों से पहचान गया कि आसमानी को अपने घर, पूर्वी नगर का दुःख है, और उसने उसके माथे को चुमते हुए पूछा, "घर की याद आ रही है?" तब आसमानी परवानाली को खुद से दूर करते हुए

बोली, "ये स्वच्छन्दता के नियम विरुद्ध है", और उसने पाया कि परवानाली के ईश्वर वाले अहम् को चोट लग चुकी है, तब बात को सम्भालते हुए आगे बोली, "अपने घर की याद पहले आती थी, लेकिन समय के साथ घर भी बदल गया। अब शायद यही मेरी नियति है", और बिछोने में लेट कर आँखें बंद कर ली। तब उसकी एक आँख से टपकते हुए आंसू को देखता परवानाली भी सो गया। उसके चेहरे पर सुकून था।

कुछ दिनों के सफ़र के बाद ये काफिला अबरू देश लौट आया और एक सन्देश वाहक ने घोड़े पर सवार होकर ये सूचना राजधानी तक पहुंचा दी कि परवानाली ईश्वर का बेटा फिर से जीत कर आया है। तब वहां उत्सव मनाया गया, हर जगह उनके स्वागत की भव्य तैयारियां की गयी थी, सभी दूर परवानाली के नारे लग रहे थे, एक जुलूस निकाला जा रहा था और हर नगर रुकता हुआ परवानाली करीब पंद्रह दिनों बाद अपनी राजधानी पहुंचा। वो खुद में काफी थका हुआ महसूस कर रहा था, लेकिन उत्सव के शोर में वो अपनी थकान भूलने की कोशिश कर रहा था, तब मार्गरिटा ने हयाती के पास आकर कहा, "जीत की खुशी में दो दिन बाद बड़ा जश्न रखा गया है, तब तक सभी लोग आराम करें"।

परवानाली ने देखा कि दरबार के मुख्यद्वार के पास एक बहुत बड़ा प्रार्थनाघर बनवाया गया है, जहाँ कई सारे चिराग जल रहे है, वो चिराग बार–बार परवानाली को पूर्वी नगर के उस कक्ष की याद दिला रहे थे, लेकिन उत्सव के माहौल ने उसे वर्तमान में ही रखा। उसने अपने साथ वाहन पर चल रही आसमानी से पूछा तो उसने बताया, "यह देश का सबसे बड़ा प्रार्थनाघर बनाया गया है, जहाँ हर नगर से लोग परवानाली के पिता की प्रार्थना करने आएंगे, जहाँ परवानाली का एक

प्रतिबिम्ब बुत वहां रखा गया है, जिसे लोग ईश्वर का बेटा मान कर ही प्रार्थना करेंगे, और अभी ये लोग जिस तरह प्रार्थना करते है, उसके तरीके को बदलने के लिए एक अलग से शोध दल बनाया जा चुका है" यह सब सुन परवानाली की खुशी का ठिकाना न रहा, जो अब अपने दरबार जिसका नाम आसमानी ने महल रख दिया था, में प्रवेश कर रहा था।

बाहर सभी लोग उत्सव में डूबे रहे, जो कि दो दिन तक चलने वाला था। चारों ओर चिरागों की रोशनी में नहाया अबरू देश अपने ईश्वर के बेटे की प्रार्थनाएँ भी कर रहा था। वहीं अबरू देश का ईश्वर परवानाली अपने महल की मुंडेर पर बैठा ये सारा नज़ारा देख रहा था। वो आज सचमुच अपने पिता को याद कर रहा था। यह वही नगर था जिसने कभी दस वर्ष के एक मासूम से उसका सब कुछ छीन लिया था, लेकिन अब यही नगर उसी को ईश्वर मान कर उसी की प्रार्थना करता है। उसने अपने बचपन में जानें के भरसक प्रयास किये पर असफल ही रहा, उसे केवल दिखा तो तरबूज का खेत, दूर-दूर तक फैला रेगिस्तान, ऊंट और कांटेदार पेड़, और कहीं दूर क्षितिज में माँ उसे पुकारती दिखी, तब वो आँखों में आंसू भर अपनी माँ की ओर बढ़ा ही था कि एक हाथ ने आकर उसे पकड़ लिया। जब परवानाली ने पलट कर देखा तो वहां आसमानी को पाया, और खुद को महल की अंतिम मुंडेर पर। तब आंसुओं को पोंछ हँसते हुए वो मुंडेर से उतरा और बोला, "थोड़ा और आगे बढ़ता तो ईश्वर का बेटा आज ईश्वर के दरबार में हाजरी लगा रहा होता", तभी आसमानी जो कि अपने चेहरे को एक जालीनुमा कपड़े से ढंके हुए थी ने परवानाली के माथे को सहलाया और उसे अपने करीब कर लिया, तब परवानाली ने उसके कंधे पकड़े और बोला, "ये स्वछंदता के नियम...", वो अपना

वाक्य पूरा कर पाता उससे पहले ही आसमानी ने उसके मुँह पर अपना हाथ रख दिया। तब परवानाली ने धीरे से उस कपड़े को उसके चेहरे से हटाया तो उसने वहां केवल आसमानी को ही पाया, उसे अब और कुछ नज़र नहीं आ रहा था, और उस रात और अगले दो दिनों तक वो दोनों एक हो गये।

घटनांक - 19

दो दिनों तक चले उत्सव के बाद जश्न के लिए परवानाली को तैयार किया जा रहा था, आज वो उस प्रार्थनास्थल का भी आरंभ करने जा रहा था जो कि अब से देश का मुख्य प्रार्थनाघर होगा और ये दिन एक विशेष आयोजन वाला दिन होने जा रहा था। साथ ही आवाम अपने ईश्वर के बेटे से महीनों बाद रू–ब–रू होने वाली थी, इसलिए परवानाली को विशेष रूप से मार्गरिटा के कहने पर तैयार किया जा रहा था। परवानाली शांत था, पर उसके मन में एक साथ बहुत सारी बातें दौड़ रही थी। वो उस कक्ष से महल के बाहर का वो नज़ारा देख रहा था जहाँ लोग बेसब्री से उसका इंतज़ार कर रहे थे, तभी उसने वहां खड़ी मार्गरिटा को पास बुलाकर कहा, “आसमानी को भी तैयार कर दो”। यह सुन मार्गरिटा परवानाली के लिए खुश हुई और तुरंत वहां से निकल गयी।

वो समय भी आ गया जब चिरागों से रोशन रात में जहाँ आसमान में सितारे झिलमिला रहे थे और चाँद के आने का इंतजार कर रहे थे, तब एक लम्बी दास दासियों की कतार के बीच से सफ़ेद चमकते पोशाकों से सजा परवानाली अपने बगल में आसमानी को लिए महल से नीचे उतरने लगा। और तभी आसमान में एक तरबूज की चीर जैसी सफ़ेद लकीर नज़र आई, जिसे चाँद कहा जाता था। तब लोगों ने पाया कि परवानाली के चेहरे से बेशकीमती नूर टपक रहा है। लोगों कि आँखों में आंसू थे, वे हल्के–हल्के बुदबुदा रहे थे परवानाली का नाम, वे उसे छूना चाहते थे,

उसे चूमना चाहते थे, उसके मुंह से अपने लिए कुछ सुनना चाहते थे कि तभी परवानाली के मुंह से अपने आप कुछ शब्द फूट पड़े, "हे मेरी अज़ीज़ रियाया, मैं परवानाली, ईश्वर का बेटा, ईश्वर का संदेशवाहक, इस पहले चाँद को अपना रूप देता हूँ और इसके साथ टिमटिमाते इन तारों को अपनी आवाम का रूप देता हूँ। आज से आप सभी परवीन नाम से जाने जाएँगे। परवीन वो कानून होगा, जिसको निभाने वाला सीधा मुझको पाएगा और मेरे साथ वो मेरे पिता के दरबार में हाजिरी लगाएगा।

सभी कानूनकार और लेखाकार सुन लें कि अब से परवीन केवल अबरू देश में ही नहीं बल्कि पूरी दुनिया में कायम होंगे और वो लोग पूरी दुनिया को परवीन कानून के तहत ईश्वर तक पहुँचने का रास्ता बताएँगे। यही परवीन कानून है"। ये कह कर वो लोगों के आगे झुक गया और बोला, " अब से आप लोग इस जवाबदारी को निभाओ"। साथ ही परवीन कानून के तहत उन दासियों का विवाह योद्धाओं से करने की घोषणा कर दी, जैसा कि उसने वादा किया था, और इसके साथ ही उसने ऐलान किया कि 'आज वो खुद उन योद्धाओं को सम्मानित करते हुए, उनके साथ विवाह उत्सव में शामिल होकर, आसमानी से विवाह करेगा'। ये सुन मानो सब ओर एक उमंग दौड़ गयी, लेकिन आसमानी के चेहरे का रंग उड़ गया। वो उससे कुछ कह पाती इससे पहले ही वहां खड़े लोगों ने परवानाली को घेर लिया, सभी उसके कदमों को चूमने लगे। वो जहाँ-जहाँ आगे बढ़ता, लोग उस ज़मीन पर लोट लगाने लगे, उस मिट्टी को उठा कर अपने कपड़ों में भरने लगे, उस ज़मीन को चूमने लगे और फिर परवानाली उस प्रार्थना स्थल पर पहुंचा जो कि देश का सबसे बड़ा प्रार्थनाघर होने वाला है। सभी उस प्रार्थनाघर की सीढियों पर लेट गये

और परवानाली के ऊपर चढ़ते क़दमों को चूमने लगे, परवानाली के साथ मार्गरेटा, सियोल्लूपा और हयाती ने भी कुछ दास–दासियों के साथ उस प्रार्थनाघर में प्रवेश किया। जहाँ एक बड़ी सी आकृति एक बड़े से कपड़े के नीचे ढंकी हुई थी, सभी लोग उस आकृति के आगे झुक गये, और सियोल्लूपा ने परवानाली को उस कपड़े को हटाने के लिए कहा। परवानाली जलते हुए चिरागों के बीच से आगे बढ़ा, उन चिरागों की रोशनीयों से परवानाली की अनेक परछाइयाँ बन रही थी, जो प्रार्थना घर की दीवारों पर फड़फड़ा रहीं थी, जिन्हें देख परवानाली के माथे पर पसीने की बूंदें जमने लगीं और तब हिम्मत कर वो उस कपड़े को पकड़ कर खींचने लगा, जैसे–जैसे वो कपड़ा खींचता वैसे–वैसे उसकी सांसे बढ़ रही थी, फिर अचानक वो कपड़ा ज़मीन पर गिर पड़ा और परवानाली की बेतहाशा चीख निकल गयी, सब हैरान थे, तब हयाती ने उस बुत की ओर ध्यान से देखा तो पाया कि "ये बुत तो हु–ब–हु परवानाली के उस रूप का है, जब वो पूर्वी नगर से युद्ध के समय वहां के नगराधीश की आँख निकाल कर चिल्ला रहा था, लेकिन उसका ऐसा बुत बनाने का सुझाव किसने दिया होगा? जो अभी घटित हुआ उसकी जानकारी पहले से ही किसे थी?" वो ये सोच ही रहा था कि परवानाली दौड़ता हुआ बाहर निकल आया और अपने महल की ओर भागा। हयाती भी दास–दासियों के साथ उसके पीछे–पीछे भागा। तब सियोल्लूपा ने मार्गरेटा को देख कर अपने चेहरे पर गन्दी हँसी डाल दी। मार्गरेटा ने उससे ऐसा करने का कारण पूछा तो वो बोला, "ये मेरा नहीं, उस लड़की जिसे सब आसमानी कहते हैं उसका सुझाव था"। तब मार्गरेटा उसके पास आई और बोली, "मैंने मूर्ति का निर्माण ये सोच कर करवाया था कि इससे परवानाली खुश

होकर यहीं की तरक्की की राह देखे, वो पूर्वी नगर को अब भूल जाए"। सियोल्लूपा अब भी हंस रहा था, और हँसते हुए ही बोला, "वो अब उस नगर को कभी नहीं भूल पाएगा। और ये मूर्ति उसे अपने कुकर्मों की याद दिलाती रहेगी। शायद तब कहीं उसे पश्चाताप करने की सूझ पड़े और उसमें वो परिवर्तन आ जाएँ जो हम सभी चाहते हैं कि वो उन्नति के सही मार्ग पर चले"। तभी उन्हें बाहर से परवानाली की आवाज़ सुनाई दी और वो दोनों बाहर की ओर भागे।

बाहर परवानाली उस जगह पर खड़ा था जहां पूर्वी नगर से लाया खज़ाना रखा गया था, वो उस यांत्रिक गाड़ी पर चढ़ा हुआ था और उसमें रखे हुए उस पत्थर को निकालने का आदेश दे रहा था। कुछ लोग आये और उस पत्थर को उठा कर खड़े हो गये, परवानाली ने वहीं से लोगों को कहा, "अगर तुम्हें किसी पत्थर की प्रार्थना करनी है, तो वो यही पत्थर है। मेरे पिता ईश्वर निराकार हैं, इसलिए उसे किसी भी पत्थर पर उकेरने का पाप न करें। वो बुत वहां से हटा लिया जाए। वो शैतान है और ये पत्थर मेरे पिता का उपहार है, इसे चूमने से तुम मेरे पिता के दरबार में हाजिरी लगाने लगोगे। मेरे पिता का घर केवल मेरे पिता का होना चाहिए, वहाँ किसी शैतान की जगह नहीं। उस प्रार्थनाघर को खाली कर फिर से पवित्र करो"। तुरंत उसकी कही बातों पर अमल हुआ। बुत को निकाल कर बाहर मिट्टी में गाड़ दिया गया, लोगों ने उस पर थूका, लातों से उसे रौंदा, ये देख परवानाली को सुकून मिलने लगा। फिर उन लोगो ने उस पत्थर को जिस पर अभी भी तलवार लगी हुई थी, प्रार्थनाघर के बाहर की तरफ एक घर बना कर रख दिया, ताकि आते-जाते सभी उसे चूम सकें। अब अंदर आसमान सा खालीपन एक विशालता लिए हुए था, जहाँ लोग प्रायश्चित

और प्रार्थना कर रहे थे। ये सब घटता हुआ देख मार्गरेटा ने सियोल्पा को तिरस्कार भरे भाव से देखा जिसे वो सहन नहीं कर पा रहा था, तब मार्गरेटा उसके पास आई और बोली, "इसी बात का डर था, अब वो प्रायश्चित नहीं कर रहा, बल्कि लोगों से ही करवा रहा है कि उन्होंने उसका ऐसा रूप कैसे देख लिया, जो वो छिपा कर रखना चाहता था" और अपने घुटनों पर बैठ कर लोगों के साथ प्रार्थनाघर के बाहर प्रायश्चित करने लगी। उसी प्रार्थना स्थल के सामने लगभग दस दिनों तक विवाह का कार्यक्रम चलता रहा, जिसमें सबसे पहला विवाह परवानाली और आसमानी का हुआ और पूर्वी देश से लाई गयी सभी दासियों को उन योद्धाओं को सौंप दिया गया जो कि अब पूरी उम्र कपड़ों में ढंकी रहेंगी।

अध्याय - 2

पूर्वी नगर का रहस्य

घटनांक - 1

अबरू नगर अब एक क़ानूनी देश बन चुका था। सभी बातें नियमानुसार चलने लगी, सभी को रोज़गार मिले, व्यापार आरम्भ हुआ, खेती शुरु हुई, परिवार बढ़ने लगे। सियोलूपा ने पूर्वी नगर से लाए गए यांत्रिक वाहन का शोध कर, यांत्रिकी को एक नई पहचान दे दी। जिससे देश का विकास चौगुना हो गया। सब ओर सुकून था। परेशान था तो केवल परवानाली। वो उस पत्थर को, जो प्रार्थनाघर के बाहर रखा गया था,

निहारता रहता। उसकी बैचेनी उस पत्थर को लेकर ही थी कि वो उस पत्थर का रहस्य नहीं जान पा रहा था। वो उस तलवार को वापस पाना चाह रहा था, जो कि सच्ची धातु की बनी हुई थी। चूँकि वो यह जानता था कि अबरू लोग अब उसे पूरी तरह से ईश्वर का बेटा मानते हैं। वो इस भ्रम को बनाये रखना चाहता था, क्योंकि उसका जीवन इसी भ्रम से बचा हुआ था। वो ऐसे ओहदे पर बैठ गया था कि वहां से उतरने की कोशिश में वो मुंह के बल गिर सकता था। उसकी बैचेनी का कारण आसमानी की वो बात थी, जो आसमानी ने विवाह के बाद हुई एक घटना में कही थी कि जब एक आदमी पत्थर को चूम रहा था, तब तलवार से उसकी जीभ कट गई थी। तब सभी ने परवानाली के आदेश पर उस तलवार को वहां से निकालने की भरपूर कोशिश भी की थी। पर कोई उसे वहां से हिला भी ना सका था। तब आसमानी ने घोषणा की थी कि "इस तलवार को केवल ईश्वर का बेटा ही निकाल सकता है"।

परवानाली चाहता तो पत्थर के टुकड़े कर तलवार हासिल कर सकता था। पर आसमानी की इस घोषणा ने उसके उस वजूद पर सवाल खड़ा कर दिया था, जो कि उसने लोगों की नज़र में बना रखा था। और वैसे भी परवानाली उस पत्थर के रहस्य को जाने बिना उसे कोई नुकसान नहीं पहुंचाना चाहता था। इसीलिए परवानाली के आदेश से सियोलूपा ने एक गुप्त दल बना रखा था, जो कि उस पत्थर पर गुप्त रूप से शोध कर रहा था, लेकिन अब तक उस पत्थर का रहस्य सामने नहीं आया था। कई महीने बीत चुके थे। अब परवानाली अपनी परछाई को देखना भी छोड़ चुका था, वो अब बस सूरज की दिशा में ही देखता, चिरागों को ही देखता और रोज़ रात को जब सुबह होने को होती, जब पूरी दुनिया सबसे गहरी

नींद में सोती, तब उस अँधेरे में जहाँ जब उसके साथ उसकी परछाई भी नहीं होती, वो अपने महल से अकेला चुपचाप उस पत्थर की तरफ जाता और वहां से तलवार निकालने की कोशिश करता। लेकिन असफल ही लौट आता और चुपचाप बिस्तर पर अपनी विवाहिता आसमानी के साथ सो जाता।

एक रात जब परवानाली उस पत्थर से तलवार निकालने की भरपूर कोशिश करने के बाद थक कर निढाल हुआ, तो आसमानी वहां पहुँच गई और उसने तलवार को धीरे से सरका कर उस पत्थर से अलग कर परवानाली के हाथ में थमा दी। परवानाली के लिए ये बात फिर से अचंभित करने वाली थी कि उसके देश में ऐसा कोई नहीं बचा था जिसने यह कोशिश ना की हो। अच्छे–अच्छे बलवान योद्धा लोग जिस काम को करने में पस्त हो गए, वो एक साधारण सी औरत ने इतनी सरलता से कर दिखाया। परवानाली आसमानी के आगे झुक गया और इसका रहस्य जानना चाहा, तब आसमानी ने उसे सीधा कर महल की तरफ लौटने को कहा और यह आश्वासन भी दिया कि वो यह बात वहीं जाकर उसे बताएगी। ये सारी घटना सियोल्रूपा महल की एक दीवार के पीछे खड़ा चुपचाप देख रहा था, जिससे वो दोनों ही अंजान थे।

महल में आकर आसमानी ने कहा "मानव की सबसे बड़ी ताकत ही, उसकी सबसे बड़ी कमज़ोरी होती है। वो स्वयं को इतना ताकतवर समझने लगता है कि हर काम में ताकत का ही उपयोग करने लगता है और तब यही ताकत उसे कमज़ोर बना देती है। जब किसी साधारण से काम को करने में थोड़ी सी बुद्धि का उपयोग किया जा सकता है, तो उसमें शारीरिक क्षमता का परिचय देने की क्या आवश्यकता?"

परवानाली को कुछ समझ नहीं आ रहा था और "यह बुद्धि क्या होती है?" वो जानना चाहता था। पर सबसे पहले उसकी जिज्ञासा तलवार को पत्थर से निकालने की थी। तब आसमानी ने बताया "मैंने पत्थर की ताकत आकर्षण का ही इस्तेमाल किया है। मैंने तलवार को उठाने की जरा भी चेष्टा नहीं की, बल्कि तलवार को पत्थर पर धीरे से सहलाया तो पत्थर ने तलवार को एक बिंदु पर लाकर खुद ही छोड़ दिया। जिस तरह एक माँ से बच्चा लेने पर वो विरोध करती है, चाहे वो नींद में ही क्यों ना हो। पर जब उस माँ को यह आश्वासन दिला दिया जाता है कि उसके बच्चे को कोई नुकसान नहीं होगा तो वो खुद ही उस बच्चे को सौंप देती है"। परवानाली अब भी कुछ नहीं समझ पा रहा था। पर कमरे के बाहर खड़ा सियोल्रूपा यह बात समझ चुका था, जो कि छिप-छिपकर उनकी बातें सुन रहा था और वो तुरंत दौड़कर पत्थर की ओर गया। वहां उसने पत्थर से एक धातु चिपकाई और उसे आसमानी के बताए तरीके से निकाल लिया, उसकी ख़ुशी का ठिकाना नहीं रहा और वो जोर-जोर से चिल्लाने लगा कि "मिल गया....मिल गया....मिल गया...।" उसकी इस आवाज़ से उस गहरी रात में महल के सभी लोग जाग गए और चिरागों सहित वहां आ पहुंचे , जहाँ सियोल्रूपा अब भी चिल्ला रहा था। परवानाली भी आसमानी के साथ यह शोर सुनकर महल की मुंडेर पर आ गया, जहाँ मशालें जल रही थीं। सियोल्रूपा ये सब देख घबरा कर चुप हो गया। परवानाली ने मुंडेर से चिल्ला कर पूछा, "क्या मिल गया?" तब सियोल्रूपा ने कहा "वो मिल गया जिसके लिए तुमने मुझे शोध पर लगा रखा था"। परवानाली की भौहें तन गई, तभी एक आदमी चिराग लिए उस पत्थर की ओर बढ़ा। चिराग की रोशनी में पत्थर को देखकर वो भी जोर से चिल्लाया

"तलवार गायब है"। वहां खड़े सभी लोगों के होश उड़ से गए। तब उस आदमी ने सियोल्लूपा से पूछा तो सियोल्लूपा ने कहा कि "वो तलवार तो ईश्वर के बेटे की थी, सो वो ही जाने"। अब सबकी निगाहें परवानाली की ओर मुड़ गई और परवानाली ने उस तलवार को हवा में हिलाकर बता दिया कि वो सुरक्षित हाथों में है। इस पर एक बार फिर लोगों को यकीन हो गया कि परवानाली अनोखी शक्तियों का मालिक है और यह बात उस रात के साथ ख़त्म ना होकर दिन के उजाले में, जंगल की आग कि तरह पूरे देश में फ़ैल गई। लोग आपस में बातें करने लगे कि "लगता है ईश्वर ने फिर से कोई सन्देश भेजा हैं"।

तब राजधानी में एक बड़े मंच का निर्माण करवाया गया। जहाँ पर परवानाली को बिठाया गया और देश भर से आये लोग तरह-तरह के उपहार अपने ईश्वर को भेंट करने लगे। लेकिन सियोल्लूपा चुपचाप आसमानी को देख रहा था। तभी एक व्यक्ति ने परवानाली का सम्मान करते हुए उस ऊंचे मंच के पहले पायदान पर आकर इस रहस्य को सबके सामने उजागर करने को कहा जो कि सभी जानना चाहते हैं। परवानाली खड़ा हुआ और बोला "हे ईश्वर के बेटे को चाहने वालों, ईश्वर ने मुझे खूनी जंग से रोका हुआ था, क्योंकि ईश्वर भी मेरे साथ हर जंग में शामिल था। इसलिए वो थोड़ा आराम चाहता था अपने और अपने बेटे के लिए, इसीलिए उसने तलवार को पकड़ लिया था। लेकिन अब आराम बहुत हुआ, तो पिता ने सन्देश दिया कि अब मैं तलवार उठा सकता हूँ, अपने परवीन कानून को पूरी दुनिया में फैलाने के लिए क्योंकि परवीन कानून ही पूरी दुनिया को पिता से जोड़ सकता है"। यह सुनकर सभा में उत्साह आ गया चूँकि सभी इस परवीन कानून से खुश भी थे और

चाहते थे कि उन्हें ईश्वर के सन्देश को दुनिया के बाकी लोगों तक पहुँचाना चाहिए और इस काम में वो मददगार साबित हों ताकि उन्हें परवानाली के पिता के दर्शन हों।

परवानाली ने उन्हें बताया कि 'यदि वो ऐसा करते हैं, तो जिस तरह केवल एक नगर से उन्हें तीन–तीन खूबसूरत बीवियों के रूप में दासियाँ मिली हैं, वैसे ही पिता के दरबार में इनसे भी खूबसूरत कई औरतें हैं, जो वो उनको उपहार में देगा, जब वो उसके पिता से मुलाकात करेंगे और तब उनकी ही संतानें इस दुनिया पर राज करेंगी"। ये सुनते ही पूरी राजधानी में इतना शोर हुआ कि इमारतें कांपने लगी, जिससे लोग डरने लगे, तब परवानाली ने इस बात पर ध्यान न देते हुए अपनी खुशी में और जोर से कहा, "डरो नहीं ये पिता की मौजूदगी का संकेत है, वो हमसे खुश है", तब लोगों ने और अधिक ताकत से चिल्लाना शुरू कर दिया, इमारतें और जोर से हिलने लगी, इस तरह उनका जोश बढ़ता गया, और वो जोर–जोर से चीखने लगे, और इधर परवानाली ने तिरछी निगाह से सियोलूपा को देखा जो अब भी आसमानी को ही देख रहा था, जो कि आसमान को घूर रही थी तब परवानाली ने एक दास से कह कर सियोलूपा को अपने पास बुलाया और पूछा, "ये इमारतें क्यों हिल रही है?", तब सियोलूपा लोगों को देखते हुए बोला, "क्योंकि ईश्वर खुश हैं"। तभी एक इमारत गिर पड़ी और एक बच्चा उसके मलबे के नीचे दब गया। सब दूर अचानक एक सन्नाटा छा गया, उस बच्चे की माँ जो कि पूरे बदन को कपड़ों में ढंकी हुई थी की एक तीखी चीख उस सन्नाटे को चीरती हुई परवानाली को भीतर तक छेद गयी। अब सभी परवानाली की ओर मुड़े, परवानाली ने बात को सँभालते हुए कहा, "हम सभी स्वार्थी हैं, हमने

केवल अपने सुखों के बारे में सोचा, ये नहीं सोचा कि पिता को भी अपनी सेवा करवाने के लिए किसी दास की ज़रूरत होती होगी" और फिर सभी लोग जो उस औरत के पास खड़े थे जो कि उस मलबे के टुकड़ें को इधर–उधर फैंक कर अपने बच्चे को निकालने की कोशिश कर रही थी, उसके पास गये और बोले, "हमे ईश्वर के सुखों के बारे में भी सोचना चाहिए, वो हमारे लिए इतना करता है, तो हमारा भी कर्तव्य बनता है, उसकी सेवा करने का" और उस औरत को वहां से खींच कर अलग ले जाने लगे, पर वो औरत अपने भीतर की माँ को दबा नहीं पा रही थी, वो चीख रही थी, "मेरे बेटे को बचाओ", पर सभी ने उसे होंसला रखने को कहते हुए बोला, "तुम तो भाग्यशाली हो कि ईश्वर ने तुम्हारे बेटे को अपनी सेवा करने के लिए चुना है", इस पर उस औरत के धीरज का बांध टूट गया जो कि बार–बार उस मलबे की ओर भागने की नाकाम कोशिश कर रही थी और वो चीख पड़ी, "ईश्वर अपने बेटे को क्यों नहीं बुलाता अपनी सेवा करने के लिए, मेरा बच्चा तो अभी केवल दस महीने का था, वो क्या किसी की सेवा कर पाएगा?", ये सुनते ही वहां एक सन्नाटा पसर गया और वो औरत फिर से मलबे की ओर जाने लगी तभी उसी औरत के विवाहिता ने जो कि अबरू देश का योद्धा था आगे आकर उसे 'पापिन' कहा, और बोला, "ये हमारे ईश्वर और ईश्वर के बेटे की दुश्मन है" और उसी मलबे का एक पत्थर उठा कर उसके सिर की ओर फैंका जिससे उसके माथे से खून का फुहारा फूट पड़ा, जिसे देख लोग रोमांचित हो गये, अब सभी ने उस मलबे से एक–एक पत्थर उठा उस पर बरसाने शुरू कर दिए, देखते ही देखते पूरा मलबा वहां से उठ कर उस औरत के ऊपर आ गया और वहां वो दस महीने का बच्चा रोता हुआ मिला, जिसे सभी

ईश्वर का चमत्कार समझ ईश्वर के न्याय के नारे लगाते हुए परवानाली की ओर मुड़े कि अब वो ही इस न्याय को समझाए, तब परवानाली ने एक लम्बी साँस लेते हुए बोला, “आज का दिन ध्यान रखा जाए, आज के दिन पिता को एक दास की जरूरत होती है, हममे से कोई एक, वर्ष के इस दिन उसकी सेवा करने जाएगा”, यह सुनते ही लोगों में एक डर का मौन छा गया जिसे तोड़ने के लिए हयाती ने धीरे–धीरे बुदबुदाना शुरू किया “परवीन, परवीन..., और सभी लोग एक के बाद एक अपने उस डर को छिपाने के लिए बुदबुदाने लगे, ‘परवीन, परवीन...’। ये एक लयात्मक धुन बन कर वहां के पूरे वातावरण में गूंजने लगा, जिसके साथ वो सभी अपने भीतर ही भीतर ये ठान रहे थे कि “वो अपने ईश्वर का सन्देश जो उसके बेटे परवानाली ने दिए हैं, को पूरी दुनिया में फैलाएंगे, चाहे इसके लिए उन्हें अपनी जान ही क्यों न देनी पड़े। चारों ओर बस परवीन होने चाहिए, यही उनके ईश्वर का सन्देश है”। इधर परवानाली ने देखा कि सियोल्रूपा अब भी आसमानी को ही देख रहा है और आसमानी वहां भीड़ में खड़ी औरतों को जिनके चेहरों पर एक आतंक है।

घटनांक - 2

परवीन कानून की टुकडियाँ बनने लगीं, जो कि छोटे–छोटे सैन्य दलों के साथ अबरू देश की बाहरी सीमाओं में अलग–अलग दिशाओं की ओर निकल पड़ी। जो नगर शांति से मान जाता, उसे बिना किसी सवाल–जवाब के परवीन कानून के तौर–तरीके बता दिए जाते और जहाँ शांति से काम न होता वहां सैन्य टुकडियाँ काम करती। इस तरह अबरू देश की सीमाएं अबरू के चारों ओर बढ़ने लगी और परवीन कानून सख्ती से लागू होने लगा।

परवानाली ने ये घोषणा करवाई कि "सुबह उठने से लेकर रात सोने जाने तक हर आदमी और औरत पांच बार ईश्वर की प्रार्थना करेंगे, इसके लिए वो उनके नगरों में बने हुए प्रार्थनाघर तक अपने सारे जरुरी काम छोड़ कर जाएँगे"। हालाँकि उसके ऐसा कहने के पीछे पूर्वी नगर के साल में पांच बार प्रार्थना के बड़े आयोजन रखने की बात थी।

अब परवानाली तक सवाल आने लगे कि, "ये दिन भर में कौनसी पांच बार होगी, ये उन्हें कैसे मालूम चलेगा?" इस पर परवानाली ने जवाबी घोषणा करवाई कि, "इस बात कि चिंता करने की उन लोगों को आवश्यकता नहीं है, वो अपना काम करते रहें, जब भी ईश्वर की प्रार्थना का समय होगा, तब प्रार्थनाघर से एक हुंकार होगी, जिसके लिए हुंकारे की व्यवस्था परवानाली की ओर से होगी, जो कि प्रार्थनाघर में ही उपस्थित होगा, जिसके दाने–पानी की जिम्मेवारी भी उसकी ही होगी, ये हुंकारा

तीन बार हुन्कारेगा, पहले हुंकार के साथ आप अपने काम को जैसा है वैसी ही स्थिति में छोड़ दोगे और वहां से प्रार्थनाघर के लिए निकल जाओगे, दूसरे हुंकारे के साथ सभी लोग उन घरों तक पहुंचेगे, और तीसरे के बाद सब ईश्वर की प्रार्थना में लग जाएँगे, और कोई भी इस दौरान बाहर पाया गया तो उसका सिर बीच बाज़ार काट दिया जाएगा, जिससे सभी को सबक मिले कि ईश्वर से मुँह मोड़ने का अंजाम क्या होता है। और वो सीधे तौर पर वहां फैंक दिया जाएगा जहां ईश्वर मल गिराता है। अगर ईश्वर के साथ रहना है तो उसके नियम का पालन करना होगा"। इस कानून के आते ही पूरे देश में सख्ती हो गयी। जहाँ–जहाँ तक अबरू की सीमा थी, वहां तक सैन्य दलों के निरिक्षण में इसका पालन होने लगा।

इधर परवानाली उस इमारत के गिरने से परेशान था। उसने अपने नगरों को पूर्वी नगर की तर्ज पर सुन्दरता तो दे दी थी, पर मजबूती नहीं दे पाया था। तभी एक रात जब वो आसमानी की बगल में सोया हुआ था, उसे याद आया कि आसमानी ने उसे भवन निर्माण के लिए एक विशेष सामग्री बताई थी कि 'वो लोग चट्टानों से मिलने वाला चूना और मिट्टी को मिलाकर एक घोल तैयार करते हैं', तब उसने सियोल्रूपा के पास जिस हालत में था उसी में दौड़ गया और उससे पूछा, "चूना कहाँ मिलेगा?" ये सुनते ही सियोल्रूपा की नींद भरी आँखों में अचानक चमक आ गयी, उसे भरोसा नहीं हो रहा था कि परवानाली इस तत्व तक पहुँच गया। फिर आसमानी का ख्याल आते ही वो सहज हो गया और देखा कि परवानाली उसी को सवाल भरी नज़रों से देख रहा है। तब उसने बोला "चूना चट्टानों पर मिलता है", परवानाली ने समय न गंवाते हुए दूसरा सवाल दाग दिया, "ये चट्टान कहाँ होती है?" तब सियोल्रूपा ने कहा, "नदी किनारे" और ये

कह कर उसने तुरंत अपनी गलती पर पछताना शुरू कर दिया। वो मुँह फेर एक तरफ खड़ा हो गया कि तभी परवानाली ने उसके कंधे पर हाथ रखा और बोला, "मैंने देखा था मेसोतामी नगर में एक मानव निर्मित पहाड़, शायद वो ऐसे ही बनाया गया होगा, और चट्टानें भी तुम्हारे ही नगर में मिलेंगी। यहाँ तो दूर–दूर तक रेगिस्तान है, तो क्यों न मेसोतामी से ही चूना मंगा कर पुनः नगर की इमारतों का काम शुरू किया जाए" और वो वहां से निकल गया। सियोल्रूपा ने राहत की साँस ली कि "अच्छा हुआ परवानाली ने उस पहाड़ को बनाने का कारण नहीं पूछा"।

अगले ही दिन दो खोजी दल बनाए गये, एक दल को देश भर के नगरों की इमारतों का निरीक्षण करने का काम सौंपा गया, कि कौन–कौन सी इमारते कमजोर हैं। ये दल उन सभी इमारतों का परिक्षण करते, जिसके लिए वो वहां शोर मचाते, उन दीवारों को धोकते और जो इमारत कंपन करती उसे ये कह कर गिरा देते कि 'ये परवीन कानून के हिसाब से बनी हुई नहीं है', इसके लिए परवानाली ने खोजी दल को पहले ही आगाह कर दिया था कि 'लोगों को ये पता नहीं चलना चाहिए कि वो इमारतों की मजबूती का परिक्षण करने आये हैं', क्योकि फिर उसे उस घटना का जवाब भी उनको देना होता जिसे उसने उस इमारत के गिरने पर ईश्वर की उपस्थिति का नाम दिया था, इसके लिए उसने कई नाच गाने वाला दल सियोल्रूपा के ही नगर से बुलवाये जो जोर–जोर से वहां नाच गाना करते जिसमें लोग खो जाते और ये खोजी दल अपना काम कर लेते। दूसरे खोजी दल को मेसोतामी नगर के लिए रवाना कर दिया गया, जो वहाँ की नदियों पर काम शुरू कर वहां से चूने का खनन कर उन नगरों में भेजने लगा जहाँ इमारतों की स्थिति कमजोर है। पूरे देश में जहाँ–जहाँ

इमारतें कमज़ोर लगी उनको गिरा कर उनका पुनः निर्माण करवाया जाने लगा और इधर उस नदी के खनन करते जाने से वो सूख कर रेत का ढेर बन अबरू देश में मिल गयी।

अब देश के लोग परेशान होने लगे। उनको देश के पुनरुत्थान के काम को भी शीघ्र समाप्त करना था, दूसरा परवीन कानून के तहत दिन में पाँच बार प्रार्थनाघरों में भी पहुंचना था। इधर भवन निर्माण के लोग उन पर दबाव बना कर काम करवाते, जिससे कई लोग समय पर प्रार्थना करने नहीं पहुँच पाते और सैन्य दल उनके सिर काटने में देरी नहीं लगाते। इस दुविधा से बचने के लिए अधिकतर लोग अपने परिवारों के साथ प्रार्थना घरों के बाहर ही सोने लगे और हुंकारे की प्रतीक्षा करते रहते। पर काम के बिना भोजन नहीं मिलता था, इसलिए जो लोग काम करके वहां प्रार्थना करने आते, उनसे ये अपने लिए भोजन की मांग भी करते। कुछ लोग मदद कर देते, पर कुछ भोजन के बदले उनकी विवाहिताओं से संबंध बनाते, और उनको धमकाते कि 'अगर उन्हें अपने परिवार के लिए भोजन चाहिए तो ये बात परवीन कानून के सलाहकारों तक नहीं पहुंचनी चाहिए', और वो लोग अपने परिवार के लिए चुप ही रहने लगे। लेकिन इससे काम की गति धीमीं पड़ गयी। तब भवन निर्माण दल ने इस बात की सूचना शीघ्र ही परवानाली तक पहुंचा दी कि "कामगारी लोग परवीन कानून के प्रार्थना नियम के डर से अब प्रार्थनाघरों के बाहर ही रहने लगे हैं, जिससे काम बंद हो गया है"। तब परवानाली ने उन लोगों के सिर काट देने की सजा दे डाली। तब सियोल्रूपा ने कहा "कितने लोगों के सिर काटोगे? पूरे देश भर में यही हाल है"। इस बात ने परवानाली को भीतर तक हिला कर रख दिया। वो कई दिनों तक सोचता रहा कि इस समस्या

से निपटा कैसे जाए? एक तरफ उसके द्वारा बनाया गया परवीन है तो दूसरी ओर देश की समृद्धि। आखिर वो समझौता करे तो किससे करे, यदि वो परवीन कानून में ढील करता है, तो लोगों का ईश्वर से मन उठना शुरू हो जाएगा, वहीं दूसरी ओर काम में ढील करता है तो सारे लोग वैसे ही हो जाएँगे जैसे वे पहले थे।

परवानाली को कुछ सूझ नहीं रहा था। कई दिनों तक वो परेशान रहा क्योकि उसे इस बात का ज़रा भी ज्ञान नहीं था कि उसकी बातों से ऐसी विषम परिस्थितियां बन जाएंगी। तब एक रात जब वो अपने महल के गलीचे में भटक रहा था और वहां से अपने उजाड़ पड़े नगर को देख कर पूरे देश की बिगड़ चुकी व्यवस्था का आकलन कर रहा था, तब सियोलूपा से रहा नहीं गया और वो उसके पास आया और बोला कि "तुम्हें आसमानी के पास जाना चाहिए"। परवानाली ने उसे शक भरी निगाह से देखा जो कि सियोलूपा के अंदर तक धंस गयी थी। सियोलूपा को इस बात का संदेह तो था, पर परवानाली की परेशान हालत उसे नए शोध के विषय नहीं दे पा रही थी। यही विचार उसे परवानाली के सामने लाकर खड़ा किये हुए था, पर अब वो उस विचार को कोस रहा था। इधर परवानाली सोच रहा था कि "कहीं सियोलूपा के सामने उसका भेद तो नहीं खुल गया कि वो सब विषय आसमानी से जानकर आता है और यदि ऐसा है तो ये कब से?" परवानाली ये मंथन कर ही रहा था कि सियोलूपा ने बात को ढंकने के लिए कहा, "मेसोतामी में ये माना जाता है कि औरत के पास हर उस सवाल का जवाब होता है जो आदमी को परेशान करता है"। यह सुन परवानाली की गर्म सांसो में नमी आई और वो सियोलूपा का माथा चूम कर अपने कक्ष की ओर निकल गया। सियोलूपा ने भी राहत की सांस ली

और आसमान की ओर देखने लगा, जहाँ सात तारे टिमटिमा रहे थे।

इधर परवानाली जब अपने कक्ष में गया तो उसने देखा आसमानी चिराग जला रही थी। परवानाली इस बात को समझ नहीं पाया कि 'इतनी रात को जब चिराग बुझाने का समय होता है, वो चिराग क्यों जला रही है?' वो उसके पास आया तो पाया, कि आज वो इन चिरागों के बीच बिलकुल वैसी ही लग रही है, जैसी पहली बार उस सुरंग में आग के सामने बैठी उससे बातें कर रही थी। परवानाली उसे देखता रहा, तो आसमानी पलट कर दूसरे चिराग के पास चली गयी और उसे जलाने लगी, तब परवानाली भी वहां पहुँच गया। इस पर आसमानी फिर पलटी तो परवानाली ने उसका हाथ पकड़ लिया। अपने हाथ को ढीला छोड़ती आसमानी बोली, "आज पहली बार तुम खुद चल कर मेरे पास आये हो, अब तो तुम्हारी हर इच्छा पूरी करनी होगी"। परवानाली को आसमानी की ये बात समझ नहीं आई और उसने सोचा तो पाया कि "हाँ आज वो खुद चल कर पहली बार उसके पास आया है"। आसमानी ने पूछा "कहो क्या इच्छा है। लेकिन केवल तीन इच्छाएँ ही पूरी करूंगी और अंतिम इच्छा में एक शर्त भी जुड़ी रहेगी"।

आसमानी की इन रहस्यमई बातों ने परवानाली को भुला दिया कि वो यहाँ क्यों आया था? तब आसमानी उसके पास आई और बोली, "कहो पहली इच्छा क्या है?" परवानाली को याद आया कि वो उसके पास क्यों आया था और बोला, "सियोलूपा ने मुझे यहाँ तुम्हारे पास भेजा है। दरअसल हम दोनों ही कई दिनों से अबरू देश और परवीन कानून को बचाए रखने को लेकर परेशान थे कि ऐसी स्थिति में जब पूरे देश का कामकाज बंद हो गया तब क्या किया जाए?" इस पर आसमानी ने उसे

धीरे से पकड़ा और अपने साथ बिस्तर पर ले आई और उसके बदन को सहलाना शुरू किया, तो परवानाली को अपने बचपन की याद आ गयी जब लुटेरी के बदन को उसने सहलाया था, कि तभी उसके कानों में आसमानी के शब्द पड़े। आसमानी ने कहा, "इतना ही आसान है। जहाँ समस्या है वहां से थोड़ी दूरी बना लो", इस पर परवानाली बोला, "समस्या से दूर भागने पर समस्या तो दूर नहीं होती न"? तब आसनानी बोली, "राहत ही हर समस्या की परिणति है"। इस पर परवानाली खीज उठा और बोला, "समस्या से दूर होने पर समस्या समाप्त नहीं होती। तुम बेकार बातें करती हो, सीधे तरीके से बात नहीं करती, बातों को घुमाती रहती हो"। तब आसमानी ने उसके सिर को मसलना शुरू किया, इस पर परवानाली उठ खड़ा हुआ, तो आसमानी बोली, "एक परेशान आदमी जहाँ भी जाता है वहां तक परेशानी ही ले जाता है"। परवानाली का गुस्सा उसके सिर में घर कर रहा था , वो कक्ष की दीवारों से अपना सिर फोड़ने लगा और सियोल्पूपा को कोसने लगा। तब आसमानी ने वहीं बिस्तर से बोलना शुरू किया, "इस दुनिया में तीन तरह के लोग होते हैं, पहले वो जो दुनिया से कोई लगाव नहीं रखते, उनमें केवल कड़वाहट ही भरी होती है। दूसरे वो जो मधुर होते हैं, और तीसरे जो पूरी तरह से न मधुर होते हैं, न कड़वे। जिनको कुछ नहीं सूझता। वो इधर की सुन कर उधर निकालते है और उधर की इधर"। परवानाली ने एक थूंक का घूंट अपने अंदर उतारा और बिस्तर पर आसमानी के पास गया और धीरे से बोला, "इस बात का अबरू की समस्या से क्या संबंध है?" आसमानी ने उसे अपनी गोद में सुलाते हुए कहा, "है..! न होता तो मैं बोलती ही नहीं। यदि तुम इन तीन तरह के लोगों के बारे में ठीक से जान लोगे तो सारी समस्याएँ मिट

जाएंगी"। परवानाली ने धीरे से आँखे बंद की और बोला, "मैं जानना चाहता हूँ कि ऐसी परिस्थिति में पूर्वी लोग क्या करते"? तब आसमानी ने एक गहरी साँस ली और कहना शुरू किया, "पूर्वी लोग मानते हैं कि इस धरती पर हर जीव तीन स्थानों से सोचता है, एक पेट, दूसरा मन और तीसरा बुद्धि। बुद्धि शब्द सुनते ही परवानाली सचेत हो गया, उसने ये शब्द पहले भी सुना था। आसमानी ने कहना जारी रखा, "पेट से सोचने वाले को पशु कहते हैं, उसका पेट भर जाए तो वो सुकून से रहता है, चूँकि पेट शरीर का केंद्र है इसलिए वो सभी की आवश्यकताएं पूरी करता है। दूसरा, मन से सोचने वाला मानव। मन बड़ा ही चंचल होता है, इसलिए वो यहाँ वहां भटकता रहता है। और तीसरे, बुद्धि से सोचने वाले जिनको भगवान कहते हैं। चूँकि बुद्धि ही इस शरीर में पञ्च तत्वों का ऐसा सम्मिश्रण है जो इन पाँचों तत्वों को सजग कर सकती है", तब परवानाली ने पूछा, "मन से सोचने वाले को सुकून कैसे मिलता है, और बुद्धि वाले को?" अपने तटस्थ भाव में आसमानी बोली, "मन की खुराक तसल्ली है और बुद्धि की प्रमाण। इसलिए अबरू देश में तुम्हें इन तीन तरह के लोगो को खोज कर उनका समूह बनाना चाहिए" तब परवानाली बोला, "पेट और मन वालों को तो उनकी खुराक दे सकते हैं पर बुद्धि वालों को?", आसमानी उसी स्थिरता को धारण किये हुए बोली, "तब तुम इन दोनों तरह के लोगों का ही समूह बनाओ और उनकी आवश्यकता पूरी करते रहो और तीसरे तरह के लोगों को क़त्ल करवा दो। तभी ये लोग तुम्हें ईश्वर मानते रहेंगे, क्योंकि इस धरती पर पहले दो तरह के लोगों की संख्या अधिक है, इसलिए तीसरे तरह के समूह को मिटाने में यही तुम्हारी मदद कर देंगे"। परवानाली को सूझ गया कि "उसे क्या करना है"। उसने आसमानी की

गोद छोड़ बिस्तर पर एक ओर हो गया और बोला, "अब तुम भी सो जाओ"।

घटनांक - 3

अगले दिन पूरे देश में ये घोषणा करवा दी गयी, "जो कोई भी देश में आ गये इस संकट का हल लेकर आएगा वो ईश्वर के बेटे के खास लोगों में शामिल किया जाएगा। ईश्वर ने ही ये समस्या पैदा की है ताकि वो आदमी सबके सामने आ सके जिसे ईश्वर ने किसी खास मकसद से बनाया है"।

तुरंत देश भर में एक खोजीनुमा लहर दौड़ने लगी। लोग अपनी भूख, प्यास और दर्द भूलने लगे। पर कुछ अब भी थे जो केवल भोजन की तलाश में थे। और जो लोग इस घोषणा के साथ अपने–अपने विचार में डूब गये उनके अलग विचारों के साथ दल बन गये। वो रोज रात को संगोष्ठियाँ कर मंत्रणाये करते और अपने विचार का बहुमत बढ़ाने के लिए भोजन की तलाश में भटक रहे लोगों को भोजन देकर अपने दल में शामिल करने लगे, उनसे अच्छा व्यवहार करने लगे, जिससे वो किसी ओर दल में शामिल न हों। अब उनकी विवाहिताओं को किसी ओर के साथ बिना सोए ही भोजन मिलने लगा और एक दिन सभी दलों ने अपने–अपने सुझाव एक दूसरे के सामने रखे। अपने विचार पर अधिक वैचारिकी दिखाने का बहुमत भी प्रदर्शित करने के लिए उन लोगों का सहारा लिया जो पेट से सोचते हैं। लेकिन बात किसी नतीजे पर नहीं पहुँच रही थी। कोई दल कहता कि 'वो दिन भर प्रार्थना करते रहेंगे बस सभी लोगों को दाना–पानी मिलता रहे', तो दूसरा दल कहता कि 'यदि कोई

काम नहीं करेगा तो देश की समृद्धि रुक जाएगी और जब समृद्धि ही नहीं रहेगी तो दाना–पानी भी आएगा कहाँ से?' इस पर पहला दल बोलता कि 'ईश्वर देगा'। तब तीसरा दल उठा और बोला कि 'ईश्वर तो इतने समय से हमारे लिए कुछ न कुछ कर ही रहा है, हम इतनी सदियों से यूँ ही जिंदा नहीं हैं'। तो एक दल और उठा और बोला कि 'आगे भी वही जाने' इस पर एक और दल खड़ा हो गया और बोला कि 'ईश्वर ने तो सारे संसाधन हमे सौंप दिए है। अब हमने जो बनाया है उसकी देखभाल करने की जवाबदारी तो हमारी ही है'। इस तरह वहां उन सभी दलों से दो मुख्य दल बन गये। एक वह, जो ईश्वर के भरोसे था और दूसरा जो समस्या से लड़ रहा था, पर किसी नतीजे पर नहीं पहुँच पा रहा था। तब सियोलूपा के नगर मेसोतामी का एक लड़का जो कि वहीं शिल्प शोध के कार्य में लगा हुआ था, जिसकी उम्र लगभग बाईस वर्ष होगी, वो खड़ा हुआ और बोला, "मेरे पास इस समस्या का समाधान है। मुझे तुरंत बादशाह के सामने ले जाया जाए"। तब सभी लोग उस पर हंसने लगे। लेकिन जो इस समस्या से जूझ रहे थे कि 'समाधान क्या हो?' उन्होंने उससे पूछा, "क्या समाधान है? पहले हमसे मशविरा कर लो", और बोले "अगर ईश्वर के बेटे के सामने कुछ गलत बोल दिया तो इस नन्ही सी उम्र में ही मारे जाओगे"। तब वह लड़का प्रार्थनाघर की ओर देखते हुए बोला, "मैं ईश्वर के बेटे को ही प्रमाण के रूप में अपने सामने देख कर ये हल बताना चाहता हूँ। यदि गलत हुआ तो मुझे अपनी जिंदगी अपने ईश्वर के नाम देने का गर्व प्राप्त होगा", इस बात पर उन लोगों ने उसे अपने दल का हिस्सा बना, परवानाली तक सन्देश भिजवा दिया कि 'उन्हें इसका हल मिल गया है'। वो सोच रहे थे कि 'अगर सही जवाब दिया तो वो उसके सहारे परवानाली

के खास हो जाएँगे और यदि गलत जवाब दिया तो वो उससे नाता तोड़ उसे अकेले ही मृत्यु का ग्रास बनने को छोड़ देंगे। कौनसा वो उनका सगा लगता है'। जब ये खबर परवानाली को मिली तो उसने बिना समय गंवाए दरबार में उस दल को आमंत्रित कर लिया, साथ ही दूसरे दल को भी, कि वो उसकी बात पर विचार करने में मदद करे।

परवानाली दरबार में पहुंचा, जहाँ दोनों दल मौजूद थे। तब दरबान के कहने पर सबने पहले परवानाली के सम्मान में खड़े रह कर उसको सम्मान दिया, फिर दरबान के कहने पर ही सुनवाई शुरू हुई। वो लड़का भीड़ से निकल कर बाहर आया और बोला, "हे ईश्वर के बेटे, मेरे बादशाह परवानाली, अपने इस बेशकीमती ईश्वर के न्यायघर में खड़े हुए इस नाचीज़ की प्रार्थना स्वीकार करो"। परवानाली उसकी इस औपचारिकता से खुश हो गया और अपना सिर हिला कर उसे आगे बोलने की इजाज़त दे दी। तब उसने कहना जारी रखा, "मैं महान शोधकर्ता सियोलूपा के नगर मेसोतामी में शिल्प करने वाला 'आवारा' हूँ, मैं आपके हर सन्देश को ध्यान में रखता हूँ और उसी के मुताबिक अपना जीवन बिता रहा हूँ। मुझे कोई तकलीफ नहीं अपने जीवन से। मैं पाँचों समय प्रार्थनाघर में भी पहुँच जाता हूँ। दरअसल मैंने अपने कार्य के समय को इस तरह से बांध लिया है कि मैं पांचो समय प्रार्थनाघर पहुँच ही जाता हूँ। मैं प्रार्थनाघर के पास ही पत्थरों पर शिल्प उकेरने का काम करता हूँ"। तभी दूसरा दल बोला "लेकिन ये तो समस्या का हल नहीं हुआ, तुम्हारी तरह सभी वहां प्रार्थनाघर में काम नहीं करते, कुछ बाजारों में होते है, कुछ खेतों में"। तब आवारा बोला, "मैं यही कहना चाहता था, कि ये इस समस्या का समाधान नहीं है, कि हर व्यक्ति मेरी तरह समय पर प्रार्थनाघर

पहुँच जाए। मैं तो बस अपना परिचय दे रहा था", फिर आगे बोला, "चूँकि कुछ लोग खेतों में काम कर रहे होते हैं, कुछ बाज़ारों में, कुछ घरेलू कामों में है, इसीलिए क्यूँ न इन सभी की हदों में, अलग-अलग प्रार्थना स्थल और बना दिए जावें" तब फिर दूसरे दल ने कहा "इतने सारे हुंकारे वाले आयेंगे कहाँ से? और ईश्वर का बेटा ऐसे कितने हुंकारे वालों के पेट भरता रहेगा और कब तक? तुमने ये बात नहीं सोची, बस मुँह उठा कर बिना सोचे समझे ईश्वर के बेटे का बेशकीमती समय बर्बाद करने आ गये। लगता है तुम ईश्वर के बेटे के खास लोगों की खासियत वाली परिभाषा ही नहीं जानते"। इस पर आवारा उन लोगों की ओर मुड़ा और बोला, "मैं जानता हूँ, अच्छे से जानता हूँ कि ईश्वर के बेटे के ख़ास लोगों में क्या खासियत होनी चाहिए, और मैं यहाँ उस स्पर्धा में भाग लेने भी नहीं आया। मैं यहाँ आया हूँ कि मेरे ईश्वर के बेटे को सुकून मिले, उसके देश की बुरी होती हालत में सुधार हो, लोग फिर से समृद्धि की राह पर चले, जो कि ईश्वर का सबसे पहला और अनमोल सन्देश है", फिर परवानाली की ओर मुड़ते हुए बोला, "हे मेरे ईश्वर के बेटे, ईश्वर के इस नेक काम में आप जो उनकी मदद कर रहे हैं, उसमें इस अबरू देश की जनता होने के नाते हमारा भी फ़र्ज़ बनता है कि हम अपने ईश्वर के इस अनमोल उपहार की रक्षा करें। इसलिए ये हुंकारे वाले लोग भी हम ही हममें से चुन लेंगे। उनके दाने पानी की व्यवस्था भी हम ही करेंगे और उन्हें प्रार्थना का तरीका सीखने के लिए मुख्य प्रार्थनाघरों में भेजेंगे। फिर जब वो सीख लेंगे तब हम उसी तरीके से अपने पास के प्रार्थनाघरों में बिना किसी डर के हर समय की प्रार्थना कर सकेंगे", तभी दूसरे दल ने फिर से सवाल उठाया, "ये लोग प्रार्थना का तरीका तो सीख आएँगे, लेकिन इन्हें मालूम कैसे चलेगा कि कब हुन्कार

देनी है, और कहीं वो खुद ही समय पर नहीं पहुंचा तो?" तब आवारा परवानाली को ही देखते हुए बोला, "इस समस्या का समाधान भी यही है कि जो लोग चुने जाएँगे उनको वहीं प्रार्थनाघरों में रहना होगा जैसे मुख्य प्रार्थनाघर के हुंकारे वाले रहते हैं, और मेरे बादशाह ये लोग हुंकारे की आवाज़ को आसानी से सुन सकें उसके लिए हर प्रार्थनाघर में ऊँची-ऊँची मीनारें बनवाई जाए, जहाँ से ये मुख्य हुंकारे को सुन कर उसे वहीं से बाकि लोगों के लिए दोहराएँ ताकि सभी लोग भी आसानी से सुन कर वहां पहुँच जाएँ"।

ये बात परवानाली को पसंद आ गयी और उसने ताली बजा कर उसका सम्मान किया, इस पर वहां खड़े सभी लोगों ने तालियाँ बजाना शुरू कर दिया। अब कोई सवाल पैदा ही नहीं हो रहा था, सभी ने उसकी बात को अपना समर्थन दे दिया। तब आवारा बोला, "बादशाह आप ही कहते हैं और हम भी मानते हैं कि ये दुनिया बनाने वाला ईश्वर यहाँ के हर एक ज़र्रे में है, हर जगह है, इसलिए जो लोग किसी कारण से प्रार्थनाघर नहीं पहुँच पा रहे पर प्रार्थनाघर पहुंचना चाहते हैं, तो वो जहाँ भी हुंकारा सुनें, वहीं बनाए हुए तरीके से ईश्वर की प्रार्थना कर लें। हालाँकि ये तय है कि प्रार्थनाघर में ही पूरी ईमानदारी से प्रार्थना हो पाएगी, लेकिन यदि कोई बिन बुलाई समस्या आ पड़े तब क्या ये उपाय कारगर नहीं है?" ये बात सुन वहां खड़े सभी लोगों ने तालियाँ बजाना शुरू कर दिया, वे खुश थे कि अब जबरन किसी की जान नहीं जाएगी। परवानाली भी इस बात से खुश हुआ और उसे अपने मुख्य सलाहकारों के दल में शामिल कर लिया, जिसमें आसमानी, मार्गरिटा, हयाती और सियोलूपा थे। और पेट से सोचने वाले लोगों में से चुनाव कर उनको हुंकारे का काम सौंप दिया गया।

चारों ओर फिर से खुशियाँ बहाल हुईं।

घटनांक - 4

अबरू देश एक बार फिर समृद्धि का नया इतिहास बना रहा था। इधर इस समृद्धि को देख परवानाली आसमानी के फैसलों के सहारे सरकते हुए उसको अपनी जिंदगी का अहम् हिस्सा समझने लगा था। अब उसकी जिज्ञासाएं और बढ़ने लगीं। वो आसमानी के आगे खुद को कुछ नहीं समझने लगा, कि तभी उसके भीतर का ईश्वर वाला अहम् भारी हो गया, जब आवारा ने उसे इन सब समृद्धियों का मुख्य नायक कहा। अब वो सचमुच ही ईश्वर का अस्तित्व मानने लगा। वो मानने लगा कि ईश्वर ने ही उसे आसमानी से मिलवाया है, ताकि वो इन लोगों को समृद्ध जीवन जीने का तरीका बता सके। समृद्धि के नाम पर उसे पूर्वी नगर का ख्याल आया, जो कि पहले से ही समृद्ध है और परवानाली उसी से कुछ कदम पीछे चल रहा है। तब उसे लगने लगा कि शायद वो लोग ईश्वर की शक्तियों का उपयोग कर उसे भूलते जा रहे हैं, इसलिए ईश्वर ने अब अपने बेटे को ही भेजा है ताकि वो सबको उसके होने का एहसास करवा कर फिर से उसका साम्राज्य पूरी दुनिया में खड़ा कर सके। इस पर उसने सोचा कि 'वो पूर्वी देश पर कैसे अपने ईश्वर का अस्तित्व बनाए?', तभी उसे आसमानी का ख्याल आया कि उसके पास पूर्वी नगर के कानून की बहुत सारी जानकारियाँ हैं। वो उसी से सब जानेगा और फिर वहां भी अपने पिता के साम्राज्य को फैला देगा।

दिन ख़त्म होते–होते जब परवानाली आसमानी के पास पहुंचा,

जो कि चिराग रोशन कर रही थी। आसमानी परवानाली को देख कर मुस्कुराई, उसका हाथ पकड़ कर बिस्तर की ओर ले गयी और बिस्तर पर लिटा कर उसके कान में कहा "ईश्वर का बेटा, पिता बनने वाला है"। इस बात से परवानाली के चेहरे पर खुशी तो आई, पर वो उस कारण को नहीं भुला पाया जिसकी वजह से यहाँ आया था। वो जानता था कि आसमानी बातों को घुमाती है। वो सीधे–सीधे साधारण से सवालों का जवाब ही नहीं देती तो पूर्वी देश के बारे में कैसे देगी? और वो अचानक से बोला, "पूर्वी नगर के बारे में सब बताओ, नहीं तो क़त्ल करवा दूंगा"। आसमानी को परवानाली के इस व्यवहार का जरा भी अंदाज़ा नहीं था। वो उसकी इस बात से अचानक दहशत में आ गयी। वो शायद मर भी जाती पर बच्चे का ख्याल आते ही वो तटस्थ हो बोली, "कहो क्या जानना चाहते हो?" परवानाली ने उससे पूछा, "वहां के लोग किस तरह के ईश्वर को मानते हैं?" इस पर आसमानी ने तटस्थता अपनाई और चिरागों को देखते हुए बोली, "वो लोग प्रकृति को अपना सर्वोच्च ईश्वर मानते हैं, लेकिन मानवीय गुणों के आधार पर तीन अलग–अलग ईश्वर की कल्पना भी की गयी है"। तब परवानाली बोला, "ईश्वर तो पिता होता है, और पिता तो केवल एक ही होता है", इस पर आसमानी बोली, " वो भी यही मानते हैं, इसलिए वो प्रकृति को ही अपना ईश्वर मानते हैं। लेकिन उससे प्राप्त संसाधनों के गुणों के आधार पर उनके लिए अलग–अलग देवों को निर्धारित किया गया है, जिससे उन संसाधनों का उपयोग करते समय अप्रत्यक्ष रूप से प्रकृति को धन्यवाद् दे सकें और उन संसाधनों का उपभोग करने वाले मनुष्यों में उनके गुणों के आधार पर तीन परमेश्वर की कल्पना की गयी है", "परमेश्वर....! ये क्या है?" परवानाली ने पूछा, तो आसमानी बोली,

"परम का अर्थ होता है जो हमेशा विद्यमान रहता है। जब–जब सृष्टि बनती है, तब–तब ये उसमें विद्यमान रहता है", इस पर परवानाली ने फिर पूछा, "सृष्टि बनती है..!..इसका क्या मतलब?" तब आसमानी ने उसी तटस्थ भाव से ही अपनी बात को कहना जारी रखा, "पूर्वीयों का मानना है कि ये सृष्टि नश्वर है, जो बनती है और मिटती है। इसे बनने और मिटने में सदियाँ निकल जाती है"। तब परवानाली की आँखों में एक अजीब सी चमक आने लगी और वो बोला, "कितना समय?", तो आसमानी बोली, "लगभग चौदह अरब वर्ष", परवानाली ने पूछा, "अरब मतलब?" तो आसमानी बोली, "जितने आसमान में सितारे हैं", परवानाली की आँखे फटी की फटी रह गयी, वो बोला "इतना समय?", और सोचने लगा कि 'पूर्वीयों ने आसमान के उन अनगिनत तारों को भी गिन लिया'! तभी आसमानी ने आगे कहा, "औसतन ग्यारह लाख वर्ष का एक युग होता है। ऐसे चार युग मिला कर एक महा युग होता है, फिर ऐसे इकहत्तर महायुगों का एक मन्वंतर और ऐसे चौदह मन्वंतर मिल कर एक कल्प बनता है जिसे ब्रह्मांड का एक दिन कहा जाता है। और ऐसे तीन सौ साठ दिन मिल कर ब्रह्मांड का एक वर्ष बनता है और ऐसे ही सौ वर्षों में इस ब्रह्मांड की आयु पूरी होती है, और..", ये सुनते ही परवानाली का सिर चकराने लगा, उसने आसमानी को बीच में ही टोकते हुए बोला, "तुम मनुष्य के गुणों वाली कोई बात बता रही थी, वो क्या थी?", तब आसमानी हलकी सी मुस्काई और बोली, "संसाधनों का उपभोग करने वाले मनुष्यों में उनके गुणों के आधार पर तीन परमेश्वर की कल्पना की गयी है, जिनमें से एक को शिव कहते हैं, दूसरे को विष्णु और तीसरे को ब्रह्मा।

शिव अर्थात वो शरीर जिसमें ऊर्जा का संचार होता है, जिससे ये समय और प्रलय दोनों की शक्ति प्राप्त करते हैं, क्योंकि ऊर्जा बिना शरीर शव के समान रहता है। विष्णु का अर्थ है जो हर अणु में विद्यमान है। अणु एक कण की सबसे छोटी इकाई को कहते हैं। और ब्रह्मा का अर्थ है समर–सृष्टि को पैदा करने वाला, जो कि एक भ्रम है। यहाँ ब्रह्मा का कार्य ऊर्जा को पैदा करना है, शिव का कार्य उसे संभालना और विष्णु का कार्य उसे सही दिशा देना, जिसको पूर्वीयों की एक पौराणिक कथा मंथन के द्वारा भी समझाया गया है", इस पर परवानाली ने झपट कर बोला, "क्या है वो कहानी? मैं सुनना चाहता हूँ"।

आसमानी ने परवानाली को देखा, उसकी आँखों में परवानाली के लिए तरस आने लगा। तब परवानाली बोला, "क्या सोचने लगी?", आसमानी बोली, "क्या तुम आगे सुन पाओगे"? इस पर परवानाली का ईश्वरवादी अहम् जाग उठा और बोला, "बातों को घुमाओ नहीं, सीधे–सीधे बताओ जो बात है", तब आसमानी ने फिर से तटस्थता को धारण कर कहना शुरू किया, "ब्रह्मा ने अच्छी और बुरी ऊर्जाओं को मिलाकर एक शोध किया जिससे चौदह प्रकार की चीजे निकली..."। इस पर परवानाली ने फिर पूछा, "अच्छी और बुरी?" तब आसमानी बोली, "अगर दिन है तो रात भी है, वैसे ही कुछ अच्छा है तो कुछ बुरा भी तो है", ये सुनते ही परवानाली ने एक हामी भरी और आसमानी को एक झलक देख अपना सिर नीचे कर आगे सुनने लगा, आसमानी ने अपनी बात जारी रखी, "...और इन ऊर्जाओं को सही दिशा दी विष्णु ने और इनसे उत्पन्न चीजों को संभाला शिव ने और पात्रता अनुसार उनको बाँटने का काम भी किया। इन अच्छी और बुरी ऊर्जाओं से जो चौदह चीजें निकली, उनमें

सबसे पहले निकला विष या कहो ज़हर, जो कि अहंकार, परनिंदा, ईर्ष्या, कलह, क्रोध, संदेह इत्यादि था, जिसको संभाला शिव ने। क्योंकि अगर ये चारों ओर फैलता तो जीवन उत्पन्न ही नहीं हो पाता और सँभालने की शक्ति शिव के ही पास है, क्योंकि शिव शरीर है"। तभी परवानाली को आसमानी की सुरंग वाली बात याद आई और बोला, "शरीर मिट्टी का बना है, जो की अहंकार है, मतलब शिव अहंकारी है?", तब आसमानी उसे आश्चर्य से देखते हुए बोली, "अब तक याद है!" फिर सामान्य हो आगे कहा, "हाँ! शरीर अहंकार ही है, किन्तु यदि मन और बुद्धि को सही दिशा में लगा दिया जाये तो यही शरीर अहंकार से 'ओंकार' में बदल जाता है, जो कि इस सृष्टि का सबसे सुन्दर नाद है, स्वर है या कहो शिव ही है। इसलिए शरीर को शिव का सबसे छोटा प्रतिकात्मक रूप माना गया है, जिसके मन में ऊर्जा भरी हुई है और यही ऊर्जा इस शरीर को चलाती है, जिससे इसमें सबकुछ सहन करने की शक्ति आती है, जिसे पूर्वी भाषा में इच्छा शक्ति कहते हैं। और इस मन को हृदय कहा गया है। समय के साथ इस हृदय की गति धीमी हो जाती है और आदम मृत्यु को प्राप्त हो जाता है, जिसे पूर्वी भाषा में काल कहा गया है, और ये शरीर महाकाल को प्राप्त हो जाता है जो कि शिव है, और ऊर्जा अनंत यात्रा पर निकल जाती है। परवानाली अब उलझन में पड़ गया, कि 'शिव शरीर है या नाद या प्रकृति या मिट्टी?' आसमानी ने उसकी उलझन को भांप लिया और अपने चेहरे पर एक तिरछी मुस्कान फेंकते हुए आगे कहना जारी रखा, "....इसलिए जब विष स्थिर हुआ तब निकला नवीन शोध, जिसे उन्होंने कामधेनु कहा, जो कि आविष्कार करता है, जिसकी जैसी जिज्ञासा उसकी वैसी खोज, और खोज के बाद तीसरे स्थान पर आया

यश, कीर्ति, मान, सम्मान, प्रार्थना, वंदना जिसे एक सींग वाले घोड़े से दर्शाया गया है", इस पर परवानाली के मुंह से फिर निकला, "सींग वाला घोड़ा!", आसमानी ने उसकी ओर देखा और जैसे ही कुछ बोलने को हुई वैसे ही परवानाली ने उसे टोकते हुए कहा, "नहीं ! ये फिर कभी समझेंगे, अभी तो अपनी कहानी जारी रखो"। आसमानी के चेहरे पर परवानाली के बचपने को देख एक मुस्कान आ गयी, जिसे दबाते हुए वो आगे बोली, "...इसके बाद चौथे स्थान पर आई महानता, दया, परजीव रक्षा जिसे एक सफ़ेद हाथी से दर्शाया है, इसके बाद उत्पन्न हुआ 'अग्निपिण्ड' जिसे कौस्तुभ मणि कहते हैं", परवानाली तुरंत बोला, "सूरज!", आसनानी ने तटस्थ भाव से कहा, "...हाँ ! बोल सकते हो.." फिर आगे कहना जारी रखा, "अग्नि के बाद छठे स्थान पर उत्पन्न हुई प्रकृति, सृष्टि, कुदरत, कायनात जिसे कल्पवृक्ष नाम दिया गया जो आपकी हर इच्छा पूरी करता है", और बोली, "कल्प का अर्थ तो तुम्हें पता है", परवानाली की आँखे बड़ी हो गयी, वो कुछ ना कह पा रहा था, लेकिन आसमानी ने कहना जारी रखा, "तब उत्पन्न हुई जीव उत्पन्न करने की इच्छा, या कहो कामसूत्र की प्रेरणा जिसे रम्भा नाम से पुकारा गया। और आठवें स्थान पर उत्पन्न हुई लक्ष्मी, जो कि प्रकृति का सर्वोत्तम गुण बताया गया है। ये गंभीरता और चंचलता के मध्य संयम युक्त सेवा का निःस्वार्थ भाव है, जो कि समृद्धि देती है। फिर पैदा हुआ वारुनी, जो कि इस सेवा को एक धुन देने का काम करता है, जिसे हम लगन या काम का नशा भी कहते हैं। दसवें स्थान पर आई उम्मीद, आशा जिसको चाँद से दर्शाया गया है। इसके बाद उत्पन्न हुई राहत, तसल्ली, खुशबु जिसे पारिजात कहा गया। तब बारहवें स्थान पर उत्पन्न हुई ध्वनि, आवाज़, भाषा, बोली या कहो

सम्मोहन की शक्ति जो कि भविष्य में उपयोग होने वाला सबसे सरल माध्यम था कहीं पर भी विष घोलने का, जिसे पांचजन्य शंख कहा गया", इस पर परवानाली को मार्गरेटा और हयाती के सम्बन्धों की अफवाह याद आई जो कि तब अबरू लोगों ने उड़ाई थी, जब ये देश भी नहीं बन पाया था। आसमानी परवानाली के इस पछतावे वाले भाव को पढ़ने लगी और जब वो सहज हुआ तो आगे कहने लगी, "...फिर आया उपचार, चिकित्सा, आरोग्य, जो कि धन्वन्तरी नाम से जाना गया और अंत में आया अमृत, जो कि धन्वन्तरी का औजार है अर्थात औषधी, दवा, द्रव"। ये कह कर आसमानी ने सांस ली, तभी परवानाली बोला, "इसका मतलब हम सब शिव के भीतर हैं"। आसमानी कुछ ना बोली, तब परवानाली ने कहा, "रुक क्यों गयी?" आसमानी ने अपनी सांस को आधे में ही छोड़ दिया, और आगे बोली, "इन चौदह चीजों को स्थापित करने के लिए सृष्टि को आधार बना, उस पर इन चीजों का शोध कार्य आरम्भ हुआ और उन तीन गुणों शिव, ब्रह्मा और विष्णु से मिलकर ही आदम बना, चाहे वो आदमी हो या औरत।

ये तीन गुण वाले लोग ही धरती पर निवास करते हैं, इसलिए इन तीन तरह के लोगों का मनोविज्ञान समझने के लिए इन पर वहां पुस्तकें लिखी गयी हैं, जिससे इन तीन तरह के लोगों को समझने में आसानी होती है और उनका जीवन उस मनोविज्ञान के आधार पर संतुलित और सुकून भरा चलता है। ये वो मानवीय विज्ञान है जो लोगों को जीवन जीने का सही रास्ता दिखाता है। इन तीनो गुणों को जिन पुस्तकों में लिखा गया है, उन्हें पुराण कहते हैं। तीनो गुणों की व्याख्या करने वाली इन पुस्तकों को कई तरह की कहानियों के उदाहरण के साथ समझाया गया है, जिन्हें

शिव पुराण, विष्णु पुराण और ब्रह्म पुराण कहते हैं। साथ ही इन तीनों गुणों के मिश्रण से किस प्रकार के मानव पैदा होते है, उनके लिए भी अलग-अलग पुराण लिखे गये हैं"। "मिश्रण" परवानाली ने पूछा तो आसमानी ने कहा, "मनुष्य पञ्च धातुओं का मिश्रण है जिनसे अलग-अलग गुण उत्पन्न होते हैं और ये सभी गुण जब आपस में संघर्ष करते हैं, तो ये तीन गुण उत्पन्न होते हैं, और फिर ये सब इन तीन गुणों में समाहित हो जाते हैं, और अंत में केवल एक ही बचता है, जो पुनः निर्माण करता है, प्रेरणा बनता है और संभालता है।

यहाँ मिश्रण का भी नियम है कि उन तीनों में से किसी दो गुण का मिश्रण हो तब कैसा मानव बनता है, इसके भी तीन पुराण अलग हैं,*

और यदि वो तीनों ही मिश्रित होवें तो किन परिस्थितियों में मिश्रित हो रहे हैं सूर्य की परिक्रमा की दिशा में या उसकी विपरीत दिशा में, उनके आधार पर छह पुराण और हैं,*

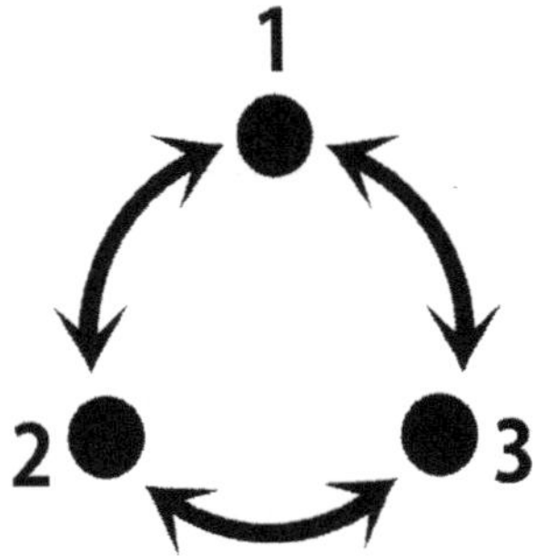

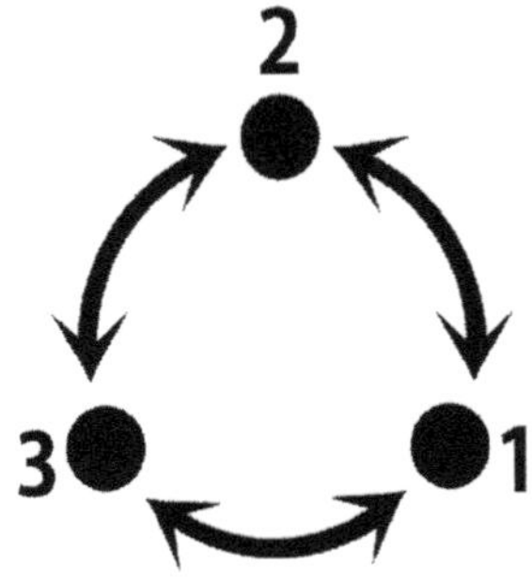

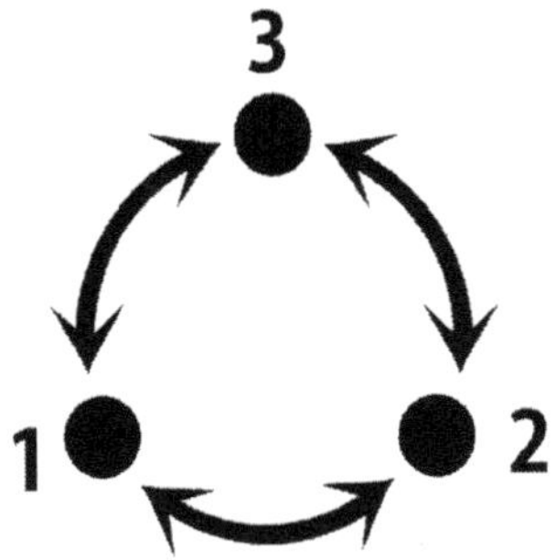

फिर उन लोगो को क्या अच्छा लगता है क्या नहीं, कौनसा स्थान, नदी, पहाड़, नगर, भवन, इत्यादि के आधार पर अलग–अलग छह पुराण और हैं। इस तरह इनकी कुल गिनती अठारह हो जाती है, फिर कुछ बातें तीनों में ही समान होती हैं तो उनके आधार पर एक अलग ही पुराण है जिसे 'भविष्य पुराण' कहते हैं"।

उसने आगे कहना जारी रखा, "शिव पुराण के आधार पर चलें तो उसकी कल्पना एक विशेष प्रकार की मुद्रा में बैठे हुए आदमी से की गयी है, जिसे ध्यान और ज्ञान मुद्रा कहते हैं। ये उदाहरण है उन पहले प्रकार के शिव गुण लोगों का जो अपने भीतर कड़वाहट भरे रहते हैं। चूँकि प्रकृति के निर्माण से पहले ही मंथन क्रिया में ज़हर शिव गुण ने ही संभाला था,

इसलिए उनको जीवन को सही दिशा देने के लिए ध्यान और ज्ञान में बिताने की कला बताई गयी है, अन्यथा ये विध्वंस ला सकते हैं। उसी अप्राकृतिक दुर्घटना से इन्हें बचाने के लिए शिव गुणी कलाएं सिखाई जाती हैं",*

ध्यान मुद्रा

ज्ञान मुद्रा

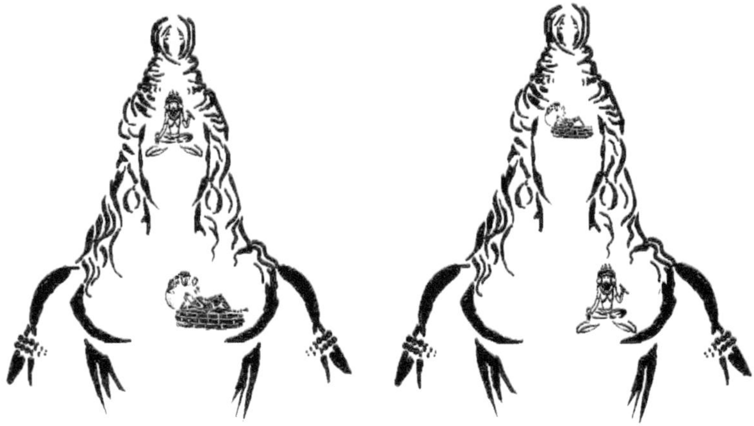

इस पर परवानाली ने पूछा, "तो क्या ये लोग काम नहीं करते?" आसमानी उसी सुर में बोलती चली गयी, "ये मुद्रा धर्म और कर्म की मुद्रा है, ये ध्यान को धर्म और ज्ञान को कर्म मानते हैं। ये मुद्रा ही बताती है, कि ये तैयार रहते हैं कर्म करने के लिए किन्तु वो कार्य अप्राकृतिक नहीं होना चाहिए। यदि वो अप्राकृतिक हुआ तो ये गुस्सा हो सकते है और विध्वंस हो सकता है। इसलिए तब इन्हें धर्म का मार्ग अपना कर ध्यान में रहने की कला का उपयोग करना होता है। मतलब ये हमेशा अपने काम में लगे रहते हैं, इसलिए इस गुण को सर्वोच्च गुण माना गया है, ऐसा बाकी के दोनों पुराण भी कहते हैं। ऐसे लोगों के जीवन का पूरा मनोविज्ञान और जीवन जीने की कला इस शिव पुराण में या इससे संबंधित अन्य पुराणों में मिलती है। और मिश्रण के नियम के आधार वाले पुराण कहते हैं कि यदि इनकी बुद्धि में ब्रह्मा और मन के स्थान पर विष्णु होते है, तो क्या परिस्थितियां बनती है,* और यदि मन ब्रह्मा और बुद्धि विष्णु हो तो क्या परिस्थितियां बनती हैं*

उन सब के आधार पर जीवन जीने की कलाओं का उदाहरण सहित वर्णन है। इनमें ये भी बताया है कि ब्रह्मा का संबंध पेट से रहता है, इसलिए जब बुद्धि पेट पर हो तब क्या परिणाम और क्या नियम और यदि मन पेट पर हो तो क्या परिणाम और क्या नियम। चूँकि पेट ही पूरे शरीर का केंद्र है।

ब्रह्मा की दिशा गति नीचे और विष्णु की दिशा गति ऊपर होती है, इसलिए ब्रह्मा का उत्तम स्थान बुद्धि और विष्णु का मन बताया है। इस दिशा में संघर्ष जन्म देता है और इसके विपरीत प्रलय, विध्वंस। मन व बुद्धि के ठीक बीच गर्दन होती है, जहाँ इन दोनों के संघर्ष से विष बनने लगता है, जिसे नील रंग के चिन्ह से बताया गया है, और इसी को 'विशुद्ध ब्रह्माण्ड' कहा गया है। ये इस संघर्ष का विष न नीचे शरीर में गिरने देते हैं और न ही बाहर निकाल कर दुनिया में ज़हर भरने देते हैं, तब ये ध्यान की मुद्रा में चले जाते हैं,*

इस बात पर परवानाली को वो पत्थर वाली बात याद आ गयी, कि धरती अनंत ब्रह्मांड में बिना सहारे टिकी हुई है, और बोला, "तो क्या हम शिव के गले में रहते हैं?" आसमानी अब भी कुछ ना बोली, तो परवानाली ने अपनी गर्दन नीचे झुका ली। तब आसमानी बोली, "...किन्तु संघर्ष के बढ़ने पर ये तांडव करते हैं, जिससे या तो जन्म होता है या प्रलय। जब मन और बुद्धि एक होकर सही दिशा में संघर्ष करते हैं, तो शिव प्रसन्न तांडव करते हैं जिससे उत्पत्ति होती है और ये दोनों अलग-अलग दिशा में संघर्ष करें तो रौद्र तांडव होता है, जिससे चारों ओर विनाश हो जाता है। शिव की इस कला को नटराजा कहा गया है",*

तब परवानाली धीरे से फुसफुसाया, "ये लोग इतने ताकतवर होते हैं?" और अपने बारे में सोचने लगा। तभी आसमानी बोली, "ऐसा सभी पुराण कहते हैं, इसलिए इन लोगो को शिव कलाएं सिखाई जाती हैं,

ताकि मन जो कि चंचल होता है, उसे ध्यान के द्वारा हमेशा बुद्धि पर लगा कर रखो, चाहे मन में विष्णु हो या ब्रह्मा"। तब परवानाली ने पूछा कि ये पता कैसे चलता है कि मन में ब्रह्मा है या विष्णु?", तो आसमानी बोली, "शिव पुराण और उसके मिश्रण के नियमों के अनुसार, यदि विनाश का विचार आये तो समझ लो ब्रह्मा मन में हैं क्योंकि ब्रह्मा का कार्य शोध करना है, पर वो असमर्थ है कर्म करने के लिए। इसलिए वो शिव के निरीक्षण में विष्णु से अपने उन कार्यों को पूरा करवाता है, लेकिन मन का काम भागना है, इसलिए वो बुद्धि तक न पहुँच कर अपनी दिशा गति के कारण सांसारिकता में उलझ जाता है, और परिणाम स्वरुप उसकी दिशा नीचे होने के कारण विनाश पैदा होता है। इसलिए तब इन्हें ध्यान की कला सिखाई जाती है। और यदि कुछ भला करने का मन हो तो समझ लो कि विष्णु मन में है और उसे बुद्धि पर लगा कर नयी रचनाएँ की जाती है, जिनको दिशा देने का कार्य विष्णु का ही तो है। विष्णु की दिशा गति ऊपर होती है और तब वो बुद्धि पर लग जाता है और सही दिशा में ज्ञान प्राप्त कर अपनी क्षमताओं को रचित करता रहता है।*

इसलिए इन शिव गुणी लोगों को एकांत में रहने की शिक्षा दी जाती है। लेकिन लोगों की संख्या दिनों–दिन बढ़ती जा रही है, इसलिए ये या तो नगर के देवालयों में रहते हैं या जंगलों में या फिर पर्वतों पर"। परवानाली की आँखों में एक चमक आ गयी और उसे मेसोतामी का वो मानव निर्मित पहाड़ याद आने लगा। फिर उसने आसमानी की ओर देखा और सामान्य हो गया कि उसके पास एक शिव गुणी की बेटी है और उसे सुनने लगा। आसमानी ने बोलना जारी रखा, "इनकी इसी ताकत को ही संतुलित करने के लिए इनको वो स्थान दिया गया है, जिसे वो मानव कल्याण में लगाते हैं। यही वो लोग होते हैं जो पूरे नगर के अलग–अलग गुण के लोगों का लेखा अपने पास रखते हैं, और उनके गुणों के आधार पर जीवन के नियम बताते हैं।"

फिर आसमानी ने एक गहरी साँस ली और कहना शुरू किया, "और दूसरी तरह के लोग मधुर होते हैं। उनको यदि विष्णु मान लिया जाए तो विष्णु की कल्पना एक अनंत सागर में की है, जिसे क्षीर सागर कहते हैं, जहाँ क्षीर का अर्थ दूध होता है और दूध पर केवल बच्चा ही पलता है, जो की माँ की कोख में सोता रहता है। मतलब विष्णु की कल्पना ऐसे व्यक्ति से की गयी है, जो बच्चों जैसा हो। चूँकि पूर्वी लोग मानते हैं कि जब बच्चा गर्भ में आता है तो सबसे पहले एक पतली सी झिल्ली में उसका हृदय ही बनता है फिर वही हृदय उस झिल्ली को शरीर का रूप देना शुरू करता है और फिर बुद्धि भी इस काम में जुड़ जाती है। ये विष्णु गुणी लोग कर्म को ही अपना धर्म मानते हैं और धर्म को ही कर्म। इसलिए ये जो भी काम करने लगते हैं, उसमें खो जाते है और तब तक साँस नहीं लेते जब तक उसे पूरा न कर दें।*

इनको सात मुँह वाले विषधर के फन वाले भाग के नीचे उसके पेट पर जो कि तीन कुंडली मार कर बैठा है, सोते हुए दर्शाया गया है, जिसे सांसारिक या भौतिक जगत कहते हैं। और इसी विषधर यानि भौतिक संसार से सजग भी रहते है, इसलिए ये एक हाथ को सिर के नीचे रख उसे खड़ा रखते हैं, चूँकि विष्णु की गति ऊपर की ओर है। इस तरह यहाँ विष्णु के बाहर विष बताया गया है, और उधर शिव के भीतर। इसलिए ये माना गया है कि ये दोनों ही ब्रह्मा द्वारा बनाई सृष्टि शोध का ध्यान बराबर रूप से रखते हैं और उसके लिये कर्म करते हैं। चूँकि विष्णु हर अणु में बसता है, अतः विष में भी है। इसलिए इन दोनों को विष रंग दर्शाने के लिए नीला दिखाया गया है, जो कि प्राकृतिक रंग है। यहाँ एक बात और है, कि यदि विष्णु दायीं करवट लेटे हैं, तो वो कर्म को धर्म मान रहे हैं और बायीं करवट लेटे हैं मतलब धर्म को कर्म। और जब धर्म ही कर्म माना जाता है, तब दुनिया में आतंक फैलता है, क्योंकि धर्म का अर्थ है ध्यान और विष्णु गुण

को संसार की सेवा करने उसका पालन–पोषण करने की कला दी जाती है, जो कि शरीर है, प्रकृति है, सृष्टि है, शिव है, इसलिए इनको सदैव सजग रहना होता है।

मिश्रण के नियम के अनुसार इनके मन में शिव और पेट से ब्रह्मा है, यहाँ इनकी लेटी हुई अवस्था बताती है कि इनके भीतर दोनों ही समान हैं, कोई भी ऊपर–नीचे नहीं है। और तब ब्रह्मा इनके मन से यानि शिव से सम्पर्क करता है तो शिव, विष्णु यानि भौतिक शरीर से उत्तम कर्म करवाते हैं, और ब्रह्मा मन से संपर्क नहीं करता तो शरीर अनैतिक कार्यों में लग पतन की ओर अग्रसर हो जाता है", इस पर परवानाली तुरंत बोला, "शरीर तो शिव है फिर विष्णु कैसे?", आसमानी कुछ क्षणों के लिए चुप रही लेकिन परवानाली की आँखें कह रहीं थीं कि वो इस रहस्य में अगर उलझ गया तो हो सकता है वो इनके भेद को गलत दिशा दे दे, तब आसमानी बोली, "शिव यदि सृष्टि है तो विष्णु के मन में उस सृष्टि की देखभाल और उसके पालन–पोषण का ख्याल तो रहेगा, जिससे मन में शिव का होना तय है। और रहा शरीर, तो वो तो नष्ट हो जाता है, बचती है तो ऊर्जा। इसलिए भौतिकता में ना उलझो, शरीर तो बस माध्यम है नैतिक व अनैतिक कर्मो का। जो शिव भी हो जाए या विष्णु। ये तो मात्र मनुष्य की पहचान है, उसका परिचय तो उसके कार्य हैं", कहते हुए उसने पाया कि परवानाली अब भी संतुष्ट नहीं है। इस पर वो बोली, मिश्रण के नियमों के आधार पर, यदि ब्रह्मा और विष्णु शरीर के भीतर हैं तो शरीर शिव है, शिव और ब्रह्मा भीतर हैं तो शरीर विष्णु और शिव और विष्णु भीतर हैं तो शरीर ब्रह्मा"। परवानाली की आँखों में अब एक नई तरावट थी, जिसे देख आसमानी ने आगे कहना शुरू किया, "इस तरह एक और

मिश्रण के नियमानुसार बाहर के शिव को यदि सात मुँह वाले विषधर की तीन कुंडलियों को मान लेवें तो भीतर भी तीन कुंडली हो जाती है और एक कुंडली शरीर खुद। इस तरह कुल सात कुंडली हर शरीर में होती है, जिसे सजग कर वो अपने विष्णु गुण को पा सकता है। इस कुंडली को सजग करने का यंत्र भी शरीर के भीतर ही बताया गया है। इस तरह आदम अपने सातों शरीरों को भी जगा लेता है, तीन भीतर तीन बाहर और एक जो दिखाई दे रहा है। ये सात शरीर होते हैं भौतिक, भावनात्मक, मानसिक, सूक्ष्म या अति लघु, अध्यात्मिक, ब्रह्म और मोक्ष। जब आदम पैदा होता है तब वो भौतिक शरीर पर निर्भर करता है, और उम्र बढ़ने के साथ उसका भावनात्मक शरीर चेतन होने लगता है जिससे वो कर्म करने की श्रेणी में आने लगता है, और फिर अपने कर्मों का स्वयं आंकलन कर अपने मानसिक शरीर को सजग करने लगता है, और अपने कर्मों को अनुभवों के आधार पर अनुकूल दिशा देने लगता है। अधिकतर लोग यहीं पर रुक जाते हैं, किन्तु जब इस शरीर के बाद भी वो अपनी यात्रा आगे जारी रखता है और कर्मों को विराम दे ध्यान को अपनाता है, तो वो अपनी ऊर्जा का साक्षात्कार कर, सूक्ष्म शरीर को चेतन कर, दृष्टा भाव को प्राप्त कर लेता है। ये सूक्ष्म शरीर जीव कल्याण में लग कर प्रकृति से जुड़ जाता है जिससे उसका ब्रह्म शरीर सजग हो जाता है। फिर प्रकृति उसके हर कार्य में उसकी सहायता करती है, और इस तरह अंत में आदम मोक्ष को प्राप्त कर जीवन चक्र से निकल जाता है"। तभी परवानाली बोला, "और जब चाहे तब धरती पर आ सकता है। लेकिन ये दृष्टा भाव क्या है? इसका तो जवाब दे दो.." इस पर आसमानी मुस्कुराई और बोली, "दृष्टा भाव है अपने इस भौतिक शरीर से बाहर निकल कर बाकी के छह शरीरों को

देखना"। तब परवानाली अपनी जगह पर खड़ा हुआ और जहाँ वो सोया हुआ था उस जगह को देखने लगा और आसमानी से पूछा कि "ये दायीं करवट और बायीं करवट का क्या मतलब है?", आसमानी ने उसे आश्चर्य से एक पल देखा कि 'वास्तव में परवानाली अब तक हर बात को समझ रहा है!', फिर उसे अपनी जगह वापस आने का इशारा कर बात पूरी करने लगी, "मिश्रण का एक नियम ये भी है कि शिव और विष्णु जब मिले तो दांया भाग शिव और बायाँ भाग विष्णु हो जाता है, जिसे शिव पुराण व मिश्रण के अन्य नियमो में 'अर्धनारीश्वर' कहा गया है, मतलब आधा शरीर आदमी और आधा औरत"।*

इस पर परवानाली मचल गया और बोला, "क्या मतलब?" आसमानी ने उसके सिर को सहलाया और बोली, "हमे कर्म करने की प्रेरणा स्त्रीत्व भाग से मिलती है, दया, दुःख, ममता इन्हीं का भाव है। और कर्म पुरुषत्व भाग करता है, क्रोध, वीरता, साहस पुरुषत्व का भाव है।

जिस बिंदु पर ये दोनों भाग मिलते हैं वहां से ईर्ष्या, आलस्य, वासना, नफ़रत, हास्य आदि पैदा होते हैं। लेकिन आदम यदि इन सब पर नियंत्रण पा ले तो अद्बुध शांति को प्राप्त करता है। इसलिए मिश्रण के अर्धनारीश्वर नियम के अनुसार शिव दांया भाग मतलब कर्म पर भार होता है, और बायाँ भाग मतलब धर्म पर भार"। परवानाली तुरंत दांयी करवट लेट गया और सुनने लगा। आसमानी उसके इस बचपने पर मुस्काई और उसने आगे कहा, "शिव पुराण के अनुसार शिव गुणी लोगों का हथियार एक त्रिशूल होता है, जिसमें एक शूल के तीन मुँह होते है"। तब परवानाली को वो पूर्वी बुत याद आया जिसके हाथ में तीन मुँह वाला सरिया था। आसमानी ने विष्णु गुणी का हथियार, एक 'चक्र' बताया, तो परवानाली बोला, "हाँ धार दार चक्र से सबके सिर काट दो। तो आसमानी ने तुरंत कहा, "नहीं, चक्र का अर्थ है कि ऐसा चक्कर चलाओ कि बिमारी मरे बीमार नहीं, जैसा कि अभी अबरू देश में कामकाजी को लेकर चलाया था", तो परवानाली खुद को विष्णु समझने लगा और पूछा, "ये तो आदमियों की बात हुई, औरतों का क्या कुछ गुण नहीं होता?" आसमानी ने जोर से कहा, "ये सभी जीवों के बारे में बात हो रही है, औरत और आदमी की नहीं" तब आसमानी ने पाया कि उसके जोर से बोलने से परवानाली का ईश्वरवादी अहम घायल हो गया है और उसने अपनी आवाज़ को धीमे करते हुए कहा, "औरतों के शिव गुण को काली, दुर्गा, सती, उमा, पार्वती आदि नियमो का पालन करना होता है और विष्णु गुणी औरतों को रमा, लक्ष्मी, शोभा आदि गुणों का और यदि कोई स्त्री ब्रह्म गुणी है तो उसे सरिता, सावित्री, गायत्री, सरस्वती आदि गुणों का पालन करना होता है"। फिर एक लम्बी सांस लेकर बोली, "ब्रह्म पुराण के अनुसार ब्रह्मा ही इन दोनों

को संसाधन उपलब्ध करवाता है और बदले में ये ब्रह्मा की मदद करते हैं। शिव प्राकृतिक नियम का रक्षक और विष्णु नैतिक नियम का। इस मदद के नियम से इन तीनों गुणों में भाईचारा बना रहता है और दुनिया की अखंडता। इसके लिए उन्होंने एक सूत्र भी बनाया है, "वसुधैव कुटुम्बकम", मतलब ये पूरी धरती हमारा घर है, जहाँ हमे भाईचारे के साथ रहते हुए एक दूसरे की मदद करनी चाहिए"। यह सुनते ही परवानाली खड़ा हो गया, वो आसमानी की उस ऊँची आवाज़ का भी उत्तर देना चाहता था, जिससे उसके ईश्वरवादी अहम् को ठेस पहुंची थी, और बोला, "क्या तुम इसलिए मेरी मदद कर रही हो?" तो आसमानी ने धीरे से हामी में सिर हिलाया तब परवानाली वहां से गुस्से में चला गया, और आसमानी बोली, "सुन तो लेते शिव गुणियों को किस प्रकार के विष्णु गुणी लोग पसंद आते हैं"।

तभी परवानाली अपनी तलवार लेकर उसके पास आया और उसे आसमानी की गर्दन की ओर एक झटके से चला दिया। आसमानी ने उस तलवार को अपनी दोनों हथेलियों के बीच इस तरह दबा लिया जैसे कोई फूल हो। वो तलवार उसकी हथेली में ऐसे चिपक गयी जैसे उस पत्थर से चिपक गयी थी। परवानाली एक बार फिर अचंभित रह गया। उसने तलवार छोड़ दी और बच्चों की तरह उसके सामने रोने लगा। तब आसमानी ने इशारे से उस तलवार को एक तरफ किया और परवानाली के सिर को सहलाने लगी। परवानाली रोता हुआ उसकी गोद में आया और बोला, "मैं शैतान हूँ, जो अपने ईश्वर पर जुल्म करता रहा"। तब आसमानी ने उसे शांत किया तो परवानाली बोला, "अभी मैंने कौनसा अपराध किया, प्राकृतिक या नैतिक?", इस पर आसमानी बोली,

"प्राकृतिक अपराध वो होता है जो प्रकृति के विरुद्ध हो और नैतिक वो जो नियम विरुद्ध। प्रकृति की रक्षा के लिए कुछ नियम हैं। यदि कोई उन्हें तोड़ता है, तो उसे मृत्यु दंड दिया जाता है, जो कि वध कहलाता है। और नैतिक नियम के विरुद्ध किये गए अपराधों के लिए उस नियम के अनुसार निर्धारित दंड दिया जाता है", परवानाली को अपनी मटके वाली सजा याद आने लगी और वो कांपने लगा। आसमानी ने उसके डर को पहचान लिया और उसके मन को हल्का करने के लिए बोली, "पूर्वी नगर में एक कथा बड़ी प्रचलित है, राम की, सुनना चाहोगे?" परवानाली ने तुरंत हामी भर दी। इस पर आसमानी ने कहना शुरू किया, "चूँकि वहां समय को चार भागों में बांटा गया है, जिन्हें सतयुग, त्रेतायुग, द्वापर और कलयुग कहा गया है। युग दर युग इस धरती पर लोग बढ़ते हैं और समस्यायें भी बढती हैं। तब अलग-अलग पुराणों में अलग-अलग समाधान बताए गये हैं। जैसे कि राम के जीवन का उदाहरण लेते हैं। त्रेतायुग में जो शोध कार्य करते थे उन्हें ऋषि कहा जाता था, जो कि ब्रह्म गुणी लोग होते थे। जब ये लोग अपने शोध करते थे तब कुछ दुष्ट लोग इनके उन शोधों में व्यवधान उत्पन्न करते थे", इस पर परवानाली ने आसमानी से पूछा, "ये दुष्ट लोग कौन होते थे?" तब आसमानी बोली, "ये मिश्रित ब्रह्म गुणी थे, जो कि ब्रह्म गुणियों से ही उत्पन्न हुए थे। चूँकि ब्रह्म गुणी लोग शोध कार्य से जीवन व प्रकृति की हर कला को जानना चाहते थे, तो कुछ शोधों के परिणाम स्वरुप ऐसे लोग भी उत्पन्न हुए जिन्हें दानव कहा गया। ये मानव और पशु के मिश्रण से उत्पन्न एक प्रजाति थी, जिनका शरीर तो इंसानों का था पर गुण पशुओं के। इसलिए इनमें पेट और मन से सोचने की क्षमता तो अधिक थी, लेकिन बुद्धि का उपयोग नहीं कर पाते थे। इनमें शारीरिक क्षमता

अधिक होती थी। अब देव और दानवों में स्वयं को श्रेष्ठ सिद्ध करने की होड़ हो गयी, तब ब्रह्म ऋषियों ने इसका एक उपाय निकाला। उन्होंने उन दोनों, देव व दानव समूहों को जो कि ब्रह्म और मिश्रित ब्रह्म गुणी थे, को अलग–अलग कक्षों में बिठा कर उनके हाथों को एक–एक लकड़ी से बाँधा जिससे वो कोहनी न मोड़ पाएं। फिर वहां भोजन रखा गया और कहा गया कि जो ये भोजन बिना ज़मीन पर गिराए ख़त्म कर देगा वही श्रेष्ठ कहलाएगा..", इस पर परवानाली उठ बैठा और अपनी कोहनी को मोड़े बिना हाथ को मुहं तक लाने का प्रयास करता रहा, पर सफल नहीं हो पा रहा था। तब पस्त हो कर उसने आसमानी से बोला, "ये तो संभव ही नहीं है, बिना हाथ मोड़े भोजन कैसे किया जा सकता है?", तब आसमानी ने कहा, "यही अंतर था, देव और दानव में। दानव उस भोजन को खा नहीं पाए और उस पूरे कक्ष को भोजन फैला कर गन्दा कर दिया। वहीं देवों ने एक युक्ति निकाली और भाईचारे के नियम से एक दूसरे को भोजन करवाया और उनको श्रेष्ठ मान लिया गया। लेकिन इससे दानवों ने खुद को अपमानित समझ, अपने भीतर प्रतिशोध की भावना जलाने लगे और फिर वो ऐसे ही अपनी संख्या को बढ़ा कर ऋषियों से बदला लेने लगे। इस पर परवानाली बोला, "इसमें उनकी भी तो गलती नहीं है। वो तो स्वयं आये नहीं, ऋषियों ने अपने शोध के चक्कर में उनको बना दिया, फिर उनको अपमानित कर छोड़ दिया, तो उनका नाराज होना क्या गलत है?", तब आसमानी ने उसके सिर को धीरे से सहलाया और बोली, "हमे प्रेम से रहना चाहिए। चाहे हम जैसे भी हैं, हमे दूसरों से स्पर्धा का नहीं समर्पण का भाव रखना चाहिए। यही प्रकृति हमे सिखाती है, कि जिस तरह एक वृक्ष अपने फल नहीं खाता, फिर भी हर वर्ष फल उगाता है।

उसी तरह हमें भी दूसरों की निःस्वार्थ सहायता करना चाहिए। साथ ही जिस तरह वृक्ष हर वर्ष अपने पुराने पत्तों को त्याग कर नए पत्ते अपनी शाखाओं पर अंकुरित करता है, ठीक वैसे ही हमें भी अपने पुराने कर्मों को त्याग कर आगे बढ़ना चाहिए"। थोड़े समय के मौन के बाद परवानाली ने पूछा, "तब उन दानवों का क्या हुआ?", आसमानी उसी भाव में कहती रही, "उनका भी मार्दर्शन करने के लिए एक विष्णु गुणी ने ब्रह्म गुणियों के शोधों का सदुपयोग करते हुए एक पशु से ऐसी संतान पैदा की जो दिखने में दानव था, पर उसके गुण देवों जैसे रख उन दानवों को बुद्धि का उपयोग करने की प्रेरणा दी"।

"फिर" परवानाली ने तुरंत सवाल किया तो आसमानी बोली, "फिर दानव बुद्धि का भी प्रयोग करने लगे, लेकिन अपनी आदतों को बदल न सके, क्योंकि उनकी बुद्धि में विष्णु और मन में ब्रह्मा होते हैं, और दोनों की दिशा गति के कारण वो अपनी इन्द्रियों पर काबू न कर सके, जिनका केंद्र मन होता है, जो कि चंचल होता है और फिर बुद्धि की ताकत भी उस आतंक में जुडती चली गयी"। ये कह कर आसमानी शांत हो गयी। परवानाली भी सोच में डूब गया। उसे भी अब अपने किये पर शर्मिंदगी हो रही थी। वो आसमानी से नजरें नहीं मिला पा रहा था। आसमानी बिस्तर पर बैठी–बैठी झरोखे से बाहर आसमान में चमक रहे सात सितारों को देखने लगी।

कुछ देर बाद परवानाली ने आसमानी से कहा, "फिर उन ऋषियों का क्या हुआ, जो आतंक से अपने शोधों को बचाना चाहते थे?", इस बात के साथ आसमानी मुस्कुराई और बोली, "तब ये ऋषि, शिव गुणी या विष्णु गुणी लोगों से मदद लिया करते थे। ये लोग अपने–

अपने तरीके से इनकी सहायता भी करते, पर आतंक समाप्त ही नहीं हो रहा था। तब इन्होंने एक पूर्ण विष्णु गुणी की खोज करना आरम्भ किया, क्योंकि पालन–पोषण का काम विष्णु गुण में आता है। तब उन्होंने खोजा एक विष्णु गुणी राजा, जिसका नाम था दशरथ। जिसका कुटुंब सदा से ही ऋषियों की मदद करता आया था। लेकिन दशरथ की उम्र हो चुकी थी और उसके तीन–तीन रानियाँ होते हुए भी कोई संतान नहीं थी", इस पर परवानाली ने आश्चर्य से पूछा, "तीन विवाह?" तो आसमानी बोली, "एक पत्नी बुद्धि से संबंधित, दूसरी मन से और तीसरी पेट से। पर फिर भी वो संतान पैदा नहीं करना चाहता था क्योंकि एक शिव गुणी साधू ने उसको श्राप दिया था कि वो संतान के वियोग में मरेगा। इसलिए वो इस डर में संतान ही पैदा नहीं कर रहा था और अपना जीवन ऋषियों और साधुओं की सेवा में लगा दिया था। वो उस श्राप का पश्चाताप कर रहा था, या यूँ कहो कि वो उस बात को झुठलाना चाहता था"। तब परवानाली ने पूछा, "श्राप–पश्चाताप, भला किसी के कहने से कुछ होता है?" तब आसमानी बोली, "जब तुम्हारे कहने से इतना कुछ हो सकता है, तो वो तो शिव गुणी थे। वो जंगल में रहते ही इसलिए थे कि वो विष उनके गले से बाहर न आ जा और तब हुआ भी वैसा ही"। परवानाली चुप–चाप जहाँ था वहां लेट गया, तब आसमानी ने कहना जारी रखा, "इसको वो लोग सिद्धि कहते हैं, कि मन को भटकाव से बचा, एकाग्र कर बुद्धि पर लगा दो, जिससे बुद्धि को इतना चेतन कर लो कि कितनी ही बड़ी बात क्यों न हो उसे पल भर में हल कर दिया जाए। क्योंकि बुद्धि ही शरीर में एक मात्र पञ्च धातुओं का शुद्ध सम्मिश्रण है और यहीं से भगवान सोचते है। इसलिए जब वो सारे ऋषि दशरथ के पास आए तो दशरथ ने उन्हें अपनी व्यथा बताई,

साथ ही वो उन ऋषियों की सहायता भी करना चाहता था, लेकिन उम्र हो जाने के कारण वो पूर्ण रूप से उनकी सहायता नहीं कर पा रहा था। तब ऋषियों ने ही इसका उपाय भी निकाला और दशरथ से एक बच्चे को पैदा कर उसे उनकी सहायता में देने को कहा। दशरथ इस नेक काम में अपने श्राप के भय को मन से निकाल कर उनकी सहायता को भी तैयार हो गया, लेकिन उम्र हो जाने के कारण बच्चे पैदा करने में सक्षम नहीं था। तब ऋषियों ने इसका भी हल निकाला और उसे एक औषधी देकर कहा कि 'जो रानी अधिक पात्रता रखती हो ये औषधी उसे दे देना'। लेकिन यहाँ भी दशरथ दुविधा में फंस गया। वो तीनों ही रानियों से बराबर प्रेम करता था, क्योंकि वो तीनों ही उसकी हर काम में सहायक की महत्वपूर्ण भूमिका निभाती रही थी। तब ऋषियों ने उन तीनों रानियों को ही औषधी दे दी, जिससे रानियाँ गर्भवती हो गयी। तब उन्होंने उनका गर्भ संस्कार किया, जिसे गर्भ नियम कहते हैं, कि ये गुण बच्चे में शुरू से किस तरह आते हैं। जब बच्चा नौ माह तक माँ के गर्भ में रहता है तो वो निर्वात में होता है, जैसे क्षीर सागर में विष्णु, जैसे अनंत ब्रह्माण्ड में कोई जीव वाली धरती। इस समय वो जो सीखता है, वही दुनिया में आकर करता है। यदि कोई माँ इस समय कुछ नहीं करती, कुछ नहीं सीखती, तो उसकी संतान मनोरोगी हो जाती है। इसलिए यहीं से संतान की शिक्षा आरम्भ हो जाती है। तब दशरथ जो कि ऋषियों और साधुओं की सेवा में अपना जीवन बिता रहा था, की रानियाँ भी उसके इस काम में उसकी मदद कर रही थीं, और ऋषियों ने उसे बताया कि 'साधुओं का कहना है कि जिस बच्चे में त्याग की भावना अधिक होगी वही पूर्ण विष्णु गुणी होगा और इस आतंक से देश व दुनिया को बचाएगा और शोध कार्य व मानव समृद्धि को अगले युग के आने तक

सुरक्षित कर देगा। वही सदियों तक पूर्ण विष्णु गुणी के नाम से जाना जाएगा और साधुओं ने यह सब पिछले युग जिसे सतयुग कहते हैं के अनुभवों के आधार पर कहा है, क्योंकि उस युग में जिसने सबसे ज्यादा त्याग किये थे वही प्राकृतिक धर्म की सही परिभाषा स्थापित कर विजेता कहलाया था, 'राजा हरिश्चन्द्र'। इसलिए 'त्याग की शक्ति ही हर समस्या का समाधान है' और दशरथ ने बिलकुल वैसा ही किया । इस पर परवानाली ने आसमानी से पूछा, "तो क्या तुम यहाँ त्याग कर रही हो?" आसमानी बोली, "सुनो... और बोलो नहीं" और फिर आगे कहना जारी रखा, "तीनों रानियों को गर्भ संस्कार के साथ त्याग की शिक्षा-दीक्षा दी जाने लगी। इन तीनों में जो सबसे बड़ी रानी थी, उसके हिस्से त्याग की भावना अधिक आई, क्योंकि वो सबसे बड़ी थी, बड़ा मन उसी को रखना था। चूँकि औरतों के विष्णु गुण में रमा नियम के अनुसार मन में या तो शिव होते हैं, या विष्णु रहते हैं, और ये दोनों ही ऋषियों व साधुओं की मदद करते हैं", 'रमा' नाम सुनते ही परवानाली थोड़ा विचलित हुआ, उसे समझ नहीं आया कि इस नाम का उससे क्या संबंध है, लेकिन एक बैचेनी ने उसे घेर लिया। आसमानी उसकी इस बैचेनी को भांप गयी और आगे कहने लगी, "बीच वाली रानी अपनी दासी के साथ समय ज्यादा बिताती थी, जो कि उसके मायके से आई थी, इसलिए वो अधिकतर अपने ससुराल और मायके में ही उलझी रहती थी और उसका मन चंचल होने लगा था। लेकिन त्याग की बात आने पर वो बड़ी रानी से पीछे नहीं रहती थी, और अपने मन को बुद्धि पर लगा देती थ। चूँकि शिव गुण के उमा नियम के अनुसार...", वो आगे कुछ कहती इससे पहले ही परवानाली ने उमा शब्द सुनते ही बिस्तर छोड़ दिया और उसके एक किनारे आकर बैठ

गया, जहाँ झरोखे से चाँद की गैरमौजूदगी में भी उसकी रोशनी कक्ष में आ रही थी, साथ ही आसमान में सात तारे टिमटिमा रहे थे और वो बुदबुदा रहा था, "उमा...! ये नाम मैं जानता हूँ, लेकिन कैसे? और रमा.....", वो बहुत बैचैन हो रहा था। आसमानी उसे अपनी जगह से देख रही थी कि एकाएक उसे अपने पेट में हलचल महसूस हुई। उसने अपने पेट को सहलाया और आगे बोली, "...यदि मन में विष्णु और बुद्धि में ब्रह्मा हो तो विष्णु को ब्रह्मा पर लगा देना चाहिए, क्योंकि ब्रह्मा–विष्णु के मिश्रित गुण के नियम से कहें, तो अगर ब्रह्मा सवाल उत्पन्न करता है, तो हर सवाल का जवाब तलाशने के संसाधन भी वही रखता है। इसलिए दूसरी रानी सोचने लगी थी कि त्याग ही उसके बेटे को राजा और पूर्ण विष्णु गुणी बना सकता है। और तीसरी रानी का मन इन दोनों बड़ी रानियों पर था, क्योंकि इन दोनों के त्याग का प्रसाद इसी को मिलता था। इसलिए वो भी इन दोनों के लिए अपनी सेवाओं से अपने समय, सुख, सुकून का त्याग करती और बड़ी रानी के साथ नगर की सेवा में लगी रहती या बीच वाली के साथ उनकी बातों में उनके मायके घुमती रहती, क्योंकि ब्रह्म गुणी औरतों के सरिता नियम के अनुसार उन्हें शिव और विष्णु दोनों का ही ध्यान रखना है चाहे वो किसी भी मिश्रण में हों। इस तरह तीनो रानियां त्याग की प्रतिमूर्ति बन गयी। फिर तीनों ने बच्चों को जन्म दिया, तो बड़ी रानी के राम हुए, बीच वाली के भरत और सबसे छोटी के दो बेटे हुए, एक लक्ष्मण और दूसरा शत्रुघ्न।

इनमें राम रोज अपने नगर का भ्रमण करता, वहां की जनता के दुःख सुनता, फिर अपने पिता दशरथ से साझा कर उनको दूर करने के उपाय करता। भरत अपने ननिहाल ही अधिक रहता। इधर लक्ष्मण राम

के साथ और शत्रुघ्न भरत के साथ। क्योंकि लक्ष्मण बड़ा था शत्रुघ्न से, इसलिए राम के साथ त्याग करने की जवाबदारी पहले उसकी आ जाती थी और शत्रुघ्न अपने भाई भरत के साथ ही रहता, चूँकि तीसरी रानी का मन दोनों ही रानियों पर था।

जब ऋषियों को यह ज्ञात हुआ कि चारों बेटे अब सयाने हो गये हैं, तो वो दशरथ के नगर आये। तब उन्होंने वहां नगर के लोगों से बात की, तो सभी राम की तारीफें करने लगे, कि 'वो उनके लिए दुखी होता है और उनके दुःख दूर भी करता है', ये सुन कर ऋषि दशरथ के पास गये और आतंक को समाप्त करने के लिए राम को ही मांग लिया। तब दशरथ का एक ही सहारा था, राम। उसे वो भी जाता दिखाई दिया, उस शिव गुणी साधू के श्राप रूप में। इससे वो परेशान हो कर बीमार हो गया और अधिकतर बीमार ही रहने लगा। राम अपने भाई लक्ष्मण के साथ वहां से उन ऋषि के साथ चला गया..."। ये कहते–कहते जब आसमानी ने परवानाली की ओर देखा तो वो सो चुका था, तब आसमानी ने अपने पेट पर हाथ फेरा और बोली, "यही वो पूर्ण विष्णु गुणी होता है, जिससे ब्रह्म गुणी मदद लेते हैं और शिव गुणी जिनसे प्रेम करते हैं। इन गुणों के आधार पर ही इनका मनोविज्ञान और शरीर विज्ञान है। इन तीनों में कई विषमताएं होने के बावजूद कई समानताएं भी हैं, "प्रेम"। कहते–कहते आसमानी ने अपनी आँखे बंद कर ली। तभी परवानाली की ऑखें खुली और बोला, "क्या हुआ?" आसमानी ने आँखें खोल झरोखे से बाहर देखा जहाँ सात तारे टिमटिमा रहे थे, और बोली, "माँ की याद आ गयी थी"। परवानाली को एहसास हुआ कि 'आसमानी माँ बनने वाली है'। उसने उठ कर आसमानी को देखा, उसकी एक आंख से अब भी पानी बह रहा था, उसने

उसे अपनी हथेली से पोंछा। फिर धीरे से उसे अपने सीने में भरा और बोला, "मैं अपने बेटे का नाम राम रखूँगा" तभी आसमानी ने उसके मुंह पर हाथ रखा और बिस्तर पर एक तरफ सिमट कर लेट गयी। तब परवानाली बोला, "नहीं राम नहीं, वरना कहीं वो भी हमे छोड़ कर न चला जाए और हम दोनों ही उसकी याद में बीमार न हो जाए, क्योंकि इसमें तो अब हमारी जान बसती है। इसलिए हम इसे अपनी जान कह कर पुकारेंगे। ईश्वर के बेटे की जान, अबरू देश के बेटे की जान, परवानाली और आसमानी की जान" ये सुनते–सुनते आसमानी धीरे–धीरे उठ रही थी। उसके चेहरे पर फिर से तटस्थता आ रही थी। तब परवानाली ने कहा "अब तुम्हें आराम करना चाहिए। अपने लिए नहीं तो हमारी जान के लिए। बाकि की कहानी, कल सुनेंगे"। ये कह कर उसने आसमानी के माथे को हौले से अपनी गोद में रखा और उसे सहलाने लगा। आसमानी एक सुकून भरी गहरी नींद में सो गयी।

घटनांक - 5

अगले दिन परवानाली अपने ऊँचे मंच पर खड़ा हुआ आवाम से रू–ब–रू हो रहा था। वो उन सभी की तकलीफ़ें पूछ रहा था, कि “क्या अब उन्हें इस परवीन कानून से कोई दुःख तो नहीं?” तब सभी लोगों ने ईश्वर के बेटे के नाम के नारे लगा कर ये बता दिया कि वे इस कानून से अब संतुष्ट हैं और अगले सन्देश की गुहार करने लगे। तब परवानाली ने उन्हें हर काम से एक दिन की राहत देते हुए कहा, “आज का दिन सब आराम करेंगे”। ये कहते ही उसे कुछ याद आया। वो जिस स्थिति में था उसी स्थिति में खड़ा हो गया। उसने सभा को बर्खास्त करने का आदेश दिया और जाने लगा, तभी भीड़ में फुसफुसाहट शुरू हो गयी। तब वो पलटा और अपनी एक भौंह को तानते हुए बोला, “लेकिन प्रार्थनाघर खुले रहेंगे”, ये कह कर वहां से चला गया। अब भीड़ में एक सन्नाटा छा गया।

परवानाली तेज क़दमों से अपने महल के द्वार से भीतर जा ही रहा था कि पीछे से एक आवाज़ आई। परवानाली ने पलट कर देखा तो वहां आवारा अपना सिर झुकाए खड़ा था। उसे देख परवानाली के चेहरे पर एक मुस्कान बिखर गयी। उसने आवारा से आने का कारण पूछा तो आवारा ने कहा, “आज मैं अपने ईश्वर के बेटे को अपना गवाह मान कर ही अपनी प्रार्थना करना चाहता हूँ, कि आज से मेरी सभी सांसे केवल अपने ईश्वर और ईश्वर के बेटे के लिए दुआएं करती रहेंगी”। इस पर परवानाली बोला, “मैं जानता हूँ आवारा, तुम्हें ये कहने की आवश्यकता नहीं।

लेकिन तुम मेसोतामी नगर से कब आये, और आने का कोई विशेष कारण?" तब आवारा ने सियोलूपा के शोधालय की ओर इशारा करते हुए कहा, "मुझे सियोलूपा ने ही किसी शिल्प से संबंधित काम के लिए बुलाया है। उन्हें अफ़सोस है कि हम वो बुत नहीं बना पाए जो ईश्वर को सुकून दे सके"। इस पर परवानाली के चेहरे का रंग फीका होने लगा, उसकी भवें तनने लगीं और वो बोला, "बुत की प्रार्थना कमज़ोर करते हैं। परवीन कानून कमज़ोरों का कानून नहीं है"। परवानाली की आँखों में आवारा अपनी मुर्खता की छवि देख डर गया कि कहीं उसने परवानाली को नाराज़ तो नहीं कर दिया। उसने तुरंत परवानाली के पैरों को पकड़ लिया और बोला, "मेरा उद्देश्य अपने बादशाह को ज़रा भी नाराज़ करने का नहीं था। फिर भी मेरे बादशाह को दुःख पहुंचा, उसके लिए मुआफ़ी चाहता हूँ"। परवानाली ने उससे अपने पैरों को छुड़वाया और उसकी इस कृतज्ञता के लिए उसे अपनी मुस्कान का तोहफा देकर उसके साथ सियोलूपा के कक्ष तक जाने लगा। इस पर आवारा बोला, "मेरे ईश्वर मेरे बादशाह मुझे इतना मान दे रहे हैं, ये मेरे लिए सौभाग्य की बात है। क्योंकि मैंने देखा था, जब आप जनता से रू-ब-रू हो रहे थे तब आप किसी बात को याद कर तुरंत अपने महल में जा रहे थे"। परवानाली की हंसी फूट पड़ी और बोला, "मैंने मेरे जीवन में इतनी मीठी बातें करने वाला आदनी आज तक नहीं देखा। चलो, मैं तुमसे नाराज़ नहीं हूँ। मैं जहाँ जा रहा था वहां बाद में चला जाऊंगा पर अभी तुम्हारे साथ सियोलूपा से मिलता हूँ, बहुत दिनों से उनसे भी मुलाकात नहीं हो पाई है", कहते हुए वो शोधालय की ओर बढ़ गया, और पीछे-पीछे आवारा भी।

अपने भवन में सियोलूपा एक पत्थर को घिस रहा था, जिसे देख

परवानाली ने हँसते हुए कहा, "दिया सिलाई के दौर में तुम अब भी पत्थर घिस रहे हो?", सियोल्लूपा ने परवानाली के इस तरह अचानक आने का कारण जानना चाहा तो उसके पीछे आवारा को देख माजरा समझ गया और बोला, "हमे अपनी जड़ों को नहीं भूलना चाहिए"। फिर आवारा को इशारा कर अपने पास बुलाया और उसे वो पत्थर दिखाते हुए बोला, "इसी पत्थर को पैंतीस डिग्री उत्तर से, और तीस डीग्री दक्षिण से तराशना है, लेकिन याद रहे एक सूत भी ऊपर नीचे नहीं, अन्यथा समय गणना गलत हो जाएगी"। परवानाली को अपनी भूल का अहसास हुआ। उसने सियोल्लूपा से माफ़ी मांगने वाले लहजे में कहा, "मुझे पता नहीं था कि आप अभी व्यस्त हैं, वरना मैं आपको यूँ परेशान ना करता। आप कृपया अपने काम को अंजाम देवें जिसके लिए आपने आवारा को यहाँ बुलाया है"। वह जाने लगा, तभी आवारा दौड़ कर एक वाहन के पास गया जो कि अभी शोधालय में तैयार हो रहा था, ये पुराने वाहनों से भिन्न था। वह बोला, "क्या हमने रेगिस्तानों में दौड़ने वाला जहाज बना लिया?", ये सुन परवानाली के जाते कदम कुछ पल को ठहर गये। वह पलट कर बोला, "सियोल्लूपा तुम्हें अपने नए शोध की बधाई। इसका परिक्षण हम जल्दी ही करेंगे, लेकिन अभी मुझे आसमानी से मिलना है, क्योंकि उसे इस समय मेरी ज्यादा ज़रूरत है"। ये कहता हुआ वो अपनी ही धुन में वहां से रवाना हो गया, जिसे देख सियोल्लूपा चकित रह गया। उसने परवानाली का ये रूप पहली बार देखा था। उसके चेहरे पर मुस्कान बिखर गयी, जिसे देख आवारा भी मुस्कुरा दिया।

सांझ का सूरज अपनी विरासत चाँद को सौंप कर अपनी लालिमा बिखेरता हुआ, पूरी तौर पर जा चुका था और चाँद भी उस

लालिमा को हौले–हौले विदा कर चांदनी को बुलाने की तैयारी कर रहा था, जहाँ आसमान से पंछी भी घोंसलों में वापसी कर रहे थे और परवानाली तेज–तेज क़दमों से अपने कक्ष की ओर बढ़ रहा था। परवानाली जैसे ही अपने कक्ष के द्वार पर पहुंचा एक हवा का झोंका वहां से गुजरा, जिसने उसके और कक्ष के बीच में लटक रहे परदे को रास्ते से हटा दिया। तब परवानाली ने भीतर आते हुए पाया कि 'आसमानी चिराग रोशन कर रही है। हवा के इन झोकों से उसकी दिया सिलाई को रत्तीभर भी फर्क नहीं पड़ रहा था, मानो ये हवा भी किसी ने इसीलिए चलायी थी कि बस परवानाली के मार्ग में कोई बाधा न आये'। वो उसके पास गया और पूछा, "तुम्हें पता कैसे चल जाता है कि मैं आ रहा हूँ?" आसमानी हल्के से मुस्काई और बोली, "पति वही होते हैं जो सही समय पर घर आ जाते हैं"। फिर उसने झरोखे से बाहर इशारा किया जहाँ लालिमा अपने आँचल को समेट कर सूरज के पीछे–पीछे जा रही थी और धीरे–धीरे चांदनी अपना तारों से भरा आँचल फैलाकर चाँद के करीब आ रही थी। फिर आसमानी ने अपने हाथ में पकड़ी उस दिया सलाई को अंतिम चिराग जला कर बुझाया, उसे वहीं चिरागों के नीचे रख परवानाली के पास आई और उसे अपने साथ बिस्तर पर ले गयी। इस पर परवानाली बोला, "तुम हमेशा मुझे पकड़ कर बिस्तर पर ले आती हो। मेरा भी मन होता है, तुम्हारे साथ मुंडेर पर बैठने का, गलीची में घुमने का, झरोखे पर खड़े रह कर रात की आवाजें सुनते हुए चाँद को ताकने का। पर तुम सीधा ला कर बैठा देती हो बिस्तर पर", तब आसमानी बोली, "एक पत्नी का पहला कर्तव्य होता है, जब पति घर आ जाए तो उसकी थकान मिटाए। और पतियों को शारीरिक पीड़ा के अतिरिक्त होता ही क्या है?", तब परवानाली बोला,

"होती है, मन की पीड़ा"। आसमानी ने उसे ध्यान से देखा, उसका चेहरा आज बाकी दिनों के मुकाबले गुलाबी दिख रहा था, जिसे देख आसमानी के गालों पर भी एक गुलाबी मुस्कराहट छा गयी और बोली, "पतियों के पास मन भी होता है, ये आज मालूम चला"। फिर परवानाली को तीन इच्छाएँ याद दिलाते हुए बोली, "ये तुम्हारी दूसरी इच्छा है, पहली इच्छा बुद्धि की थी और बुद्धि पेट से जुड़ी रहती है और पेट पूरे शरीर का केंद्र। इसलिए पहले शरीर की पीड़ा दूर की। अब मन की पीड़ा है, तो चलो, मैं चलूंगी, जहाँ तुम्हारा मन ले चले"। इस पर परवानाली बोला, "नहीं, आज वहां ले चलो जहाँ तुम्हारा मन चाहता है", आसमानी ने परवानाली का हाथ पकड़ा और उसे झरोखे पर ले गयी जहाँ अब चांदनी रात खिल रही थी। वहां खड़े दोनों एक दूसरे को निहार रहे थे। उस चांदनी रात में आसमानी के पास खड़ा परवानाली उसी की तरह किसी फ़रिश्ते सा लग रहा था। वो दोनों एक दूसरे को सहला रहे थे। तभी परवानाली ने अपने हाथ से उसके माथे को सहलाते हुए उसके गालों को छुआ और उसकी उंगलिया आसमानी के होठो पर आकर रुकी और वो बोला, "फिर?", आसमानी के माथे पर एक हल्की सी लकीर खिंची और बोली, "फिर?", तब परवानाली बोला, "फिर, कल की बातों को अंजाम तक पहुँचाओ न।" ये सुनते ही आसमानी मुस्काई, और उसके माथे को सहलाते हुए बोली, "फिर तो माँ की याद आ गयी थी न"। इस बात पर परवानाली झेंप गया और सोचने लगा, कि "हाँ उसने तो कभी उसके बारे में पूछा ही नहीं, उसे तो बस इतना पता है कि ये एक पुजारी की बेटी है जो शिव गुणी होते हैं, इसके आगे तो वो कुछ जानता ही नहीं"। परवानाली ये सोच ही रहा था कि आसमानी बोल पड़ी, "चलो छोड़ो ! कहो क्या सुनना

चाहोगे?" तब परवानाली बोला, "तुम्हें, तुम कौन हो?" आसमानी ने हलके से उसके माथे को चूमा और बोली, "कल तक मैं एक बेटी थी, बहन थी, फिर दासी हुई, अब पत्नी, कल मैं माँ हो जाऊंगी। फिर आगे तुम्हारी और इस बच्चे की इच्छा कि मुझे और क्या-क्या बनना है?", परवानाली की आँखे नम हो गयी और उसने आसमानी को अपने सीने में भर लिया और बोला, "कुछ अपनी माँ के बारे में बताओ, मैं तो अपनी माँ को ठीक से देख ही नहीं पाया। उसके बदले इन आँखों ने वो सब देखा जो शायद एक बच्चे के सामने नहीं होना चाहिए"। आसमानी ने उसके सीने से चिपके हुए ही कहा, "माँ धूप होती है, जो कभी भेद नहीं करती अपने बच्चों में, जो बच्चों की आँखें हो जाती है, माँ हवा है जो हमेंशा साथ रहती है, माँ पानी है जो जीवन देती है एक बीज को, माँ आकाश है जो हमेशा अपने बच्चे के सिर पर साया बन कर रहती है, माँ धरा है जो हमेशा अपने बच्चे को संभाले रखती है। माँ वो है, जिसकी छाती से बच्चा चिपका रहता है और नाभि से जुडा होता है...", तभी परवानाली बच्चों सा बोला, "वैसे ही जैसे विष्णु और ब्रह्मा"। आसमानी हलके से मुस्काई और बोली, "हाँ, ब्रह्म पुराण के अनुसार विष्णु माता और शिव पिता"। तब परवानाली ने पूछा, "ये किताबें लिखी किसने है?" इस पर आसमानी उससे अलग हुई और बोली, "न जाने किसने लिखी है। कोई कहता है, साधू महात्माओं ने लिखी है, कोई कहता है आकाश से टपकी है, तो कोई कहता कि इन तीनों प्रकार के पहले मानवों ने अपनी जीवनी लिखी है"। यह कहकर वह आसमान की ओर सात तारों को देखने लगी। परवानाली ने आश्चर्य से पूछा, "क्या मतलब, धरती के पहले मानव ये तीन थे?" तब आसमानी आकाश में ही देखते हुए बोली, "ऐसा ही समझ लो, या यूँ समझो कि यही

वो पहले मानव थे जिनकी बुद्धि जाग गयी और जब पहली बार इन तीनों ने एक दूसरे को देखा, तो खुद को यहां लाने वाले को ढूंढने लगे, अपने यहाँ आने का कारण ढूंढने लगे और जब कोई न दिखा तो इन्होंने आपस में एक दूसरे से पूछा कि 'उसे वहां लाने वाला उनमें से कोई है क्या?' जब तीनों ही इस बात से मुकर गये तो तीनों ने आपस में तय किया कि जब वे एक दूसरे को वहां नहीं लाये, तो उन्हें लाने वाले के बारे में वो एक बार अपने आप से ही पूछ लें कि वो किसके कहने पर यहाँ आये हैं या कौन उन्हें यहाँ छोड़ गया? और तीनों ही अंतर्ध्यान हो गये।

अंतर्ध्यान होकर उन्होंने खुद को पहले खुद के द्वारा लाया गया समझा तो उससे कुछ चीजें निकल कर आई, जिससे अलग नियम बने। फिर उन दोनों में से किसी एक द्वारा लाया गया माना तो अलग नियम बन गये। फिर उन दोनों के द्वारा ही लाया गया माना, तो और अलग नियम बन गये, जिनको अलग-अलग पुस्तकों में लिख लिया। जब इन तीनों ने अपना उल्लेख एक दूसरे के सामने किया तो कुछ बातें समान निकली, तो उन्हें एक अलग पुराण की सूरत दे दी, जिसे भविष्य पुराण के नाम से जाना जाता है। कहते हैं कि जो कुछ धरती पर हो रहा है, वो पहले से ही उस पुस्तक में लिखा हुआ है"। तब परवानाली का सिर चकरा गया और बोला, "मुझे कुछ समझ नहीं आ रहा, किसी और तरीके से समझा सकती हो?" तब आसमानी ने उसे देखा और बोली, "एक कहानी सुनो, यूँ समझो कि सात आसमान ऊपर से, जहाँ पिता रहते हैं, उन्होंने एक आदमी और एक औरत को धरती पर कुछ दिन के आराम के लिए भेजा, क्योंकि वो वहां ईश्वर की बहुत सेवा करते थे। जब वे धरती पर आये, तो एक विषधर वहां आया और उन्हें एक पेड़ पर लटक रहे फल को खाने

बोला। उन्होंने वो फल खाया तो उन्हें याद आया कि पिता ने उस फल को खाने से मना किया था, क्योंकि फल खाते ही पेट को आकार मिल गया, जो कभी भरता ही नहीं। तब पिता वहां आये और उन्हें धरती पर ही रहने का श्राप दे दिया। उन दोनों ने अपनी भूल के लिए पिता से माफ़ी मांगी, तब बड़े दिल वाले पिता ने उन्हें माफ़ करते हुए कहा कि वो अपनी गलती की सजा पूरी कर वापस उसके दरबार में आ सकते हैं, लेकिन इस फल के जो बीज हैं वो इस धरती पर ही छोड़ कर।यह कहकर वो वहां से चले गये। तब उन दोनों को एक बच्चा हुआ। उस बच्चे ने अपने आने का कारण पूछा। उसने पूछा कि 'उसे कौन लाया? वो कौन है?' तब उन दोनों ने उसे समझाया कि वो उस फल को खाने से हुआ है। लेकिन इस बात पर उस बच्चे को शंका हुई और उस बात को समझने के लिए कई वर्षों तक इसके शोध में लग गया और इसके विज्ञान को समझने लगा। जिससे उसकी बुद्धि के चार भाग हो गये। एक उसकी खुद की, एक उस आदमी की, एक औरत की और एक अज्ञात, जो शायद उन तीनों से मिलता जुलता है। वो बच्चा एक पुस्तक लिखता है और उसका वर्णन बाकी की पुस्तकों में करता है"।

परवानाली को कहानी अच्छी लगी और उसकी आँखें धीरे-धीरे बंद हुई और वो बुदबुदाते हुए बोला, "अच्छा...! आदमी और औरत की लड़ाई है", आसमानी धीरे से मुस्काई और उसे ठीक से बिस्तर पर लाकर लिटा दिया।

लगभग एक पहर बीतने के बाद परवानाली की आँख खुली तो उसने आसमानी को झरोखे पर पाया। वो आकाश में सात तारों को ही निहार रही थी और झरोखे के जिस कोने में जहाँ परवानाली उस वक़्त

खड़ा था उसे सहला रही थी। तभी परवानाली धीरे से वहां गया और उस जगह खड़ा हो गया, आसमानी का हाथ वैसे ही उस पर चलने लगा। तभी परवानाली बोला, “ऐसी कितनी किताबें होंगी?” आसमानी का हाथ रुक गया और अपनी दुनिया से निकल परवानाली की दुनिया में आई। वो चिरागों के पास गई और उन्हें एक–एक कर बुझाती हुई बोली, “जितने इस धरती पर जीव हैं उतनी”। परवानाली की आँखे आश्चर्य से फट गयी। वह बोला, “इतना सारा शोध का खज़ाना?”, वो कक्ष में टहलने लगा और सोचने लगा। वो खुद में बुदबुदाने लगा। उसके पैर और उसकी बुदबुदाहट की गति पकड़ी नहीं जा सकने वाली हो चुकी थी। आसमानी चिरागों को बुझाते हुए तिरछी निगाहों से उसी को देख रही थी और खुद भी बुदबुदा रही थी कि “गति नीचे न हो...गति नीचे न हो...” उसके माथे पर पसीने की बुंदे उन चिरागों की मंद पड़ती रोशनी में भी साफ़ तौर पर देखी जा सकती थी, कि एकाएक परवानाली आसमानी के पास आकर बोला, “मुझे वो किताबें चाहिए”। आसमानी का मुँह यकायक खुला और खुला ही रह गया। परवानाली ने उसे झिंझोड़ा तो वो होश में आई और एक चिराग के पास आकर रुकी। वो रात के उस सन्नाटे को सुनने लगी, जिसकी धुन खो चुकी थी और एक अजीब कराह उस सन्नाटे की कोख में पलने लगी थी। वो अपनी धड़कनों को सुन पा रही थी जो कि उस कराह का घर बनती जा रही थी। उसने अपने–आप को संभाला, फिर धीरे से चिराग को बुझाती हुई बोली, “ये तुम्हारी तीसरी इच्छा है”। परवानाली ने तुरंत जवाब दिया, “हाँ ये मेरी तीसरी इच्छा है”। आसमानी बोली, “तीसरी इच्छा की शर्त है”। परवानाली ने बोला, “मुझे हर शर्त मंजूर है”। तब आसमानी ने उसके हाथ को अपने हाथ में रखा, उसके एकदम

करीब आई और नम आवाज़ में बोली, “या तो वो किताबें या ये किताब”। ये सुन परवानाली सन्न रह गया। उसके चेहरे पर अब कोई भाव ही नहीं बचा था। उसने अपने हाथ को उसके हाथ से अलग किया और सिर लटकाए कक्ष से बाहर की ओर अपने थके हुए कदमों संग, उसे वहां अकेला छोड़ गलीचे में चला गया। आसमानी ने अपने पेट को धीरे से छुआ और बिस्तर पर जाकर लेट गयी। उसकी एक आँख में अब भी आंसू था, लेकिन चेहरे पर मुस्कान।

घटनांक - 6

हमेशा की तरह शाम अब भी होती, सूरज और चाँद अपना पाला बदल खेल खेलते, चिराग भी रोज रौशन होते, पंछी भी घोंसलों को लौटते लेकिन फ़र्क था तो केवल एक, कि आसमानी अब झरोखों पर खड़े–खड़े रात अकेले बिताती। उसकी कहानियां अब केवल चिराग और तारों के साथ उसका होने वाला बच्चा सुनता। लेकिन वो नहीं होता, जिसके लिए ये कहानियां कही जा रही थी। क्योंकि अब परवानाली सभाओं, प्रार्थनाओं में व्यस्त रहता। एक तरह से आसमानी सुकून में भी थी कि परवानाली अब बदल रहा है। वो अपने लोगों में रहने लगा है। वो शोधों व प्रयोगों के साथ–साथ अब कला और शिक्षा पर भी ध्यान देने लगा है। अधिकतर लोग अबरू और पूर्वी भाषा के मिश्रण के नए प्रयोग करने लगे थे।

एक रात परवानाली का इंतजार करते हुए आसमानी ने अपने बेटे को चिरागों और तारों की मौजूदगी में राम की कथा सुनानी शुरू की, "....तब राम ने वो धनुष उठा लिया जिसे शिव गुणियों ने राजा जनक को ये समझा कर दिया था, कि वही व्यक्ति इसे उठा सकता है जिसमें लोक कल्याण की ऐसी भावना भरी हो, कि वो अपना पूरा जीवन लोगों की भलाई में समर्पित कर अपनी बुद्धि को उस दिशा में ले जाएगा, जहाँ उसके विचारों में केवल और केवल लोगों की भलाई की ही भावना होगी। जिसमें त्याग और दया के साथ, वासना मुक्त क्षमा शक्ति भी होगी। इससे

उसका चेतन और अवचेतन लोगों से जुड़ जाएगा। तब उसकी समस्या उसकी होगी ही नहीं, वो लोगों की होगी। लोगों से जुड़ कर, उनकी भावनाओं के साथ प्रकृति से जुड़ कर, अपनी पात्रता को बढ़ा लेगा। वही आकर्षण के नियम पर विजय प्राप्त कर लेगा और जो इस प्रकृति के आकर्षण के नियम व उसकी शक्ति को इस रास्ते पर चल कर प्राप्त कर लेगा। प्रकृति स्वयं उसको अपने रहस्यों के तालों की कुंजी दे देगी। वही व्यक्ति सच्ची धातु से बने उस धनुष को उठाने की व इसके सदुपयोग की योग्यता भी रख पायेगा, जिसके लिए प्रकृति अपने सभी रास्ते खोल, उसका स्वागत करती चली जाती है। लेकिन साथ ही शिव गुणियों ने राजा जनक को ये चेतावनी भी दी थी कि प्रकृति के रास्ते खोलने वाला एक मार्ग यदि 'परजीव कल्याण व रक्षा' है तो दूसरा 'स्वार्थ–परमार्थ' भी है। इसलिए स्वार्थी, लेकिन वासना मुक्त मनुष्य, जिसमें त्याग, दया और क्षमा बिल्कुल नहीं वो भी उस धनुष को उठा सकता है। जो अपनी स्वार्थ सिद्धि में इतना अँधा हो जाएगा कि वो प्रकृति के रहस्यों के तालों को तोड़ता चला जाएगा। चूँकि ताले की कुंजी प्राप्त करने की पात्रता ही इस प्रकृति की पहली और अंतिम चुनौती है। लेकिन ताले टूट जाने पर वो रहस्य, रहस्य न रह कर आम हो जाएँगे, जिसे हर कोई अपने स्वार्थ के लिए उपयोग में ला सकेगा। जिससे चारों ओर आतंक का साम्राज्य फैल जाएगा और ऐसा युग बाकी युगों के मुकाबले कम ही चल पाएगा। अतः उन्होंने राजा जनक को सावधान भी किया था..." ये कहते ही आसमानी की आँखों के सामने अँधेरा छा गया और वो खुद को सँभालते हुए बिस्तर पर आ गिरी...

अगले दिन जब उसकी आँख खुली तो उसने प्रार्थनाघर से आ

रही हुंकारे की आवाज़ सुनी जो कि बेवक्त थी। इससे आसमानी चौंक गयी। वो दौड़ती हुई महल की मुंडेर पर आई तो देखा एक बड़ा जन सैलाब परवानाली के प्रार्थनाघर के आस–पास खड़ा है। जहाँ ऊपर मीनार से परवानाली खड़ा–खड़ा उन लोगों से बात कर रहा है और लोग परवानाली के नाम के नारे लगा रहे हैं। वो केवल इतना ही सुन पाई कि 'परवानाली फिर से पूर्वी नगर जाने की तैयारी कर रहा है'। वो तुरन्त सियोल्लूपा से मिलने के लिए शोधालय की ओर भागी, जो कि शोधालय की मुंडेर पर खड़ा परवानाली को सुन रहा था। तब उसने सियोल्लूपा से पूछा, "क्या ये सच है?" तो सियोल्लूपा ने कहा, "हाँ.... ये सच है कि परवानाली पूर्वी नगर जाने की तैयारिया कर रहा है। उसने मुझे अधिक यांत्रिक वाहन बनाने को कहा है। साथ ही ऐसे यांत्रिक वाहन भी जो युद्ध के काम आयें", इस पर आसमानी ने पूछा, "इन सबमें कितना समय लगेगा?" सियोल्लूपा बोला, "आठ से नौ महीने"। आसमानी के पैर लड़खड़ाने लगे, वो वहीं बेहोश हो गिर पड़ी।

जब आसमानी को होश आया तो उसने खुद को अपने कक्ष में पाया जहाँ परवानाली था और दो दासियाँ उसकी सेवा कर रही थी। जब वो उठ कर बैठी तो परवानाली उसके पास आया। दोनों दासियां परवानाली का इशारा मिलते ही वहां से चली गयीं। जिनके जाते ही परवानाली आसमानी के पास आकर बोला, "इतनी नाजुक स्थिति में तुम्हें बाहर नहीं निकलना चाहिए। अगर बच्चे को कुछ हुआ, तो मैं तुम्हें कभी माफ़ नहीं करूंगा"। आसमानी ने उसकी इस बात पर ध्यान ना देते हुए उससे पूछा, "क्या तुम सचमुच पूर्वी नगर जा रहे हो?", परवानाली उसके पास बिस्तर पर आया और बैठते हुए बोला, "जैसा तुम समझ रही

हो वैसा नहीं है, मैं उनसे केवल संबंध बनाने जा रहा हूँ"। तब आसमानी बोली, "ये कैसा संबंध है, जिसमें तुम्हें युद्ध के हथियार बनाने पड़ रहे हैं?" इस पर परवानाली बोला, "मैं वहां आधुनिक हथियार लेकर जा रहा हूँ। उन्हीं का सौदा उनसे करूँगा, वे लोग भले ही शोध के मामले में मुझसे अधिक मजबूत हैं, लेकिन आत्म-रक्षा के मामले में कमज़ोर हैं, मैं उन्हें ये हथियार देकर उनसे संबंध मजबूत करना चाहता हूँ, उन्हें ये विश्वास दिलाना चाहता हूँ कि मैं उनका दुश्मन नहीं दोस्त हूँ और हाँ मैं उनसे किताबों का ज़िक्र भी नहीं करूँगा"। इस बात से आसमानी को तसल्ली हुई और वह परवानाली के कंधे पर सिर रख कर बैठ गयी। लेकिन परवानाली की आँखें बता रही थी कि उसके भीतर कुछ भयानक चल रहा है।

घटनांक - 7

अब परवानाली का अधिक समय शोध में ही निकल जाया करता था। वो यदि आसमानी के पास जाता भी, तब तक आसमानी सो चुकी होती और सारे चिराग जले हुए रहते। इधर वो सियोल्लूपा को अलग-अलग तरह के हथियारों के विषय में जानकारी देता रहता। जिससे सियोल्लूपा अलग-अलग तरह के मिश्रण बनाया करता, जिनमें ज़मीन पर फेंकने वाले मिश्रण अलग थे और आग वाले मिश्रण अलग। ज़मीन पर पटकने वाले मिश्रण केवल आवाज़ करते, लेकिन आग के संपर्क में लाने पर विस्फोट भी कर सकते थे, जिससे उसके पास खड़े व्यक्ति की जान भी जा सकती थी। वहीं आग वाले मिश्रण एक भयानक विस्फोट करते जिससे घर के घर तबाह किये जा सकते थे।

परवानाली ने इनके परीक्षण के लिए रेगिस्तान चुना, जहाँ वो उसके माँ-बाप के साथ कभी बचपन में रहता था। ये जगह वीरान भी थी, क्योंकि परवानाली इस जगह को वैसा ही रखना चाहता था। वो यहाँ अब भी अपने माँ बाप का ही राज समझता था और मानता था कि उनका स्थान कोई नहीं ले सकता। साथ ही इस स्थान के बारे में कोई नहीं जानता, सिवाय उसके ख़ास लोगों के। इसलिए यहाँ प्रयोग करने पर किसी को पता भी नहीं चलेगा कि उसने क्या बनाया है।

जब कई दिन बीत गये और परवानाली आसमानी से मिलने नहीं आया, तो आसमानी को शंका हुई और उसने दासियों से पूछा तो मालूम

चला कि परवानाली तो महीनों से नगर के बाहर कहीं शोध का परीक्षण करने गया है। लेकिन कहाँ, ये किसी को पता नहीं।

आसमानी को चिंताओं ने घेर लिया। वो बस हर शाम चिराग रोशन करती और कभी मुंडेर, तो कभी झरोखे पर पहरों खड़ी रहती। तब एक शाम जब वो चिराग रोशन कर रही थी कि दरवाजे पर दस्तक हुई, उसके चेहरे पर मुस्कान बिखर गयी। लेकिन जब उसने द्वार पर देखा तो वहां मार्गरिटा को पाया। मार्गरिटा दौड़ते हुए उसके पास आई और बोली, "परवानाली शोधकर्ताओं की एक टोली रेगिस्तानों में लेकर गया है, वो वहां कुछ अग्नि परीक्षण कर रहा है"। सुनते ही आसमानी की पथराई हुई आँखों से आंसू बह निकले और वो बोली, "वही हुआ जिसका डर था। मैं तो समझ रही थी कि वो अब प्रेम को समझने लगा है"। इस पर मार्गरिटा की आँखें बड़ी हो गयी और वो बोली, "तो क्या तुमने उसे शक्ति सिद्धि के बारे में बता दिया?" अब आसमानी की आँखे फटने लगी, उसने मार्गरिटा को देखते हुए पूछा, "तुम कैसे जानती हो शक्ति सिद्धि के बारे में?", तब मार्गरिटा अपने कथन पर हलकी सी हिचकिचाई, पर फिर सामान्य होते हुए बोली, "हाँ, जब मैं अपने पिता सियोल्पा के साथ मेसोतामी नगर मे रहती थी, तब उनसे इनके बारे में सुना था। वो शक्ति सिद्धि की बात करते थे और मुझे अपने वो प्रयोग बताया करते थे"। तब आसमानी भी थोड़ी शांत हुई और बोली, "तो वो तुम लोग थे...!" मार्गरिटा के चेहरे पर एक हलकी सी मुस्कान थी, वो बोली, "हमें इन बातों को करने की पाबन्दी है"। तब आसमानी भी सामान्य लहजे में बात करते हुए बोली, "हाँ मैंने सुना तो था कि पूर्वी देश से कुछ लोग पश्चिम की और आये थे। पर वो कौन लोग हैं ये नहीं जानती थी, इसलिए मैं उन्हें ढूंढने यहाँ चली आई। क्योंकि

अब वो समय आ गया है, जब हम सबको एक हो जाना चाहिए। अब मातृभूमि पर फिर से संकट के बादल घिरने लगे हैं, जिसकी सूचना पहले से ही दे दी गयी थी कि पश्चिम में एक शैतान होने वाला है"। तब मार्गरेटा ने कहा, "हाँ हमारे पूर्वज ही पश्चिम की भूमि पर आए थे, धर्म की प्रायोगिक परिभाषा के साथ लोगों को जीवन जीने की सही कला सिखाने..."।

दोनों की आँखें इस बात पर टकरा गई और मार्गरेटा ने आसमानी की ओर बढ़ते हुए कहा, "लेकिन आसमानी! मैंने और मेरे पिता ने जो बात परवानाली से छिपाई, वही बातें तुमने क्यों उसे बताई?", तब आसमानी ने धीरे से कहा, "मैं सोचती थी कि मैं प्रेम से उसको और उसकी आदतों को बदल दूंगी और चाहत का सही मायना 'त्याग' सिखाउंगी"। इस पर मार्गरेटा हंसी और बोली, "वो त्याग नहीं, केवल छीनना जानता है। क्योंकि उसका बचपन ऐसे दरिंदों के बीच में बीता है, जो उस उम्र में एक बच्चे के लिए वर्जित है। जिसके लिए उसे गुरुकुल में ही रखा जाता था। बस हम लोग पश्चिम में आकर गुरुकुल परम्परा भूल गये, जिसका नुकसान अब सब भुगतेंगे"। तब आसमानी खड़ी हुई और मुंडेर की तरफ चलकर आई और बोली "हम भी"। इस पर मार्गरेटा सामान्य से गंभीर हुई और उसने पूछा, "हम भी का अर्थ? क्या पूर्व में भी गुरुकुल परम्परा समाप्त हो गयी है?", आसमानी उसी लहजे में बोली, "नहीं, वहां तो ये परंपरा अब भी है, मेरे कहने का अर्थ था..." और फिर सोचते हुए बोली, "यहाँ अबरू में भी तो हम गुरुकुल परम्परा नहीं चला पाए..!" मार्गरेटा समझ गयी कि आसमानी कुछ छिपा रही है, लेकिन क्या? मार्गरेटा को ये बात समझ नहीं आ रही थी और वो कुछ कहती इससे पहले ही आसमानी बोल पड़ी, "इसका अर्थ ये है कि तुम गुप्त शक्ति सिद्धि

भी जानती हो? लेकिन तब तुम्हारे पिता ने परवानाली को मेरे पास क्यों भेजा? क्या वो मेरी शक्ति सिद्धि तुडवा कर अपनी शक्ति सिद्धि अधिक बड़ी दिखाना चाहते थे?" आसमानी की इस बात पर मार्गरिटा हंसी और बोली, "नहीं...!.. ये काम उनसे करवाया उनकी पुरुष जिज्ञासु प्रवृत्ति ने। जितने प्रयोग वो जानते थे, उतने कर चुके थे और जब उन्हें यहाँ के अपने गुप्तचरों के माध्यम से ज्ञात हुआ कि पूर्व देश से तुम आई और तुमने परवानाली के साथ पांच दिन एक कन्दरा में बिताए, जिसके बाद यहाँ परिवर्तन आने लगे थे। तो उन्हें वहां के बारे में और अधिक जानने की इच्छा हुई और परवानाली इसके लिए एक अच्छा सेतू था, तुम दोनों के बीच। क्योंकि परवानाली जो कुछ तुमसे पूछता, वो उन्हें ही जाकर सुनाता"। आसमानी शांत खड़ी रही और आसमान में सात सितारों को देखने लगी । मार्गरिटा ने उसे पकड़ा और गंभीर स्वर में पूछा "क्या देख रही हो?", तब आसमानी बोली, "जो नहीं होना चाहिए..." और रुक गयी। मार्गरिटा ने उसे झिंझोड़ा और पूछा, "आगे क्या हुआ? शिव गुणी और विष्णु बचे कि....?" तभी आसमानी ने उसके मुँह पर हाथ रखा और बोली, "मैं बस इतना ही देख पाई हूँ। मैं अब धीरे-धीरे चिंताओं में घिर कर अपनी शक्ति भूलती जा रही हूँ"। इस पर मार्गरिटा बोली, "जैसा द्वापर में कर्ण के साथ हुआ था?" आसमानी मुस्कुराती हुई झरोखे पर आ गयी और बोली, "पूर्व में अब कोई पूर्ण विष्णु गुणी नहीं है, वहां के प्रजापालक के सिवाय"। तब मार्गरिटा उसके पास आई और बोली, "क्यों उनका विवाह नहीं हुआ था?" आसमानी ने आकाश को ही निहारते हुऐ कहा, "उनके लिए एक पूर्ण विष्णु गुणी लड़की वहां नहीं मिली, चूँकि अब मिश्रित प्रजातीयाँ बढ़ने लगी हैं"। तब मार्गरिटा ने कहा, "बचपन में मैंने

सुना था, कि पश्चिम में कोई पूर्ण विष्णु गुणी स्त्री हुई थी", आसमानी ने कहा "हां सुना तो मैंने भी था और ये भी, कि जब पूर्व के लोग उस स्त्री को ढूंढने यहाँ आये, तब तक वो किसी से विवाह कर चुकी थी...", फिर कुछ देर रुक कर बोली, "लेकिन पश्चिम में भी देवपुत्र की घोषणा हुई थी"। तो मार्गरेटा बोली, "हाँ मैंने भी सुनी है, लेकिन पिताजी ने बताया था कि वो आज से सदियों पहले हो चुका है"। इस पर आसमानी पलट कर तेजी से मार्गरेटा के पास आई और बोली, "नहीं वो भविष्यवाणी गलत भी हो सकती है। हो सकता है परवानाली ही वो देवपुत्र हो, जो रेगिस्तानों में खेती करने वाले एक किसान के यहाँ पैदा हुआ था और नियति के खेल से यहाँ तक पहुँच गया। अगर वो नहीं, तो ये आने वाला मेरा बेटा ही देवपुत्र हो सकता है, क्योंकि इतिहास वही लिखता है जो ताकतवर होता है और जिस पुरुष की तुम बात कर रही हो, उसको तो वहीं के लोगों ने मार दिया। देवपुत्र ऐसे ही मार दिए जाते हैं क्या?" मार्गरेटा चकित थी, उसने पूछा, "रेगिस्तानों में खेती?"। नथूने फुलाऐ आसमाने ने कहा, "हाँ! वो एक किसान की संतान है, जिसके परिवार को वक्त की मार ने उजाड़ दिया और नियती उसे यहाँ तक घसीट लाई, जहाँ उसने सिद्ध कर दिया कि ईश्वरीय शक्ति का स्वामि है।"और वहां से तेज गति से निकल कर रेगिस्तानों की ओर अपनी दासियों की टोली के साथ चली गयी। मार्गरेटा स्तब्ध खड़ी आसमानी को दरवाज़े से बाहर जाते देख रही थी। उसकी बातों ने उसे भीतर तक हिला दिया था। जिस बात का शक उसे और सियोल्पा को था, वो आज सच निकली कि 'परवानाली अबरू से संबंधित बिलकुल नहीं है'। लेकिन अब बहुत देर हो चुकी थी। तभी उसे यांत्रिक वाहनों की आवाज़ आई और वो समझ गयी कि आसमानी

रेगिस्तानों की ओर निकल चुकी है। उसने आँखें बंद की और बुदबुदाई "पिताजी"।

ΨΟ∞ ❀

घटनांक - 8

रेगिस्तानों में दौड़ते यांत्रिक वाहन सुस्त पड़ गये, तब आसमानी ने पैदल ही चलना शुरू कर दिया। दासियों ने उसे रोकने की कोशिश की, पर वो न रुकी। वो चलती जा रही थी। उसकी रफ़्तार को दासियाँ पकड़ न पाती और इतने में आसमानी उनसे और दूर निकल जाती। उसके ज़हन में केवल एक ही बात आ रही थी कि 'परवानाली को गये पूरे आठ महीने हो गये पर वो इन आठ महीनों में एक बार भी उसकी या उसके बच्चे की खबर लेने नहीं आया'। तभी आसमानी की घबराहट बढ़ने लगी। उसके पेट में जोरों से दर्द शुरू होने लगा और उसने दासियों को आवाज़ देकर बुलाया और कहा, "जब तक मैं परवानाली तक नहीं पहुँच जाती, तब तक मुझे सोने मत देना। यह कहने के साथ ही उसका दर्द और बढ़ा, तब दासियों ने तुरंत वहीं एक घेरा बनाया। आसमानी की एक चीख उस वातावरण में गूंज उठी"।

इधर परवानाली के शोधी दलों में बैठा सियोल्लूपा जब एक गोले को आग लगा कर परीक्षण कर रहा था, तब उसे एहसास हुआ कि कोई उसे आवाज़ लगा रहा है। उसने वहीं आँख बंद की तो उसे एहसास हुआ कि आसमानी यहीं कहीं आस-पास है। तभी दूर बैठा परवानाली चिल्लाया, "सियोल्लूपा आग क्यूँ नहीं दिखाते?", तब सियोल्लूपा पलटा और बोला, "मैंने अभी शायद आसमानी की आवाज़ सुनी है"। सुनते ही परवानाली तुरंत दौड़ कर सियोल्लूपा के पास आया और पूछा "कहाँ

से?" तब सियोलूपा ने आंखें बंद की और एक टीले की ओर इशारा किया जहाँ सूरज डूब रहा था और बोला "उस तरफ से"। परवानाली ने तुरंत एक सैनिक को कहा, जो वहीं उस टीले के पास ही था। उसने टीले पर चढ़कर देखा तो पाया कि दूर कहीं कोई हलचल हो रही है और ये बात उसने वहीं से चिल्लाकर बताई। तब परवानाली ने तुरंत अपने नए विकसित रेगिस्तानों में चलने वाले वाहन में बैठ कर उस दिशा में दौड़ लगा दी और सभी उसके पीछे भागे।

दासियों के बीच बेसुध पड़ी आसमानी की बगल में एक बच्चा था, जिसे एक दासी अपनी गोद में लेकर बैठी थी। तभी वहां यांत्रिक वाहन आ पहुंचा, जिससे कूद कर परवानाली उनके पास पहुंचा और अपने बच्चे को अपनी गोद में ले लिया। जब आसमानी को होश आया तो उसने परवानाली को अपने बच्चे के साथ वहां पाया, जिसकी आँखों में आंसू थे। वो बच्चे को लेकर आसमानी के पास आया और उसके माथे को चूम लिया।

परवानाली आसमानी को अपने बच्चे सहित रेगिस्तानों में दौड़ने वाले वाहन में लिए अपने शोध स्थान पर पहुंचा, जहाँ आसमानी ने पाया कि वहाँ तरह–तरह के आग बरसाने वाले गोले का शोध हो रहा है, जिसे देख उसकी आँखे फटने लगी। उसने परवानाली को अपनी और खींचा और बोली, "आग से खेल खतरनाक होता है। इसका उपयोग केवल मानव कल्याण के लिए होना चाहिए, वरना अंजाम बुरे होते हैं"। परवानाली आसमानी का ये रूप देख थोड़ा डर गया। उसने इससे पहले कभी वैसा नहीं देखा था। उसे वो काला बुत याद आने लगा और तब एक गोला उसे दिखाते हुए बोला जो कि वहीं वाहन में पड़ा था, "मैं ये शोध

इसलिए कर रहा हूँ कि कहीं मेरे ही लोग मुझ पर संदेह करने लगे तब?”, इस पर आसमानी सामान्य हुई और बोली, “उन्हें भला तुम पर संदेह क्यों होगा?” तब परवानाली ने उससे नज़रें हटा कर वहां शोध कर रहे लोगों की ओर देखा और बोला, “मेरे पास तो केवल एक ही पूर्व नगर की औरत है, बाकि सबके पास तीन–तीन है”। इस पर आसमानी जोर से हँसी। उसकी ये हंसी पहले कभी नहीं सुनी गयी थी। वो हँसते हुए बोली, “वो सभी शिव गुण में काली नियम से दीक्षित औरतें हैं। उन्हें केवल युद्ध की शिक्षा दी गई है। ऐसा उन बच्चियों के साथ किया जाता है जिनमें प्रतिशोध चारित्रिक रूप से भरा हुआ हो", "चारित्रिक दोष?" परवानाली ने पूछा, "नहीं! दोष नहीं, प्रतिशोध की भावना, जिनमें किसी भी कारण से चाहे वो सामाजिक हो या व्यक्तिगत हो, उनसे मानसिक क्षति हुई हो, तब वे अपना जीवन डकैत बन निरपराधों को सताने के स्थान पर, उसी भावना को मानव कल्याण में लगा देवे, उस क्रोध को अपने भीतर पलने दे और समय आने पर योद्धाओं की भांति रण में कूद पड़े, देश सुरक्षा में अपने कौशल व क्रोध का सही उपयोग कर या तो मार दे या मर जाऐ। किंतु इनके साथ ऐसा कुछ नहीं हो पाया, इसलिए अब ये कुंठित जीवन जीने को बाध्य है, इनके पास ना तो पारिवारिक शिक्षा होती है ना ही राजनैतिक, इसलिए तुम्हें शंका करने की आवश्यकता नहीं"। कहते हुए आसमानी मुस्कुरा दी और बोली, "तुमने उन स्त्रियों को वस्तु से अधिक कुछ नहीं समझा इसलिये तुम उनकी शक्तियों का लाभ भी नहीं उठा सकते"।परवानाली मौन था, उसका मौन बता रहा था कि वो अब अपनी भूल पर पछता रहा है, उसने अपने मौन को समाधान की भाषा दी और कहा, "तो क्या अब कुछ नहीं हो सकता?", इस पर आसमानी बोली,

"एक ही काम हो सकता है, उन्हें प्रेम से ही रखा जाए, अन्यथा भविष्य तुमसे सवाल करेगा, कि तुमने मानवों में भेद किया।" फिर आकाश में छट रहे बादलों को देखते हुए बोली, "तुमने कभी भी एक स्त्री को सुनने की कोशिश नहीं की बस अपनी जिज्ञासाओं के पिटारे में उसे बंद करना चाहा", कहते हुऐ आसमानी ने आसमान की ओर देखा जहाँ छितरे हुए बादलों से तस्वीरें बन रहीं थीं, जिनमें से एक उस औरत की तस्वीर भी उभर आई 'जो इमारत के मलबे से अपने बच्चे को निकालती हुई मारी गयी थी'। आसमानी ने अपनी आँखें बन्द की और वहां से अपने बच्चे को लेकर तम्बू में चली गयी। परवानाली भी तम्बू में आसमानी के पास आया और बोला, "तुम भी तो शिव गुणी हो न? तुम इनमें से किस नियम से पली हो?" तब आसमानी बोली, "सभी एक ही सत्य के अंश हैं, इसलिए सभी में ही उसका अंश समान है, बस आवश्यकता होती है उसे समझने की"। फिर वो परवानाली के पास आई और बोली, "मैं जानती हूँ पिछली बार जब तुम पूर्वी नगर गये थे, तब क्या हुआ था? वो बुत औरत का सबसे दुर्लभ रूप नियम है"। परवानाली ने आश्चर्य से उसे देखा और पूछा, "तुम्हें ये सब कैसे पता, मैनें तो इस बात का ज़िक्र किसी से नहीं किया?" तब आसमानी अपने बच्चे को लेकर उससे दूर गयी और बोली, "तुम्हारी तीन इच्छाएं पूरी हो चुकी हैं", इस पर परवानाली दौड़ता हुआ उसके पास आया और मासूमियत से बोला, "लेकिन विष्णु गुणी औरतों के बारे में तो बताया ही नहीं था, वो बात तो अधूरी रह गयी थी। क्या सीता भी विष्णु गुणी थी? और अगर थी तो वो किस नियम से पली थी, रमा या लक्ष्मी, या किसी और?", आसमानी ने उसके चेहरे को निहारा और अपने बच्चे को स्तन से लगा कर बोली, "सीता ही थी जिसने उस राम को

अपने राम से मिलवाया और राम वो राम बन गये जो पूर्ण विष्णु गुणी कहलाते हैं। यही विष्णु गुणी औरतों में लक्ष्मी नियम है"। और वापस पलट कर बिस्तर पर चली गयी और अपने बच्चे को दूध पिलाती रही। परवानाली उससे पूछना चाहता था कि 'वो किस गुण की है? शिव गुणी तो वो अब तक उसको समझता रहा, लेकिन अब वो उसे विष्णु गुणी लग रही है'। उसने पूछना चाहा लेकिन खुद को तीन इच्छाओं की शर्त में बंधा पाया और साथ ही ईश्वरवादी अहम् में बंध गया। वो बाहर निकला, जहाँ दूर रेगिस्तान में तूफान उठ रहा था। सभी लोग अपने अपने तम्बू में भाग रहे थे और शोध का सामान एक बड़े भारी बक्से से ढँक रहे थे। तब परवानाली अकेला उस तूफान की ओर बढ़ा और उससे टकरा गया। पहले झटके के साथ ही उसे अपने पीछे कोई महसूस हुआ। वो पलटा तो उसने आसमानी को वहां पाया, जिसका एक हाथ परवानाली की पीठ पर टिका हुआ था, और दूसरे हाथ में उसका बच्चा था। तब परवानाली ने उसे बच्चे समेत अपने सीने में भर लिया और धीरे-धीरे तूफान शांत हो गया। तब सब लोग अपने तम्बू से बाहर निकले और परवानाली को आसमानी और उनके बच्चे के साथ वहां पाया तो एक बार फिर परवानाली के नाम के नारे उस रेगिस्तान में गूंज उठे, कि 'परवानाली सचमुच ईश्वर का बेटा है'। चारों ओर इस बात की चर्चा होने लगी, कि 'परवानाली उस तूफान से टकरा गया जिसने सब उजाड़ दिया'। तब परवानाली ने आसमानी की ओर देखा और बोला, "तुम्हें बच्चे को इस तूफान में नहीं लाना चाहिए था"। इस पर आसमानी बोली, "ये ईश्वर के बेटे का बेटा है, इसे अभी से तूफानों से टकराने की आदत होनी चाहिए"। इसके साथ परवानाली आसमानी को बच्चे समेत वहां से तम्बू की ओर ले आया और बोला,

"शोध पूरा हो गया है, हम कल ही यहाँ से निकल चलेंगे"।

घटनांक - 9

रात के भोजन के बाद परवानाली टीले पर बैठा आसमान को ताक रहा था। तभी सियोल्लूपा आसमानी के पास पहुंचा, जो कि अपने तम्बू के बाहर अपने बच्चे को लिए आग के सामने बैठी परवानाली को देख रही थी। सियोल्लूपा बोला, "तुमने क्या उसे सब बता दिया?" तब आसमानी की आँखों में सियोल्लूपा को देखते ही आंसू आ गये, वो उससे माफ़ी मांगने लगी। तब सियोल्लूपा ने भी उससे माफ़ी मांगी और बोला, "मैंने ही परवानाली को तुम्हारे पास भेजा था। यदि मैं उस रात उसे तुम्हारे पास न भेजता तो आज ये दिन नहीं देखना पड़ता"। इस पर आसमानी ने अपने आंसू पोंछते हुए उससे पूछा, "पश्चिम में देवपुत्र पैदा होगा, इस विषय में आप कुछ जानते हैं क्या? जिसको देखने पूर्व के लोग भी आये थे" तब सियोल्लूपा बोला, "वो तो सदियों पुरानी बात है। वो इस धरती को सन्देश देकर अपने पिता के पास चला गया" इस पर आसमानी बोली, "देवपुत्र यूँ ही नहीं मर जाते। शायद वो भविष्यवाणी झूठ थी। एक भ्रम था, माया थी, जैसी कृष्ण को बचाने के लिए की गयी थी, ताकि शत्रु उसे मार न पाए", इस पर सियोल्लूपा तैश में आ गया और बोला, "ये देवपुत्र नहीं शैतान है, भविष्यवाणी ये भी तो हुई थी कि पश्चिम की भूमि पर एक शैतान भी जन्म लेगा", इस पर आसमानी ने परवानाली को देखा जो कि अब भी टीले पर बैठा आसमान ताक रहा था और बोली, "नहीं ऐसा नहीं है। मैंने उसके भीतर मन भी देखा है, जो कि अपने लोगों के लिए

धड़कता है। अगर वो देवपुत्र नहीं, तो हमारा बेटा वो होगा, जो भविष्यवाणी कहती है"।

तब सियोल्लूपा के गुस्से का बाँध टूटा और वो जोर से बोल पड़ा, "तुम ब्रह्म गुणियों के साथ बस यही समस्या है"। ब्रह्म गुणी शब्द सुन कर टीले पर बैठा परवानाली चौंक गया। वो वहाँ से नीचे उतरा और सियोल्लूपा के पास आकर पूछा, "क्या तुमने अभी ब्रह्म गुणी कहा?", सियोल्लूपा सहम गया। तब आसमानी ने बात को सँभालते हुए परवानाली को बोला, "मैंने ही बताया उसे इस शब्द के बारे में, दरअसल वो जानना चाहता था कि पूर्व में शोध कर्ताओं को क्या कहते हैं?" तब परवानाली ने सियोल्लूपा के कंधे पर हाथ रख कर कहा, "इतनी सी बात के लिए तुम्हें आसमानी को परेशान नहीं करना चाहिए था। ये बात तुम मुझसे भी पूछ सकते थे"। इस पर सियोल्लूपा ने परवानाली की आँखों में शक को पढ़ते हुए कहा, "वो तो बस यूँ ही जिज्ञासा जागी तो ऐसे ही पूछ लिया। तुम वहां आसमान में खोये हुए थे। मुझे लगा तुम किसी ओर शोध के विषय में पिता ईश्वर से बात कर रहे हो, तो तुम्हें परेशान करना ठीक नहीं समझा"। तब परवानाली आसमानी की तरफ पलटा और अपने तम्बू में चला गया। वो ये बात पहले से ही जानता था कि सियोल्लूपा पूर्व से ही संबंध रखता है और अब ये दोनों पूर्वी लोग मिल गये हैं। लेकिन आसमानी ने झूठ क्यों बोला ये उसे समझ नहीं आ रहा था, कि तभी आसमानी तम्बू के भीतर आई और परवानाली के पास आकर बच्चे को उसके हाथों में दिया। परवानाली ने बच्चे को गोद में उठाया लेकिन उसकी आँखों में कोई भाव नहीं था, जिसे देख आसमानी बोली, "क्या हुआ? पिता ने कोई आदेश दिया है क्या?", परवानाली ने अपने गले के थूंक को नीचे उतारा और

बोला, "इसको भी राम की कहानी सुनाओ"। परवानाली के शब्दों में छुपे संदेह को आसमानी ने भांप लिया। वो वहीं बिस्तर के एक कोने में बैठ कर अपने बच्चे को परवानाली से लेते हुए बोली, "..और तब त्याग और दया की मूर्ति श्री राम ने राजमुकुट का त्याग कर दिया", इस पर परवानाली ने आसमानी को टोकते हुए बोला, "ये क्या? इसको शुरू से सुनाओ"। आसमानी बोली, "इससे पहले की कहानी ये आपके साथ सुन चुका है"। "मेरे साथ?" परवानाली के माथे पर आश्चर्य की लकीरें खिंच आई, तो आसमानी बोली, "भूल गये, बच्चा गर्भ में भी शिक्षा लेता है"। इस पर परवानाली हंसा और बोला, "हाँ..., फिर आगे?" आसमानी ने आगे कहना जारी रखा, "तब राम अपने भाई लक्ष्मण और पत्नी सीता के साथ जंगलों में रहने चले गये और जैसे ही यह बात भरत को पता लगी, तो वो त्याग के मामले में एक कदम आगे बढ़ कर आये और पूरे नगर की जनता के साथ राम के पास पहुंचे और राम से अपनी माता की ओर से माफ़ी मांगते हुए अपने नगर वापस चलने की मिन्नतें करने लगे। लेकिन राम फिर राम हो गये। उन्होंने पिता के वचनों की आड़ लेकर और भी बड़ा त्याग करते हुए भरत को ही राजकार्य का भार सौंपते हुए अपनी माता कैकई लिए बड़ा त्याग किया। तब भरत ने राम के पैरों की खडाऊ लेकर उन्हीं को ही राम का प्रतिबिम्ब मान, खुद वनधारी सा जीवन बिताते हुए राजकार्यों का भी फ़र्ज़ संभाल और बड़ा त्याग कर राम का आशीर्वाद ले, वहां से अपने नगर लौट आये और राम की खडाऊ को सिंहासन पर रख खुद ज़मीन पर रहे", इस पर परवानाली बोला, "ऐसे तो भरत अधिक विष्णु गुणी होने चाहिए, तब राम क्यों?" तब आसमानी बोली, "आदेशों का पालन करना त्याग नहीं कहलाता। भरत ने राम के आदेश का पालन

किया था। वो वहां आया ज़रुर था त्याग करने, लेकिन उनके गुरु वशिष्ठ, जो कि ब्रह्मऋषि थे, को एहसास हुआ कि ये त्याग की स्पर्धा ही कहीं कोई नया विवाद न खड़ा कर दे। इसलिए उन्होंने एक युक्ति निकाली और उन दोनों भाइयों से तीन सवाल किये, जिनके जो सही–सही जवाब देगा उसी को अपनी बात रखने का अधिकार होगा। उन्होंने पहला सवाल पूछा, 'दुःख का कारण?' तो भरत बोला, 'सुख' और राम बोला, 'दया। क्योंकि सुख तो दुःख की परछाई है। दुःख न हो तो सुख की अनुभूति नहीं, इसलिए ये दोनों एक दूसरे के पूरक हैं'। तब गुरु ने पूछा, 'दया का कारण?' तो भरत बोला, 'प्रजा के लिए राजा का दायित्व' और राम बोला, 'प्रकृति। क्योंकि प्रकृति से यही उपहार हमें मिला है, जिससे हम एक दूसरे की भावनाओं को समझते हैं और एक दूसरे की मदद करने को आगे आते हैं, जो हमें पशुता से भिन्न करती है'। तब गुरु ने अंतिम सवाल किया कि 'दया किस पर?' तो भरत ने कहा, 'जो दया योग्य हो' और राम ने कहा, 'जो दया का पात्र हो। क्योंकि योग्यता तो हर व्यक्ति खुद में समाये रखता है, किन्तु पात्रता निर्धारित करती है कि किस पर कितनी दया की जाए', और तब भरत को खुद ही अपनी गलती का एहसास हुआ और वो वहां से वापस लौट गये। तब त्याग तो भरत ने उस अहंकार का किया, जो उसे राम से बड़ा जताने का हो रहा था"। ये कहते हुए उसने पाया कि परवानाली और उसका बच्चा दोनों ही उसकी गोद में सो चुके थे।

आधी रात बीत गयी थी। परवानाली की आँख खुली तो उसने देखा कि आसमानी अब भी वैसे ही बैठी हुई है। उसने आसमानी को सहारा देकर बिस्तर तक पहुँचाया और बोला, "कल पूरे देश में घोषणा हो जाएगी कि एक महीने के जश्न के बाद हमें पूर्वी देश की ओर निकलना है"।

तब आसमानी ने पूछा, "तुम ऐसा क्यों कर रहे हो?" तो परवानाली ने कहा, "तुम्हारे लिए" और ये कहते हुए तम्बू से बाहर निकल गया।

अगले दिन उनका काफिला वहां से राजधानी के लिए रवाना हो गया, जहाँ रास्ते भर सियोलूपा ऐसे मौके तलाशता रहा कि वो आसमानी से बात कर सके, लेकिन परवानाली ऐसा कोई मौका नहीं छोड़ रहा था।

घटनांक - 10

राजधानी पहुँचते ही परवानाली ने घोषणा करवा दी कि एक माह के जश्न के बाद पूर्वी नगर जाना है। ये सुनते ही चारों और खुशी की लहर दौड़ गयी। सभी के मन भर–भर कर आ रहे थे कि 'अब और दासियाँ मिलेंगी, और खज़ाना आएगा'। तभी परवानाली ने जाने की एक शर्त रख दी, कि "हम लोग वहां पूरी ताकत के साथ जा तो रहे हैं, लेकिन वहां उनके नगर को कोई हानि नहीं होनी चाहिए। वहां किसी भी तरह की मारकाट बिना वजह नहीं होनी चाहिए। हम वहां सौदा करने जा रहे हैं, झगडा नहीं"। तब भीड़ में फुसफुसाहट होने लगी, तो परवानाली ने आवारा की ओर देखा, जो भीड़ की अगुवाई कर रहा था। इस पर आवारा आगे आया और बोला, "हे मेरे ईश्वर के बेटे, तब फिर इतने लोगों के जाने की जरूरत ही क्या है? मैं खुद वहां अपने दल के साथ चला जाता हूँ और अपने ईश्वर का सन्देश सुनाते हुए सौदे की बात कर आता हूँ"। तब परवानाली ने अपने चेहरे पर एक शंका भरी मुस्कान बिखेरी और आँखें बड़ी करते हुए बोला, "और अगर वो लोग नहीं माने तो?" इस पर चारों ओर सन्नाटा छा गया। आसमानी जो कि महल की मुंडेर पर खड़ी ये सब सुन रही थी, वहीं बेसुध हो गिर पड़ी और इधर जन सैलाब में अचानक माहौल बदल गया। सभी एक साथ परवानाली के नाम के नारे लगा रहे थे। उस सभा से दौड़ती हुई मार्गरेटा आसमानी के पास आई तो उसने पाया कि आसमानी बेसुध पड़ी अपने सांसे रोकने की कोशिश कर रही है

और बुदबुदा रही है, "ऐसा नहीं होना चाहिए....."।

मार्गरिटा ने उसे उठाया और संभाल कर उसके कक्ष में ले गयी और बोली, "जो देख रही हो तुरंत बताओ"। आसमानी कुछ नहीं कह पा रही थी। वो बस यही बुदबुदा रही थी कि 'ऐसा नहीं होना चाहिए...'। इस पर मार्गरिटा ने उसके कन्धों को जकड़ा और जोर से झिंझोड़ते हुए बोली, "जो देख रही हो बताओ"। आसमानी ने जब आँखें खोली तो सामने मार्गरिटा को पाया और उसी बेसुधी में धीरे से बोली, "बच्चा होते ही मैनें अपनी शक्ति खो दी थी"। तब मार्गरिटा खड़ी हुई और बोली, "तुमने शक्ति नहीं खोई। पूर्वी लोगों ने तुमसे संपर्क करना बंद कर दिया था, क्योंकि तुम परवानाली को वहां के सारे रहस्य बताने लगी थी"। ये सुनते ही आसमानी की सुधि लौट आई और वो बोली, "तुम तो उनसे संपर्क कर सकती हो, तुम देखो और बताओ क्या होने वाला है?", इस पर मार्गरिटा ने लम्बी सांस ली और बोली, "मैंने तो तब से ही सम्पर्क करना बंद कर दिया था, जब से तुम यहाँ आई। अन्यथा तुम्हें पता चल जाता कि मैं भी पूर्व से संबंधित हूँ। फिर परवानाली हम दोनों की ही मदद लेता, क्योंकि जब तुमने उसे इतना बता दिया, तो ये भी बता ही देती"। फिर वो आसमानी की ओर पलटी और बोली, "अब न जाने इसका परिणाम क्या होगा?", तब आसमानी खड़ी हुई और बोली, "मैंने जो अंतिम दृश्य देखा था, वो बड़ा भयानक था। चारों ओर ब्रह्म गुणी लोग मारे जा रहे हैं। शिव गुणियों को बंधक बनाया जा रहा है, उनसे परवानाली के लिए प्रार्थना करने को कहा जा रहा है और जो नहीं मान रहा उसका सिर काटा जा रहा है...", कहते-कहते आसमानी की आँखों से खून बहने लगा। तब मार्गरिटा ने तुरंत उसके खून को वहां रखे पानी से साफ़ किया और बोली,

"ये तुमने क्या किया? अपनी सिद्धियों को नष्ट क्यों कर लिया?" आसमानी ने उसके हाथ को सहलाते हुए कहा, "अब मैं और इस नरसंहार का कारण नहीं बनना चाहती"। मार्गरेटा ने कांपती आवाज़ में कहा, "न जाने कोई बच पायेगा या नहीं?" इस पर आसमानी उठी और उससे बोली, "अब तुम जाओ, चिराग जलने का समय हो गया है। परवानाली को पता चल चुका है कि तुम और सियोल्पूपा पूर्व से संबंधित हो"। मार्गरेटा ने आसमानी को देखा तो आसमानी ने कहा, "उसे मैंने नहीं बताया, कदाचित उसने मेरी बातों से ये कयास लगा लिया होगा"। तब मार्गरेटा कक्ष के बाहर की ओर बढ़ी तो आसमानी ने उसे कहा, "अब तुम ही बचा सकती हो मातृभूमि को", मार्गरेटा ने पलट कर एक पल के लिए उसे देखा और बोली, "मैं पूरी कोशिश करूँगी" और वहां से निकल गयी। अँधेरा घिरने लगा था और आसमानी चिराग रोशन करने लग गयी।

रात का एक पहर बीतने के बाद परवानाली झरोखे पर खड़ी आसमानी के पास आया, जहाँ से वो आसमान में चमक रहे उन सात सितारों को देख रही थी। वह बोला, "अब तो खुश हो न?" आसमानी केवल मुस्कुरा कर रह गयी और परवानाली अपने बच्चे की ओर बढ़ गया और बोला, "तुम इसकी माँ हो इसलिए जो तुम्हें आता है, वो तो इसे पहले से ही आता रहा होगा। तो अब तुम इसे इसके पिता के बारे में बताया करना"। इस पर आसमानी के चेहरे की मुस्कान गायब हो गयी और वो बोली, "इच्छाएं केवल तीन ही थीं"। और फिर से झरोखे के बाहर सितारे देखने लगी। तब परवानाली बच्चे को लेकर उसके पास आया। उसे उसकी गोद में देते हुए धीरे से उसके कान में बोला, "तीसरी इच्छा तो अब भी अधूरी है। तीसरी इच्छा तो पूर्व नगर की किताबों की थी, पर तुमने

चालाकी से उसे शर्त की आड़ में टाल दिया था"। इस पर आसमानी ने परवानाली को आश्चर्य से देखा। तब परवानाली मुस्कुराया और बोला, "मेरी तीसरी इच्छा यही है कि इसको इसके पिता की अच्छी बातें सिखाना, उसका संघर्ष बताना। वो किस तरह ईश्वर बना ये भी बताना", इस पर आसमानी बोली, "पूरी जीवनी बता दूंगी। वो खुद ही समझ लेगा जो उसे समझना है", आसमानी के चेहरे पर बेरुखी देख परवानाली के चेहरे की मुस्कान भी फीकी पड़ गयी। उसने पूछा, "क्या तुम इस फैसले से अब भी नाखुश हो? मैंने तो मारकाट रोक दी"। थोड़ा रुक कर अपने स्वर को तटस्थ करते हुए आसमानी बोली, "हर व्यक्ति तुम्हारी तरह नहीं सोचता", और अपने बच्चे को लेकर वहां से बिस्तर की ओर चली गयी। परवानाली को ये बात समझ नहीं आई और उसके पास आकर उससे पूछा, "तुम भी चल रही हो न?", इस पर आसमानी ने परवानाली की आँखों में देखते हुए कहा, "तुम्हारी तीन इच्छाओं के साथ मेरी शक्ति चली गयी है। क्या अब भी तुम मुझे अपने साथ ले जाना चाहोगे?" इस बात से परवानाली के ईश्वरत्व को ठेस पहुँच गयी। वो नाराज हो कक्ष से बाहर निकलता हुआ बोला, "नहीं चलना तो साफ़ तौर पर मना कर दो" और निकल कर गलीचे में चला गया। गलीचे में घूमते परवानाली के दिमाग में बस यही चल रहा था कि "पूर्वी तिलिस्म की उसके पास एक ही तो चाबी थी, वो भी अब बेकार हो गयी। उसे इस बात का भी बुरा लग ही रहा था कि आसमानी उसके फैसले से नाखुश है"। तब वो वापस कक्ष के द्वार पर गया और वहीं से बोला, "मैं तुम्हारी शक्तियां भी वापस लेकर आऊंगा", कह कर महल से चला गया। आसमानी समझ चुकी थी कि अब वो वापस नहीं आएगा। उसने अपने बच्चे को लिया और झरोखे के पास जा कर खड़ी

हो गयी, जहाँ से सात सितारों की रोशनी अब मंद हो रही थी।

पूरे एक महीने के जश्न के बाद अबरू देश से एक बहुत बड़ा काफिला पूर्व की ओर निकल गया। जिसमें सौदागरों का दल था, परवीन कानून के सलाहकारों का दल था, शोध कर्ताओं का दल था, और एक विशाल सेना। जिसमें सौदागरों का मुखिया आवारा था, परवीन कानून के सलाहकारों की मुखिया मार्गरिटा, शोधकर्ताओं का मुखिया सियोत्लूपा और सेना का मुखिया हयाती और उन सबका मुखिया, उनका ईश्वर परवानाली।

अध्याय - 3

पुस्तक का रहस्य

घटनांक - 1

रेगिस्तान, पूर्व से चढ़ते सूरज का पीछा करते हुए आग उगल रहा था। साथ ही गर्म हवाएँ भी पश्चिम से पूर्व की ओर चल रही थी और एक जन सैलाब मानो इस हवा को दिशा दे रहा था। सारे योद्धा, लूटेरे, शोधकर्ता, परवीन सलाहकार और सौदागर एक ही लय में एक नाम लिए जा रहे थे, “ईश्वर का बेटा परवानाली....परवानाली...”। यह धुन उन्हे जोश दे रही थी, चलते रहने का साहस उनमें भर रही थी। ये जन सैलाब

मानो पूरे रेगिस्तान को ही निगल गया हो। जहाँ तक नज़र जाती, केवल आदमी ही आदमी दिखते। शायद रेगिस्तान को ये बात पसंद नहीं आई और उसने भयानक तूफ़ान का रूप लिया और इन सबको अपने में लीन लेने के निश्चय के साथ इन पर टूट पड़ा। पर ये लोग अब किसी के रोके रुकने वाले नहीं थे। ईश्वर का बेटा अब इनके साथ है, जो मौत को भी मार सकता है। इसी धुन और जोश में ये लोग उस तूफ़ान से भी भिड़ गये। रेगिस्तान और जन सैलाब में देखते ही देखते युद्ध छिड़ गया। तूफ़ान उनको उनकी औकात दिखाना चाहता था, तो इधर ये तूफ़ान को मुँह तोड़ जवाब देने का मन बना चुके थे। रेत के कण भी मानो हथियारों का टोला अपने साथ लेकर आये थे और बिना तलवारों के ही एक युद्ध छिड़ गया। जिसमें आदमी कभी हवा में उड़ता, तो कभी जमीं पर गिरता, पर उसके हौसले हर बार गिरने के साथ और भयानक हो जाते। देखते ही देखते ये युद्ध ताकत और इरादे के युद्ध में बदल गया और जीत हमेंशा इरादे की ही हुई है।

थोड़ी देर के आराम के बाद ये फिर चले और चलते रहे। चलते ही खाते, चलते ही पीते, चलते ही सोते, चलते ही सब काम होते। बस कुछ समय का आराम ही इनमें आगे के सफर के लिए भरपूर ऊर्जा भर देता। इसी तरह जब कुछ ही दिनों में आधा सफर तय कर लिया गया, तब पहला पड़ाव डाला गया। जहाँ रात को अपने तम्बू के बाहर परवानाली सभी दल मुखियाओं को आगे की रूपरेखा समझा रहा था, वो बोला, "मैं मारकाट नहीं चाहता"। ये सुनते ही मार्गरेटा, जो कि अब तक इस सफर से डरी हुई थी, के चेहरे पर चमक आ गयी। उसने तुरंत परवानाली की ओर देखा। तब परवानाली ने उसी से कहा, "मार्गरेटा तुम परवीन कानून

की सलाहकार दल की मुखिया हो, इसलिए तुम्हारी ज़िम्मेदारी बन जाती है, कि तुम उन्हें परवीन कानून समझाओगी। उन्हें ये भी समझाना है कि हम अमन पसंद लोग हैं और अपने अमन पसंद ईश्वर की ही पनाह में उन सबको सुरक्षित रखने का वादा लेकर आये हैं, कि यदि वो परवीन कानून मान लेते हैं तो उन सबकी सुरक्षा की जवाबदारी हम उठाएंगे"। इस पर मार्गरिटा बोली, "परवानाली क्या तुम्हें लगता है, उन लोगों को सुरक्षा के लिए तुम्हारी मदद की आवश्यकता है?", परवानाली हंसा और उसके पास आकर बोला, "अब तक के पूर्वी दौरे के हर अनुभव ने तो मुझसे यही कहा है कि उन्हें सुरक्षा की आवश्यकता है"। फिर वो आवारा की ओर बढ़ा और उसे बोला, "आवारा, सौदागरों के सरदार, तुम्हारा काम होगा उनको हमसे संबंध बनाने के फायदे बताना। हम उन्हें हथियार देंगे, रेगिस्तानों में चलने वाले वाहन भी देंगे। साथ ही हम उनसे सौदे का संबंध भी बनाना चाहते हैं, जैसे कि हमारे अबरू देश में होता है, एक चीज के बदले दूसरी चीज"। तब मार्गरिटा उठी और कुछ बोलने ही लगी थी कि सियोल्पा जोर–जोर से खांसने लगा। उसकी खांसी बंद ही नहीं हो रही थी, कि परवानाली ने उसकी पीठ थपथपाई और बोला, "सियोल्पा और हयाती को सतर्क रहना है। अगर वे लोग हमारी दोनों पेशकश ठुकरा देते हैं और चुनौती देते है तो हयाती अपने सैन्य दल के साथ उन पर धावा बोल देगा और सियोल्पा वहां के नियमों व शोधों की जांच करेगा"। सियोल्पा की खांसी अचानक बंद हो गयी। वो सीधा खड़ा हुआ, तो परवानाली की लाल पड़ चुकी आँखों में उसे आग दिखने लगी और उसने तुरंत हयाती के साथ हाँ में सिर हिला दिया। इसके साथ ही परवानाली हयाती की ओर मुड़ा और बोला, "मैं बेवजह खून नहीं बहाना चाहता।

यदि कोई जीवन रक्षा का वादा इस शर्त पर करे कि वो भविष्य में कभी विद्रोह नहीं करेगा, तो उसे बख्शा जाए"। हयाती ने इस पर भी हामी भर दी और पूछा, "लेकिन हमें धावा कब बोलना है, इसका संकेत क्या होगा?" सियोलूपा बीच में बोल पड़ा, "अपने दिमाग से ये बात निकाल दो कि हम वहां युद्ध करने जा रहे हैं, हम वहाँ केवल सौदा करने जा रहे हैं और उसी की कामना करो"। तब परवानाली ने सियोलूपा की इस बात पर सहमति जताते हुए कहा, "हमारी प्राथमिकता उनसे अच्छे संबंध बनाना ही है, इसके लिए आवारा यह सुनिश्चित करेगा पहले विस्फोट के साथ। लेकिन ईश्वर न करे कि ऐसी नौबत आ जाए जो हम नहीं चाहते, तब आवारा दूसरा विस्फोट कर हमें चुनौती का संकेत भेजेगा", इस पर हयाती ने पूछा, "लेकिन विस्फोट से तो इन दोनों की भी जान जा सकती है और वो भी दो-दो विस्फोट", तब परवानाली मुस्कुराया और अपने पास रखे हुए एक बक्से को खोल कर दिखाया जिसमें दो गोले रखे हुए थे और बोला, "ये केवल आवाज़ करने वाले विस्फोटक हैं, इनकी आवाज़ इतनी है कि यहीं से पूर्व के लोगों को हमारे आने का संकेत मिल जाए, इनको बस ज़मीन पर फैंकना होता है"। फिर आवारा को आगाह करते हुए बोला, "लेकिन ध्यान रहे, ये आग के संपर्क में न आये, वर्ना जान भी जा सकती है"। और अंत में योजना की रूपरेखा सब से पूछ कर, ये तसल्ली कर ली कि सभी लोगों को आगे की योजना समझ आ चुकी है, फिर अपने तम्बू की ओर चला गया और अंदर जाते हुए बोला, "अब अगला पड़ाव सीधे पूर्वी नगर के मैदान में होगा"।

रात के सन्नाटे में जब सभी लोग सो गये, तब सियोलूपा अपने तम्बू से निकला और मार्गरेटा के तम्बू की ओर गया। वहां से मार्गरेटा को

बाहर बुलाया, तो हयाती भी उसके साथ बाहर आ गया। तब सियोल्पा ने हयाती को देख एक लम्बी मुस्कान अपने चेहरे पर फैलाई और मार्गरेटा से बोला, "नींद नहीं आ रही थी। अब तक का सफर तो ईश्वर के बेटे के कारण अच्छा रहा पर आगे जाने क्या हो?" तब हयाती बीच में बोल पड़ा, "आप भी उसे ईश्वर का बेटा मानते हो?" तो सियोल्पा सतर्क हो गया, वो समझ गया कि 'मार्गरेटा ने ही उसे ईश्वर के नाम की कोई और पट्टी पढ़ा रखी है' और मार्गरेटा की ओर देखा। तब मार्गरेटा ने कहा, "हयाती की नज़र में ईश्वर वो होता है जो हवा में उड़ सके, पानी पर चल सके ये परवानाली को केवल अपना एक अच्छा बादशाह मानता है, जो उसके कबीले को समृद्धि की राह पर लेकर आया है, चाहे इसके लिए उन्हें मासूमों का खून ही क्यों न बहाना पड़ा हो"। फिर उसने सियोल्पा से पूछा, "लेकिन आप इतनी रात को यहाँ क्या कर रहे हैं, क्या आप केवल यही कहने आए थे?" तो सियोल्पा बोला, "नहीं, दरअसल मैं जानना चाहता था कि तुम दोनों मुझे खुशखबरी कब दे रहे हो? परवानाली के बच्चे को देखता हूँ तो ख्याल आता है कि मैं भी एक बच्चे का नाना बन उसे अपनी गोद में खिलाऊ, उम्र भी हो चुकी है। न जाने कब ईश्वर के घर से बुलावा आ जाए"। तब मार्गरेटा ने हयाती की ओर देखा तो हयाती सिर झुका कर एक ओर चला गया, जहाँ जलती हुई आग के सिवाय कोई नहीं था। वहां जाकर उसने देखा, उस आग के पास आवारा बैठा है। तब आवारा ने खड़े होकर उसका स्वागत किया। इस पर हयाती ने उसे बैठने का इशारा किया और खुद भी वहीं रखे हुए एक पत्थर पर बैठ गया।

इधर सियोल्पा मार्गरेटा को पकड़ कर एक तरफ ले आया जहाँ से उनकी बातें कोई नहीं सुन सकता था, फिर वो बोला, "तुम उस समय

क्या कहने वाली थी?” मार्गरेटा का गुस्सा फूट पड़ा, वो बोली, “वो उनको सौदा करना सिखाएगा, जो सौदागरों के भी सौदागर हैं? ये वस्तु के बदले वस्तु लेगा, इस मूर्ख को मालूम ही नहीं वहां अर्थशास्त्र के वो अध्याय लिखे जा चुके हैं जिसके पहले पृष्ठ के पहले अक्षर पर भी नहीं पहुँच पाया है ये। अपने स्वार्थ और अहंकार में ये इतना अँधा हो चुका है कि इसे लगता है चार पटाखे बना कर ये बहुत ताकतवर हो गया है। इस मुर्ख को नहीं पता कि वो लोग हथियारों के बिना ही शत्रु का हाल बेहाल कर देते हैं। मुझे तो तरस आ रहा है इस मूर्ख पर कि अब इसका क्या हाल होगा। इसका जो हो, सो हो, पर ये मूर्ख और कितनों की जान से खेलेगा?” सियोलूपा के पास मार्गरेटा की इस बात का कोई जवाब नहीं था, उसका बदन ढीला पड़ गया और सिर कन्धों पर झूल गया।

उधर हवा और आग की सनसनाहट को तोड़ते हुए आवारा बोला, “आपने तो ईश्वर के साथ कई युद्ध लड़े हैं। आप तो ईश्वर को बहुत करीब से जानते हैं, कुछ बताइये अपने अनुभवों के बारे में। ऐसा कुछ जो कोई नहीं जानता हो”। इस पर हयाती खीज उठा और बोला, “सबसे पहले तो उसे ईश्वर कहना बंद करो। परवानाली एक ऐसा आदमी है जो अबरू के लिए सोचता है। यही उसकी खासियत है, इसी के लिए हम उसका सम्मान करते हैं, उसकी बात मानते हैं”। आवारा को शायद इस तरह की प्रतिक्रिया की अपेक्षा नहीं थी। वो ज़मीन पर ही सरकते हुए हयाती के पास आया और बोला, “अगर परवानाली ने अबरू के लिए इतना सब किया है, तो क्या वो हमारे लिए ईश्वर समान नहीं हुआ?” इस पर हयाती फिर बोला, “ईश्वर समान और ईश्वर में अंतर है। ईश्वर तो पूरी धरती का पिता है, जो सबका ध्यान रखता है और हम उसी ईश्वर के नाम

पर लोगों को क़त्ल करते हैं"। इस पर आवारा बोला, "तो क्यूँ करते हो?", हयाती के पास इसका कोई जवाब नहीं था। वो बस इतना ही बोल पाया, "जिंदा रहने के लिए" और अपनी ख़ामोशी में डूब, जलती हुई आग की लपटों को देखता रहा।

इधर मार्गरिटा को अपने ऊंचे सुर का आभास हुआ और अपने पिता के पास आकर बोली, "आप ही के कारण तो परवानाली यहाँ तक पहुँच पाया है। अगर आपने उसे वचन न दिया होता, तो कदाचित आज दशा कुछ ओर होती"। इस पर सियोल्लूपा ने अपने सिर को झुकाए हुए ही नम आवाज़ में कहा, "ये सब मैंने अपनी बच्ची के लिए किया"। तब मार्गरिटा फिर से बिगड़ गयी और बोली, "मातृभूमि से बढ़कर कोई नहीं होता यही सिखाया था ना आपने बचपन में, इस बात को आप ही भूल गये?", सियोल्लूपा की आँखों से आंसू बह निकले। वो अपनी गलती पर पछता रहा था। मार्गरिटा को अब अपने पिता पर दया आने लगी। उसने सियोल्लूपा की ठोड़ी को अपनी हथेली का सहारा दिया और अपना चेहरा उसके चेहरे के पास लाकर बोली, "अब भी देर नहीं हुई, आप चाहें तो अब भी क्या नहीं कर सकते? तोड़ो इस वचनबद्धता को और मातृभूमि के बारे में सोचो, इस धरती माँ के बारे में सोचो। क्योंकि यही सही समय है, अन्यथा इतिहास क्रूर लोग लिखेंगे"। सियोल्लूपा की आँख के आंसूओं ने उसके चेहरे की सिलवटों पर घर बना कर हीरे जैसी चमक पाना शुरू कर दिया था।

उधर आवारा हयाती की हालत पर दुःखी था, लेकिन परवानाली के बारे में हयाती के विचार उसे आंदोलित कर रहे थे। तब वो बोला, "क्या परवानाली गलत इन्सान है?" इस पर हयाती ने उसे झप्ट

कर एक हाथ से उठा लिया और बोला, "बेकार की बातों में मेरा समय ना बिगाड़ो। मैं अपनी युद्ध की योजनाओं के बारे में सोच रहा हूँ। क्योंकि युद्ध तो होगा, लेकिन नुकसान अबरू का भी होगा"। आवारा हयाती की इस हरकत से भीतर तक खौफ में आ गया, लेकिन उसे ख़ुशी भी हो रही थी। उसे परवानाली के बारे में सामान्य इन्सान होने की जानकारी मिल रही थी, जिसके साथ वो एक अजीब सा सुकून पा रहा था। तब उसने अपने इसी सुकून को अपना साहस बना हयाती की बात का जवाब देते हुए बोला, "यदि परवानाली गलत इन्सान है तो क्यों तलवार उठाये चल रहे हो उसके साथ? लौट जाओ"। बौखलाए हुए हयाती ने आवारा को वहीं ज़मीन पर पटक दिया और उसका सिर उसी के धड़ में धंसाते हुए बोला, "एक आदमी की इच्छाओं की कीमत मैं अपने अबरू लोगों से नहीं चुकाना चाहता"। उसकी आँखों के अंगारे आवारा को अब और उत्साहित कर रहे थे, वो फिर से बोला, "तो अपने अबरू लोगों को भी अपने साथ लेकर लौट जाओ। परवानाली अकेला ही उन लोगों से भिड़ने की ताकत रखता है"। इस बात पर हयाती के चेहरे पर एक रहस्यमई हंसी आ गयी और हँसते हुए बोला, "दुःख तो इसी बात का है कि ये लोग भी तुम्हारी तरह उसे ईश्वर मानते हैं", कहते हुए वो अपनी जगह पर वापस आ बैठा।

इधर सियोलूपा के स्वर में अब दृढ़ता आने लगी, वो मार्गरेटा से बोला, "मैं अब इस यात्रा से थक चुका हूँ, अब मैं मुक्ति चाहता हूँ"। तब मार्गरेटा के स्वर में हल्की सी नमी आई, "मैं भी यही चाहती हूँ, इसीलिए कह रही हूँ। हमारे पूर्वजों ने जिस संसार की कल्पना की थी उसकी सूरत बिगड़ने से अब आप ही बचा सकते हैं"। तब सियोलूपा एक गहरी सांस

लेकर बोला, "मैंने अब सब समय पर छोड़ दिया है"। इस पर मार्गरेटा ने अपनी लाचारी तोड़ी और बोली, "मैं समझ गयी। आपके लिए आपको सिद्धि महत्वपूर्ण है, मानव कल्याण नहीं। अब आपमें और परवानाली में कोई अंतर ही नहीं बचा"। सियोलूपा के चेहरे पर शिकन उभरने लगी। उसने मार्गरेटा को आसमान के सात तारे दिखाते हुए कहा, "सब कुछ पहले से ही तय है। तुम्हें केवल अपने कर्तव्य निभाते चलना है। हमें इन शक्तियों के साथ संयम का व्यवहार करना चाहिए, क्योंकि इन शक्तियों का प्रयोग पक्षपात के लिए नहीं किया जा सकता। यही तो इनका अस्तित्व है। और अभी परवानाली जिस उद्देश्य से वहां जा रहा है उसमें हम केवल कयास लगा रहे हैं अपशकुन का, हो सकता है वैसा कुछ ना हो, तो..", मार्गरेटा की आँखों में अचानक से चमक आ गयी और बोली, "मैं समझ गयी कि अब मुझे क्या करना है"। इस पर सियोलूपा बोला, "तुम गुप्त शक्ति सिद्धि भंग कर रही हो"। तब मार्गरेटा ने तुरंत कहा, "मातृभूमि से बड़ कर कुछ नहीं है। जब उस पर विपदा आए तो हर वचन, हर नियम छोटा है। यही तो कृष्ण भी कहते हैं" और आगे बोली, "उसे पता है कि हम पूर्व से संबंधित हैं"। सियोलूपा की आंखे बड़ी हो गयी, "तो क्या तुमने या आसमानी ने?" "नहीं, लेकिन उसे पता चल चुका है। आप ही के संरक्षण में वो पूर्वी भाषा का ज्ञान वहां के लोगों को दिलवाता रहा है। साथ ही आप ये कैसे भूल गये कि परवानाली भी ये भाषा शुरू से जानता है और अब तो आसमानी भी उसके साथ है"। मार्गरेटा की इस बात ने सियोलूपा को सोच में डुबा दिया।

उधर आवारा हयाती की इस रहस्यमयी हंसी का जवाब देना चाहता था, पर डर भी था कि कहीं उसकी जान पर ही ना बन आये। तब

उसने अपने शब्दों को सौदाई नम्रता का जामा पहनाते हुए कहा, "मैं तो समझता था कि आप बादशाह का साथ इसलिए देते हैं कि आप उनके तरीकों से खुश हैं, क्योंकि अब तक हर बार उन्होंने ये सिद्ध किया है कि सच में ईश्वर उनके साथ है। हयाती उसकी नम्रता से सहज हो गया और उससे माफ़ी मांगते हुए बोला, "हाँ कभी–कभी मैं भी ऐसा ही सोचता हूँ, लेकिन...", कहते हुए वो रुक गया। इस पर आवारा की जिज्ञासा बड़ गयी और बोला, "लेकिन क्या?", हयाती के माथे पर सिलवटें उभरने लगीं, वो बोला, "..लेकिन.. मार्गरिटा कहती है कि ईश्वर तो जिन्दगी देता है"। इस बात से आवारा संशय में आ गया और सोचने लगा कि शायद हयाती मार्गरिटा के कारण परवानाली को पसंद नहीं करता।

इधर कुछ देर सोचने के बाद सियोलूपा बोला, "तुम उन्हें सब सच बता देना"। इस पर मार्गरिटा ने कहा, "भीषण युद्ध छिड़ जाएगा"। तो सियोलूपा ने तपाक से कहा, "युद्ध तो फिर भी ठीक है, लेकिन सच ना बोले तो उससे भी बुरा हो जाएगा"। तब मार्गरिटा ने कहा, "अब तो परिस्थितियों को देखते हुए इस बात का निर्णय लिया जाएगा, अभी मैं जा रही हूँ अपनी योजना बनाने"। इस पर सियोलूपा ने उसे पकड़ा और कठोरता से बोला, "तुम्हें उन्हें बताना ही होगा"। तब मार्गरिटा तुरंत बोली, "तब मुझे 'प्राप्ति नियम' की शक्ति का उपयोग करने की स्वतंत्रता चाहिए"। सियोलूपा ने उसकी आँखों में दृढ़ता को पढ़ा और अपनी बांह के कपड़े के भीतर हाथ डाला और एक धागा निकाल कर मार्गरिटा के हाथ में रख दिया, इस पर वो बोली, "तब भी मैं समय के अनुकूल ही बात रखूंगी। लेकिन ये विश्वास दिलाती हूँ, कि इसके बाद परवानाली कभी भी पूर्व की ओर आँख उठा कर भी नहीं देखेगा"। ये कह कर वो अपने तम्बू

की ओर चली गयी और सियोल्लूपा खुले आसमान के नीचे अपना सिर पकड़ कर बैठ गया, जहाँ अब भी सात तारे टिमटिमा रहे थे।

और उधर अपने ख्यालों में खोये हुए आवारा ने मार्गरिटा को जब तम्बू में जाते देखा, तो हयाती से बोला, "आपकी विवाहिता इतनी रात गये कहाँ से आ रही है?" इस पर अपनी सोच में डूबे हुए हयाती ने कहा, "वो अपने पिता से मिलने गयी थी। अब ना जाने कब मुलाकात होगी, होगी भी या नहीं?" और उठ कर वो भी तम्बू की ओर निकल गया। आवारा को इस बात पर संदेह हुआ और वो भी वहां से उठकर जिस दिशा से मार्गरिटा आ रही थी, उस दिशा की ओर बढ़ गया।

शिविर की मुंडेर पर सियोल्लूपा बैठा–बैठा आसमान को ताक रहा था और एक लकड़ी के टुकड़े से मिट्टी को कुरेद रहा था। जिसे देख आवारा निश्चिन्त हो गया और खुद से ही बातें करने लगा, "मार्गरिटा अपने पिता से ही मिलने गयी थी, हो सकता है वो डर रही हो पूर्वी नगर के भीतर जाने से, लेकिन इतने महान शोधकर्ता की बेटी डरती भी है!" ये सोच कर उसे हंसी आ गयी और अपने देश के महान शोधकर्ता सियोल्लूपा के पास आकर वहीं ज़मीन पर बैठ गया और बोला, "आप महान हैं, मैं भी आपकी ही तरह महान बनना चाहता हूँ। मैं आप ही के नगर मेसोतामी में दा हुआ हूँ, ये बात शायद आप जानते नहीं"। ये सुनते ही सियोल्लूपा के माथे पर शिकन आ गई। तब आवारा ने कहना जारी रखा, "आपने बादशाह परवानाली के लिए कितने शोध किये हैं, जो किसी चमत्कार से कम नहीं। उनमें से किसी एक शोध के बारे में बताओ ना"। सियोल्लूपा ने अपना सिर झुकाये हुए ही कहा, "भले ही मैंने अपने जीवन में कई शोध किये लेकिन एक शोध मुझे बहुत महंगा पड़ा है", आवारा की जिज्ञासा बढ़ने लगी,

“कौनसा शोध?” तो सियोल्रूपा वहीं ज़मीन कुरेदता बोला, “अग्नि शोध। जो मैंने ‘सूर्य की कलाओं’ वाली पुस्तक पर किये थे”। यह बोल कर वो अचानक रुक गया और सिर उठा कर उसने आवारा को देखा, जो कि उसी जिज्ञासा के साथ उसे देख रहा था और तब आवारा बोला “कौनसी पुस्तक?” सियोल्रूपा ने बात को घुमाते हुए कहा, “कुछ नहीं, वो सारे शोध के विषय मुझे परवानाली ने बताये थे, जो कि उसके ईश्वर ने उसे दिए थे”, कह कर सियोल्रूपा उठा और अपने तम्बू की ओर बढ़ गया। इधर आवारा अपने बादशाह के ख्यालों में खो गया, “क्या सच में मेरे बादशाह ईश्वर के इतने करीब हैं? मैं ही बेवकूफ था, जो हयाती जैसे अहसान फरामोश की बातों में आकर अपने ईश्वर के बेटे पर शक कर रहा था। हे मेरे ईश्वर, मेरे ईश्वर के बेटे, मुझे माफ़ करना। मैं कम अक्ल नादान तुझे ठीक से जान ही न पाया। ईश्वर मुझे माफ़ करे” बोलता हुआ आवारा परवानाली के ख्यालों में खोया हुआ, परवानाली के तम्बू के बाहर आ गया और उसके बाहर की ज़मीन को वहां बैठ कर चूमने लगा।

बाहर कुछ आवाज़ हुई तो परवानाली की नींद खुली और वो चौकन्ना हो गया। फिर तम्बू से बाहर झाँका जहाँ आवारा ज़मीन को चूम रहा था, तब परवानाली बाहर आया और आवारा को उठा कर पूछा, “तुम यहाँ क्या कर रहे हो? इस समय तुम्हें अपने तम्बू में होना चाहिए”। इस पर आवारा उसके पैरों पर लिपट कर उन्हें चूमने लगा और बार–बार कहता रहा, “हे मेरे ईश्वर मुझे माफ़ कर दे...”, तब परवानाली ने उसे उठाया, उसे लगा शायद उससे कोई गलती हो गयी है जिसके लिए वो माफ़ी मांगने आया है। तब परवानाली ने कहा, “तुम्हारे तो हज़ार गुनाह माफ़ कर सकता हूँ आवारा, अब उठो और अपने तम्बू में जाओ”। इस पर

आवारा और पिघल गया और परवानाली की कमर से लिपट कर कहने लगा, "ओह... मेरे ईश्वर का दिल कितना बड़ा है..." कहते हुए वो उसकी कमर को चूमता हुआ उसके हाथो को चूमने लगा। इस बात से बेखबर परवानाली अचानक चौंक गया और आस–पास देखा कि किसी ने देखा तो नहीं। जब कोई न दिखा तो वो आवारा को अपने तम्बू में लेकर आया और उसे पूरी तरह से झिंझोड़ते हुए बोला, "होश में आओ आवारा"। पर आवारा पर तो अब परवानाली का रंग चढ़ गया था। वो वहीं उसके आस–पास नाचने लगा, गोलगोल चक्कर लगाने लगा, तो परवानाली को हंसी आने लगी और उधर नाचता हुआ आवारा गाना भी गा रहा था, "मैं अपने ईश्वर के बेटे से मुहब्बत करता हूँ..." और नाचते–नाचते परवानाली के हाथो को, पैरों को, कन्धों को चूमता रहा। तभी परवानाली को अपने बचपन की याद हो आई, कि जब वो दास था तब एक लूटेरे ने उसके साथ ऐसी ही हरकत की थी, जिसको उसने सबक सिखा दिया था और आज वो इस मुकाम पर आ गया है। फिर अचानक उसे ख्याल आया कि यदि वो उस रात उस लूटेरे को उसके साथ सब कुछ करने देता तो क्या होता, कि तभी आवारा ने झूमते हुए आकर उसके होठों को चूम लिया। आवारा के चुम्बन में एक समर्पण भाव को परवानाली महसूस कर रहा था, जो कि उसने आज तक आसमानी के चुम्बनों में नहीं किया था। इसके साथ वो आवारा से लिपट गया और पूरी रात वो दोनों एक दूसरे में "समर्पण और ईश्वर" खोजते रहे।

घटनांक - 2

अगले दिन पड़ाव उठा और पूर्वी नगर की ओर निकल चला। अब आवारा अधिकतर परवानाली के साथ ही रहता और जल्द ही इस अबरू काफिले ने पूर्वी दुर्ग के सामने अपना डेरा डाल दिया, जहाँ बादल नहीं थे फिर भी सूरज छिपा हुआ था। वो काला पड़ चुका था। नगर की दीवारों की चमक भी सूरज के साथ खो गयी थी। ये दृश्य देख उसे आश्चर्य हुआ, लेकिन वो ये देख कर भी चकित था कि दो बार उसने इस नगर पर आक्रमण किया और हर बार ये नगर पहले से अधिक सुदृढ़ और विकसित हो गया। फिर उसने आसमान में सूरज को ध्यान से देखा तो पाया कि सूरज के आगे कोई गोल थाली लगी हुई है, जिसने सूरज को छिपा रखा है। परवानाली जोर से हंसा और बोला, "मुझे देख कर तो इनका देवता भी अब अपना चेहरा छिपाने लगा"। मार्गरेटा से ये बात सहन नहीं हुई। वो कुछ बोलती इससे पहले ही सियोल्पा बोल पड़ा, "समय सूचक यंत्र के अनुसार आज का दिन सूर्य ग्रहण का है। जब कोई और धरती सूर्य और इस धरती के बीच आ जाती है, तब ऐसा होता है"। परवानाली की आँखे बड़ी हो गयी और वो पूर्व नगर को देखने लगा। इधर मार्गरेटा ने आसमान की ओर देखा और दांतों को भींचते हुए बोली, "आसमानी!!"

जब पूर्वी नगर में इनकी इस वापसी की खबर लगी, तो वे सब सतर्क हो गये और तुरंत ही पूर्वी सेना दुर्ग की दीवारों पर तैनात हो गयी। दुर्ग के भीतर कान फाड़ डालने वाले नगाड़े बजने लगे, जिसका शोर पूरे

वातावरण को नचा रहा था। तभी इधर परवानाली जोरों से हंसा। उसकी हंसी नगाड़े में मिल गयी और बहुत ही भयानक रस बनाने लगी, जिससे वहां खड़े सभी अबरू लोग दहशत में आ गये, लेकिन आवारा उसे देख मुस्कुरा रहा था।

परवानाली ने आवारा को देखा, तो आवारा मुस्कुराते हुए अपने वाहन से उतर कर मार्गरिटा के वाहन के पास आया, और बोला, "चलें"। मार्गरिटा इसके लिए शायद अभी तैयार नहीं थी, कि तभी परवानाली की आवाज़ आई, "अच्छा काम जितना जल्दी हो उतना अच्छा"। तब मार्गरिटा अपने वाहन से उतर कर आवारा के पास आई, जो कि उस बक्से को उठा रहा था जिसमें दो विस्फोटक हैं, और फिर आवारा ने अपने दल को वहीं रहने का इशारा किया। उसने परवानाली को झुक कर सम्मान दिया और मार्गरिटा को लेकर दुर्ग की ओर चल पड़ा। तभी मार्गरिटा रुकी, परवानाली के पास आई और बोली, "काम तभी अच्छा कहलाता है जब उसको करने लायक समय हो" और वहां से आवारा के साथ चली गयी। इधर परवानाली अपनी दाड़ी के बाल चबाता रहा।

उधर दुर्ग के पास जब मार्गरिटा और आवारा पहुंचे तो वही नगाड़ा फिर से बजा और द्वार खुलने की आवाज़ आई। इस बार पूरा द्वार न खुल कर सिर्फ नीचे के हिस्से का एक छोटा द्वार खुला और वो दोनों उसके अंदर हो गये।

भीतर दो सेनाएं तैयार थीं, जिनमें एक स्त्रियों की सेना थी तो दूसरी पुरुषों की और उन सेनाओ के सेना नायक ने वहाँ आकर उन दोनों को उन सेनाओं के साथ जाने को कहा। तब मार्गरिटा स्त्रियों वाली सेना के साथ और आवारा पुरुषों वाली सेना के साथ एक दूसरे के विपरीत दिशा

में निकल गये। दोनों ने ही नगर की भव्यता पर एक बार भी नज़र नहीं डाली, चूँकि मार्गरेटा इसी उधेड़बुन में थी कि "वो इन लोगों से क्या बात करेगी?" और उधर आवारा पर तो अपने बादशाह की मुहब्बत का नशा छाया हुआ था। इस बात पर दोनों के साथ चल रही सेना ने ध्यान दिया कि "पिछली बार जब भी परवानाली यहाँ आया तब-तब वो इस नगर में खो गया, पर इन पर इसका असर नहीं। ये बात उन दोनों सेनाओं ने अपने-अपने गंतव्यों पर पहुँच कर वहां खड़े द्वारपालों को बता दी और चले गये। फिर जब वहां पूर्वी नगर के सन्देशवाहक आए और द्वारपाल को देखा, तो द्वारपाल ने उन्हें कहा, "धुन है"। इस पर दोनों ही तरफ के सन्देशवाहकों के चेहरे थोड़े सहज हुए और कक्ष में प्रवेश कर गये। मार्गरेटा के कक्ष में प्रवेश करने वाले संदेशवाहक अंदर प्रवेश भी नहीं कर पाए थे कि मार्गरेटा बोल पड़ी, "मैं शिव गुणियों से मिलना चाहती हूँ"। इस पर वो पूर्वी नगर के सन्देशवाहक चकित हो एक दूसरे का मुँह ताकने लगे, उन्होंने उससे उसका परिचय माँगा तो वो बोली, "परिचय का समय नहीं है, जो कहा वो शीघ्र करो"। सन्देशवाहक तुरंत ही वहां से निकल गये।

उधर आवारा के पास जब संदेशवाहक पहुंचे तो उन्होंने आने का कारण पूछा।तब आवारा ने कहा, "मैं यहाँ सौदा करने आया हूँ"। तब संदेशवाहकों ने पूछा, "किस चीज का सौदा?" तब आवारा ने उस बक्से को खोला और वो गोले दिखाता हुआ बोला, "इनका"। इस पर दोनों सन्देश वाहक हँसे और बोले, "इनसे तो यहाँ के बच्चे खेलते हैं"। इस बात ने आवारा को चौंका दिया। पर तभी एक संदेशवाहक ने एक गोले को उठाया तो पाया ये सामान्य गेंद से अधिक भारी है। तब उसने उसको उछाल कर देखा तो आवारा ने उसे तुरंत रोक दिया, "सावधान, ये कोई

खेलने की चीज नहीं है। अगर ये ज़मीन पर गिर गया तो परिणाम बहुत भयंकर हो सकते हैं"। संदेशवाहकों ने बात को गंभीरता से लिया और वो गोला आवारा को पकड़ाकर तुरंत वहां से निकल गये और आवारा उन पर हंसने लगा।

थोड़ी ही देर के बाद मार्गरेटा के पास शिव गुणी लोग पहुँच गये और उससे उसका परिचय पूछते हुए परवानाली के फिर से आने का कारण पूछा। मार्गरेटा ने कहा, "मैं पूर्व से ही संबंधित हूँ। हमारे पूर्वज पूर्वी ही थे, जो यहाँ से पश्चिम के मेसोतामी नगर में शोध करने गये थे और वहीं जा बसे थे। मेरे पिता का नाम सियोल्लूपा है, जो वहां के शिव गुणियों में थे, जो कि "सूर्य की कलाओं" के नियम से लोगों की सहायता करते थे। तभी वहां परवानाली का एक लूटेरा दल आया और हमें दास बना कर अपने साथ ले गया। पर फिर उसी ने हमारी सहायता भी की। वहां का मुखिया कोई और ही था, जो दास–दासियों के साथ पशुओं से भी बुरा व्यवहार करता था। तब परवानाली ने पिता के कहने पर ही मुझसे विवाह कर मुझे दासत्व से मुक्ति दिलवाई, जिससे मैं उस पर ध्यान रखूं कि क्या वो भी पूर्व से संबंधित है, क्योंकि "पररक्षा का सूत्र" केवल इसी धरती पर सिखाया जाता है और परवानाली ने वो हमारे लिए किया। इस बात से हम दोनों ही पिता पुत्री चकित थे कि वो वहां के बाकी लोगों से भिन्न है। लेकिन फिर उसके शासक बनने के बाद कभी ऐसा नहीं लगा कि वो पूर्व से संबंधित है, तब मैंने उससे विवाह विच्छेद कर लिया"। इस पर शिव गुणी चकित रह गये, "विवाह विच्छेद?" तब मार्गरेटा ने बताया, "उसी ने ये नियम बनाया है, जिसे वो परवीन कानून कहता है और उसी का प्रचार करने के लिए उसने मुझे यहाँ भेजा है"। इस बात से शिव गुणी अचरज में पड़ गये,

कि "ये कौनसा कानून है? जो विवाह जैसे अभेद्य संबंध को तोड़ने की बात कहता है"। वो चिंतन में डूब गये।

उधर आवारा के पास ब्रह्म गुणी लोग पहुंचे। उन्होंने उससे परिचय माँगा तो वो इतराते हुए बोला, "मैं ईश्वर का वो ख़ास बंदा हूँ, जो अपने ईश्वर के सबसे करीब है", इस पर ब्रह्म गुणी लोगों के चेहरे पर एक हंसी भरी मुस्कान आ गयी और वे बोले, "कहो क्या सौदा लेकर आये हो?", तब आवारा ने उन्हें भी बक्सा खोल कर वो दो गोले दिखाए। तब एक ब्रह्म गुणी उसके पास आया और गोले को उठाया। तब आवारा ने उसे सावधान किया और कहा, "आराम से, ये भयानक है"। तब उन्होंने पूछा, "ये क्या चीज है?" तो आवारा बोला, "डरो नहीं ये तब तक नुकसान नहीं पहुंचाएगी, जब तक आग के पास नहीं जाएगी। इस तरह के कई गोले हैं मेरे पास, मैं और भी ला सकता हूँ", तब एक ब्रह्म गुणी ने पूछा, "इसकी हमें क्या आवश्यकता?" तो आवारा तुरंत बोला, "है। तुम्हें ही है और वो भी सबसे ज्यादा। तुम विकसित हो हमारी तरह, सभ्य भी हो, पर सुरक्षात्मक रवैये में मात खा जाते हो। इसलिए सभ्य होने के नाते मेरे बादशाह, ईश्वर के बेटे परवानाली तुम लोगों से संबंध बनाकर तुम्हारी सुरक्षा का वादा करना चाहते हैं"। तब एक ब्रह्म गुणी आगे आया और बोला, "तो ठीक है, अगर वो हमसे संबंध बनाना चाहते हैं, ये अच्छी बात है। वो हमारी रक्षा करना चाहते हैं, ये भी अच्छी बात है। पर हमें इनकी आवश्यकता नहीं। यदि वो हमारी रक्षा चाहते हैं तो उनसे कहो, वो अपनी सेना को वापस भेज दे और हम उन्हें यहाँ से उपहार देकर भेज देंगे"। तब आवारा बोला, "नहीं तुम्हारे पास जो कुछ भी है, वो सब नकली है। मेरे बादशाह ईश्वर के बेटे ने ईश्वर से जानकर ये सब बिलकुल

असली बनाया है। इसलिए तुम हमारा परवीन कानून मानो और मेरे ईश्वर को अपना ईश्वर मान लो और परवीन कानून के हिसाब से रहो। फिर हम सब में एक रिश्ता कायम हो जाएगा"। ब्रह्म गुणियों को समझ नहीं आ रहा था कि वो इसकी बातों पर हँसे या गुस्सा करें। तब उन्होंने पूछा, "तुन्हें किसने इन सब शोधों के बारे में बताया?", तब आवारा उनके पास आकर फुसफुसाया, "मेरे बादशाह, ईश्वर के बेटे परवानाली ने। वो ईश्वर के बहुत करीब हैं"। इस बात से ब्रह्म गुणियों को कुछ शंका हुई और वो तुरंत वहां से निकल गये।

इधर शिव गुणी अब भी चुप ही बैठे थे। तब मार्गरिटा बोली, "परवीन कानून कहता है कि यदि विवाह विच्छेद के बाद पति पत्नी फिर से एक साथ होना चाहें, तो पत्नी को पहले किसी और से विवाह करना होगा"। इस बात पर सभी शिव गुणी एक दूसरे का चेहरा देखने लगे। मार्गरिटा ने कहना जारी रखा, "इसलिए पिता ने मेरा विवाह उसी के एक योद्धा हयाती से करवा दिया। वो भी एक अच्छा पुरुष है। वो लोगों से प्रेम रखता है, लेकिन केवल अपने लोगों से। ये बात मुझे तब समझ आई जब उसने परवानाली की इच्छाओं के लिए नगर के नगर शमशान बना दिए और परवीन कानून का झंडा वहां के नगरों में लहरा कर, उस छोटे से कबीले अबरू को अबरू देश बनाने में जुट गया। देश की परिभाषा भी उसे यहाँ की ही एक लड़की ने बताई थी। जिसे वो जब पहली बार यहाँ आया था, तब ले गया था। जिसे वो आसमानी पुस्तक कहता है। उसी लड़की ने उसे वो सारे शोध बताये थे"। यह सुन कर शिव गुणी पत्थर समान जड़ हो कर बैठ गये। तब मार्गरिटा ने उनसे पूछा, "क्या दिख रहा है?" तो एक शिव गुणी बोला, "अनर्थ हो गया"। इस पर मार्गरिटा ने उनसे पूछा, "तो

अब क्या किया जाए?" तब शिव गुणी बोले, "क्या तुम जानती हो परवानाली कौन है?", मार्गरेटा ने कहा, "मैं सती नियम का पालन कर रही थी इसलिए मैंने संपर्क करने बंद कर दिए थे। पर आसमानी, जो कि अब उसकी पत्नी और उसके बच्चे की माँ भी हो चुकी है, उसने अभी ही यहाँ आने से पहले मुझे बताया था कि परवानाली भी अबरू से संबंधित नहीं है। वो तो किसी ओर नगर का था, जहाँ के लोग रेगिस्तानों में खेती किया करते थे। वहाँ कुछ लूटेरों ने उसके परिवार को मार दिया था और उसे अपने साथ ले गये थे"। इस बात से शिव गुणी तुरंत उठ खड़े हुए। तब मार्गरेटा ने उनसे उनकी इस चिंता का कारण पूछा तो वे बोले, "सदियों पहले जो शोध दल गये थे, उनमें से एक दल रेगिस्तानों में भी गया था। अमरदेव, जो कि एक पूर्ण शिव गुणी था, जो "भूमि की कलाओं" पर शोध सिखाता था। लेकिन वो बहुत हठी था और हठ विद्या से उसने रेगिस्तानों में भी खेती कर उस भूमि को भी उपजाऊ बना लिया था। फिर उसने एक पूर्ण विष्णु गुणी लड़की से प्रेम विवाह कर लिया"। ये सुनते ही मार्गरेटा चौंक गयी। "पूर्ण विष्णु गुणी लड़की, जिससे पूर्वी देश के प्रजापालक का विवाह होना तय था?", शिव गुणियों ने कहा, "हाँ....और तब उन दोनों की दो ब्रह्म गुणी संताने थी, एक लड़का एक लड़की। तब वहां पर भी लूटेरों का आक्रमण हुआ था। अचानक हुए इस आक्रमण ने उन लोगों को सँभलने का अवसर ही नहीं दिया और देखते ही देखते सब नष्ट हो गया। अमरदेव अपने लोगों की रक्षा करते हुए मारे गये, उनकी पत्नी को जीवित ही जला दिया गया और उनकी तेरह वर्ष की बेटी का शील भंग कर दिया गया। पर उनके बेटे का कहीं पता नहीं चला, कि वो कहाँ चला गया? उसका शव नहीं मिला, तो हमें आशंका हुई कि वो भाग गया होगा।

इसलिए हमने कई बार उसे ढूंढने का प्रयास भी किया। चूँकि वो पूर्ण ब्रह्म गुणी था, इसलिए उसका ठीक से प्रशिक्षित होना आवश्यक था। लेकिन जब उसका कहीं पता नहीं चल पाया तो हमें लगा कि वो लोग उसे अपने साथ ले गये होंगे"। तब मार्गरेटा ने पूछा, "और उनकी बेटी?" इस पर एक शिव गुणी आगे आया और बोला, "उनकी बेटी को कुछ लोग यहाँ तक लेकर आ गये थे, जो बच गये थे। जिसको हमने यहाँ शिव गुण में दुर्गा नियम से शिक्षित-दीक्षित किया था, जो कि परवानाली के साथ चली गयी थी। उसने जाते हुए हमसे कहा था कि वो अपने भाई को लेकर आएगी"। ये सुनते ही मार्गरेटा अपना सिर पकड़ कर जमींन पर बुदबुदाते हुए बैठ गयी। "दुर्गा नियम, मतलब अष्ट सिद्धि"। तभी वहां ब्रह्म गुणी भी पहुँच गये और मार्गरेटा ने पूछा, "तो क्या आसमानी और परवानाली...." कहते-कहते वो रुक गयी। फिर बोली, "नहीं, यदि आसमानी जानती थी, तो ऐसा काम कभी नहीं करती"। तब एक शिव गुणी उसके पास आया और बोला, "आसमानी नहीं उमा"। तभी ब्रह्म गुणियो ने कहा, "ये तो कोई मनोरोगी लगता है, कुछ भी कह रहा है और साथ में विस्फोटक भी लेकर घूम रहा है। कहता है, उसे ईश्वर ने भेजा है, उसके ईश्वर की प्रार्थना करो"। तभी शिव गुणी बोले, "हमें शीघ्र नगराधीश से मिलना चाहिए"। ये कहते हुए एक शिव गुणी को वहीं मार्गरेटा के पास छोड़ कर वे सभी बाहर निकल गये।

"ये ब्रह्म गुणी थे?" मार्गरेटा ने पूछा, तो उस शिव गुणी ने कहा "हाँ...! अब सब नष्ट हो जाएगा"।

उधर आवारा उन गोलों को निहारने लगा। वो खुद से ही बातें कर रहा था, "..ये अगर सही समय पर न फटे तो?", फिर अचानक

दूसरा ख्याल उसके मन में दौड़ गया, "..नहीं ये मेरे ईश्वर के औज़ार हैं, ये कभी ज़ाया नहीं हो सकते। मेरे ईश्वर ने इन्हें अपने पिता के निर्देश पर बनाया है, जो पूरी धरती को निर्देश देता है, ये कभी बेकार हो ही नहीं सकते", उसने फिर कहना शुरू कर दिया, "और मैं मेरे उसी ईश्वर का सबसे ख़ास बन्दा हूँ...", और ख़ुशी मैं नाचने लगा।

इधर शिव गुणी ने मार्गरेटा से उमा के बारे में पूछा, तो मार्गरेटा चुप रही। वहां एक डरी हुई शांति थी, जिसे तोड़ते हुए शिव गुणी बोला, "अमरदेव मेरे बहुत अच्छे मित्र थे। तब मैंने ही उमा की देख भाल का कर्तव्य निभाया, उसकी शिक्षा–दीक्षा की थी। पर मेरा बेटा जो कि दुर्ग की चौकसी कर रहा था, उस युद्ध में मारा गया था जब परवानाली पहली बार आया था। तब उमा बहुत विचलित हो गयी थी, क्योंकि उन दोनों का कुछ दिनों बाद विवाह होना था और उमा उन लोगों के विनाश के लिए उनके साथ चली गयी। लेकिन नगर के द्वार पर जाते ही उसने परवानाली को देख उसकी आँखें पढ़ ली, जो नगर के भीतर भी नहीं घुसा था और पलट कर बोली थी कि वो अपने भाई को लेकर आएगी और वो उनके साथ चली गयी"। तब मार्गरेटा बोली, "पश्चिम में देवपुत्र होने की जो भविष्यवाणी हुई थी, उस विषय में मेरी उमा से चर्चा हुई थी"। इस पर शिव गुणी बीच में ही बोल पड़ा, "हाँ... वो दुर्लभ संयोग होता है, जब पूर्ण शिव गुणी पुरुष, पूर्ण शिव गुणी स्त्री से विवाह करता है, या पूर्ण विष्णु गुणी पुरुष, पूर्ण विष्णु गुणी स्त्री से। इसलिए तुम जो कहना चाहती हो वो सही नहीं है"। तब मार्गरेटा ने कहा, "ऐसा मैं नहीं, उमा समझती है"। तब शिव गुणी मुस्कुराया और बोला, "इस संसार में शिव गुणी पुरुष और विष्णु गुणी स्त्रियों के विवाह का चलन शुरू हो गया है, जिनसे ब्रह्म गुणी संताने

पैदा हो। जिससे वो शोध के विषयों में और अधिक आविष्कार करें। इसलिए अब पुत्र होने पर उसे मिश्रित शिव गुणी शिक्षा दी जाती है और पुत्री को मिश्रित विष्णु गुणी, जिससे समाज का संतुलन बना रहे। इसलिए ये नियम बनाया गया कि मिश्रित ब्रह्म गुणी समुदाय एक पूर्ण ब्रह्म गुणी को चुनता है और ऐसे चुने हुए पूर्ण ब्रह्म गुणी, एक पूर्ण शिव गुणी का चुनाव करते हैं। फिर ऐसे पूर्ण शिव गुणी, एक पूर्ण विष्णु गुणी का, जो देश का प्रजापालक होता है, जिससे देश का विकास हो। ये नियम इसलिए भी बनाया गया कि राम राज्य के बाद सभी मिश्रित विष्णु गुणी नगराधीश आपस में ही लड़ने लगे थे। ये चयन प्रक्रिया बल के आधार पर नहीं बुद्धि के आधार पर की जाती है, कि कौन कितने अधिक लोगों की सहायता की क्षमता रखता है, क्योंकि सहायता का पाठ ही त्याग है। इसलिए ऐसे शिव गुणियों पर संदेह नहीं करना चाहिए, जिन्होंने ये भविष्य वाणी की थी कि पश्चिम में पूर्ण ब्रह्म गुणी से एक देवपुत्र होगा, जिसकी शिक्षा-दीक्षा यहाँ विष्णु गुणों के आधार पर हुई थी, जिससे वो एक अच्छा प्रजापालक बन सके। लेकिन उसने सोचा कि यहाँ तो सब ठीक है और उसे वहां के लोगों की चिंताओं ने घेर लिया, इसलिए वो वापस अपने देश लौट गया, अपने लोगों की सेवा करने। फिर जो हुआ वो सभी को ज्ञात है"। इस पर मार्गरेटा बोली, "लेकिन उमा तो परवानाली को ही देवपुत्र मानती है। वो कहती है कि देवपुत्र यूँ ही नहीं मर जाते"। तब शिव गुणी बोला, "जो अप्राकृतिक है, वो नैतिक कैसे हो सकता है? और जो नैतिक नहीं है वो नीतिकर नहीं"। तभी उन्हें एक विस्फोट की आवाज़ आई और वो दोनों उसी दिशा में भागे।

घटनांक - 3

परवानाली के शिविर में विस्फोट की आवाज़ सुनते ही सभी सैनिक तैनात हो गये और यांत्रिक वाहनों में, जो कि युद्ध के लिए ही ख़ास तौर पर तैयार किये गये थे, गोले भरने लगे। एक बड़ी सी आग जो कि वहां आते ही उन लोगों ने जला ली थी, उसमें से मशालें जलाने लगे। तभी हयाती ने उन्हें अपने हाथ के इशारे से रोका और कहा, "अभी हालत काबू में है, हमे दूसरे धमाके की प्रतीक्षा करनी चाहिए, तब तक सतर्क रहो"। परवानाली वहीं बैठा–बैठा दुर्ग को निहार रहा था और अपने हाथ में पकड़े हुए एक गोश्त के टुकड़े को चबा रहा था।

दुर्ग के भीतर जब मार्गरेटा और वो शिव गुणी वहाँ पहुंचे तो उन्होंने देखा, कुछ लोग आवारा को उठा कर शोधालय लेकर जा रहे हैं जो कि बेसुध पड़ा हुआ है और एक कक्ष में भयानक आग लगी हुई है, जिसे बुझाने के लिए दो लोग एक बक्से से पानी की धार जैसा धुआं छोड़ रहे हैं। तब एक द्वारपाल ने जो कि वहां की चौकसी पर अब भी तैनात था, उसने बताया, "वो व्यक्ति जो अपना नाम आवारा बता रहा था, वो अपने साथ एक बक्से में गोले लाया था और सबको उसने सचेत भी किया कि उन गोलों से सावधान रहें। पर तब स्वयं ही उन गोलों से खेलने लगा और कहता रहा कि 'मैं ईश्वर के बेटे का खास आदमी हूँ'। तभी वो गोला आग में जा गिरा और तब जो हुआ वो अब पूरे नगर को पता चल चुका है"। मार्गरेटा ने शिव गुणी को देखा तो शिव गुणी ने कहा, "चिंता न करो, जीव

विज्ञान के विशेषज्ञ वहां हैं, वो ठीक हो जाएगा", तब मार्गरेटा बोली, "नहीं... उसे ठीक नहीं होना चाहिए, वो मूर्ख तबाही लेकर आया है।। यही समय है, उसे बेसुध ही रहने दिया जाए, तब तक हम कोई युक्ति निकाल सकते हैं"। तब शिव गुणी ने कहा, "यदि उसे सुधि नहीं किया गया तो वो मर भी सकता है, और तब कदाचित परवानाली को समझाना कठिन हो सकता है। इससे अच्छा तो ये होगा कि हम इस बालक को ही समझाएं, जो काल को खिलौना बनाकर खेलने की कोशिश कर रहा है"। तब मार्गरेटा बोली, "वो नहीं सुधरेगा, यदि वो बच्चा ही होता तब तक ठीक था, लेकिन अब वो परवानाली से प्रेम करने लगा है", शिव गुणी ने कहा, "तब तो अवश्य समझ जाएगा। क्योंकि प्रेम की परिभाषा जिसने जान ली, वही घृणा को प्रेम में परिवर्तित कर सकता है", मार्गरेटा ने अपने चेहरे पर तिरछी मुस्कान बिखेरी और बोली, "उमा भी यही समझती थी और आज....", तब शिव गुणी ने कहा, "सब निर्धारित है। तुम्हें चिंता नहीं करनी चाहिए, तुम देखना प्रेम की शक्ति को", कह कर वो मार्गरेटा को अपने साथ शोधालय ले गया।

आवारा का उपचार होना शुरू हो गया था, वो धीरे-धीरे होश में भी आने लगा था और अपनी बुदबुदाती आँखों से उसने पाया कि कुछ लोग उसे घेरे खड़े हैं, जिनमें उसे परवानाली ही परवानाली दिख रहे हैं और उसका पूरा शरीर एक लेप से लीपा जा रहा है जो कि परवानाली ही लीप रहा है।एक लम्बी गहरी सांस लेकर वो फिर से बेसुध हो गया, तभी वहां खड़े जीव विज्ञान के विशेषज्ञों ने इस बात को गंभीरता से लेते हुए उसके आस-पास कुछ ऐसे उपकरण लगा दिए जिनसे उसे श्वांस लेने में आसानी हो सके और उसकी चिकित्सा आरम्भ कर दी। यह पूरा दृश्य

मार्गरिटा और शिव गुणी उस शोधालय के द्वार पर लगे एक बड़े से दर्पण में स्पष्ट रूप से देख रहे थे।

एक दिन पूरा बीत चुका था। परवानाली के शिविर में सब अब भी तैनात थे और परवानाली अब भी दुर्ग की ओर ही देख रहा था, उसके सामने एक थाल रखी थी जिसमें कई सारे गोश्त के बचे हुए टुकड़े पड़े थे, तब एक दास के साथ हयाती वहां आया, दास वो थाल उठा कर ले गया और हयाती ने कहा, "अब बहुत देर हो गयी"। इस पर परवानाली बोला, "बधाई हो... लगता है आवारा और मार्गरिटा अपने काम में सफल रहे। वो लोग उनकी खातिरदारी कर रहे होंगे"। हयाती ने तुरंत उत्तर दिया, "ऐसा भी तो हो सकता है कि उन दोनों को बंदी बना लिया गया हो और उन्हें दूसरा विस्फोट करने का मौका ही न मिला हो"। तब परवानाली वहां से उठा और अपने तम्बू में जाते हुए बोला, "मुझे आवारा पर भरोसा है"। हयाती के चेहरे से भाव गायब से हो गये। फिर परवानाली ने चिल्ला कर अपने योद्धाओं से कहा, "हमें अब आराम करना चाहिए"। ये सुनते ही पूरी सेना ने विराम लिया और रात्रि भोजन की तैयारियां शुरू होने लगी। हयाती परवानाली के पास आया जो कि अपने तम्बू में प्रवेश करने ही वाला था और कुछ कहने को आगे बढ़ा ही था कि परवानाली बोला, "वो सूरज उगने तक कुछ नहीं कर सकते", कह कर अपने तम्बू में चला गया और हयाती उसी जगह पर आकर बैठ गया जहाँ परवानाली बैठा था और दुर्ग की ओर देखता रहा।

घटनांक - 4

आवारा के घाव जल्दी ही भरने लगे। अगले दिन जब उसे होश आया तो उसने अपने को दुरुस्त पाया, पर जख्मों का दर्द अब भी उसके शरीर पर था। इस पर एक जीव विज्ञान की शोधकर्ता ने, जो उसके देख भाल के लिए वहीं थी, तुरंत उठ कर उसे लेटे रहने को कहा और बोली, "अभी घाव पूरी तरह से ठीक नहीं हुए हैं, इसलिए तुम्हें अभी और विश्राम करना चाहिए" फिर उसे एक पात्र में चूर्ण का घोल बना कर दिया और कहा, "लो, इसे पी लो। इससे तुम्हारी पीड़ा को शांति मिलेगी"। इस पर आवारा बिगड़ गया और बोला, "तुम मुझे ज़हर देकर मारना चाहती हो, मेरे ईश्वर ने मुझे बचाया है, तुम मेरे ईश्वर को यहाँ लाओ में उसके हाथ से सब ले लूँगा"। वो शोधकर्ता चुपचाप अपनी जगह पर जाकर बैठ गयी और एक पुस्तक पढ़ने लगी, जो वो पहले से पढ़ रही थी। आवारा भी बडबड़ाता हुआ उसी बिस्तर पर जाकर लेट गया जहाँ से वो उठा था।

थोड़ी देर बाद जीव विज्ञान के विशेषज्ञ वहां आये, तब उस शोधकर्ता ने उन्हें सब बता दिया। विशेषज्ञों ने आवारा को उठाया जो कि अब भी परवानाली के नाम के कसीदे पढ़ता हुआ बोल रहा था, "तूने ही बचाया है, तू ही दुरुस्त कर..", और उन विशेषज्ञों में से एक, जो शायद उन सबका मुखिया था ने उसे कहा, "अपने ईश्वर की कोई निशानी है तुम्हारे पास?", तब आवारा ने याद कर एक छोटी सी पुस्तिका उन्हें दिखाई और कहा, "ये हमारे परवीन कानून की इबारतें है, जो मेरे ईश्वर ने

तुम लोगों के लिए भेजी हैं", विशेषज्ञ ने उससे वो पढ़ने को कहा तो पाया कि उसकी भाषा कुछ और है, जो कि समझ से परे है। लेकिन इस दौरान उन्होंने एक बात पर ध्यान दिया कि वो उस पुस्तिका को पढ़ते हुए ऊँगली को मुँह में लेकर पृष्ठ पलटता है। तभी उन्हें एक उपाय सूझा और विशेषज्ञ आवारा से वो पुस्तिका यह कह कर ले गया कि "तुम अभी ठीक नहीं हुए हो, अधिक बोलना हानिकारक हो सकता है, इसलिए मैं स्वयं ये सन्देश पढ़ कर लौटा दूंगा"। तब बाकी विशेषज्ञ उसके घावों की जांच करने लगे और पाया कि आवारा की स्थिति कमजोर है। यदि इसने जल्दी ही वो औषधियां नहीं ली तो उसको खतरा हो सकता है। तभी वो विशेषज्ञ वहां उस पुस्तिका के साथ वापस आया और कहा, "मुझे इसके चिन्ह समझ नहीं आ रहे, एक काम करो तुम ये पुस्तिका इस लड़की को सुनाओ कि इसमें क्या सन्देश हैं, तब हम इससे जान लेंगे" और वो पुस्तिका आवारा को देकर उस शोधकर्ता को अपने साथ बाहर ले गये और उसे कहा "हर पहर के बाद इससे वो पुस्तिका पढ़ने को कहना" और वहां से बाकी विशेषज्ञों के साथ चला गया। अब हर पहर के साथ वो शोधकर्ता उसे पढ़ने को कहती और आवारा हर पृष्ठ पलटने के साथ खुद को दुरुस्त पा रहा था और ये मान रहा था कि उसके ईश्वर का सन्देश पढ़ने के लिए वो उसे ताकत दे रहा है। इस तरह संध्या काल तक उसने पाया कि अब वो पूरी तौर से दुरुस्त हो चुका है और वो कक्ष से बाहर निकल कर उस भवन की पाली पर टहलने लगा।

घटनांक - 5

परवानाली की सेना दूसरे दिन की समाप्ति के साथ ही हयाती के इशारे पर तैयार होना शुरू हो गयी, वो सोच रहा था कि उन दोनों को गये पूरे दो दिन हो गये हैं, अब तक उन्हें बात करके आ जाना चाहिए था। वो दोनों ही शायद किसी मुसीबत में फंस चुके हैं, लेकिन परवानाली इस बात को मानने से इंकार कर रहा है। तब हयाती ने परवानाली से कहा, "अब क्या देरी है? वो दोनों अंदर फंस चुके हैं, हमें बिना समय गंवाए धावा बोल देना चाहिए"। परवानाली के दिमाग में तो कुछ और ही चल रहा था, उसने एक संदेशवाहक को यांत्रिक वाहन पर बैठ दुर्ग की ओर जाने को कहा, जिससे हयाती नाखुश था। वो बार-बार परवानाली को यही समझाता रहा कि "उसकी शंका ठीक है", लेकिन परवानाली मानो इधर की सुन कर उधर निकाल रहा था। वो बस दुर्ग की ओर देख रहा था, जहाँ उसने संदेशवाहक भेजा है और हयाती को ये कह कर चुप कर दिया के "ईश्वर का बेटा मैं हूँ, अबरू का बादशाह मैं हूँ, निर्णय मैं करूँगा" और हयाती ने नज़रें नीचे झुका ली। पर अब भी उसके ज़हन में बार-बार मार्गरेटा ही आ रही थी, कि 'न जाने वहां भीतर उनके साथ क्या हो रहा होगा', तभी वो संदेशवाहक लौट आया और उसने बताया, "एक छोटे से हादसे से आवारा घायल हो गया है और भीतर उसका उपचार किया जा रहा है, इसलिए उनको आने में देरी हो रही है"। तभी हयाती बोला, "हो सकता है ये उनकी कोई चाल हो वो और समय ले रहे हों अपनी संख्या

बढाने के लिए"। तब संदेशवाहक ने कहा, "नहीं मठाधीश हयाती, मैंने द्वार से आपकी विवाहिता मार्गरेटा को भी देखा था जो वहां खड़े कुछ लोगों से बात कर रही थी और फिर एक बड़े से भवन में चली गयी। उन्हें देख कर नहीं लगा कि किसी भी तरह कि चिंता का विषय है"। तब परवानाली ने अपने चेहरे पर एक तिरछी मुस्कान बिखेरी और सभी को कहा, "सभी जन आराम करें, हम एक बड़े जश्न के बाद यहाँ से अबरू देश के लिए रवाना होंगे", और अपने तम्बू में चला गया। लेकिन हयाती अब भी वहीं खड़ा रहा और दुर्ग को देखता रहा।

इधर मार्गरेटा एक कक्ष में चुपचाप अपनी आँखे बंद किये भूमि पर बैठी हुई थी कि उसकी आंखे किसी के आने की आहट से खुल गयी, ये शिव गुणी था। मार्गरेटा तुरंत खड़ी हुई और उनसे पूछा, "क्या निर्णय लिया?" तब उन्होंने कहा, "नगराधीश मंत्रणा कक्ष में हमारी ही प्रतीक्षा कर रहे हैं" और वो दोनों उस भवन से निकल कर एक यांत्रिक वाहन पर बैठ नगराधीश के भवन की ओर चले गये, जिन्हें दूसरी पाली पर अपने कक्ष के बाहर टहलता हुआ आवारा देख रहा था।

वो लोग जैसे ही नगराधीश के भवन पहुंचे तो वहां खड़े द्वारपाल ने उन्हें मंत्रणा कक्ष तक पहुंचा दिया, जहाँ नगराधीश कुछ शिव गुणियों के साथ पहले से ही चर्चा कर रहे थे और मार्गरेटा को देख वो खड़े हो गये। नगराधीश ने मार्गरेटा के पास आकर उसी से कोई सुझाव देने को कहा, तब मार्गरेटा बोली, "मुझे तुरंत परवानाली के पास भेज दिया जाए, मैं उसे सब सच बता दूंगी जिससे ये अकारण काल नृत्य घटित होने से थम जाएगा"। तब नगराधीश ने उससे पूछा, "क्या ये इतना सहज है?", इस पर मार्गरेटा बोली, "परवानाली को केवल अपना प्रारब्ध जानना है।

उसने अपनी कल्पनाओं में जिस ईश्वर की मूर्ति बना ली है, हमें उसे तोड़ कर उसका सही दिशा में मार्गदर्शन करना है। चूँकि उमा भी मानती है कि उसमें हमारे गुण हैं, तो उसमें संभावनाए भी हैं और उसने मार्ग में आते हुए ये भी कहा था कि वो युद्ध नहीं चाहता। इसलिए मैं वहां जाना चाहती हूँ और परवानाली को स्वयं से परिचित करवाना चाहती हूँ, तब तक आप आवारा का ध्यान रखें"। मार्गरिटा ने ये कहते हुए जब द्वार पर देखा, तो पाया कि आवारा वहां खड़ा-खड़ा उसकी बातें सुन रहा था, जिसकी सांसे तेज गति से चल रही थीं, आँखे पूरी तरह से बाहर की ओर निकल कर मार्गरिटा को ही घूर रही थीं और उसकी बगल में द्वारपाल का शव पड़ा था, उसके हाथ में वो गोला भी था जिसे वो पूरी ताकत से ज़मीन पर फेंकता हुआ बोला, "मार्गरिटा धोखेबाज़" और एक भयानक विस्फोट के साथ आवारा दूर जा गिरा और बेसुध हो गया। उस भवन के खम्बे कांपने लगे और मार्गरिटा पूरी ताकत से चिल्लाई, "मातृभूमि की रक्षा करो"।

उधर परवानाली के शिविर में सभी सैनिक जो कि हयाती के कहने पर पहले से ही तैयार थे, उन्होंने उस आवाज़ के साथ ही उन युद्ध वाहनों पर लदे हुए गोलों को आग दिखाना शुरू कर दिया और जब तक परवानाली अपने तम्बू से बाहर आया, तब तक एक गोला हवा में तैरता हुआ पूर्वी दुर्ग की दीवार पर जा लगा, जिससे एक भयानक विस्फोट के साथ उस दीवार का एक हिस्सा ज़मीन पर बिखर गया और इसके साथ उस दुर्ग पर तैनात रक्षक भी उसी के मलबे में दबने लगे और देखते ही देखते वैसे कई गोले आग की लपटें हवा में बिखेरते हुए उस दीवार पर गिरने लगे और पूरा नगर खुल कर सबके सामने आने लगा, जिस पर हयाती का इशारा पाते ही पूरे योद्धा उस पर टूट पड़े।

सियोल्पा ने समय ना गंवाते हुए अपने यांत्रिक वाहन पर सवार हो दुर्ग की और दौड़ लगा दी और परवानाली इस भीषण नरसंहार को वहीं खड़ा–खड़ा देखता रह गया। वो रात, चारों ओर से आग की लपटों में चीख पुकार के साथ तड़प रही थी। इमारतें लाशों के ऊपर थीं या लाशें इमारतों पर, कुछ कहना आसान नहीं था, क्योंकि यहाँ की इमारतें भी बुतों के मानवीय रूप में किसी जीवित तिलिस्म सी प्रतीत होती थीं.... और देखते ही देखते वो तिलिस्म ख़ाक होने लगा। यूँ लगा मानों सूरज टुकड़े– टुकड़े होकर पूर्वी नगर में बिखरा पड़ा हो। परवानाली की पथराई आँखें बता रही थी कि वो इन सब से खुश नहीं था। उसकी बैचेनी अब और बढ़ रही थी, कि तभी आसमान की रंगत बदलने लगी, ज़मीन की आग सिमटती हुई आसमान में फिर से सूरज बन धीरे–धीरे उठने लगी और सूरज उगते–उगते बस अब धुँआ ही था, जो उस नगर को अपने भीतर ढंके हुए था, जिसे परवानाली ठीक से देख नहीं पा रहा था । परवानाली ने अपने कदम नगर की ओर बढ़ाए, जहाँ लाशों के ढेर खून में तैर रहे थे। उसके योद्धा वहां के मकानों को लूट रहे थे, कुछ पूर्वी लोग तलवारों की नोंक पर खड़े हुए परवानाली के सामने झुक रहे थे तो कुछ के गले काटे जा रहे थे, उनकी औरतों के शील भंग हो रहे थे और ये सब परवानाली मूक दर्शक बना वहां से गुजरता हुआ देख रहा था, कि तभी एक औरत का आधा जला हुआ शरीर उसके पैरों में आकर गिरा जिसमें अब बस कुछ ही सांसे बची थी और उसने परवानाली के बढ़ते कदमों को पकड़ कर रोक रखा था। परवानाली ने उस औरत को देखा तो उसे अपनी माँ याद आने लगी और वो जितनी ताकत से चिल्ला सकता था उतनी ताकत के साथ चिल्लाया। जो जहाँ था वो वहीं रुक गया। उसकी सेना जो मार काट कर

रही थी और कुछ नगराधीश के भवन में घुसने की कोशिश में वहां के योद्धाओं से लड़ रही थी, सब अपने हथियार ढीले कर उसकी ओर बढ़ने लगे। तभी हयाती नगराधीश के भवन की ओर से एक कटा हुआ सिर लेकर आया और परवानाली के पैरों में फेंक दिया। परवानाली ने उस सिर को उठाया तो पाया कि ये नगराधीश का सिर था, जिसकी एक आँख नहीं थी। परवानाली की सुध खोने लगी। हयाती ने उसे सहारा दिया, तो उसने खुद को संभाला और पूर्वी लोगों को इकट्ठा होने को कहा। जब डरे हुए सब लोग एक मैदान में इकट्ठे हुए तो बचे हुए पूर्वी सैनिक ढाल बन उनके आगे खड़े हो गये, तब परवानाली ने उनसे कहा, "डरने की आवश्यकता नहीं है, अब और रक्तपात नहीं होगा, मैं केवल समझौता चाहता हूँ, और कुछ नहीं, हम सब कल ही यहाँ से चले जाएँगे", और अपने लोगों को खास हिदायत दी कि "कोई भी किसी भी पूर्वी को नहीं सताएगा, अगर किसी ने ऐसा करने की कोशिश भी की तो इसे परवीन कानून से धोखेबाज़ी समझी जाएगी"। ये कह कर वो नगराधीश के भवन की ओर पैदल ही बढ़ गया, जहाँ की कलात्मक और मन को सुकून देने वाली मूर्तियाँ अब खंडित थीं।

नगराधीश के भवन के बाहर चारों ओर आग के बीच उसने एक औरत का वही बुत देखा जिसे आग छू भी नहीं पाई थी, जिसके चार हाथ थे, पर वो डरावनी नहीं थी, उसके चेहरे पर एक मुस्कान थी। वो इस मुस्कान को अब पहचान पा रहा था। ये वैसी ही शांत और अद्भुत मुस्कान थी, जैसी उसने हमेंशा आसमानी के चेहरे पर देखी थी। वो उस बुत से नज़रें नहीं मिला पा रहा था। वो वहीं उस बुत के पैरों में बैठ गया, जहाँ एक भैंसे के कटे हुए सिर का बुत था। कोई भी उसके पास जाने की हिम्मत नहीं जुटा पा रहा था। तब मार्गरेटा ने, जो कि थोड़ी घायल थी, उसके पास

जाने की कोशिश की तो शिव गुणियों ने उसे ऐसा करने से रोक दिया और कहा, "सही समय की प्रतीक्षा करो"। परवानाली उस बुत के पास पूरा दिन बैठा रहा और जब शाम हुई और पंछी अपने घरों को लौट रहे थे, तब परवानाली उठा और मार्गरेटा और शिव गुणीयों के पास आया। वो उसे अपने साथ लेकर भीतर कक्ष में चले गये, जहाँ कईं सारे प्रकाश के यंत्र लगे हुए थे।

उधर हयाती परवानाली के अगले आदेश की प्रतीक्षा में अपने सैनिकों को लेकर उस मैदान के एक कोने में बैठ गया। तभी वहां आवारा आ पहुंचा, जो कि विस्फोट से बेहोश हो गया था। उसने जब चारों ओर लाशें देखी, जो कि उसने अपने जीवन में पहली बार देखी थी, तो उसे घबराहट होने लगी। उसके भीतर केवल एक ही चिंता चल रही थी कि 'उसके ईश्वर तो सही सलामत हैं?', यही सोचता हुआ वो हयाती के पास आया और उससे परवानाली के बारे में पूछा, तो हयाती ने कहा कि 'वो सही सलामत है', लेकिन हयाती जानना चाहता था कि "आखिर यहाँ हुआ क्या था, दूसरा विस्फोट किस बात पर करना पड़ा?" तब आवारा ने कहा, "तुम्हारी विवाहिता मार्गरेटा धोखेबाज़ है। वो पूर्वीयों से मिली हुई है। वो लोग मेरे ईश्वर के विरुद्ध कोई साजिश कर रहे थे"। "किस तरह की साजिश?" हयाती ने तुरंत पूछा तो आवारा ने कहा, "वो तो मैं पूरी तौर पर सुन नहीं पाया पर इतना यकीन है कि वो परवीन कानून के विरुद्ध कोई षड्यंत्र करने वाले थे"। इस पर हयाती के गुस्से की सीमा टूटने लगी। उसने पूर्वी योद्धाओ की ओर देखा जो कि वहां के भवनों के बाहर पहरा दे रहे थे, जिनमें पूर्वी लोग छिपे हुए थे, तब उसे ख्याल आया कि परवानाली के इशारे के बिना अब कोई भी योद्धा उसका साथ नहीं देगा। तभी आवारा

ने पूछा कि "ईश्वर का बेटा कहाँ है?", हयाती ने उसे नगराधीश के भवन की दिशा की ओर इशारा कर दिया। आवारा ने तुरंत दौड़ लगाई। हयाती ने उसे रोका और कहा, "परवानाली अभी किसी से भी नहीं मिलना चाहता"। इस पर आवारा ये कहता हुआ दौड़ गया कि "मेरे ईश्वर को अभी मेरी ही सबसे ज्यादा जरूरत है"।

<u>घटनांक - 6</u>

मार्गरिटा और शिव गुणियों ने परवानाली को खुद से परिचित करवाना आरम्भ कर दिया। उन्होंने उसे बताया कि '...अमरदेव जो कि एक पूर्ण शिव गुणी थे लेकिन वो हठ धर्मी थे, वो जो सोच लेते वो करने में जुट जाते। उन्होंने मानव कल्याण का मार्ग 'भूमि की कलाओं' से ढूँढ़ निकाला था और पश्चिम के रेगिस्तानों को उपजाऊ करने का काम शुरू कर दिया। इस काम में वहीं पश्चिम में रहने वाले एक परिवार, जो कि कुछ सदियों पहले ही किसी और शोधी दल के साथ वहां जाकर बसा था, उस परिवार के एक लड़के कमनीय ने उनकी बहुत सेवा की, जो कि अर्ध पुरुष था। कमनीय की बहन थी रमा, जो कि एक पूर्ण विष्णु गुणी स्त्री हो चुकी थी...", रमा नाम सुनते ही परवानाली के माथे पर शिकन आने लगी, जिसे देख शिव गुणी बोलते-बोलते रुक गये और उसके पास आ कर उसे आराम करने को पूछा, तो परवानाली ने खुद को संभाला और आगे सुनने की इच्छा जताई, तब शिव गुणी ने उसे आगे बताना जारी रखा, "...रमा से अमरदेव को प्रेम हो गया, लेकिन कमनीय भी अमरदेव की सेवा करते-करते उनसे प्रेम करने लगा था और जब उसे ये ज्ञात हुआ कि अमरदेव और रमा विवाह करना चाहते हैं तो उसने पूर्वीयों को सूचित कर इस विवाह को रोकने की कोशिश भी की, क्योंकि रमा के जन्म के साथ ही उसका विवाह यहाँ के प्रजापालक से होना तय हो चुका था। लेकिन जब तक यहाँ से संदेशवाहकों और शिव गुणियों का दल वहां अमरदेव को

समझाने पहुंचा, तब तक वे दोनों विवाह सूत्र में बंध चुके थे और तब शिव गुणी कुछ ना कर पाए। लेकिन कमनीय का प्रतिशोध कम नहीं हुआ, उसने वहां से प्रस्थान कर एक अविकसित कबीले को जिसे तुम अब अबरू देश कहते हो, अपना शस्त्र बना अमरदेव पर आक्रमण करवा दिया। लेकिन उसे पता नहीं था कि उसका प्रतिशोधी अजगर उसके ही परिवार को इतनी निर्दयता से निगल जाएगा.... और तब वो पश्चाताप में जीने लगा। इसके बाद तुमने उसे उसके गंतव्य तक पहुंचा ही दिया"। ये सुनते–सुनते परवानाली को अपने बचपन की वो सारी झलकियाँ चलचित्रों के रूप में अपनी आँखों के सामने चलती नज़र आ रही थी, उसकी आँखें नम होने लगी थीं। ये देख शिव गुणियों ने उससे उमा का रहस्य छुपाए रखा, ये सोचकर कि 'अभी परवानाली एक सदमे में पहले से है, दूसरा सदमा शायद उसके लिए प्राण घातक हो'। तभी परवानाली ने अपने आंसुओं को पोंछते हुए उनसे सवाल किया, "यदि आपको ये सब पता था तो आपने ये सब पहले ही क्यूँ नहीं रोका?", शिव गुणी कुछ न कह पाए, बस परवानाली को खड़े–खड़े देखते रहे। तभी मार्गरिटा आगे आई और बोली, "तुम्हारे पिता अमरदेव को उनके कर्मों का फल भोगना था। उन्होंने तुम्हारी माँ रमा से सब कुछ जानते हुए विवाह किया था"। परवानाली बिखर गया और आवेश में आकर बोला, "तो उनके कर्मों का दंड उनकी संतान भोगेगी?", तब मार्गरिटा परवानाली के पास आई और बोली, "बच्चे ही तो कर्मों का प्रत्यक्ष फल होते हैं"। परवानाली को अपने बच्चे की याद हो आई और उसकी आँखों से आंसू बहने लगे। वो मन ही मन कुंठित हो रहा था कि उसने अपना ही घर तबाह कर दिया। तभी एक शिव गुणी ने उसे कहा, "दोष तुम्हारा नहीं, हमारा है, हमारे पूर्वजों का है,

जिन्होंने ये सोचा था कि इस धरती पर वो समृद्धि और विकास का एक नया संसार बसाएँगे, इसलिए सात पूर्ण ब्रह्म ऋषियों को चुना गया, जिन्हें इस धरती के सात महाद्वीपों का दायित्व सौंपा गया। 'ब्रह्म ऋषि' सुनते ही परवानाली को आसमानी की राम कहानी के ब्रह्म ऋषि वशिष्ठ याद आ गये और उसने अपने आंसू पोंछते हुए पूछा, "ब्रह्म ऋषि?" तब शिव गुणी बोले, "ये ब्रह्म गुणी शोधकर्ताओं का सबसे बड़ा पद होता है, जिनकी बात ना तो शिव गुणी टाल सकते हैं न ही विष्णु गुणी। ब्रह्म गुणियों में ऋषियों की पदोन्नति राज ऋषि से महर्षि और महर्षि से ब्रह्म ऋषि होती है, इन्हें पूरे ब्रह्माण्ड का ज्ञान होता है। इसलिए सातों ब्रह्म ऋषियों ने अपने-अपने शोध के अनुसार शिव, विष्णु और ब्रह्म गुणियों को लेकर एक-एक महाद्वीप को विकसित करना आरम्भ कर दिया"। इस पर परवानाली को याद आया कि 'आसमानी अधिकतर आकाश में चमकते उन सात सितारों को देखती रहती थी' और बोला, "ऐसा विष्णु पुराण कहता है।", तब शिव गुणी बोला, "ऐसा हर एक पुराण कहता है। क्योंकि उनकी रचना ही मानव कल्याण और जीवन जीने की कला सीखने के लिए की गयी है"। तब परवानाली खुद में ही बुदबुदाया, "आसमानी कहती थी उनकी संख्या अठारह है"। तब एक शिव गुणी बोला, "उन अठारह पुराणों पर जब शोध हुआ तो उनसे और कई विषय निकलने लगे और अब उन शोधों की संख्या लाखों में हो गयी है। अब शोधी दलों को इन सातों महाद्वीपों में से उनके शोध के विषय के अनुकूल स्थान पर शोध कार्य के लिए भेज दिया जाता है"। "अगर स्थान कम पड़ गया तो?", परवानाली ने पूछा। तब शिव गुणी बोले, "ऐसा हो चुका है और इसके लिए तब, पूरा ब्रह्माण्ड है न"। तभी परवानाली को वो पत्थर याद आया, जिससे उसकी तलवार

चिपक गयी थी और आसमानी ने उसे आसानी से निकाल लिया था। परवानाली को विचार आया, "इसका अर्थ ये था कि वो वहां पर बैठे–बैठे यहाँ के शोध सीख रही थी"। वह शिव गुणियों से बोला, "हाँ मेरे पास उस शोध का एक अनमोल पत्थर है, जो पिछली बार मैं लेकर गया था। आसमानी ने कहा था वो खोज उसके भाई ने की थी। क्या मैं उसके भाई से मिल सकता हूँ? मैं वो रहस्य जानना चाहता हूँ"। तब शिव गुणियो ने मार्गरिटा की ओर देखा तो मार्गरिटा आगे आई और बोली, "वो और कोई नहीं तुम ही हो... और उसका नाम आसमानी नहीं उमा है।" परवानाली की आंखे ये सुनते ही अचानक से बड़ी हो गयी। उसके सामने अब बचपन के दृश्य स्पष्ट रूप से घूमने लगे, 'जब उसके बाबा तरबूज के खेतों पर से उमा और रमा आवाज़ दिया करते थे और उसकी माँ और बहन जो कि खेतों में पानी दिया करती थीं, वो दौड़ी चली आती थीं। परवानाली देख रहा था कि 'बाबा उमा को भावनात्मक शरीर के बारे में समझा रहे थे और वो खुद वहां बैठा–बैठा धरती पर एक लकड़ी से कुरेद–कुरेद कर एक चित्र बना रहा था, जिसमें सात शरीर बढ़ते क्रम में दिख रहे थे, जिसमें ये दूसरा वाला शरीर था और इस घटना के दूसरे दिन ही वहाँ लूटेरों का आक्रमण हो गया था'। परवानाली का अंतर्मन अब संघर्ष करना आरंभ कर चुका था। उसे वो दृश्य भी याद आया जब वो पहली बार पूर्वी नगर आया था और उसने पूर्वी नगर में सूर्य को पानी चढ़ाते हुए उमा को देखा था, तब वह अपनी जगह से किसी तरह के आकर्षण के कारण से हिल भी नहीं पाया था। उसका मस्तिष्क मानो कोई और ही नियंत्रित कर रहा था। उसके पैर पूर्वी द्वार पर ही जम गये थे, उसका रक्त संचार उस समय के लिए रुक सा गया था और जब वो खुद पूर्वी द्वार से चलकर उसके पास

आ रही थी, तब भी उसकी आँखों में डर नहीं था, बल्कि चेहरे पर हल्का सा संतोष और मुस्कान थी। और जब वो दूसरी बार आया था तब उन पूर्वी औरतों ने कहा था कि "हम उमा नहीं काली हैं"। उसका सिर फटने लगा, उसका मन इतना सारा भार नहीं उठा पा रहा था, पूरा भवन उसके सामने घूम रहा था। उसने पाया कि 'वो इस पूरी धरती का केंद्र हो चुका है, जिसमें सभी पदार्थ समाते जा रहे हैं। उसकी आँखे, कान, नाक, मुँह सभी एक प्रकार के द्वार बन चुके हैं, जो वहां के वातावरण को एक–एक कर निगल रहे थे। जिनका भार उठाना उसके लिए असहनीय होता जा रहा था। उसने अपने चेहरे को अपने हाथों से जकड़ कर दबोच लिया और एक लम्बी चीख के साथ ज़मीन पर गिर पड़ा'। वहां खड़े सभी लोगों ने उसे उठाया और शोधालय की ओर निकल पड़े कि तभी वहां आवारा आ पहुंचा और अपने ईश्वर की ऐसी हालत देख वो ज़ोर से चिल्लाया, "इन्होंने बादशाह को क्या जाने क्या कर दिया है?" और चिल्लाता हुआ हयाती की और भागा। मार्गरेटा ने शिव गुणियों को कहा, "परवानाली को तुरंत सुधी में लाओ, क्योंकि अब ये ही इस नरसंहार को रोक सकता है, अन्यथा..."। परवानाली की उपचार गति बढ़ गयी और उधर नगर में आवारा से पहले आवारा की आवाज़ गूंज गयी, जिससे हयाती को मौका मिल गया और अपने सैनिकों को लेकर पूर्वी सैनिकों पर टूट पड़ा। एक बार फिर खूनी संघर्ष होने लगा मारने और बचाने का। इधर इसी शोर में हयाती ने आवारा को पकड़ा और एक तरफ ले जा कर कहा, "अब परवानाली मर भी जाए तो भी किसी को पता नहीं चलना चाहिए" और अपने योद्धाओं की मदद करने चला गया। आवारा फटी आँखों से हयाती को बस देखता ही रहा, जहाँ उसने वहां के लोगों को तलवार की नोंक पर

बंदी बना कर पूर्वी सैनिकों को आत्म समर्पण करने के लिए मजबूर कर दिया था और चिल्लाया, "नगर के सभी जन सुने, अगर हमारे बादशाह को उनकी पसंद की चीज़ नहीं मिली तो एक-एक को ख़त्म कर दिया जाएगा"। लेकिन हयाती के ये शब्द तब फीके हो गये, जब वहां खड़े सभी लोगों की आँखे आकाश में उठ रहे एक बड़े भयानक बवंडर पर पड़ी और देखते ही देखते वहां एक भयानक तूफ़ान खड़ा हो गया। हवा रेगिस्तानों से रेत भर-भर कर वहां लाने लगी। चारों ओर थे तो केवल बवंडर। आकाश धूल और धुंए से ढंका हुआ था, नगर के मार्ग पर पड़े शव बवंडरों में नाच रहे थे, उनका लहू उस तूफानी हवा में उठा और लाल बादल बन चारों ओर खूनी बरसात कर रहा था, जिसमें वो सारे लोग भीगने लगे, जो खुद को ही बचाते भाग रहे थे। जिसको जहाँ जगह मिलती अपनी जान बचा कर वहीं छुप जाता। क्या अबरू सेना – क्या पूर्वी सेना, सब एक-दूसरे की मदद करने लगे और जान बचाने लगे। ऐसा लग रहा था कि अब ये तूफ़ान थमने का नाम तभी लेगा, जब पूरी धरती को खुद में लील लेगा।

शोधालय में भी भगदड़ मची हुई थी। वहां चल रही चिकित्सा में और तेजी आ गयी। परवानाली को दिमागी आघात पहुंचा था, जिसके लिए चिकित्सा दल ने उसका सिर कुछ उपकरणों की सहायता से खोला तो वो अचंभित रह गये। परवानाली का मगज सूर्य की विपरीत दिशा में तेजी से घूम रहा था, जिसे देख जीव विशेषज्ञ प्रमुख ने गंभीरता से कहा, "शीघ्र करो ! कृष्ण द्वार बनता जा रहा है, जिसकी गति चार गुना तेज हो चुकी है। अगर ये नियंत्रण में नहीं आया तो भविष्य इतिहास बनने से पहले ही केवल रहस्य बन कर रह जाएगा, जिसके लिए हम सदियों से शोध कर रहे हैं और आज ही सब सभ्यताएं समाप्त हो जाएँगी"। यह सुनते ही वहां

खड़े बाकी चिकित्सकों ने उपचार की गति तेज कर दी। कई सारे उपकरणों को उसके मस्तिष्क पर लगाया गया। कुछ काटा जा रहा था, कुछ जोड़ा जा रहा था और कुछ ही समय में उसका मगज धीरे-धीरे रुकने लगा व स्थिर होने लग गया। बाहर भी अब तूफ़ान थोड़ी नरमी दिखाने लगा और फिर से सूरज की किरणें उन धूल के गुब्बारों से छन-छन कर धरती पर आने लगी। वो किरणें ऐसी लग रही थीं, मानो आसमान से धरती पर कोई मार्ग बन रहा हो। परवानाली की बिगड़ती हालत को दिखाता एक दर्पण भी धीरे-धीरे थमा और पुनः ठीक होने के संकेत दिखाने लगा।

जैसे ही तूफ़ान थमा, वैसे ही हयाती का इशारा पा उसके योद्धाओं ने फिर से पूर्वीयों को बंधक बनाना शुरू कर दिया। लेकिन अब कोई भी पूर्वी संघर्ष नहीं कर रहा था। वो तो आकाश में बने उस मार्ग को देख रहे थे, जहाँ धरती पर बिखरी हुई लाशों से उठता धूआं उन मार्गों पर जाता दिख रहा था, जिसे वो "मुक्ति मार्ग" के नाम से बुला रहे थे और स्वयं ही बंधक बनते जा रहे थे। उनके चेहरों पर एक वीर मुस्कान थी, जो अबरू योद्धाओं के लिए एक रहस्य थी।

इधर हयाती दौड़ता हुआ आवारा के पास पहुंचा, जो कि अब तक यही सोच रहा था कि हयाती ने उससे ऐसी बात क्यों कही? क्या इसे अब भी ईश्वर के बेटे पर संदेह है? वो मन ही मन उस पर गुस्सा कर रहा था, कि तभी हयाती ने उसे परवानाली के पास चलने को कहा और परवानाली का नाम सुनते ही आवारा का सारा गुस्सा हवा हो गया। दोनों ही परवानाली से मिलने के लिए वहां से निकल गये।

घटनांक - 7

परवानाली अब ठीक महसूस कर रहा था। उसका पूरा सिर एक गोल कपड़े से बंधा हुआ था। उसने अपनी डबडबाती आँखों से सबको देखा और फिर से रोने लगा। उसे अब केवल उमा याद आ रही थी। वो उससे मिलना चाह रहा था, उससे माफ़ी मांगना चाहता था, कि तभी आवारा और हयाती वहां आ पहुंचे। हयाती ने तुरंत अपनी तलवार उन सभी के सामने घुमा दी जो भी वहां खड़े थे, जिससे वो सभी परवानाली से दूर हो गये। तभी मार्गरेटा जो कि वहीं खड़ी थी आगे आई और बोली, "ये लोग तो परवानाली का उपचार कर रहे हैं"। तब हयाती ने उस पर भी तलवार चलाने की कोशिश की, लेकिन मार्गरेटा को देखते ही उसकी तलवार से पकड़ ढीली पड़ गयी। उसने देखा, मार्गरेटा की आँखों में आसू थे और वो अपने दबते स्वर में बोली, "आवारा पूरी बात सुन भी नहीं पाया था। वो समझ ही नहीं पाया था कि क्या चल रहा है और पुकार बैठा। अगर तुम्हें विश्वास नहीं तो परवानाली से पूछा लो"। तब सबने देखा के परवानाली के पास आवारा बैठा है और उसके आंसुओं को पोंछ रहा है। उसकी खुद की आँखों में भी आंसू थे। यह देख हयाती जोर से चिल्लाया, "आवारा बादशाह से दूर हटो" लेकिन आवारा तो अपने ईश्वर के बेटे में खोया हुआ था, इसलिए उस पर इस आवाज़ का कोई असर नहीं हुआ। तभी हयाती आवारा के पास गया और उसे पकड़ कर एक तरफ खींच लिया। इस पर जिस नज़र से आवारा ने हयाती को देखा, उस नज़र से

हयाती का चेहरा एक दम पीला पड़ गया और आवारा फिर से अपने ईश्वर के बेटे में रम गया । उसके आंसूओं को पोंछने लगा। परवानाली आवारा के हाथों को चूमते हुए उठा, शिव गुणियों के पास गया और बोला, “अब?”, उसकी आवाज उसके कदमों की तरह कांप रही थी। जिसे देख हयाती ने खुद में खुद को शर्मिंदा पाते हुए कहा, “मुझे अफ़सोस है। मैंने धावा बोलने से पहले परवानाली के आदेश की प्रतीक्षा नहीं की और फिर सेना भी मेरे काबू से बाहर हो गयी। परवानाली ने कहा था कि यहाँ किसी की लाश नहीं गिरनी चाहिए, ना ही किसी के साथ ज़बरदस्ती होनी चाहिए”। आवारा तुरंत उठा और बोला, “मेरे ईश्वर के बेटे को जिस किसी के भी कारण दुःख हुआ है, उसे सजा मिलनी चाहिए”। हयाती एकदम से झेंप गया, उसे आवारा से ऐसी उम्मीद नहीं थी। उसने जब चारों ओर देखा तो उसे लगा कि सब उसी को घेरे खड़े हैं और उसे पकड़ना चाहते हैं। तब वो वहां से नीचे की ओर भागा, जहाँ सेना नगर के लोगों व योद्धाओं को बंधक बना कर खड़ी थी। तब दौड़ता हुआ आवारा भी बाहर आया और वहीं से चिल्लाया, “पकड़ लो इसे, इसने मेरे ईश्वर के बेटे को दुःख पहुँचाया है”। तभी आधी सेना, जिसने नगर के लोगों को बंदी बनाया हुआ था, उन्हें छोड़ कर हयाती को घेर कर खड़ी हो गयी। आवारा भीतर गया और परवानाली से लिपट गया। परवानाली ने उसे खुद से दूर किया और मार्गरिटा से कहा, “मैं सियोल्पा से मिलना चाहता हूँ”। तब आवारा ने, जो कि परवानाली के उससे दूर जाने पर सिर झुकाए खड़ा था, सोचा वो अपने ईश्वर की हर इच्छा पूरी करेगा। शायद उससे कोई भूल हुई जिसकी वजह से ईश्वर का बेटा उससे दूर हो गया.. और वो तुरंत वहां से दौड़ता हुआ निकल गया। इधर परवानाली ने मार्गरिटा के पैरों में बैठ कर कहा,

"मैं उनसे क्षमा माँगना चाहता हूँ, मैं उनसे इस उम्र में भी उनकी इच्छा के विरुद्ध काम करवाता रहा", कहते हुए उसने मार्गरेटा के पैर पकड़ लिए और उमा का नाम लेकर रोता रहा। तब मार्गरेटा उसके पास नीचे बैठी। उसके हाथों को अपने पैरों से हटाते हुए उसके सिर को सीधा किया, जहाँ उसका पूरा चेहरा आँखों के पानी से धुल रहा था और एक नया चेहरा वहां जगह बना रहा था, जो बिलकुल ही नया और मासूम लग रहा था। तब वो परवानाली से बोली, "अब सब ठीक हो जाएगा। सुबह का भूला यदि शाम को लौट आए तो उसे भूला नहीं कहते"। तब आँखों से बहते आंसुओं के झरने की चश्मों से झांकते हुए परवानाली ने मार्गरेटा के आगे हाथ जोड़े और गरगराया, "सबको मुक्त कर दो..."। मार्गरेटा ने अपने बांये हाथ से उसके हाथों को पकड़ा और दाहिने हाथ को उसके सिर पर फेरा और बोली, "थोड़ा समय और...."।

मार्गरेटा वहां से उठ कर बाहर निकल आई। उसने बाहर आकाश को देखा जहाँ अब धूल के गुबार धीरे-धीरे धरती पर बैठ रहे थे, किरणों की बनी हुई वो गलियां आपस में मिलकर एक बड़ा मार्ग बन रही थीं और वो मार्ग सूरज को खुल कर पूरी धरती के सामने ला रहा था। तब मार्गरेटा ने सिपाहियों से कहा, "सबको मुक्त कर दो। सभी ने उन सिपाहियों को भी मुक्त कर दिया। मार्गरेटा ने देखा कि अब भी कुछ सैनिक हयाती को घेरे खड़े हैं, मार्गरेटा ने उन्हें भी हयाती को मुक्त करने का इशारा किया तो उन सिपाहियों ने ये कह कर मुक्त करने से मना कर दिया कि 'मार्गरेटा तो उसकी विवाहिता है वो तो ऐसा ही कहेगी'। तभी परवानाली वहां मार्गरेटा के पास अपने आधे मरे हुए शरीर के साथ आया। उसका दांया भाग पूरी तरह से झूल रहा था। अपने बादशाह की ऐसी हालत देख सभी के आँखों

में आंसू आ गये और सभी के हथियार ढीले पड़ने लगे। उन्होंने देखा कि परवानाली अब पहले सा तंदुरुस्त नहीं था। उसके कंधे पूरे तौर पर उसके बदन पर झूल रहे हैं, साथ ही वो चल भी बड़ी मुश्किल से पा रहा है। उन सबकी आँखे डबडबाने लगी, तभी परवानाली ने अपनी पूरी ताकत से बोला, “जितना दोष हयाती का है उतना ही तुम सब का”। ये कहते ही उसने अपने भीतर एक थकावट महसूस की और वहीं मुंडेर पर बैठ गया। जिसे देखते ही सभी सैनिक हयाती को मुक्त कर अपने घुटनों पर बैठ, अपने किये का पछतावा करने लगे। हयाती उठा और वो भी परवानाली के आगे घुटनों के बल बैठ गया। फिर उससे माफ़ी मांग अपनी तलवार को वहीं छोड़ परवानाली की ओर बढ़ा।

घटनांक - 8

आवारा सियोल्लूपा को अपने साथ लिए वहां पहुंचा, जहाँ परवानाली उस भवन की मुंडेर पर बैठा था। उसने देखा कि मार्गरेटा व हयाती उसके पास बैठे थे और शिव गुणी लोग वहीं खड़े थे। तब आवारा ने अपने ईश्वर को खुश करने के लिए कहा, "हे... ईश्वर के बेटे, मेरे ईश्वर, मैं सियोल्लूपा को आपकी सेवा में ले आया हूँ। ये मुझे एक कक्ष में मिला जहाँ अनगिनत किताबें थीं और ये उन किताबों को जला कर उनके साथ जलने की प्रतीक्षा कर रहा था"। तभी दो शिव गुणी कुछ सेवकों को साथ लेकर उस दिशा में भाग निकले। सियोल्लूपा ने वहां चारों ओर देख कर पूरा मामला समझ लिया और शिव गुणियों के आगे झुकते हुए बोला, "मैं सच्चा शिव गुणी कहलाने लायक नहीं हुआ, मैंने कपट किया है" कहते हुए उसकी आँखे भी भर आई। तभी एक शिव गुणी आगे बढ़ा और उसे उठाते हुए बोला, "ये तुम्हारा दोष नहीं। तुम तो वहां वही कर रहे थे जिसकी शिक्षा तुम्हें मिली थी। अब प्रकृति के करवट लेने से जलवायु परिवर्तन दूसरी दिशा में हो गया, तो इसमें तुम्हारा क्या दोष"। हयाती को कुछ भी समझ नहीं आ रहा था कि यहाँ चल क्या रहा है और उसने मार्गरेटा से पूछा, तो वो बोली, "सुनो"।

शिव गुणी लोग परवानाली के पास आए, उसे वहां से उठाया और बोले, "ये शिक्षा–दीक्षा इस प्रकृति से ही जुडी हुई है, जो कि बहुत शक्तिशाली है। अगर उस शक्ति को सिद्ध कर लिया तो तुम उसे बचाने

लायक हो जाते हो और तुम्हें इसके विकास कार्य में लगा दिया जाता है... और यदि ये शिक्षा जो तुम्हें प्रकृति से मिलने वाली है, उसके बीच कोई शिक्षाधारी शिव गुणी तुम्हारे पास नहीं होता तो तुम उस ज्ञान की गंगा रुपी शिक्षा को ग्रहण तो करते हो, पर उलटी–सीधी,*

और विकास के स्थान पर विनाश हो जाता है। इसलिए शिव गुणियों को ब्रह्म गुणी लोग चुनते हैं, जो शोध के विषयों पर उनका सही मार्ग दर्शन कर सके और प्रकृति के उस प्रवाह को सही दिशा दे सके। साथ ही ब्रह्म गुणियो में से भी विशेष को ही चुना जाता है, जिनमें ऐसी पात्रता हो कि वो उस प्रवाह को बाकि ब्रह्म गुणियों की योग्यता के अनुसार सही दिशा में रख सके। इसलिए शोक न करो। कदाचित प्रकृति यही चाहती थी। आज उमा की प्रतिज्ञा पूरी हुई, तुम अब उसके लिए प्रार्थना करो"। तब परवानाली वैसे ही गरगराते हुए बोला, "उमा तो सब जानती थी, उसने मुझे बताया क्यों नहीं?" तब एक शिव गुणी आगे आया जिसने उमा की शिक्षा–दीक्षा की थी और बोला, "उसे कदाचित कोई और रास्ता न समझ आया हो। उसने शिव गुण के दुर्गा नियम का पालन किया और वो

भी कठिन साधना वाला गुप्त शक्ति सिद्धि। कदाचित उसे लगा हो कि यही तुम्हारे सबसे पास रहने का एकमात्र बचा मार्ग हो । उमा ने अपना पूरा काम नियम के अनुकूल किया है। उसने शिक्षा के अनुसार पति के साथ अपनी शर्तों पर काम किया है, जिसमें वो पति की तीन इच्छाओं तक उसकी प्रतीक्षा करेगी कि वो उसे पहचान ले, उसका आदर करे, नहीं तो अंतर्ध्यान हो जाएगी"। तभी परवानाली को उमा का ख्याल आया और बोला, "मैं उसे वहां अकेले छोड़ आया हूँ और उसे वचन भी देकर आया हूँ कि मैं उसकी शक्तियां वापस लेकर आऊंगा...., पर कहीं उमा अंतर्ध्यान हो गयी तो.." उसका कलेजा फटने लगा, वो इस ग्लानि में मरे जा रहा था कि अब वो उमा को क्या कह कर बुलाऐ? तभी वो शिव गुणी वहां से निकल गया और दूसरा शिव गुणी परवानाली के पास आया और बोला, "वो ऐसा नहीं करेगी। उसके पास अभी तुम्हारा बच्चा है और फिर उसे तुम्हारी कहानियां भी तो सुनानी है", इस पर परवानाली ने कहा, "आपको कैसे पता कि मैं उसे ये बात कह कर आया हूँ?" फिर अचानक रुका और मुस्कुराने लगा और बुदबुदाया, "अध्यात्मिक शरीर की शक्ति..."| उसकी आँखों के सामने वो चित्र आने लगा, जो उसने बचपन में खेत के बाहर की धरती पर कुरेद-कुरेद कर सात शरीरों वाला बनाया था, जब उसके पिता अमरदेव उमा को भावनात्मक शरीर के बारे में समझा रहे थे इसमें ये चौथा शरीर था। अपने ईश्वर के चेहरे पर मुस्कान देख आवारा भी पिघल गया। वो बस बैठा-बैठा परवानाली को ही देखता रहा। तब परवानाली सियोल्पा के पास गया और उससे हाथ जोड़ कर माफ़ी मांगते हुए बोला, "आप और मार्गरिटा तो मुझे सच बता सकते थे", तब सियोल्पा बोला, "हम अपनी शिक्षा के अनुसार चल रहे थे और तुम

पर ध्यान दिए हुए थे, कि तुम सच में वही हो जो लग रहे हो या वो, जो दिख रहे हो"। फिर मार्गरेटा आगे आई और बोली, "मैं तुम्हारे इसी रूप से डरती थी जो दिखता था। इसलिए मैं ही तुमसे अलग हुई और पिता सियोल्लूपा को तुम पर ध्यान रखने के लिए वहीं रहना पड़ा... और तब तुम्हारा लगना कम हो गया, दिखना अधिक। इसलिए पिता का धैर्य टूट गया और परिणाम सबके सामने है, चूँकि मेरे पिता एक शिव गुणी हैं", इस पर सियोल्लूपा ने कहा, "तुम्हें ये तो ज्ञात हो ही गया होगा कि ब्रह्मा अगर मन में हो और उसकी गति नीचे हो जाये तब क्या होता है। इसलिए जिज्ञासा को धैर्य के आँचल में ही रखना चाहिए, क्योंकि हर बालक के लिए एक फल बना हुआ है, आवश्यकता है तो सही मार्गदर्शन, लगन, मेहनत और धैर्य की, अन्यथा परिणाम भयानक भी हो जाता है"। परवानाली भाव शून्य हो बुदबुदाया, "और मैं यही नहीं कर सका। आपके मार्गदर्शन पर संदेह करता रहा। सीखने की लगन तो मुझमे थी ही नहीं, केवल पाना चाहता था, जिससे मेहनत हमेंशा विपरीत दिशा में करता रहा और मेरा मन कभी स्थिर ही नहीं रहा"। अपने किये पर पछताते हुए वो बोला, "अब अपना वो फल प्राप्त कर भी प्राप्त नहीं कर सकता"। तभी वो शिव गुणी जो परवानाली के उमा को वचन देने वाली बात पर यहाँ से चला गया था, वापस लौट आया। उसके हाथ में एक पुस्तक थी, जो थोड़ी बहुत जली हुई थी, उसे परवानाली की ओर बढ़ाते हुए बोला, "लो ये उमा को दे देना", जिसे अपने सीने से लगा परवानाली वहीं सो गया।

घटनांक - 9

अगले कुछ दिनों तक परवानाली ने वहीं रुक कर विश्राम किया। चूँकि वो अभी सफ़र करने जितना भी स्वस्थ नहीं हो पाया था, उसकी हालत अब बिगडती ही जा रही थी, लेकिन वो जीना चाह रहा था, उमा से मिलना चाहता था, उससे माफ़ी मांगना बाकि था। इस इच्छा को लेकर वो दुनिया से जाना नहीं चाहता था। जीव विशेषज्ञों ने जब उसके बिगड़ते स्वास्थ्य को देखा तो उन्हें चिंता हुई और उन्होंने शिव गुणियों को इस विषय में आगाह किया और बोले, "अब कोई रास्ता नहीं है, हमें वहां परवानाली को लेकर चलना ही पड़ेगा"। शिव गुणियों ने कोई और रास्ता न मिल पाने पर इसकी हामी भर दी और परवानाली के बेहतर स्वास्थ्य के लिए उसे ले जाने की तैयारी में लग गये।

पूर्वी नगर के मैदान में आसमान से उतरता एक बड़ा टोकरा दिखा, जिसे वहां की भाषा में उड़न–खटोला कहा जाता था, जिसको आग से चलाया जाता था। ये आग उस खटोले को हवा की दिशा में लेकर उड़ता था और दो रस्सियों की मदद से उसे दिशा दी जाती थी। इस उड़न–खटोले में शिव गुणियों के साथ परवानाली के बैठने की व्यवस्था की गयी और देखते ही देखते आग की आंच बढ़ने लगी और उड़न–खटोला उसमें बैठे सभी लोगों को अपने साथ आसमान में अपनी अगली यात्रा पर ले चला। ये दृश्य देख हयाती की आँखों में आंसू आ गये। वो वहीं मैदान में घंटों बैठा रहा और कहता रहा, "ईश्वर मेरे सबसे करीब था, पर मैं

उसे पहचान ही नहीं पाया"।

उड़न–खटोला पूर्वी देश के उत्तरी भाग की ओर हवा के साथ बढ़ रहा था, जहाँ से देखने पर पूरी दुनिया नज़र आ रही थी, सामने सूरज बिलकुल आँखों के सामने दूर पर्वतों से ऊपर उठता दिख रहा था, पंछियों का झुण्ड उस ओर अपने घर को विदा बोल दाने की तलाश में उड़ रहा था, आकाश सुनहरे लाल धुंध से भीग रहा था, बादल रूई की तरह उड़न–खटोले को सहलाते जा रहे थे। लेकिन परवानाली को कोई भी बात अब लुभा नहीं पा रही थी, वो बस सीने से चिपकी उस पुस्तक को ही बार–बार देखता और पूरे दो दिन की यात्रा के बाद जब उड़न–खटोला उत्तर के एक पहाड़ के ऊपर आकर रुका और नीचे उतरने लगा तब परवानाली ने देखा... आकाश से सफ़ेद मोती बरस रहे हैं, जो हाथ में आते ही गायब हो जाते। ये दुनिया उसके लिए किसी चमत्कार से कम ना थी। दूर–दूर तक लम्बे–लम्बे वृक्षों पर वही हिम के सफ़ेद मोती बिखरे हुए थे। मानो वो सात आसमान ऊपर अपने पिता के घर पहुँच गया, जहाँ उसका स्वागत किया जा रहा है। उसने खटोले के एक किनारे आ कर देखा कि वो बादलों के ऊपर सफ़र कर रहा है, जहाँ से अब वो नीचे एक पर्वत पर उतर रहा है। एक आदमी उस उड़न–खटोले की रस्सियों को इस तरह खींच रहा है कि वो खटोला हवा को काटता हुआ, आग को मंद कर उस पर्वत के समतल भाग की ओर उतर रहा है, जहाँ वैसी ही सफ़ेद मोतियों की मोटी चादर बिछी हुई है जो कि वहां की धरती को ढंके हुए है। तभी वो उड़न–खटोला एक झटके के साथ उस पर्वत के शिखर पर एक समतल भाग पर उतर गया, जहाँ एक बड़ा देवालय बना हुआ था, जो कि उन्ही मोतियों से बनी हिम चादर से ढंका हुआ था। वहां पहुँच कर शिव

गुणियों ने परवानाली से उस पुस्तक को लिया और उसे थोड़ा विश्राम करने को कहा और ये वचन भी दिया कि वापसी में वो पुस्तक उसे वापस कर दी जाएगी। परवानाली में तो जैसे एक नयी चेतना आ गयी, वो हिम की चादर पर धंसते पैरों के साथ खुद ही उस देवालय की ओर बढ़ गया, जो कि प्राकृतिक रूप से ही बना हुआ था। मानो ये पहाड़ और ये देवालय स्वयं ही प्रकृति ने बना कर इंसानों को भेंट किये हों, जिससे प्रेरणा ले कर ये और देवालयों का निर्माण कर सकें।

परवानाली ने जब उन पत्थरों से बनी हुई देवालय की सुरंग में प्रवेश किया तो उसे वैसा ही अनुभव होने लगा जब वो अपने पिता से बात करने के लिए पहली बार एक सुरंग में गया था और उमा से बात की थी। वो बढ़ता जा रहा था और शिव गुणी उसके पीछे–पीछे चल रहे थे। उन पथरीली दीवारों पर प्राकृतिक उभारों से बनी हुई अलग–अलग मूर्तियाँ थीं, जिनसे उस पर्वत का पानी छोटी–छोटी नालियों के रूप में बह रहा था, जिन्हें देख कर कोई भी कह सकता था कि या तो ये देवालय युगों पहले ही बनाया गया है या ये कुदरती ही वैसा है। हर एक मूर्ति अपने आप में एक कहानी थी, जो परवानाली को उमा की याद दिला रही थी। इनको सहलाता परवानाली आगे बढ़ता जा रहा था। वो सुरंग एक बड़े कक्ष में जाकर खुली, जिसकी छत उस पर्वत की चोटी तक जा रही थी, जहाँ से एक प्रकाश की रेखा आ रही थी। चारों ओर अग्नि कुंड दमक रहे थे और उस कक्ष की उन विशाल दीवारों पर 18 बड़ी–बड़ी मूर्तियाँ बनी हुई थी, जिनका वर्णन परवानाली उमा से सुन चुका था। उसने हर एक मूर्ति को ध्यान से देखा, जो अपने में पूरा एक पुराण थीं। जहाँ इन मूर्तियों की श्रृंखला समाप्त हुई, वहां बीचों–बीच इस कक्ष की छत से हिम, मोतियों के

रूप में एक विशाल मूर्ति पर गिर रही थी और एक प्रकाश मार्ग उस शिखर से इस मूर्ति तक बना हुआ था, जिस पर हिम ठहर भी नहीं पा रही थी, जिसको देख कर कहा जा सकता था कि ये सभ्यताओं के जन्म के समय ही बनायीं गयी होगी। उसने उस मूर्ति को देखा तो उसे याद आया कि 'वो इसे जानता है, उसने इसका पूरा वर्णन उमा से ही सुना है... "नटराजा", ये वही है'। तब उसने उस मूर्ति के पैरों के पास देखा एक पुरुष, जिसकी पीठ इस ओर थी और वो एक हाथ के बल खड़ा उस मूर्ति की प्रार्थना कर रहा था।

इस यात्रा की सारी बातें किसी भी साधारण से व्यक्तित्व को विचलित और रोमांचित कर देती, लेकिन परवानाली के मन में अब इन सबके लिए कोई आकर्षण नहीं बच पाया था, वो अब समझने लगा था कि 'ये देश अभी भी अपने भीतर और भी कई रहस्य छिपाए बैठा है'। अब उसके मन में था तो केवल पश्चाताप और उमा से मिलने की चाह। वो वहीं बैठ कर उस पुरुष की पीठ को निहारता रहा, जो थोड़ी-थोड़ी देर में अपने हाथों को बदल कर अपने शरीर को उसी स्थिति में बनाये हुए था। शिव गुणी भी परवानाली के इस रूप को देख अपनी सार्थक यात्रा के लिए प्रसन्न हो रहे थे। दिन ढलते-ढलते वो पुरुष आकृति अपने हाथों से उतर कर अपने पैरों पर खड़ी हुई। उसने उस नटराज मूर्ति को दोनों हाथों को जोड़ कर प्रणाम किया और बगल में रखे हुए एक अंग वस्त्र से अपने शरीर को ढंकते हुए परवानाली की ओर चलना शुरू किया। जैसे-जैसे वो पुरुष आकृति परवानाली के समीप आती जा रही थी, वैसे-वैसे उसका आकार बढ़ता जा रहा था। जिसे देख परवानाली धीरे-धीरे खड़ा हो रहा था, और वो पुरुष जब परवानाली के सामने खड़ा हुआ, तो परवानाली

का सिर उसकी छाती से पूरी तरह ऊपर उठ तना हुआ था, मानों वो उस पर्वत का शिखर देख रहा हो। तब परवानाली ने अपनी मुरझाई आँखों से देखा एक बहुत ही भारी–भरकम शरीर, जिसके चेहरे की सूरज सी चमक परवानाली की आँखों में गिर रही थी और उसकी आँखों में मानों कोई नई रोशनी भर रही थी। अब परवानाली और स्पष्ट रूप से उस पुरुष को देख पा रहा था, जो उसके सामने खड़ा था। जिसके पत्थर से बलशाली शरीर को देख कोई भी उससे बैर लेने की सोच भी नहीं सकता, लेकिन उसके चेहरे की सौम्यता किसी दूध पीते बच्चे से कम ना थी। जिसे देखते ही परवानाली के चेहरे पर एक मुस्कान थी और आँखों में आंसू.. और वो उस पुरुष के पैरों में बैठ कर रोने लगा। तब उस पुरुष ने परवानाली के पास ही बैठते हुए कहा, "एक सदी से मैं तुम्हारी ही प्रतीक्षा कर रहा था मेरे बच्चे। अमर देव मेरे उन मित्रों में से थे, जिन्हें मैं अपने जीवन का मार्गदर्शक मानता हूँ"। परवानाली ने अपने सिर को ऊपर उठा कर देखा तो उस सौम्य से चेहरे पर एक अद्भुत कांति थी, जो कि परवानाली के दर्द कम कर रही थी। परवानाली कुछ ना बोला, बस उसे देखता और सुनता रहा, जिसकी वाणी मानों भूमि से आकाश तक की यात्रा कर रही थी। तब शिव गुणी उसके पास आये और उस व्यक्तित्व से परिचय करवाते हुए बोले, "ये इस देश के प्रजापालक 'दानसेन' हैं, जो छह माह उस भौतिक संसार में रहते हैं और छह माह यहाँ इन कंदराओं में अपनी साधना में रत रहते हैं, तुम्हें कुछ समय इन्हीं के साथ रहना है, जिससे तुम अपना स्वास्थ्य प्राप्त कर दीर्घायु हो सको", इस पर परवानाली ने शिव गुणियों को देखते हुए कहा, "क्या अब भी आप ऐसी कामना करते हैं?", इस पर शिव गुणी कुछ ना बोले और उन दोनों को प्रणाम कर वहां से बाहर की ओर चले गये। तब

परवानाली ने प्रजापालक की ओर देखा जो अब भी उसी को देख रहे थे और पूछा, "ये सब इतना रहस्यमयी क्यूँ है?", प्रजापालक बोले, "रहस्य नहीं है, सहज है। अंतर पड़ता है केवल दृष्टिकोण का, यदि तुम इसे संघर्ष की दृष्टि से देखते हो तो तुम्हें यह सब रहस्य लगेगा और यदि तुम इसमें समर्पण ले आते हो तो ये सभी सहज हो जाता है"। तब परवानाली ने पूछा, "समर्पण क्या है?", इस पर प्रजापालक ने उत्तर दिया, "जो प्राप्त है वही पर्याप्त है, यही भाव समर्पण कहलाता है। इससे अधिक की चाह संघर्ष को जन्म देती है, जो कि अनवरत है और इसके विपरीत, समर्पण जीव सृष्टि का वो सूत्र है जो सदैव उन रहस्यों को सहज करने में प्रयासरत रहता है"। इस पर परवानाली ने अपने मंद पड़ चुके स्वर में पूछा, "सहज कैसे बना जाता है?" तब प्रजापालक बोले, "आज सरल बने रहना ही तो कठिन हो गया है। क्योंकि मानव ईश्वर के रहस्यों को जान स्वयं ईश्वर बनने की दौड़ में भागने लगा है। जबकि प्रकृति ने अपनी सबसे सहज कृति मानव को ही बनाया है। बस मानव ही बने रहना सरल है और मानव केवल मानव बने रहने से ही संतुष्ट नहीं है"। परवानाली का मन अचानक हल्का हो गया। उसने एक गहरी साँस ली और आँखें मूँद ली। तब प्रजापालक ने कहा, "तुम बहुत थक चुके हो, आओ थोड़ा विश्राम कर लो", और कहते हुए परवानाली को अपनी गोद में सुला, उसका माथा सहलाने लगे। परवानाली को उन हाथों में अपने माता-पिता की अनुभूति होने लगी और उसने वो सुकून भरी नींद ली, जो उसे अब तक प्राप्त नहीं थी।

कुछ ही दिनों में परवानाली का स्वास्थ्य पहले से बेहतर हो गया। वो अब बिना सहारे दौड़ सकता था, मृत्यु का साया उसके सिर से

टल चुका था। उसने प्रजापालक के साथ उस पर्वत की परिक्रमा की, प्रजापालक ने उसे वह स्थान ध्यान से देखने को कहा, जहाँ चारों ओर हिम के टीले थे परवानाली ने जहाँ–जहाँ तक दृष्टि घुमाई हिम की चादर के सिवा कुछ ना दिखा। बस कुछ हिम टिले थे जो दमक रहे थे। तब प्रजापालक ने उसे अपना दायाँ भाग पर्वत की ओर और बायाँ भाग खुले वातावरण की ओर रखते हुए परिक्रमा करते रहने को कहा, अब परवानाली को वो सब अनुभूतियाँ होने लगी, जो अब तक वो अपने बाहर ढूँढ़ रहा था। वो अनुभूत कर रहा था कि वो पूरी दुनिया से सिमट कर अब खुद में और उस देवालय में समाता जा रहा था, साथ ही ये पर्वत सूरज की गर्मी को सोख कर परवानाली में एक नयी ऊर्जा भर रहा था। तब प्रजापालक बोले, "जो तुम अभी अनुभूत कर रहे हो, ये इस देश का हर व्यक्ति हर दिन करता है। उसके लिए बारह अलग–अलग नगरों में हमारे पूर्वजों ने ऐसे दिव्य यंत्र या कह लो ज्योति पुंज स्थापित किये हैं, जो इस पर्वत से सूरज की ऊर्जा को पूरे देश में बहा देते हैं और वहां से पूरे संसार में। जिससे यहाँ के लोग दीर्घायु होते हैं, साथ ही ईश्वरीय सन्देश उनकी बुद्धि में सीधे तौर पर आते हैं, जिससे बुद्धि का भी विकास होता है और उन्हें अपने कर्मों को करने का पूरा समय मिल जाता है"। परवानाली की गति अब पहले से बेहतर हो चुकी थी। लगभग महीने भर में उस शिखर की एक परिक्रमा समाप्त कर ली और जब वो प्रजापालक के साथ देवालय लौटा तो अचंभित था। वहाँ एक दिव्य नगर बसा हुआ था जहाँ भवन श्वेत थे, लोगों के वस्त्र श्वेत, आभूषण श्वेत मानों उस शिखर की हिम का जीव रूपांतरण हुआ हो। उसने पलट कर दानसेन से पूछा, "इतने कम समय में यहाँ इतना भव्य नगर कैसे बस गया?", दानसेन मुस्कुराते हुए बोले, "यह

देवलोक तो यहां तब भी था जब तुम यहाँ आए थे, किंतु भौतिक दृष्टि उसे देख नहीं सकती, आज तुम अपनी सूक्ष्म दृष्टि को पा रहे हो", "मैं अब भी कुछ नहीं समझ पा रहा हूँ!" परवानाली की आंखों में आंसू थे। दानसेन ने उसे अपने सीने में भरा और बोला, "जितने सहज होते जाओगे उतने ही स्वयं से भेंट कर पाओगे, जिसे तुम ईश्वर कहते हो, जो तुम्हारे जन्म का कारक है, यह जो लोक तुम देख रहे हो यह तुम्हारा ही है, हम सभी का अपना अपना देवलोक होता है जिसे भौतिकतावादी दृष्टि नहीं देख सकती। ध्यान से देखो वहाँ तुम्हें कौन दिख रहा है?", परवानाली ने गौर से देखा और हंसने लगा, उसे जो दिख रहा था वो केवल वही महसूस कर सकता था। तब उसने दानसेन के पैर पकड़े और बोला, "अब मुझे क्या करना चाहिए?", दानसेन ने उसे उठाया और कहा, "प्रेम। यही जीवन का मूल संदेश है। जाओ और यही संदेश संसार को दो। साथ ही प्रजापालक को भी अपने साधक कर्तव्यों का निर्वाह करते हुए फिर से उस देवालय में जाना था, चूँकि अभी उनके साधना काल के दो माह बाकी हैं।

शिव गुणी वहां उसी उड़न–खटोले से आये और परवानाली को वो पुस्तक वापिस लौटाते हुए उसे वहां से ले उड़े। परवानाली ने जब उस पर्वत शिखर को अंतिम प्रणाम करने के लिए आकाश मार्ग से देखा तो उसने पाया कि ऐसा ही एक पर्वत उसने मेसोतामी में देखा था, लेकिन ये पर्वत, उससे हज़ार गुना बड़ा है। वो अब बोल नहीं रहा था, बस अनुभूति कर रहा था। वह इस भूमि को प्रणाम कर अपने गंतव्य की तैयारी में लग गया।

घटनांक - 10

वापस पूर्वी नगर लौट कर परवानाली ने पाया कि ये नगर पुनः पहले से और भव्य और सुन्दर हो चुका है। यहाँ पर कार्य कभी रुकता नहीं। हर विपरीत परिस्थिति नवीन परिवर्तनों के सन्देश लेकर आती है। परवानाली वहां खड़े सभी लोगों के आगे झुक गया और सभी के पैरों में माथा टेक-टेक कर माफ़ी मांगने लगा, उसके सिर पर छाले हो गये जहाँ से खून भी बहने लगा। तब सियोलूपा ने उसे उठाया और उसके सिर पर अपना अंग वस्त्र बांधते हुए कहा, "तुम्हारे इस रक्त ने तुम्हारे सभी पापों को धो दिया है। अब और अधिक पश्चाताप करने की आवश्यकता नहीं है, अब केवल सत्कर्मों पर ध्यान देने की आवश्यकता है"। परवानाली ने सियोलूपा के आगे हाथ जोड़ते हुए उसी को वहां का दायित्व संभालनें की प्रार्थना की और अपने देश अबरू के लिए निकलने लगा, तब शिव गुणियों ने उसे अंतिम बात याद दिलाई, "जाओ और अपने लोगों को भी समझाओ कि "प्रेम ही सबसे बड़ी ताकत है, जिसका विस्तार केवल सेवा है। जिससे अच्छे-अच्छे पत्थर भी पिघल जाते हैं, वहीं इस प्रकृति के रहस्यों की कुंजी भी।", जिसे सुन कर मार्गरेटा की आँखों में पानी भर आया था, उसे उमा याद आ रही थी जो कहा करती थी कि "वो प्रेम से परवानाली को बदल देगी"। आवारा भी अपने ईश्वर के लिए उनका शुक्रगुज़ार था, तो उसने वहां की रीत के अनुसार उनके पैर छुए और उनके हाथों को चूम लिया। तब शिव गुणियों ने ऐसा करने का कारण पूछा

तो आवारा बोला, "इन हाथों ने मेरे ईश्वर को बचाया है और ये पैर पूर्वी नगर के मज़बूत स्तम्भ हैं"। हयाती परवानाली को दूर से ही निहार रहा था, जब परवानाली ने उसकी ओर देखा तो उसने अपना सिर झुका लिया। तब परवानाली उसके पास आया तो वो परवानाली के पैरों में बैठ गया और बोला, "मैं जीवन भर अपने ईश्वर के साथ रहा, पर उसे पहचान नहीं पाया। ऐसी बदकिस्मती और किसकी होगी", तब परवानाली ने हयाती को उठा कर अपने सीने से लगाते हुए कहा, "हम हमेशा से मित्र थे और मित्र ही रहेंगे", वहां खड़े तमाम लोगों में से मार्गरिटा और सियोलूपा ही समझ पाए कि 'हयाती ने ऐसा क्यों किया'।

अगले ही दिन पूरा काफिला वहां से अबरू देश के लिए निकल पड़ा। कुछ पूर्वी उनके साथ आधे रास्ते तक आये और जब वे लौटने लगे तो परवानाली ने उन्हें उमा से मिलने का निवेदन किया। तब उमा के नाम पर वो मना नहीं कर पाए और उसके साथ ही अबरू देश चल दिये।

कुछ ही दिनों के सफर के बाद ये काफिला अबरू देश पहुँच गया, जहाँ परवानाली का जोर-शोर से स्वागत किया गया। पर परवानाली अपने पूरे काफिले के साथ शांत था। योद्धा अपने-अपने परिवार वालों से मिल रहे थे और खुश हो रहे थे। जिनके घर के आदमी वापस नहीं आ पाए थे वो रो-रो कर अपना मन हल्का कर रहे थे। ये सब देख परवानाली को शिव गुणियों की अंतिम बात ही याद आ रही थी और वो कभी हँसता तो कभी रोता। आवारा भी अपने ईश्वर के साथ कभी हँसता तो कभी रोता। ये सब अबरू लोगों से छुप नहीं सका, पर उनमें से कोई भी परवानाली के डर से आवाज़ नहीं निकाल पा रहा था। तब कुछ अबरू लोगों ने जब पूर्वीयों को उनके साथ देखा तो बोले, "फिर से पूर्वी लोगों को सबक

सिखा दिया हमारे ईश्वर के बेटे ने, लगता है अब कोई नया सन्देश आने वाला है"। ये शब्द जब पूर्वीयों के कानों में पड़े तो वो चिंतित हो गये, पर फिर परवानाली को देख शांत हो गये कि "परवानाली सब सम्भाल लेगा, अब वो सबको सही सन्देश देगा"।

राजधानी पहुँचते ही परवानाली पूर्वीयों के आराम की व्यवस्था करने में जुट गया। वो खुद उनके रहने के लिए कक्ष को तैयार कर रहा था, उनके बिछौने सजा रहा था। तब पूर्वीयों ने कहा, "हम केवल उमा के दर्शन करना चाहते हैं फिर हम निकल जाएँगे"। तब परवानाली ने अपने हाथ जोड़े और कहा, "अभी आप सभी विश्राम कीजिये, लम्बे सफ़र से थक गये होंगे। उमा सुबह आपके दर्शनों को आ जाएगी" और उन्हें आवारा के साथ उनके गंतव्य तक पहुंचा कर, उनसे विदा लेकर चला गया।

उमा अब भी झरोखे पर खड़ी आसमान में सात तारे निहार रही थी। उसकी गोद में उसका बच्चा था और आँखों में आंसू और उसके साथ मार्गरिटा भी वहीं खड़ी उसके साथ आंसू बहा रही थी, कि तभी उमा बोली, "अब मेरा परिचय आसमानी ही है। उमा मर चुकी है, जिसे मैंने ही मारा है। ये मेरा प्राकृतिक दोष है, जिसका दंड अभी मुझे सहना बाकी है", और अपना बच्चा मार्गरिटा को देते हुए कहा, "परवानाली ने कहा था कि मैं उसके बेटे को उसकी पूरी कहानी सुनाऊं", फिर अपने बच्चे के सिर को सहलाते हुए बोली, "यहाँ तक तो मैं सुना चुकी आगे तुम सुना दो, क्योंकि इसका अंत अभी बाकी है, जो मेरे बच्चे के लिए जानना जरुरी है", उसकी आँख में आंसू थे और आवाज़ में गरगराहट, "इसके आगे मुझसे कहते नहीं बनेगा"। तब मार्गरिटा ने बच्चे को अपनी गोद में एक पल के लिए

निहारा और बोली, "जब हाथ को अपना अस्तित्व पता चला कि वो बिना शरीर कुछ नहीं तो वो उस बचे हुए शरीर पर केवल शोक ही मनाता रहा....", उमा ने अपने बच्चे का माथा चूमा और मार्गरिटा से बोली, "अब तुम ही इसका ध्यान रखना...", इस पर मार्गरिटा कुछ कह पाती कि तभी परवानाली उस कक्ष में प्रवेश कर गया। उसके हाथ में वो पुस्तक थी, जो कि उसने उमा की ओर बढ़ा दी। वो कुछ नहीं कह पा रहा था, बस उसके आंसू ही पूरी कहानी कह रहे थे। उमा ने तुरंत उसके हाथ से वो पुस्तक ली, उसे अपने माथे पे लगाया और उस पुस्तक के जले हुए पन्नों को देखने लगी जो कि पूर्वी देश की पूरी कहानी थी। उसकी आँखों में फिर से पूर्वी देश के सारे दृश्य घूमने लगे। परवानाली इस बात से खुश था कि उमा फिर से अपनी शक्ति पा रही है, लेकिन तभी उमा ने कक्ष से बाहर की ओर दौड़ लगा दी। मार्गरिटा भी उसके पीछे–पीछे बच्चे को लिए दौड़ गयी। ये सब परवानाली की समझ से परे था। वो तो उमा से माफ़ी मांगने आया था, लेकिन उमा ने तो उसकी ओर ठीक से देखा तक नहीं, उसे किसी अनहोनी का अंदेशा हुआ और वो भी वहां से उनके पीछे–पीछे भागा।

पूर्वी वासी विश्राम घर में अपने–अपने बिस्तरों पर थे। सभी के माथे पर चिंता की लकीरें थीं। तब एक पूर्वी बोला, "मैंने सुना था जब राजधानी के लोग आपस में बातें कर रहे थे, वे हमे युद्ध बंदी समझ रहे हैं"। इस बात पर वो सभी चिंता में डूब गये, और तभी वहां उमा, मार्गरिटा के साथ दौड़ती हुई आई, जहाँ मार्गरिटा के हाथ में उसका बच्चा था और उमा के हाथ में वही जली हुई पुस्तक। जिसे देख ये लोग समझ गये कि यह उमा ही है और सभी उसके सम्मान में खड़े हो गये। तब उमा अपने घुटनों पर बैठ रोने लगी, "मुझे क्षमा कर दीजिये, मेरे ही कारण ये सब

हुआ है। मैं अपनी प्रतिज्ञा में इतना खो गयी कि स्वार्थी हो गयी थी। मैंने मातृभूमि से बढ़कर अपनी प्रतिज्ञा को मान दिया, मैंने नैतिक नियम का अपमान किया है, मैंने प्राकृतिक नियम का भी सब जानते हुए अपमान किया है, मैं अपनी दक्षिणा में असफल रही"। तब एक व्यक्ति चल कर उसके पास आया और उसे उठाते हुए बोला, "ये तुम्हारा दोष नहीं, नियती का खेल है। जब तुम्हारे पिता ने नियति को चुनौती दी थी, ये सब तो तब ही तय हो चुका था और फिर परिस्थितिवश तुम्हें जो ठीक लगा तुम करती चली गयी, और हम देखते। इससे सरल और सहज मार्ग हो भी क्या सकता था?" तब उमा बोली, "था, मार्गरिटा वाला मार्ग, नहीं तो स्वयं को स्वाहा कर देने का मार्ग"। अब तक परवानाली भी वहां आ पहुंचा। तब उमा बोली, "मैं अब और किसी के दुःख का कारण नहीं होना चाहती", इस बात से परवानाली घबरा गया। वो उमा के पास गया, तो उमा ने उसे दूर से ही हाथ दिखा कर रोक दिया। उन दोनों की ही आँखे बह रही थीं, तब परवानाली धीरे–धीरे उसके पास ये बोलता हुआ गया, "मैं तुम्हें दुबारा नहीं खोना चाहता उमा, मेरी...." इससे पहले कि वह कुछ और कह पाता उमा ने उसे वहीं रोक दिया और बोली, "स्वयं को दोष ना दो देवानव!" "देवानव! हाँ यही तो मेरा नाम था, जो बाबा खेत में पुकारते थे, मैं इसी को तो खोज रहा था", परवानाली बुदबुदा रहा था कि उमा फिर से बोली. "तुम तो एक जिज्ञासु पथिक थे, तुम दोषी कैसे हुए, तुमने तो जो भी किया अपनी अज्ञानता में किया, किन्तु मैं तो सब जानते हुए हुए उस पथ पर तुम्हारा मार्गदर्शन करने लगी जिसके लिए पूर्वीयों ने पहले ही मुझे सावधान कर दिया था, लेकिन बचपन का साथी जब दुबारा मिला तो स्वयं को ही भूल गयी और तुम्हारे साथ हो गयी, जबकि तुम जब–जब मेरे

जीवन में आए मुझे तकलीफों के सिवाय कुछ ना दे सके"। कहते हुए उमा का गला रुन्धने लगा, "मैं तुम्हारी बहन नहीं, इससे अधिक मैं कुछ जानती भी नहीं, बचपन में तुम्हारे प्रति मेरे मन में जो ईर्ष्या थी, तुम्हारी सेवा के रूप में मैं उसका पश्चाताप कर रही हूँ, अब मैं मुक्त होना चाहती हूं", फिर पूर्वी पुस्तक उसे थमाती हुई बोली, "इसे संभालना", कहते ही अंतर्ध्यान हो गई। परवानाली के पैरों तले जमीन खिसक गई, पर उमा तय कर चुकी थी कि उसे क्या करना है, अब उसका शरीर ही धरती पर पड़ा हुआ था, जिसे देख पूर्वीयों ने कहा, "इसकी अंतिम यात्रा की तैयारी करवाओ"। परवानाली बिखर गया, वो बच्चों की तरह सिर पटक-पटक कर रोने लगा, वो खुद को ही पीट रहा था। उसके गले से आवाज़ नहीं निकल रही थी, पर उसे देख कर समझ आ रहा था कि उसका अंतर्मन इतने जोरों से चिल्ला रहा है कि केवल प्रकृति में ही वो एक अनोखी गूंज बन रही थी, जिससे धरती भी हिल रही थी और सभी लोग उस कंपन को अपने पैरों में महसूस कर रहे थे। उन्होंने परवानाली को शांत करने के लिए आवारा को उसके पास भेजा, जो कि परवानाली को देख खुद को पीटना शुरू कर चुका था। पूर्वीयों ने उसे ऐसा ना करने के लिए समझाया और कहा, "यदि तुम अपने ईश्वर को पुनः पाना चाहते हो तो उसे संभालो, उन बातों को ना दोहराओ जिससे उसको पीड़ा हो रही है", आवारा उठा और अपने ईश्वर से जाकर लिपट गया।

घटनांक - 11

अगले दो दिनों तक परवानाली उमा के शव से लिपटा रहा और आवारा भी वहीं द्वार पर अपने ईश्वर के होश में आने का इंतज़ार करता रहा। तब मार्गरेटा गोद में उसके बच्चे को लेकर पूर्वीयों के साथ वहां आई, तो परवानाली चिल्ला उठा, "सियोल्पूपा ने कहा था कि मानव मरता नहीं हैं, यदि उसे जला देते हैं तो वो मर जाता है, फिर किसी और जन्म में चला जाता है। उमा भी यही कहती थी, जिसमें व्यक्ति जब अंतर्ध्यान होता है तो वापस उठता भी है, इसलिए मैं अपनी उमा को मरने नहीं दूंगा, एक दिन वो जरुर मुझसे मिलने के लिए लौट कर आएगी और मुझे मुझसे मिलवाएगी, मेरी पहचान देगी", कहते हुए उमा के शव से लिपटा रहा। तब मार्गरेटा जिसकी गोद में उसका बच्चा था उसके पास आई और बोली, "वो क्या करेगी वापस उठ कर? एक बार भी सोचा है, उस पर प्राकृतिक और नैतिक दोषों का भार है, यदि वो वापस आ भी गयी तो सोचो क्या होगा उसका? कैसे जी पाएगी वो इस भार के साथ? उसका पूरा जीवन दुखों में बीतता रहेगा। जब–जब वो तुम्हें और इस बच्चे को देखेगी, उसे अपने दोष याद आते रहेंगे। इसलिए उसे इस दुःख से मुक्त करो जिससे वो अग्नि में जाकर शुद्ध हो जाए और अगले जन्म में इस भूल को सुधार कर इस जीवन चक्र से मुक्ति ले"। तब परवानाली को थोड़ा होश आया और उसने एक शर्त रखी, वो बोला, "अगर तुम मुझे वो मूर्ति लाकर दे दोगे जो पूर्वी नगर में भवन के बाहर है", पूर्वी दल तुरंत समझ गया कि परवानाली

उसी शिवगुण के उमा रूप खंड की बात कर रहा है, जिसके पास बैठ कर इसने पूरा दिन बिताया था और वो वहां से निकल गया। आवारा ने अपने ईश्वर की इस बात को सिर आँखों पर रख उमा के शरीर को एक पत्थर के ऐसे बक्से का निर्माण कर उसमें रखवा दिया, जिससे वो शव उसमें सुरक्षित रह सके और एक शिल्प शोधी दल को एक ऐसी जगह प्रार्थनाघर बनाने को कहा जहाँ कोई भी उसके ईश्वर को तंग न कर सके।

कुछ दिनों बाद एक पूर्वी दल वहां उस मूर्ति को लेकर पहुंचा। आवारा ने इसकी खबर अपने ईश्वर परवानाली को दी, जो कि उस पत्थर के बक्से से लिपटा हुआ बहुत बूढ़ा लग रहा था। उसके बाल बिखरे हुए थे, दाड़ी तो उसके सीने तक खिंच आई थी, कपड़े दुर्गन्ध छोड़ रहे थे। वो तुरंत दौड़ता हुआ उस मूर्ति के पास आया और उससे लिपटते हुए बोला, "मुझे पता था तुम फिर से आओगी" और उस मूर्ति से अपने बचपन की बातें करता रहा। वो बोला, "तुम्हें याद है उमा, माँ कहा करती थी कि हम दोनों जल और वायु हैं, जो अगर मिल जाएँ तो जीवन बन सकते हैं और पिताजी कहा करते थे कि हमें एक साथ ही रहना चाहिए और कभी भी हम दोनों को विपरीत परिस्थितयों में नहीं मिलना चाहिए। लेकिन मुझे तो आज तक समझ नहीं आया कि हम विपरीत परिस्थिति में कब मिले? हम तो हमेंशा से ही साथ थे", ये कहता हुआ परवानाली कभी रोता तो कभी हँसता। आवारा अपने ईश्वर की इस हरकत से दुःखी था। वो समझ रहा था कि परवानाली अपना मानसिक संतुलन खो चुका है, लेकिन वो ये उम्मीद भी लिए बैठा था कि वो अपने ईश्वर को एक न एक दिन इस वहशत से बाहर निकाल लेगा। इधर मार्गरेटा, हयाती और पूर्वीयों की आँखों में परवानाली के लिए आंसू ही शेष बचे थे। साथ ही हयाती ये भी सोच रहा

था कि 'अगर अबरू लोगों ने परवानाली को इस हाल में देख लिया, तो उनमें जो डर है वो निकल जाएगा। सब परवानाली को पागल समझने लगेंगे और नियमों का उल्लंघन कर देश की व्यवस्था बिगाड़ने लगेंगे'। इसलिए उसने इस अंतिम यात्रा की निकासी गहरी रात में अपने कुछ शुभ चिंतकों के साथ निकालने की योजना बनाई, जिससे किसी को कुछ पता न चल पाए।

रात्रि में ही जब लगभग पूरा अबरू गहरी नींद में था तब योजना के अनुसार अंतिम यात्रा की निकासी चंद लोगों की मौजूदगी में निकल गयी। जहाँ सुबह होते-होते ये लोग उसी रेगिस्तान में पहुँच गये जहाँ परवानाली ने शोध के परिक्षण किये थे, जहाँ इसके माता-पिता का घर था। वहीं एक कुँए के ऊपर जो कि वर्षों पहले ही सूख चुका था, उस कुँए पर एक बड़ा प्रार्थनाघर बनकर खड़ा था, जिसमें उमा के शव को उस बड़ी सी मूर्ति के साथ ले जाया जा रहा था, जो पूर्व से आई थी। तब परवानाली बोला, "देखो उमा ! हमारी यात्रा वहीं समाप्त हुई जहाँ से शुरू हुई थी", ये सुनते ही उसके साथ चल रहे आवारा के मुँह से अचानक निकला, "वाह"।

उस प्रार्थनाघर में जहाँ उस मूर्ति को रखा गया था, उसी के नीचे उमा की अंतिम यात्रा की तैयारी भी की गयी थी। उमा के शव को लकड़ियों के ढेर के ऊपर सुलाया गया और उसे दाह करने के लिए परवानाली की प्रतीक्षा करने लगे। लेकिन परवानाली तो उस मूर्ति से बातें करने में व्यस्त था। वो उस मूर्ती की परिक्रमा कर रहा था, लेकिन ये परिक्रमा विपरीत दिशा में थी। तब मार्गरिटा परवानाली के पास आई और बोली, "उमा को विदा करने का समय हो गया है"। इस पर परवानाली परिक्रमा करते हुए बोला, "मैं वही कर रहा हूँ, मैं उसे इस संसार से मुक्त

कर रहा हूँ"। तब मार्गरेटा बोली, "परिक्रमा ऐसे नहीं करते"। इस पर परवानाली ने रुक कर कहा, "मैं जानता हूँ, हम प्रकृति से लेते हैं और इन पाषाणों में भरते हैं ताकि समय आने पर इनसे ले सकें। इसलिए मैं अपनी उमा को इस पत्थर से भी मुक्त कर रहा हूँ, वो इस प्रकृति में पुनः ऊर्जा बन कर लौट जाए, मुझे पूरा भरोसा है वो किसी न किसी तरह मुझे मुझसे जरुर मिलवाएगी और अगर ऐसा न हुआ तो मैं इसे अपनी सज़ा मान लूँगा। जाओ तुम लोग अपने तरीके से उसे मुक्त करो", ये कहते हुए उसने परिक्रमा को जारी रखा। तब मार्गरेटा कुछ ना बोली और उनके बच्चे को अपनी गोद में लेकर चिता को अग्नि दिखा दी। जोरों की लपटें उठी और धुँआ हवा के साथ मिलकर सूरज की और बढ़ने लगा। तब एक पूर्वी परवानाली के पास आया और उसे उस भवन के एक बड़े से झरोखे के पास लेकर गया और बोला, "वहां सूरज के सबसे पास वाली धरती पर उमा का घर बनाया गया है, जहाँ से वो शीघ्र ही शुद्धि पा लेगी" और परवानाली उस धूएँ को सूरज के पास जाते देख रहा था। उसकी आँखे भर रही थीं और धीरे-धीरे सभी परवानाली को उस भवन में उस मूर्ति के साथ छोड़ कर जा रहे थे, लेकिन आवारा वहीं अपने ईश्वर के पास ही बैठा रहा।

अगला दिन बीतने तक सभी ने परवानाली की प्रतीक्षा की, पर वो नहीं आया तो पूर्वीयों ने मार्गरेटा और हयाती से अपने देश जाने की अनुमति ली और वहां से प्रस्थान किया। तब हयाती व मार्गरेटा परवानाली के पास आये। मार्गरेटा ने उस बच्चे को परवानाली की ओर बढ़ाकर कहा, "परवानाली ! इसकी सुध लें", तब परवानाली उस पत्थर के बक्से के पास गया जिस पर वही जली हुई पुस्तक रखी थी और वो

हयाती को देकर बोला, "अब तुम ही इसे संभालो। मैं यहाँ अपनी उम्र के साथ ही रहना चाहता हूँ" और मार्गरिटा से कहा, "हमारी जान की देखभाल अब तुम ही अच्छे से कर सकती हो"। तब मार्गरिटा ने उस बच्चे को अपने सीने में भर लिया जिसे परवानाली ने 'जान' कहा था, और जिसका नाम बोलते ही परवानाली के चेहरे पर सुकून आ गया था। तब परवानाली आवारा के पास आया और बोला, "अब तुम भी जाओ आवारा और मेरा एक काम और करो, सभी लोगों को 'प्रेम' से रहना सिखाओ, यही मेरा आखिरी सन्देश है"। आवारा अपने ईश्वर को छोड़ना नहीं चाहता था, लेकिन उसका आदेश भी नहीं ठुकरा सकता था। वो अपने ईश्वर को अपनी बाँहों में भर वहां से उन तीनों के साथ आँखों में अपने ईश्वर को बसाए वहां से विदा हुआ।

घटनांक - 12

राजधानी पहुँचते ही हयाती ने पूरे देश की बागडोर अपने हाथ ले ली। उसने उस किताब को एक महत्वपूर्ण स्थान दिया। उसने उसे एक छोटा प्रार्थनाघर बनवा कर उसमे ससम्मान रखवा दिया और सभी को हिदायत दी कि सभी उस किताब को भी सम्मान दें, जिसकी प्रतिलिपि बनाने का काम मार्गरेटा का था।

हयाती परवानाली के बनाये परवीन कानून से ही देश को चलाने लगा, जिसमें मार्गरेटा भी उसका साथ देती, साथ ही अपना बाकी समय जान के साथ बिताने लगी। आवारा अपने ईश्वर के अंतिम आदेश का पालन करने लगा। वो परवानाली के संदेशों पर लेख लिखता, उन पर गीत बनाता और सबको सुनाता। उसका पूरा दल उसकी इस काम में मदद करता और ऐसे ही महीनों बीत गये। तब एक रात आवारा को ख्वाब में परवानाली दिखा, उसे लगा कि वो आखिरी बार उससे मिलकर इस दुनिया से रुखसत होना चाहता है। तब वो उसी हालत में हयाती और मार्गरेटा के पास भागते हुए गया, जो कि अब महल में रहने लगे थे। उसने उन्हें जगाया और उन्हें अपने सपने के बारे में बताया। उसने उन्हें कहा कि उन्हें अपने ईश्वर को आखिरी बार मिलना चाहिए और उसकी अंतिम यात्रा वैसे ही धूम–धाम से करनी चाहिए जैसा जीवन उसने जिया है। तब हयाती मार्गरेटा को देखकर बोला, "मुझे लगता है हमे परवानाली का विवाह कर देना चाहिए। विवाह बड़े से बड़े बिगड़े आदमी को भी सुधार

देता है। परवीन कानून भी इसकी इजाज़त देता है और वैसे भी अबरू देश को अभी उसी की ज़रूरत है, और हमें भी..."। इस बात से वो दोनों सहमत हो गये और उसी समय वो तीनों परवानाली से मिलने निकल गये।

अगली सुबह जब वे लोग वहां पहुंचे तो उन्होंने उस मूर्ती से चिपका हुआ एक कंकाल पाया, जिसकी आँखे पूरी तरह से अंदर धंस चुकी थी, दाड़ी लटक कर उसके पेट पर झूल रही थी, सिर के बाल आपस में चिपक कर किसी पेड़ की जड़ों जैसे सख्त लग रहे थे, उसके पैर और तलवे पूरी तरह दरारों से भरे हुए थे और हाथ उस पत्थर को पकड़े-पकड़े पत्थर ही हो चुके थे। ये दृश्य देख उन तीनो की ही आँखें भर आई। तब हयाती ने उसे उठाया और कहा, "हम तुम्हें लेने आये हैं। तुम्हें पछतावे में जितना समय बिताना था उससे अधिक बिता लिया, अब चलो और अपने देश को सम्भालो, अपने परवीन कानून को संभालो"। लेकिन परवानाली के बदन में कोई हलचल नहीं हुई। आवारा तुरंत दौड़ कर उसके पास आया, तो पाया कि अभी उसकी सांसे चल रही है। तब उसने अपने ईश्वर के माथे को पकड़ा और उसको आवाज़ दी, "हे मेरे ईश्वर, मैंने जीवन भर जो तुमने कहा, उसके एक-एक शब्द पर अमल किया है। क्या मेरा इतना अधिकार है कि मैं अपने ईश्वर से कुछ मांग सकूँ?", तब परवानाली की आँखे धीरे-धीरे खुली, उसका जबड़ा आवारा को देख कर हल्का सा फ़ैल गया और बहुत ही हलकी सी हवा उसके हलक से निकली, जिसमें कुछ शब्द पिरोये हुए थे, "मैं तुम्हारी वफ़ादारी का क़र्ज़दार हूँ, जो कहोगे करूंगा"। तब आवारा बोला, "विवाह, मैं आपका विवाह देखना चाहता हूँ"। परवानाली के जबड़े का

फैलाव कम हो गया और उसने तब एक शर्त रखी और बोला, "जिसमें भी मुझे मेरी उमा दिखेगी, मैं उससे विवाह कर लूँगा"। यह सुनते ही हयाती ने तुरंत पूरे देश में घोषणा करवा दी कि "ईश्वर का बेटा जिस किसी से विवाह करेगा उसके घर को महल में बदल दिया जाएगा और उसे खूब सारा धन देकर राजकीय कार्यों में भी उसकी सेवा ली जाएगी", ये सुनते ही पूरा देश सड़कों पर आ गया। जहाँ भी, जिस भी नगर में परवानाली का जुलूस निकलता, वहां हर घर के बाहर औरतें, चाहे वो शादीशुदा हो या कुंवारी बाहर खड़ी कर दी जाती। लेकिन परवानाली को किसी में उमा नज़र नहीं आती। नगर–नगर घूमता परवानाली हर किसी में उमा ही तलाशता और इस तरह सालों बीतने लगे। जुलूस के लोग परेशान होने लगे। लेकिन हयाती ने सबको ये जिम्मेदारी परवीन कानून के तहत दे रखी थी, इसलिए मन न होते हुए भी वो लोग परवानाली के साथ भटकते रहते और उसे कोसते रहते।

पर एक दिन जब जुलूस एक नगर के बाहर आकर रुका और अपनी थकान उतारने लगा, तो परवानाली उन्हें सोता छोड़ उस नगर में भटकने निकल गया। जहाँ एक पेड़ के नीचे जाकर वो बेसुध हो गिर पड़ा और उठने की भी हिम्मत न जुटा पाया, उसकी आँखों और जुबान पर सिर्फ उमा थी। तभी एक बच्ची ने, जो कि उसी रास्ते से अपने घर की ओर जा रही थी, उसे ज़मीन पर बेसुध पाया। उसने उसे उठाने की कोशिश की पर वो उठ न पाया। तब उसने अपने चारों ओर देखा तो उसे वहां कोई नज़र नहीं आया। उसने अपने कपड़ों में पास ही बह रही एक पानी की एक छोटी सी नहर जो कि तरबूज के खेतों में जा रही थी, उससे थोड़ा पानी सोखा और परवानाली के मुँह पर उसे निचोड़ दिया, जिससे उसे हल्का

सा होश आया और जब उसने आँखे खोली तो उस बच्ची में उमा को पाया। उसने उससे उसके बारे में पूछा तो लड़की ने बताया कि उसके बाबा तरबूज की खेती करते हैं, तरबूज के खेतों के बारे में बताया साथ ही अपने परिवार का भी परिचय दे दिया जिसमें वह उसके मां-बाप की इकलौती संतान थी लेकिन उसे अब उतना प्रेम नहीं मिलता जितना पहले मिलता था क्योंकि उसके माता-पिता ने उस बच्चे को गोद ले लिया था जो मकान गिरने वाले हादसे में अपनी मां की बलि से बच गया था अब अधिक ध्यान उसी पर दिया जाता है। परवानाली की आंखों में चमक आने लगी उसे अपने अतीत की धुंधली तस्वीरें उसकी बातों में दिखने लगी, उसके नाता पिता कौन थे वह अब तक इसी बात में उलझा हुआ था, वह चाह कर भी वहां तक नहीं जा पा रहा था, उसका बदन तप रहा था। बच्ची ने उसे संभालने की हर मुमकिन कोशिश की पर वह अब स्वयं का परिचय जान लेने तक रुकने नहीं वाला था उसके माथे के छाले फूटने लगे आकाश में भी सूरज अब अपनी लालिमा फैलाना शुरू कर रहा था और उधर जुलूस के लोगों ने उसे ढूँढना शुरू किया। वो डर रहे थे कि परवानाली को अगर कुछ हुआ तो उनको और उनके परिवार को मार दिया जाएगा। ढूँढ़ते-ढूँदते वो लोग वहां पहुँच गये जहाँ परवानाली उस बच्ची से बातें कर रहा था और वो बच्ची उसे उसी पेड़ से गिरे हुए खजूर खिला रही थी। इस दृश्य को देख जुलूस के लोग संकोच में आ गये, पर राहत भी लेने लगे। तभी वहां उस बच्ची के भी माता-पिता उसे ढूंढते हुए पहुँच गये और बच्ची को देख कर सुकून मनाने लगे कि 'महफ़ूज़ है'। पर जब उन्होंने परवानाली को उसके साथ पाया तो डर गये, कि 'उनकी बेटी ये किस आदमी से बात कर रही है, जो कपड़ों से तो अमीर लगता है पर शक्ल से भिखारी', और

उन्होंने दौड़ कर अपनी बेटी को वहां से उठा लिया। तभी एक जुलूसकर्ता आगे आया और उन्हें बधाई देते हुए बोला, “बधाई हो, आपकी बेटी अब से अबरू देश के बादशाह, ईश्वर के बेटे की विवाहिता कहलाती है। अब से आप दोनों और आपका खानदान ईश्वर का सम्बन्धी हो गया है”। उस माँ–बाप के जोड़े को समझ नहीं आ रहा था कि वे इस बात पर खुश होवें या रोयें। तभी एक और जुलूसकर्ता उनके पास गया और बच्ची को उनसे अलग कर बोला, “मान जाओ वरना मनाने के और भी कई तरीके हैं। अगर मान गये तो तुम्हारे झोंपड़े महल में बदल दिए जाएँगे, नहीं तो....”

ये बात पूरे देश में फैला दी गयी कि “ईश्वर के बेटे ने अपने लिए एक ऐसी लड़की ढूँढ़ ली है जो उसी की तरह ईश्वर के सबसे करीब है”, और पूरे देश भर में जश्न का माहौल बन गया। परवानाली का उस बच्ची से विवाह नए नियमों के आधार पर हो गया, जिनको पता ही नहीं था कि ‘उनके साथ क्या हो रहा है?’..

घटनांक - 13

परवानाली उस बच्ची के साथ ही बाकी जिंदगी बिताने लगा जिसे वह उमा कहकर पुकारता था लेकिन यह उमा भी अधिक समय तक परवानाली का साथ ना दे पाई। नाजुक उम्र में एक बीमार आदमी के साथ रहते-रहते वह खुद संक्रमित हो चुकी थी और वहां से विदा हो गई लेकिन जाने से पहले अपने अनुभवों की बनाई हुई जो कहानियां वह परवानाली को सुना गई थी वह कहानियां परवानाली के लिए अपने परिचय तक पहुंचने का एक मार्ग बन गई जिसमें शायद परवानाली ने अपना परिचय ढूंढ लिया हो। उनमे से एक कहानी थी, 'एक समृद्ध देश का बादशाह अपने एक रूठे हुए मित्र को जो कि विराने में कहीं चला गया था उसे मनाने के लिए ढूंढने निकला। बहुत ढूंढने के बाद भी जब मित्र नहीं मिला तो वह वापस अपने देश रवाना हो रहा था तब उसने देखा एक आदमखोर जानवर एक औरत पर हमला कर रहा है और बादशाह ने उस आदमखोर को मार गिराया तब उस औरत और बादशाह ने एक रात उस कुटिया में बिताई जो कि बादशाह ने अपनी यायावरी के समय बनाई थी और अगले दिन सुबह जल्दी ही बादशाह अपने देश निकल गया लेकिन वह औरत उसके अंश को लिए अपने नगर लौट आई जिससे उसे एक बच्चा हुआ और उसे ममत्व का आभास हुआ लेकिन यह ममत्व भी कुछ ही दिनों का मेहमान था, एक आदमखोर उसके बच्चे को उठा ले गया और जहां बादशाह का मित्र रहता था जो कि तरबूजों की खेती कर जीवन बिता रहा था, वहां उस बच्चे को पटक दिया। अब तरबूज के खेत में काम करने वाला किसान जो कि बादशाह का मित्र था उसने उस बच्चे को संभाला जिसे बादशाह ढूंढ ही नही

पाया था। इस तरह बादशाह के बेटे को नियति ने उस किसान तक पहुंचा दिया'। परवानाली उससे पूछता की यह कहानी उसने किससे सुनी है, उससे पहले ही वह यहां से जा चुकी थी और परवानाली बस हंसता रहा। वह चलते हंसता, रुकते हंसता, बैठते हंसता, रोते हंसता।

एक दिन जब परवानाली अपनी बाहें फैलाये सुबह की धूप को देख कर हँस रहा था तब उसे अपने पीछे किसी के होने का एहसास हुआ। वो पीछे पलटा तो उसे अपनी परछाई दिखी, जिसे वो देखना वर्षों पहले छोड़ चुका था। पर अब उसे अपनी परछाई से डर नहीं लगा, बल्कि उसे आज भी अपनी परछाई में अपने पिता दिखे जो बाहें फैलाये उसे बुला रहे थे, परवानाली की हँसी बंद हो चुकी थी और वह अपनी परछाई से लिपट कर सो गया।

परवानाली ने अपनी अंतिम सांस के साथ मार्गरेटा, हयाती और आवारा के लिए सन्देश छोड़ा, "तुम लोगों ने जो कुछ भी मुझसे सुना, मुझमें देखा और जो कुछ भी उनसे सीखा उसकी शिक्षा पूरी दुनिया को देना। और एक बात, जब मेरा शव अंतिम यात्रा पर निकले तो मेरे हाथ बाहर ही लटकाए रखना, जिससे लोगों को समझ आये कि इस दुनिया में खाली हाथ ही आये थे, और खाली हाथ ही जाएँगे, इसलिए यहाँ इस धरती पर भाईचारे से ही रहना है। सबकी जान में अपनी जान समझनी है और अपनी में सबकी" ये कहते हुए उसके मुँह से अंतिम अक्षर निकला, "रा.." और वो अपनी अनंत यात्रा पर निकल गया, जहाँ अब वो शायद सुकून से रह सके। उसके शरीर को उसी पत्थर के बक्से में सुला उस मूर्ति के ही पास रख दिया गया, ये सोच कर कि "जब सारी शक्तियां जागेगी, उस दिन ये भी जागेगा"।

... यात्रा जारी है ...

उपसंहार

पूर्व, पूर्वी, पुस्तक और विभाजन

परवानाली के धरती में समा जाने के बाद हयाती और मार्गरेटा ने ही परवीन कानून और अबरू देश की बागडोर संभाली। मार्गरेटा ने उस पूर्वी पुस्तक की एक प्रति जो कि उसने खुद तैयार कर ली थी, वो आवारा को संभलाते हुए उसे परवीन कानून के प्रचार में लगा दिया, क्योंकि वो परवीन कानून के सन्देश गीतों के माध्यम से लोगों को पहुंचा दिया करता था। लेकिन आवारा ने उस पुस्तक को खोलना भी मुनासिब नहीं समझा और जो वो कर रहा था वो करता रहा।

हयाती व मार्गरेटा की दूरियाँ समय के साथ धीरे-धीरे समाप्त होती चली गयी, क्योंकि हयाती अबरू देश का बादशाह बनने के बाद मार्गरेटा की ही सेवा में अधिक लगा रहता। वो सोचता था कि 'उसे यह सब कुछ उसी की वजह से मिला है। जब से वो उसके जीवन में आई है, तब से उसका जीवन ही बदल गया'। और इन नजदीकियों ने एक बेटे को जन्म दिया, जिसके साथ ही मार्गरेटा ने जीवन त्याग दिया, क्योंकि उसका जीवन सती नियम था। लेकिन हयाती ने उसके नियम व उसके हर फैसले का सम्मान रखा था, इसलिए उसे इसका पुरस्कार दिए बिना उसका जीवन पूर्ण नहीं होता। वो अपने साथ किसी भी तरह का ऋण लेकर नहीं जाना चाहती थी, वो अब मुक्त होना चाहती थी। इसलिए हयाती को उसका बेटा थमा वो अपने अंतिम दिनों की यात्रा करने पूर्व देश

लौट आई और अपने पिता सियोल्रूपा के संरक्षण में सन्यास भोगते हुए दोनों ने अपनी अंतिम सांसे ले, इस धरा को प्रणाम कह दिया।

हयाती अब पूरी तरह से अकेला था, जिस पर अब दो बच्चो का भार आ गया। वो इस जवाबदारी को निभाने में खुद को असहाय महसूस कर रहा था। साथ ही देश की स्थिति भी बिगड़ने लगी, चूँकि अब तक मार्गरेटा ही सब कुछ संभाल रही थी, हयाती अब तक परवानाली के आदेशों और मार्गरेटा के मार्गदर्शन के सहारे ही अपना काम करता आया था, लेकिन अब वो दोनों ही नहीं थे और हयाती की कमजोर नीतियों ने देश को कमजोर करना शुरू कर दिया, जिसके साथ ही परवीन कानून भी अपना असर खोने लगा था। अब लोग परवीन कानून के नियमों की दीवारों में अपनी सुविधा के हिसाब से खिड़कियाँ बनाने लगे और इधर हयाती ने देश को छोड़, कानून को बचाए रखने के लिए सख्ती के साथ डर का माहौल बनाये रखना शुरू कर दिया। वो छोटे से छोटे अपराध पर भी ऐसी दर्दनाक सजाएँ देता कि लोगों कि आत्माएं भी कांप जाती। उसने दंड के जो तरीके प्रयोग में लाने शुरू कर दिए थे उनमें जीवित लोगों की चमड़ी को उधेड़ना, उनके बालों को नोंचना, नुकीले पत्थर पर बैठा कर सिर पर वजन रख देना, अंगों को धीरे-धीरे रेंत-रेंत कर काटना और उबलते तेल में डाल देना, जिससे पूरे अबरू देश में एक दहशती हवा दौड़ रही थी। इनकी वजह से अपराध तो कम ही होते, साथ ही लोगों ने घरों से निकलना ही बंद कर रखा था। देश की व्यवस्था तो सुचारू थी, लेकिन समृद्धि अकाल का ग्रास बनती जा रही थी। बरसात भी हुए वर्षों बीत चुके थे, ऊपर से लोगों पर देश समृद्धि के नाम पर कर वसूलने की एक नयी परंपरा शुरू हो चुकी थी। लोग भूखों मर रहे थे, लेकिन हयाती पर इन सबका कोई असर नहीं था।

आवारा से अपने लोगों की ये हालत देखी नहीं जा रही थी। तब

उसने वहां जो गीत गाये, उनमें कई ऐसे सन्देश वो और उसका दल देता कि 'ये हमारे पापों का परिणाम है, इनका अंत तभी होगा जब सभी परवानाली की प्रार्थनाएँ शिद्दत से करें, जिससे वो फिर से जाग उठे और अपने अबरू देश को बचाएं अपने परवीन कानून की रक्षा करें'। लोग ऐसा ही करते... और अब आवारा का दल बढ़ने लगा। लोग भूखे भले ही सो जाते, पर परवानाली और उसके पिता की प्रार्थनाएँ किए बिना नहीं।

हयाती सत्ता के मद में बेपरवाही से मनमानी करने लगा। वो जीवन के सारे सबक भूलने लगा और उसने एक साथ कई विवाह कर लिए और सभी से संताने पैदा कर बिमारियों में घिरा हुआ अंतिम सफर की तैयारियां करने लगा। तब उसके पास परवानाली का बेटा जान, जो कि मार्गरेटा के जाने के बाद उन सभाओं में पल कर बड़ा हुआ था, जहाँ उसके पिता के भजन गाये जाते थे, वो लोगों में उठता-बैठता, उनकी परेशानियाँ भी सुनता, उनका अपने तरीके से हल निकालता और हयाती व मार्गरेटा का बेटा मंगरू, जो की अपने पिता के नक्शे कदम पर निकल बेपरावाही की जिंदगी जीने लगा था, ये दोनों ही हयाती के पास पहुंचे। तब हयाती ने उन्हें अबरू देश की जवाबदारी संभलाते हुए कहा, "जो कुछ भी देखा, सुना और सीखा है, उसी से देश चलाओ"।

मंगरू ने तो बस सत्ता के मद में चूर हयाती को देखा था। जिसको ये पता था कि सत्ता को बचाए रखने के लिए किस तरह ताकत का उपयोग कर डर का माहौल बना, राजनीति की जाती है और सत्ता को बचाए रखा जाता है। साथ ही परवानाली के किस्सों से अतिक्रमण व आत्मरक्षण की तरकीबें भी सीख रहा था।

हयाती के जाते ही मंगरू बैचेन हो गया, क्योंकि अबरू का सिंहासन खाली था और हयाती ने अगले बादशाह का चयन भी नहीं किया था, कि उसकी औलादों में से कौन इस पर बैठेगा। न ही ये घोषणा

की थी कि परवानाली का बेटा होने के नाते जान का उस पर हक है।

अब ईश्वर का सिंहासन खाली था। जिस पर नैतिक तौर पर जान का अधिकार था, क्योंकि लोग उसी को पसंद करते थे और मंगरू बादशाह का बेटा होने के नाते अपना अधिकार उस पर समझ रहा था। लेकिन उसके और सत्ता के बीच में कई दीवारें थी, जो कि उसके पिता हयाती ने पैदा कर ली थी, जिनमें सबसे बड़ी दीवार था जान। उसने सबसे पहले अपने ही भाइयों का कत्ल करना शुरू कर दिया और जो डर गये उन्हें अपने दल में शामिल कर लिया। जब ये बात आवारा को पता लगी तो उसने जान को सचेत कर दिया और अप्रत्यक्ष रूप से उसी को जनता के सामने परवानाली का प्रतिनिधि घोषित करना आरम्भ कर दिया, जिससे मंगरू अनजान नहीं था और उसने आवारा को ही कत्ल करने की साजिश रच ली। क्योंकि अबरू के सिंहासन और मंगरू के बीच वो भी एक बड़ी चुनौती बन कर खड़ा हो सकता था, इसलिए मंगरू ने आवारा को ही रास्ते से हटाने की योजना बनाई।

आवारा जान को सुरक्षित रखने के लिए अपने पूरे दल बल को उसके रक्षण में लगा चुका था। अब अबरू देश दो भागों में बंटना आरम्भ हो चुका था। एक जो जान को परवानाली का प्रतिनिधि मान रहा था और दूसरा जो हयाती की राजनैतिक फायदों से पनपा समूह था, जो लोगों को धन और डर से अपनी ओर करने के तरीके जानता था। ये सभी घटनाएं अप्रत्यक्ष रूप से ही घटित होती जा रही थीं। सब आपस में यूँ मिल रहे थे कि वे सभी एक दूसरे के शुभचिंतक हैं, लेकिन राजनीति अपने चरम पर अपने रंग बिखेरती जा रही थी। कौन कब गले लगते ही दूसरे की पीठ में छुरा घोंप दे, कहना मुश्किल था। पूरे देश में अविश्वास का माहौल पसर चुका था और कोई किसी भी निर्णय पर नहीं पहुँच पा रहा था। तब सभी की अपील पर आवारा ने एक बड़ी सभा का आयोजन कर निर्णायक दल

को नियुक्त किया और खुद भी उस दल में निर्णायक की भूमिका निभाते हुए अगले बादशाह की चयन प्रक्रिया को आरंभ किया।

जान और मंगरू को सभा में आमंत्रित कर ईश्वर के सिंहासन पर अपना आधिपत्य दर्शाने के लिए कुछ सवाल किये गए, जिसके प्रमाण के रूप में वहां जनप्रतिनिधि निर्णायक दल के रूप में मौजूद थे। यहाँ जान के जहन में अपनी माँ की राम कहानी चल रही थी। वो सोच रहा था, कि 'एक वो दौर था जब सिंहासन को त्यागने के लिए होड़ लगी हुई थी और अब ये समय आया है जब उस सिंहासन को पाने के लिए दो भाइयों को संघर्ष करना पड़ रहा है'। वो ये सोच ही रहा था कि आवारा ने सवाल पूछा, "एक बादशाह बनने के लिए सबसे बड़ा गुण क्या होना चाहिए?" इस पर मंगरू ने तुरंत उठ कर कहा, "राजनीति"। मंगरू को चाहने वालों ने उठ कर तालियाँ बजाना शुरू कर दिया और इधर जान जो कि अपनी माँ की कहानी में उलझा हुआ था, की तरफ जब तालियाँ शांत होने पर सबने देखा, तो वो बोला "त्याग"। तब आवारा ने उसे इसका विस्तार करने को कहा तो वो बोला, "बादशाह वही होता है, जो अपनी प्रजा को संभाले। उसके लिए उसे अपने सुखों का भी त्याग करना पड़ता है। राजनीति तो राजनेताओं और मंत्रियों का औजार है, बादशाहों का नहीं"। इस बात पर जान की वाहवाही होने लगी। आवारा ने दूसरा सवाल किया, "एक बादशाह के त्याग की परिभाषा क्या है?", तब मंगरू से कोई उत्तर देते ना बना वो बस अपना मुंह बनाये बैठा रहा और जान ने कहा, "एक बादशाह का त्याग उसकी कामनाएं हैं। उसे अपना सर्वस्व जनता को समर्पित कर उनकी सेवा करते हुए, अपनी हर इच्छा का त्याग करना होता है। जिसके लिए उसे देश भी त्यागना पड़े तो भी कम है"। इस बात से सभा में फिर से जान की वाहवाही हो गयी। तब आवारा ने अंतिम सवाल कर निर्णय की घोषणा करने को कहा, उसने पूछा, "देश निकाला किन परिस्थितियों में

और कैसा?", मंगरू इसको अपना अपमान समझ अपने भीतर की आग को और भड़काने लगा और जान ने कहा, "हर परिस्थिति में अन्याय का देश निकाला होना चाहिए और ऐसा होना चाहिए कि वो फिर से देश में अपनी जड़ें ना जमा सके। इसके लिए अन्यायी को पश्चाताप करने हेतु देश से बाहर कर कुछ समय तक चिंतन करने का अवसर देना चाहिए, चाहे वो राजा ही क्यों न हो"। ये सुनते ही पूरी सभा में जान की वाहवाही होने लगी और उसी को परवानाली का प्रतिनिधि चुन लिया गया, जिससे मंगरू का संयम टूटा, उसने इसे अपने विरुद्ध साजिश कहा और अपनी तलवार से वहीं आवारा के सिर को उसके धड़ से अलग कर दिया। क्योंकि उसने यही देखा था और यही सुना था, कि 'जो चीज मांगने से ना मिले, उसे छीन लेना चाहिए', और जैसे ही वो जान की तरफ बढ़ा, तो वहां मौजूद लोगों ने उसे घेर लिया। एक बड़ा संग्राम वहां उसी सभा में दो दलों में आपस में छिड़ गया, जिसका कोई परिणाम नहीं निकला और दोनों ही दलों ने अब प्रत्यक्ष रूप से आमने–सामने बैठ कर चर्चा कर किसी निर्णय पर पहुँचने का तय किया। तब जान, जो कि आवारा की मृत्यु के शोक में डूबा हुआ था, उसने ही अपने छोटे भाई के लिए सिंहासन का त्याग कर दिया। वो बोला, "जो वस्तु दो भाइयों में बैर कर दे, वो पूरी तरह से अपशकुनी है" और मंगरू ने उस सिंहासन पर ये कहते हुए बैठक जमाई कि "ये सिंहासन परवानाली का है, जो कभी अपशकुनी हो ही नहीं सकता"। वो मन ही मन जान के विरुद्ध षड्यंत्र करने लगा, क्योंकि उसे डर था कि कहीं जान अपनी संख्या बढ़ाकर विद्रोह ना कर दे। वो इसी चिंता में डूबा रहने लगा। उसने अपने गुप्तचर भी जान के दल में शामिल कर रखे थे, ताकि उसे उसकी गतिविधियाँ मालूम चलती रहें।

जान अपने पिता के संदेशों को पूरी दुनिया में फैलाना चाहता था, इसलिए जब उसे पता चला अपने आवारा दल के लोगों से, कि

उसके माता–पिता पूर्व से संबंधित थे, तो वो उधर निकल गया। इस बात की खबर जब मंगरू को हुई, तो उसे लगा कि जान अपनी संख्या बढ़ा रहा है और साथ ही पूर्वीयों से मदद मांगने गया है, जहाँ के किस्से उसने अपने पिता से काफी बार सुने थे। उसने जान व उसके लोगों का पीछा करने के लिए अपने गुप्तचरों को उनके पीछे लगा दिया। इधर जान ने भी अपने कुछ खास लोगों को अबरू देश में ही छोड़ दिया कि वे मंगरू का ध्यान रखें, कि यदि उस पर कभी कोई संकट आये तो तुरंत जान को इसकी सूचना मिले और वो अपने भाई की मदद को पहुँच जाए।

जान अपने लोगों के साथ जब अबरू देश को छोड़कर गाता बजाता अपने नए सफर पर निकला, तो कई नगरों के लोग उसी से जुड़ गये और उसके साथ चल पड़े। क्योंकि परवानाली, मार्गरेटा और आवारा के बाद उन्हें अब इस जगह से कोई लगाव नहीं रहा। वो परवानाली की छवि जान में देखते थे और उसी को अपना राजा मानते थे। जान को लगा, इस तरह तो अबरू देश का नाम ही नहीं रहेगा, जिसे उसके माता–पिता ने इतनी मेहनत से बसाया था। लेकिन वो इन लोगों का भी मन नहीं दुखाना चाहता था। तब उसने अबरू देश की सीमाओं पर जहाँ रेगिस्तान में उसके माता–पिता जमीन की गोद में सोये हुए थे, वहीं अपना डेरा डाल दिया और उन लोगों के कहने पर एक अलग राज्य स्थापित करने लगा।

जब इस बात की खबर मंगरू को मिली, तो उसने जान को अपना शत्रु मान लिया और उन पर अपनी पूरी शक्ति के साथ चढ़ाई कर दी। लेकिन परिणाम जान के पक्ष में चला गया। तब भी जान ने उसे माफ करते हुए अबरू का सिंहासन सौंप दिया और अपने इस नए राज्य में रहने लगा। लेकिन मंगरू की महत्वाकांक्षाएं शांत नहीं हो रही थीं। वो भीख में दिया हुआ आधा राज्य नहीं, बल्कि पूरे अबरू पर अपना शासन चाहता था। इसलिए वो अलग–अलग तरीके से जान के राज्य में घुस पैठ कर

उसे परेशान करता। जान अपने भाई की इस हरकत से परेशान तो था, लेकिन उसको माफ करना उसका नैतिक कर्तव्य था, सो वो करता चला गया। क्योंकि अपनी माँ से उसने यही सीखा था। उसे राम की कहानी याद आती थी, कि 'राम के सामने अनेक विषम परिस्थितियां आई पर उसने कभी भी धैर्य का साथ नहीं छोड़ा था। वो संयम रखकर ही हर परिस्थिति का सामना करता था'। साथ ही उसने अपने कुछ लोगों को जो आवारा दल के थे, उन्हें पूर्वी देश की ओर रवाना कर दिया कि वो ही आकर इस मसले को सुलझाएँ। जब ये खबर मंगरू को लगी तो वो समझा की अब जान पूर्वीयों की सहायता लेकर पूरे अबरू देश पर राज करना चाहता है। उसको हर बात षड्यंत्र लगती थी।

मंगरू ने तुरंत अपने योद्धाओं को हथियारों से लेस कर उन आवारा लोगों के पीछे रवाना कर दिया। जिससे आवारा दल और मंगरू योद्धओं के बीच लुका–छिपी का खेल शुरू हो गया। और ऐसे ही एक दिन वो लोग आवारा दल का पीछा करते–करते पूर्वी देश की हदों तक ही पहुँच गये। जब उन्होंने उस देश को देखा तो सब अचम्भित रह गये। साथ ही आवारा लोगों को वहीं घेर कर बंदी बना कर रख लिया और इस देश की खबर इन्होंने तुरंत मंगरू तक पहुंचाई।

जब मंगरू ने इस खबर को पाया कि पूर्वी देश तो ईश्वर के घर जैसा है, तो उससे रहा नहीं गया। उसने अपने सबसे बड़े सैन्य दल के साथ पूर्वी देश को देखने की इच्छा में उस ओर कूच कर दिया। जब उसने खुद उस देश को देखा तो अबरू को भूल गया और पूर्वी देश की हदों के बाहर ही बस गया। वो अब सोच रहा था कि जान को इस देश की जानकारी नहीं मिलनी चाहिए, अन्यथा वो भी यहीं आ जाएगा और एक नया द्वन्द छिड़ जायेगा। इसके लिए उसने जान तक सन्देश भिजवा दिया कि 'वो बड़ा भाई है, इसलिये ईश्वर के बेटे परवानाली के सिंहासन पर

उसी का अधिकार पहले है'। उधर जान ने मंगरू की इस बात को अपने धैर्य का परिणाम समझ स्वीकार कर लिया और अबरू को अपने माता-पिता का आशीर्वाद और छोटे भाई की अमानत समझ सँभालने का काम आरंभ कर दिया।

इधर मंगरू अब इस देश को पाना चाहता था। मंगरू ने जिस भूमि पर अपना डेरा डाला था, वहीं शोध कार्यों में लग गया, ताकि वो पूर्वी देश को टक्कर देकर उस देश को प्राप्त कर ले। इसके लिए वो जान से भी मदद लेता रहता, लेकिन उसने इस बात का ध्यान रखा कि जान को ये न मालूम चले कि वो पूर्वी देश पर आक्रमण की तैयारी कर रहा है। इसलिए उसने उसे ये सन्देश भी भिजवा दिया कि 'वो उसके पिता के सन्देश को पूरी दुनिया में कायम करने की तैयारी कर रहा है', और जान ने भी ये जानने की कोशिश नहीं की कि वो सच कह रहा है या झूठ और भरोसे की बुनियाद पर मंगरू को हर सहायता भेजता रहा।

मंगरू को अपने पिता हयाती की बात याद आती कि 'परवानाली पूर्वी देश पर परवीन कानून लागू करना चाहता था, पर हर बार असफल ही लौटा'। मंगरू ने अब इसी को अपने जीवन का लक्ष्य बना लिया और पूरी दुनिया पर परवीन कानून को लागू करने के लिए उसने शुरुआत पूर्वी देश से ही करने की ठान ली, कि जो काम परवानाली, ईश्वर का बेटा होने के बावजूद नहीं कर पाया, वो मंगरू करके दिखाएगा और खुद पूरी दुन्िया का ईश्वर कहलाएगा।

मंगरू के दल में ऐसा कोई नहीं था, जो उसे पूर्वी के बारे में थोड़ा बहुत भी बता सके। वो अपनी ताकत को ही सबकुछ मान कर, जितनी भी शोध करता सब पूर्वी के सामने कम ही पड़ जाती। इसलिए उसने अपने पिता हयाती की सिखाई हुई राजनीति का उपयोग करते हुए आवारा दल के लोगों को इकट्ठा किया, जिनको इसके सैनिकों ने बंदी बनाया हुआ था।

जो कि अब परिस्थिति अनुसार लड़ना भी सीख चुके थे। उनको पूर्वी देश में गुप्तचर बनाकर भेजा, ताकि जरूरत पड़ने पर वो वहां गाने वाले बन जाएंगे या भेद खुलने पर लड़कर मर जाएंगे। साथ ही उसने अपने एक खास गुप्तचर दादर को भी इन्ही में मिला कर भेज दिया, जो कि इनकी जासूसी करता। जिसकी भनक भी उनको कभी नहीं हो पाई, जिससे आवारा दल पूर्वीयों की खबर देता और दादर आवारा दल की।

आवारा दल को अब स्वतंत्रता मिल गयी थी। वो कहीं भी जा सकते थे और अपने ईश्वर के भजन–कीर्तन में जीवन बिता मुक्ति पाना चाहते थे, सो आवारा दल ने पूर्वी देश और मंगरू डेरे के बीच वाले जंगली और पहाड़नुमा भूभाग पर अपना कबीला बसाना शुरू कर दिया। क्योंकि आवारा की मृत्यु के बाद ये लोग जान और मंगरू के इस संघर्ष में उनका ये मुक्ति मार्ग वाला उद्देश्य पूरा नहीं कर पा रहे थे। अब वे दिन रात बस भजन–कीर्तन ही किया करते, जिनके बीच दादर अपना धीरज संभाले सही समय की प्रतीक्षा करता रहा।

पूर्वी द्वार के बाहर कुछ लोग, जिनको पूर्वी देश से किसी नैतिक अपराध के दोष में पश्चाताप करने के लिए निकाल दिया गया था, उन लोगों ने भी पूर्वी देश की हदों के बाहर अपना कबीला बसा रखा था और वो लोग भी इन आवारा लोगों में इनकी मलंग और बेपरवाही वाली भजन–कीर्तन की अदा में अपने भी दुःख भूल इनमें मिल गये और इसी को अपना पश्चाताप समझने लगे। अब इस कबीले का आकार भी बढ़ने लगा। वहां आसपास के कबीले वाले भी इनसे जुड़ने लगे, जो कि पूर्वी देश के लिए अपने स्थान पर शोध करते और प्राकृतिक कच्चे संसाधनों का वहां पर व्यापार करने चले जाते, साथ ही आवारा दल के लिए दाना–पानी की व्यवस्था भी कर दिया करते। अब वे इसी को अपनी दिनचर्या में लाते जा रहे थे। सुबह जब कबीले वाले काम करते तो आवारा दल के

लोग भजन–कीर्तन करते, फिर जब वो आधा दिन होने पर पूर्वी देश में व्यापार करने जाते, तो ये आराम करते और शाम को जब वे लोग लौटते तब फिर से भजन–कीर्तन करते। जिसके बदले उन्हें भोजन मिलता रहता और उनके इस आनंद में मंगरू दल हाथ ना डाले, इसलिए वो पूर्वी देश के बड़े–बड़े शोधों के बारे में उन कबिलाइयों से पता कर मंगरू दल को बताते रहते, जिससे मंगरू डेरा भी उन शोधों में जुटा रहता। मंगरू तक यहाँ की व्यवस्थाओं की खबर भी पहुंची, कि "इस देश का कानून जिन नियमों को मानता है, उनमें चार पायदान हैं, 'पहला द्वैतवाद, दूसरा विशिष्ट द्वैतवाद, अद्वैतवाद और फिर ब्रह्मवाद' इन्हीं के आधार पर यहाँ जीवन के नियम बने हुए थे, जिनको आश्रमों में भी बांटा गया था, 'ब्रह्मचर्य आश्रम, गृहस्थ आश्रम, वानप्रस्थ आश्रम फिर सन्यास या वैराग्य' और इनमें किसी भी तरह की त्रुटी होने पर दंड का प्रावधान है। उसी दंड को भुगतते हुए कुछ लोग देश की हदों के बाहर जीवन जी रहे हैं और साथ ही उनका मार्गदर्शन करने के लिए वानप्रस्थ आश्रम के लोग भी वहां देश की व्यवस्था प्रणाली की देख रेख में मौजूद हैं, जो उन लोगों को उनके अपराधों के लिए प्रायश्चित का मार्ग भी बता रहे हैं। साथ ही एक तय समय सीमा के बाद वे लोग अपना प्रायश्चित पूर्ण कर वानप्रस्थियों के कहने पर पुनः देश में बुला लिए जाते हैं और वानप्रस्थी भी तय सीमा के बाद सन्यास ले, अज्ञात स्थानों में चले जाते हैं"।

अब आवारा दल को ये आनंद भाने लगा। तब उन्होंने एक युक्ति निकाली और कई बार ऐसे शोध भी मंगरू तक पहुँचाने लगे जो मुमकिन ही न हों या मंगरू के बस के न हों, जिससे मंगरू का समय बर्बाद होता रहा और ये लोग अपने भजन–कीर्तन में रमे रहे।

समय बीतता रहा, महीनों गुजरने के बाद मंगरू ने पाया कि अब उसके दल के लोगों का ही उस पर से विश्वास टूटने लगा है, पर मंगरू

अपने संयम को बनाए रखने की हर मुमकिन कोशिश करने लगा, तब एक दिन दादर ने आकर आवारा दल की साजिश का पर्दा उठाया और बताया कि 'कई बार आवारा दल झूठी जानकारियां भी भेज दिया करता था, जिससे मंगरू बेकार के शोधों में अपना समय व ऊर्जा को व्यय करता रहता था', इस बात से मंगरू के गुस्से की सीमा ना रही और वो मौत बनकर उन पर टूट पड़ा। तब उन कबीलाइयों ने जब तक उनसे हो सका, आवारा दल की रक्षा की और जब परिस्थिति उनकी साँसों से बाहर जाती दिखी तब उन्होंने आवारा दल को पूर्वी देश में शरण लेने को कहा, जिससे आवारा दल ने उन बचे हुए कबीलाइयों की मदद से तुरंत भागकर पूर्वी देश से शरण मांगी। पूर्वी देश इन लोगों से परिचित था। ये किसी भजन-मंडली वाले लोग थे, जो पूर्वी कैदियों के पश्चाताप में उनके साथ थे और उनके पाप धोने में उनकी मदद कर रहे थे, तो उन्होंने इन कलाकारों को अपने देश में जगह दी। चूँकि पूर्वी देश कला की कद्र करता था, वो इस वसुंधरा को ही कला की सबसे उत्कृष्ट कृति मानता था। इस पर मंगरू का दल, जो कि अब काफी बेसब्र हो रहा था, ने पूर्वी देश पर चढ़ाई कर दी। लम्बी-चैड़ी मारकाट हुई, जिससे उस देश के प्रजापालक दानसेन को काफी क्षति हुई, लेकिन उन्होंने उन कबीलाइयों को अपने यहाँ पनाह दी और मंगरू को मूंह तोड़ जवाब दे, चुप करा दिया। मंगरू को ये अपमान सहन नहीं हो रहा था। वो अब पूर्वी देश की हदों तक अपनी हदें अतिक्रमण करते हुए खींच लाया था और वहीं से पूर्वी देश को ताकता रहता था।

मंगरू ने उन लोगों को सबसे पहले अपने कब्जे में लेने की योजना बनाई, जो वानप्रस्थ या सन्यासी थे। वो इनसे इस देश में घुसने का रास्ता जानना चाहता था। वो समझ रहा था कि 'जो लोग प्रायश्चित करवा रहे हैं, उन्हीं के पास इस देश की चाबी है'। और शुरू हुआ सन्यासियों को सताने का दौर। उनको तरह-तरह की प्रताड़नाएं दी

जाती, जो कि उसके पिता हयाती ने खोज निकाली थी। अब आये दिन सन्यासीयों को सताने के दौर शुरू हो गये। ये सब मंगरू और उसके लोगों के लिए मनोरंजन का खेल बन गये।

दानसेन को जब ये समाचार मिला, तो उसने अपनी सीमाएं चारों ओर से मजबूत करना आरंभ कर दिया और अपने सन्यासियों को वापस सुरक्षित करने के लिए योद्धा दलों के साथ मंगरू पर आक्रमण कर दिया। मंगरू को भागते देर ना लगी, किन्तु सन्यासियों ने वापस देश में लौटने से मना कर दिया। उनका मानना हो गया था कि 'वे अब उस भौतिक संसार से बाहर निकल आये हैं। पुनः उसमें प्रवेश, उनका तप भंग कर सकता था' और वे अज्ञात स्थानों पर निकल गये, जहाँ पर न मंगरू पहुँच सके न दानसेन।

इधर मंगरू फिर से हुए इस अपमान को सहन नहीं कर पा रहा था। उसके भीतर प्रतिशोध की आग बढ़ने लगी। उसका इस आक्रमण से काफी नुकसान हो चुका था, जिसको भरने के लिए उसे समय चाहिए था। लेकिन इस आक्रमण से उसे एक फायदा हो गया, अब उसके कुनबे में सभी के भीतर पूर्वीयों से बदला लेने की ज्वाला भड़कने लगी, जिसमें दादर मंगरू के साथ मिलकर घी और तेल एक साथ झोंकने लगा और मंगरू ने दादर को पूर्वी देश के भीतर घुसने की जवाबदारी सौंप दी, कि वो जाए और उसके भीतर की जानकारी लेकर आये। दादर जो कि बहरूपिया गुप्तचर था, के लिए ये काम कोई मुश्किल नहीं था। पर फिर भी अनजान जगह और अनजानी मौत के डर को लिए वो निकल चुका था। इधर मंगरू अब अपने लोगों में परवीन कानून से जीने लगा, जिसमें वो प्रार्थना सभाओं में परवानाली के किस्से सुना कर लोगों में जोश भरता रहता। इस बात की खबर उसने अबरू में जान तक भी पहुंचा दी कि 'लोग अब बेहतर ढंग से परवीन कानून को समझने और उसका पालन करने

लगे हैं', जिसे सुन जान खुश हुआ और उसने मंगरू के लिए पहले से भी अधिक मदद भेजना शुरू कर दिया। अब मंगरू अपनी ताकत को दिनों-दिन बढ़ाने लगा।

महीनों बीत गए और एक दिन जब मंगरू अपनी प्रार्थना सभा में बैठा था, तब वहां दादर आया। जिसे देख सभी के सूने चेहरों पर खुशी दौड़ गयी। उसने बताया कि 'वो पूर्वी देश से आ रहा है'। सभी ने उत्सुकता दिखाई उसकी इस यात्रा के बारे में जानने की। तब वो बोला, "मैं जब पूर्वी द्वार की ओर गया था, तब प्यासे रहने का बहाना करके मैं द्वार पर ही बिखर गया। उस चिलचिलाती धूप में भी जब मैं लाश की तरह उस गर्म जमीन पर पड़ा रहा, तब वहां पूर्वी देश का एक सैनिक आया और उसने मुझे पानी पिलाया। वो मुझे उठा कर उसके शिविर में ले गया"। ये सुनते ही मंगरू की आँखें उस पर जम गयी और उसने पूछा, "कोई खास समाचार?", इस पर दादर बोला, "तब सैनिक के पूछने पर मैंने उसे बताया कि मैं उसी भजन-कीर्तन वाले दल का हूँ, जिसे आवारा दल कहते हैं, जो कि अब पूर्वी देश के भीतर चला गया है। इस पर उस सैनिक ने मुझसे पूछा कि 'तब तुम कहाँ थे?' तो मैंने उनको एक और बहाना सुना दिया और कहा, कि मंगरू के आक्रमण करने से मैं जान बचाकर भागा, तो अपने कबीले से भटक गया। इसलिए मेरी सहायता करो और मुझे मेरे लोगों से मिलवा दो। यदि तुमने उन्हें मार दिया हो तो कृपया मुझे भी मार दो, मैं अपने लोगों के बिना नहीं रह सकता", ये सुनते ही मंगरू की आँखों में चमक आने लगी और वो बोला, "फिर?" तब दादर ने उसे आगे का किस्सा सुनाया, "फिर उस सैनिक को मुझ पर दया आने लगी और उसने मुझे पूर्वी देश के उस द्वार के भीतर ले लिया, जहाँ मेरी बहुत खातिरदारी की गई। वहां मैंने राजधानी के बीचों-बीच एक ऐसा चमत्कार देखा कि मैं चकित रह गया", मंगरू की जिज्ञासा बढ़ने लगी। वो आज पहली बार

पूर्वी नगर के भीतर इस गुप्तचर के जरिये झाँक रहा था। तब दादर बोला, "मैंने वहां जमीन से पानी को ऊपर बहते देखा"। ये सुन मंगरू के साथ–साथ वहां बैठे सभी लोगों के होश उड़ गये, उनके हलक का थूक हलक से नीचे ही नहीं उतर पा रहा था। तब दादर ने आगे कहा, "उस जगह पानी तो मानो किसी उन्मादी औरत की तरह छलांगें लगा रहा हो। झरने जमीन से उठ कर आसमान को छूने के लिए ऊपर उछलते रहते हैं, जिसे वो लोग फुहारा कहते हैं। यही नहीं वहां तो रात को भी रंगीन रोशनी से सजाया जाता है, जिसके लिए उन्होंने ऐसे–ऐसे उपकरण बनाये हैं जो दिन में सूरज की रोशनी को सोख लेते हैं और रात होने पर पूरे देश के सभी नगरों को रोशन कर देते हैं। जिस तरह जलाशयों में रहने वाला अमेरुदंदी जीव पानी को सोख लेता है, फिर उसे निचोड़ो तो भर–भर के पानी बरसा देता है, वैसे ही वो अजीब से चमकीले धातुओं में सूरज की किरणों को सोख कर रात रोशन करते हैं। इतना ही नहीं, वे लोग तो पहाड़ों, नदियों, रेगिस्तानों, दलदल हर जगह खेती करते हैं, जिससे उनके यहाँ कभी भोजन की कमी नहीं होती। वे लोग हर एक चीज की खेती करते हैं, जो भी एक सुविधाजनक समाज की आवश्यकता होती है। और तो और वहां के लोगों का पहनावा परवीन लोगों के पहनावे से हजारों गुना उन्नत है। वो केवल धातुओं को ही नहीं, बल्कि फूलों, पत्तियों, टहनियों इत्यादि का भी अलग–अलग दस्तूर के हिसाब से पहनावा पहनते हैं, जिसे वहां पर श्रृंगार कहा जाता है। वहां नहाने के लिए छोटे–छोटे तालाबों का भवनों के भीतर ही निर्माण किया गया है, जिनमें एक साथ सात से आठ लोग मजे करते हुए नहाते हैं। यही नहीं वे लोग ऐसे यांत्रिक वाहनों में घूमते हैं जो हवा में चलते हैं"। ये सुनते ही सभा में बैठे सभी लोगों के मुँह फटे के फटे रह गये। साथ ही आकाश से आने वाली आवाज की ओर उन्होंने देखा, जो की पूर्वी देश के आकाश से आ रही थी,

तो पाया एक बड़ी सी चील आसमान से पूर्वी देश की धरती पर उतर रही है। उसकी ओर इशारा कर दादर बोला, "इसी को चील–गाड़ी कहते हैं, जिसमें मैंने उनका पूरा देश भी घूमा। उस देश की सीमा ही खत्म नहीं होती, एक तरफ पहाड़ हैं तो दूसरी ओर गहरी खाइयाँ, एक तरफ रेगिस्तान तो दूसरी और मीलों लम्बा जलाशय, जिसका कोई दूसरा छोर ही नजर नहीं आता। वहां बड़े–बड़े प्रार्थनाघर हैं, जिन्हें वो देवालय कहते हैं। जो हर समय जगमगाते रहते हैं, क्योंकि इन्हीं देवालयों में सूरज की रोशनी को सोखने वाले यंत्र लगा रखे हैं। वहीं से उन नगरों में रोशनी की व्यवस्था की जाती है। इन देवालयों में हजारों यात्रियों के रुकने और खाने–पीने की भी बिना किसी लेन–देन के अच्छी खासी व्यवस्था रहती है, जिसे वे लोग धरमशाला कहते हैं। जहाँ पर यात्रियों की सेवा के लिए उन नगरों के धनी व्यापारी लोग, सारी सुविधाओं का दान करते हैं और उसी को वो अपना पुण्य धर्म मानते हैं। मैं उन्ही धरमशालाओं में रुकता हुआ उस देश को परख रहा था, जहाँ पर उस देश के बड़े–बड़े इतिहासकार और दार्शनिक रहते हैं, उन्हीं से मुझे ये सारी जानकारियाँ मिली हैं"। इस पर मंगरू ने सवाल किया, "ये धनी व्यापारी लोग कौन हैं?", तब दादर बोला, "वहां के सौदागर, लेकिन उनके सौदा करने का तरीका हमसे भिन्न है। वो लोग जब सौदा करते हैं, तो चीज के बदले चीज नहीं, बल्कि धातु की मुद्राओं का आदान–प्रदान करते हैं। वो लोग बोल–बोल कर बाजार नहीं सजाते जैसे हम सजाते हैं, हर वस्तु का एक निश्चित बाजार बना हुआ है, जहाँ लोग जाते हैं और वहां के सौदागर, खरीददार को वस्तु दिखा देते हैं। यदि खरीददार को वस्तु पसंद आ जाए तो वो उसका हाथ पकड़ कर एक कपड़े से ढंक लेते हैं, फिर उसकी उँगलियों को पकड़ कर उस वस्तु की कीमत तय कर लेते हैं। एक ऊँगली मतलब सौ, इस तरह एक हाथ की कीमत हजार", इस पर वहां बैठा एक सौदागर

बोला, "एक हाथ में तो पांच ही उँगलियाँ हैं तब तो पांच सौ हुए, फिर ये हजार कैसे?", तब दादर ने कहा, "उस कपड़े के भीतर खरीददार के साथ सौदागर का भी हाथ होता है"। वहां बैठे सभी लोग इस प्रणाली पर इसके तर्क और महत्व को जान खुश हुए। फिर दादर ने आगे कहा, "तब एक दिन शाम के समय मैंने एक धरमशाला जिसमें मैं रुका हुआ था, की मुंडेर से देवालय से आती एक आवाज सुनी, जो कि एक गीत था। ये वही गीत था जो अबरू देश में आवारा दल गाया करता था। मैं जब वहां गया जहाँ से आवाज आ रही थी, तो मेरी नजर उन आवारा दल के लोगों पर पड़ी, जो कि उस देवालय के एक बड़े से मैदान जिसे वो लोग उद्यान कहते हैं, के बीचों–बीच बने एक मचान पर बैठे–बैठे परवानाली के भजन गा रहे थे और वहां से आते–जाते पूर्वी लोग उन भजनों का आनंद उठा रहे थे"। अब मंगरू की इच्छाएं भी अपनी सीमा लांघने लगी थी। उसका चेहरा फाख्ता हो चुका था। उसने दादर की ओर देखा और बोला, "आगे बताओ दादर!" तब दादर ने आगे कहना जारी रखा, "तब मैं उनमें जा मिला, और मुझे पता चला कि आवारा दल के लोगों को तो वहां के प्रजापालक ने रहने के लिए बड़े–बड़े भवन दिए हुए हैं और उनको केवल वहां के नगर–नगर में जाकर परवानाली के भजन गाने का ही काम दिया गया है। जिसके लिए उनको चील गाड़ी ही हर नगर लेकर जाती है। उनको प्रजापालक की एक मोहर दी गयी है, जिसे दिखा कर वे किसी भी चील गाड़ी का सफर कर सकते हैं। जहाँ वो चाहें और जहाँ उन्हें अच्छा लगता है वो वहीं बैठ कर जितने दिन चाहें रुक कर गीत–भजन गा सकते हैं। लेकिन मैंने एक बात देखी कि ये लोग जो गीत गाते हैं, वो परवानाली के लिए इनके द्वारा बनाए गए गीत हैं। तो मैं समझ गया कि इनमें और मुझमें ये एक बात समान है, जिसकी वजह से मैं उनके दल में शामिल हो सकता हूँ। पहली ही भेंट में मैंने परवानाली का वादा देकर उन्हें अपने

साथ मिला लिया और उनमें घुलमिल गया। फिर धीरे–धीरे वहां के रीति रिवाज भी सीख लिए"। ये वृत्तान्त सुना उसने सांस ली, फिर एक प्याला उठा कर पानी का घूंट भरा और आगे बोला, "लेकिन अब मुझे यहाँ की याद आने लगी। मैं वापस यहाँ अपने बादशाह मंगरू के पास आना चाहता था, क्योंकि मैं धोखेबाज नहीं कहलवाना चाहता। इसलिए मैं वहां से दौड़ा चला आया, वहां की सारी जानकारी के साथ, अपने बादशाह मंगरू के पास"। इस पर मंगरू ने उससे पूछा, "लेकिन दादर ! तुम वहां से वापस आए कैसे?", तो वह बोला "मैं तब तक वहां डटा रहा, जब तक कि वहां के प्रजापालक तक को आवारा दल पर पूरा भरोसा नहीं हो गया और जब प्रजापालक को पूर्ण रूप से विश्वास हुआ और खुशी में उसने कोई एक अहसान मांगने को बोला, तब मैंने एक बात पूरी सभा में बोली, कि मैं अब तक का सारा सच बताता हूँ, तब पूरी सभा हमें घूरने लगी और मैंने कहा कि हम यहाँ पर सुबह शाम जो भजन गाते हैं, वो हमारे ईश्वर परवानाली के गीत हैं। लेकिन इस पर प्रजापालक फिर खुश हुए। ना जाने किस बात पर, ईश्वर के नाम पर या सच कहने के नाम पर। तब उन्होंने एक और अहसान मांगने को कहा और मैंने मांग लिया कि 'आवारा दल अपने ईश्वर के जो गीत दो समय गाता है, उसको बढ़ाकर पांच कर दिया जाए, क्योंकि हमारे पूर्वज ऐसा ही करते थे' और उनके प्रजापालक ने वो अहसान आसानी से दे दिया। इस पर वहां खड़े कुछ नागराधीशों ने मुंह बनाया, लेकिन बाकी सबने प्रजापालक, जिसको वो दानसेन कहते हैं की प्रशंसा की। और इसके साथ–साथ आवारा दल के लोगों का भी मैं चहेता बन गया, कि मैं परवानाली की इतनी परवाह करता हूँ कि बिना किसी डर के ये बात वहां के प्रजापालक के सामने रख दी। फिर जब उन्होंने दूसरा अहसान याद दिलाया, तो मैंने तपाक से कह दिया कि मेरा परिवार उसी कबीले में रह गया है, इसलिए एक बार मुझे वहां जाने का मौका और दिया

जाए, ताकि मैं अपने परिवार को मंगरू के आतंक से बचाकर ले आऊं। इस बात पर प्रजापालक थोड़े दुखी हुए, पर ये मौका भी दे दिया। अब न जाने वे किस बात पर दुखी हुए, मेरे वहां से यहाँ आने पर या उनके दिए हुए अहसान पर"।

अब मंगरू को अपने मनसूबे पूरे होते नजर आने लगे। उसने दादर से आवारा दल के बारे में और जानकारी लेनी चाही। तब वो बोला, "उन्हें पहले तो मेरे ऐसा कहने पर शंका थी, पर मैंने उन्हें परवानाली और उसके बेटे का वादा करके उनको मना लिया कि मैं जल्दी ही अपने परिवार के साथ लौट आऊंगा"। इस पर मंगरू जोर से चिल्लाया, "आवारा दल को तुमने यहाँ की कोई बात तो नहीं बताई?" तब काँपता हुआ दादर बोला "मैं ऐसा अपराध कैसे कर सकता था? मैं तो अपने आकाओं का सेवक हूँ"। तब मंगरू का शैतानी दिमाग तेजी से दौड़ने लगा। उसने दादर से पूछा, "क्या वहां के लोगों को गुस्सा आता है?", तब दादर ने डरते हुए जवाब दिया, "आता है, लेकिन उन लोगों का मानना है कि जब भी गुस्सा आये तो उसे काम पर निकालो, उससे गुस्सा भी शांत हो जाता है, और काम भी हो जाता है"। मंगरू को ये बात जम गयी, उसे अपने बचपन की एक बात याद आई जो कि उसके पिता हयाती ने उससे कही थी, "हम लोगों का एक ही काम है आक्रमण और अतिक्रमण। इससे लोगों में डर बना रहता है और हमारी सत्ता भी"। इसलिए जब भी मंगरू को गुस्सा आता और कोई काम नहीं सूझता था, तब वो या तो किसी से मारपीट करता, या फिर उनसे कोई वस्तु छीन लेता। क्योंकि वो बादशाह का बेटा था, साथ ही वो अप्रत्यक्ष रूप से खुद को परवानाली का बेटा भी मानता था, ईश्वर के बेटे का बेटा। क्योंकि मारग्रेटा को वो अब भी परवानाली की पहली पत्नी ही मानता था। लेकिन अब उसे भी एक नया सबक मिल रहा था कि 'जब छीनने या

मारपीट से भी गुस्सा शांत ना हो, या मारपीट करने का मौका ही ना मिल पा रहा हो, तो क्या करना चाहिए' और वो उसी काम में लगा रहा।

मंगरू अब अपने कबीले में परवीन कानून को पूरे तौर पर चलाने लगा। जिसका सुझाव उसे वहां के ही दल के लोगों ने दिया था कि किस तरह ईश्वर की प्रार्थना कर लोगों को जोश में रखने के लिए उनको कहानियां सुना–सुनाकर उत्साहित करते रहना है और साथ ही उनको शोध के विषयों में लगाए रखना है। इसके लिए वो नित नए नियम पूर्वी देश से दादर के माध्यम से हासिल करता रहता था और ये सोचता रहता कि 'जिस दिन वो ताकतवर हो जाएगा, उस दिन वो इस देश को या तो मिटा देगा या फिर इस पर राज करेगा'।

उसने शोध के साथ–साथ अपनी संख्या को भी बढ़ाने का निर्णय लिया। वो शोध के तरीके दादर से पाता रहा, जो अपने परिवार के नाम पर मंगरू दल के लोगों को ही पूर्वी देश में ले गया था और रिश्तेदारों का बहाना बना, वहां से निकलने की जुगत भी लगा चुका था। दादर ने वहां के सैनिकों से अच्छी दोस्ती कर ली थी, जो कि इसे एक कलाकार समझते थे और इसने उन सैनिकों को बता रखा था कि उसके रिश्तेदार मंगरू से डरते हैं, इसलिए वहां से आना नहीं चाहते, वो सोचते हैं कि उन्होंने यदि वहां से भागने की कोशिश की और मंगरू को मालूम चल गया तो मार दिए जाएंगे, इसलिए वो वहीं सुख ढूंढ रहे हैं। इसीलिए दादर अपने परिवार के हाल सुना उनको खुश करने ही वहां जाता है। वहां के प्रजापालक की तरह ही वहां के सैनिक हैं। उन्होंने ही उसे अपनी ओर से ये इजाजत दे दी। अब वो कभी भी आ और जा सकता है। साथ ही उसने वहां के आवारा दल के लोगों को भी थोड़ा सा राजनीति के दांव से एक गोटी पकड़ा दी, जिससे वो खेलते रहते थे। उसने उनसे कहा कि "यहाँ के प्रजापालक सिर्फ उनके मजे लेते हैं। आवारा दल प्रजापालक के लिए

केवल मनोरंजन का साधन मात्र है। पूर्वी लोग अपने ईश्वर की पूजा में तो उन्हें शामिल नहीं करते, पर अपने लोगों के लिए उनके ईश्वर परवानाली का चिल्ला–चिल्ला कर बखान करवाते हैं"।

इस बात से मंगरू बहुत खुश हुआ, कि इस तरह तो वो अंदर भी अपनी ताकत बढ़ा सकता है। उसे एक तरकीब और सूझी। उसने अबरू देश के लिए अपने संदेशवाहक को दौड़ा दिया और उससे कहा कि "जान भाई को ये सन्देश दो कि हम दोनों भाई मिलकर इस दुनिया पर पिता के कानून की प्रथा चलाकर अपने पिता को, जो कि वहां अबरू मिट्टी में सोए हुए हैं, उनको सुख पहुंचाएंगे। इससे हमारे पिता को शक्ति मिलेगी और वो एक बार फिर जाग उठेंगे"।

जब जान को ये सन्देश प्राप्त हुआ, तो उसने अपने योद्धा दलों को मंगरू की मदद करने के लिए भेज दिया, क्योंकि वो अब भी इसे मंगरू का ही राज्य समझकर बैठा था। जब ये योद्धा दल मंगरू से आ मिला, तब मंगरू ने उन लोगों के साथ अपने लोगों को मिलाकर पूर्वी देश की ताकत नापने के लिए उसकी हदों का चारों ओर से निरिक्षण करने भेज दिया, कि कहीं तो कोई कमजोर दीवार होगी, जहाँ से वो घुस सकें। तब कई दलों ने मिलकर, इस दिशा को छोड़, जहाँ पूर्वी देश का बाहुबल उनसे अधिक लगा हुआ था, वहां से पूर्वी देश की उसके उत्तर दिशा की ओर से परिक्रमा करना शुरू कर दिया। लेकिन उन्हें कहीं से कोई कमजोर दीवार नजर नहीं आई। उनमें से कई लोग वहां के जलवायु परिवर्तन के अनुसार दीवार की कमजोरी नापने के शोध में लग गए और कुछ लोग सन्देश के साथ वापस रवाना कर दिए गए।

जब संदेशवाहक लौट आए, तो उन्होंने पूर्वी देश की सीमा के बारे में जिस विस्तार से मंगरू को बताया, उसे सुन मंगरू के संयम का बांध चटक गया। सन्देशवाहकों ने बताया कि, "जहाँ तक जमीन है,

रेगिस्तान है, हिम है, नदियां हैं, समंदर है, पहाड़ हैं, जंगल हैं, दलदल है, वहां–वहां तक इन्होंने किसी भी दीवार को कमजोर नहीं छोड़ा है। यहाँ तक कि इन लोगों ने तो, पर्वतों पर भी ऊंची–ऊंची दीवारें तान रखी हैं, जो कि कई मीलों लंबी हैं"। यह सब सुन मंगरू के होश उड़ गए। उसने अपने जीवन का एक बहुत बड़ा हिस्सा यहीं वीराने में गुजार दिया था। अब उसे कुछ नहीं सूझ रहा था, वो बस इस देश में घुस जाना चाहता था, चाहे उसके लिए मौत ही क्यूँ न आ जाए। उसने तुरंत सभी दलों को इकट्ठा करने की घोषणा कर दी और जब सभी दल इकट्ठा हुए, तब मंगरू ने अपने पिता हयाती को याद करते हुए परवानाली की बात बताई कि "जब पहली बार परवानाली को योजना बनाने का अवसर मिला था तो उसने ऊँची–ऊँची दीवारों से ही अपने योद्धाओं को कुदाया था। इसलिए हम भी पूर्वी देश की सबसे ऊँची दीवार से ही भीतर घुसेंगे, क्योंकि वहां सैन्य बल शायद कम हो"।

मंगरू अब और समय नहीं गंवाना चाहता था। उसने अपने पूरे सैन्य दल के साथ, पूर्वी देश के उत्तर दिशा की ओर कूच कर दिया और कुछ लोगों को वहीं रुक कर हर शाम उतनी ही आग जलाने का आदेश दिया जितनी हर रोज जलती है। जिससे इधर के सैनिकों को ये आश्वासन रहे कि वे लोग किसी और दिशा से कूच नहीं कर रहे।

मंगरू कई महीनों की यात्रा के बाद उत्तर दिशा की ओर पहुंचा। वहां ऊंचे–ऊंचे पहाड़ों और उन पर भी ऊंची–ऊंची दीवारों को देख मंगरू दंग रह गया, उसके हौंसले अब पस्त हो गए थे। वो निराश हो जमीन पर फैल गया। तभी उसके एक शोधकर्ता दल का मुखिया वहां आया और उसने मंगरू को बताया, "मैंने शोध के दौरान उस पहाड़ी का और दीवार का पूरी तरह निरीक्षण किया है, वहां पर कोई भी मानव नहीं रहता। जो रहते हैं, वो छोटे से कबीले में रहते हैं। उनके बारे में पता करने

पर मालूम चला कि उनको पूर्वी देश से निकाला गया है। उन्हीं से ये जानकारी मिली है"। तब मंगरू की आँखों में चमक आ गई और उसने पूछा, "क्या वहां कोई सन्यासी भी रहते हैं?" तब उस शोधकर्ता ने कहा, "नहीं ... उन लोगों का स्थान अब इन लोगों के लिए नहीं है। वे सन्यासी अब अज्ञात स्थानों पर रहते हैं, जहाँ ये लोग ही वर्ष में एक या दो बार उनसे मिलने जाते हैं"। मंगरू को अपनी उम्मीद आधी होती दिखी, पर वो इस बात से संतोष मना रहा था कि 'पूर्वी लोगों का एक कबीला अब भी वहां है जिनसे वो जानकारी ले सकता है और उनको अपने साथ मिला कर दीवार का रहस्य जान, उसे पार करने का रास्ता जान सकता है"। वो बिना समय गंवाए, उन शोधकर्ताओं के साथ उस कबीले की ओर भागा।

उस कबीले के लोगों को मंगरू के बड़े सैन्यदल के साथ आने का संकेत मिला, तो वे सचेत हो गए। चूँकि वो पूर्वी देश के थे, इसीलिए आत्मरक्षा की प्रणाली उन्हें आती थी। ये वो लोग थे, जिन्हें पूर्वी देश ने नैतिक अपराध के दोष में देश से निकाल दिया था, क्योंकि वहां मृत्युदंड की सजा केवल प्राकृतिक अपराध पर ही दी जाती थी। इस बात का पता जब मंगरू को चला तो उसने उन्हें कमजोर समझ पहले उन पर धावा बोला, जिससे वो उन्हें डरा धमका कर दीवार का रहस्य उनसे उगला ले। पर जब उस कबीले ने आत्मसमर्पण नहीं किया, तो मंगरू ने उनसे संधि कर ली। क्योंकि अब उसके पास यही लोग एक मात्र सहारे के रूप में बचे थे।

मंगरू ने उन्हें अपने पिता परवानाली के बारे में बताकर ये वादा किया कि 'वो उन्हें उसके पिता के कानून के तहत उस नगर में प्रवेश करवाएगा और साथ ही उनको उनके अधिकार भी दिलवाएगा'। चूँकि, वे लोग जिसे अपराध बता रहे थे, वह परवीन कानून के तहत अपराध नहीं है। क्योंकि परवीन कानून कहता है कि "प्राकृतिक संसाधनों पर तो

उनका पहले से ही हक है"। इस वजह से उस कबीले के कई लोगों ने परवीन कानून का पालन करना भी आरंभ कर दिया, लेकिन कई लोगों ने पालन करने से मना कर दिया।

मंगरू ने उन्हें ये सोच कर छोड़ दिया कि स्वतंत्रता के नियम के तहत उनको ये अधिकार है। साथ ही अगर उसने उनके साथ बल का प्रयोग किया तो बात फिर से बिगड़ सकती है और वह दीवार के रहस्य से अछूता रह जाएगा। इसलिए उसने निर्णय लिया कि वो उनको भी उनकी शर्तों के साथ अपने अनुसार मिला लेगा और तब उसने उनके रहने–खाने की अच्छी व्यवस्था कर दी। जिसके लिए वो सारा रसद अबरू देश से मंगवा लिया करता था और उनके साथ उनके पश्चाताप में शामिल हो गया। वो स्वयं को पापी कहा करता था, कि उसने पूर्वी लोगों को अपने स्वार्थ के चलते बहुत दुःख दिए हैं। लोग उसके इस रूप से चकित थे, पर कोई नहीं जानता था कि 'उसके दिमाग में एक योजना चल रही है'। मंगरू इन लोगों के सहारे उन अज्ञात स्थानों पर पहुंचना चाहता था जहाँ सन्यासी रहते हैं, क्योंकि वे ही इस देश के सबसे अनुभवी लोग थे, जो बता सकते थे 'इस देश की सबसे मजबूत और सबसे कमजोर इकाई'। मंगरू अपने इस मकसद में काफी हद तक सफल भी हो चुका था। उसने उन लोगों को इतना भरोसे में ले लिया था कि वो अब मंगरू को उन सन्यासियों से मिलवाने के लिए तैयार थे। मंगरू ने अकेले ही उनके साथ सफर करना आरम्भ कर दिया और दादर को अगले अभियान पर लगाया कि वो अब इस कबीले के साथ भीतर घुसने की जुगत लगाता रहे, तब तक वो इस देश के हालातों का ज्ञान लेकर आता है और वो, इन पूर्वीयों के साथ जंगलों–पर्वतों के महीनों लम्बे सफर पर निकल गया।

इधर दादर ने यहाँ आने से पहले भीतर रह रहे आवारा दल को पूरी तरह से आग में झोंक दिया था, जिससे वे विद्रोह पर उतर आये थे।

आवारा दल तक ये सन्देश जाने लगे कि "यदि इनके केवल मनोरंजन के साधन बनने से बचना चाहते हो, तो यहाँ के प्रजापालक दानसेन से परवीन कानून के पालन की इजाजत मांग लो। वरना ईश्वर के घर पर उसके मल में पड़े रहोगे, जैसा कि ईश्वर का बेटा बोलता था"। धीरे-धीरे अंदर भी चिंगारी पनपने लगी और एक दिन आवारा दल वालों ने गाने से मना कर दिया। तब प्रजापालक ने उनसे ऐसा करने का कारण पूछा तो वे बोले कि "हमें लगता है कि हमें यहाँ मानव समझा ही नहीं जाता"। तब प्रजापालक ने जवाब दिया कि "हाँ, हम तुम्हें मानव नहीं समझते, हम तो तुम्हें कोई देवदूत समझते हैं"। तब आवारा दल के लोगों ने कहा, "हम यहाँ पर केवल मनोरंजन का साधन बनकर रह गए हैं। हमें भी यहाँ के लोगों की तरह इंसानों वाले अधिकार दिए जाएं"। इस पर प्रजापालक ने कहा "मुझे इस बात की खुशी है कि आप लोग काम भी करना चाहते हैं। अन्यथा हम तो समझ रहे थे कि आप अपने ईश्वर की प्रार्थना में ही खुश हैं और उसी में जीवन बिताना चाहते हैं"। तब दानसेन ने उन्हें समस्त अधिकार देने शुरू कर दिए। अब वो सेना में भी भर्ती होते, शोध दलों में भी जाते और वहां की शिक्षा पाते। किन्तु वे लोग परवीन कानून से ही चलते और जो कुछ परवीन कानून से सीखा था, उसकी वजह से हर काम में अपनी योग्यता दिखाते।

आवारा दल हर शोध और हर प्रणाली में अपना योगदान देता रहता। इससे प्रणाली प्रमुखों को उन पर भरोसा होने लगा और जब ये बात दानसेन तक पहुंची तो उसने उन्हें, उनके परवीन कानून के साथ जीने की स्वतंत्रता दे दी। अब वे लोग खुले तौर पर परवीन कानून के तहत रहते। चूँकि मलंग अंदाज में रहना इनका स्वाभाव था, इसलिए इनका पहनावा व रहन सहन का अंदाज पूर्वी लोगों से थोड़ा भिन्न था। ये काम में पूरी शिद्दत दिखाते थे, इसलिए इनके इस रूप व तौर-तरीके को इनकी

पहचान मानकर अपना लिया गया। जब ये बात दादर तक पहुंची तो उसने अपने लोगों को भी वैसे ही तौर तरीके सिखाने शुरू कर दिये, ताकि कभी मौका मिले तो वो उन लोगों में मिलकर पूर्वी देश के भीतर घुस सके। इस तरह परवीन कानून तीन भागों में बंट गया, "एक वो, जिसने परवानाली को देखा था, दूसरा वो, जिसने उसके बारे में सुना था और तीसरा, जिसने उससे कुछ सीखा"।

जिस दल ने केवल, परवानाली के बारे में सुना था, यानि मंगरु दल, जिसको अब दादर मंगरू के प्रतिनिधि के रूप में संभाल रहा था, ने बाकी दोनों समूहों जान का दल और आवारा दल को भी परवानाली के किस्से सुना–सुनाकर अपने दल में शामिल करना शुरू कर दिया। आवारा दल भीतर ही भीतर मनमानियां करने लगा, जिससे दानसेन को ठेस पहुंची और वह मृत्यु–शय्या पर जा लेटा। तब उसके पास शिवगुणी लोग पहुंचे और उन्होंने दानसेन को सचेत किया कि "उन्होंने ये चेतावनी पहले भी दी थी कि 'दया ही दुःख का कारण है', इसलिए अब वो इस मोड़ पर आए पूर्वी देश को असहाय नहीं छोड़ सकता। उसे अपने कर्तव्यों का पालन करना होगा"। दानसेन ने तुरंत सीमा के भीतर एक आधिकारिक दल का निर्माण किया और भीतर से मनमानी करने वालों को सबक सिखाने का काम शुरू किया, जो कि वो सीख कर आए थे लेकिन मंगरू के गुप्तचरों द्वारा कान भरने के कारण भूलते जा रहे थे। आवारा दल को लगने लगा कि उनके साथ बुरा बर्ताव किया जा रहा है और इस कारण दादर से उनके संबंध प्रगाढ़ होने लगे।

इधर मंगरू ऊँचे–ऊँचे पर्वतों पर जहाँ हिम की चादरें थी, वहां पर बनी हुई कंदराओं में पूर्वीयों के साथ पहुंचा। उसने वहां पर सन्यासियों को केवल एक चादर में लिपटे देखा तो दंग रह गया। जहाँ वो अपने ऊपर चार–चार चादरें लपेट कर भी ठण्ड में ठिठुर रहा था, वहीं ये केवल एक

चादर में ऐसे बैठे हैं जैसे उनको इसका एहसास ही नहीं। वो कुछ कहता, इससे पहले ही एक सन्यासी बोला, "आओ मार्गरेटा के बेटे मंगरू"। ये सुन मंगरू चकित रह गया कि 'ये लोग उसे कैसे जानते हैं और उसकी माँ को भी?' तब सन्यासी बोला, "आश्चर्य न करो, तुम्हारी माँ यहीं रहती थी तुम्हारे नाना सियोल्पा के साथ, उन्होंने ही बताया था कि एक दिन तुम उन्हें ढूंढते हुए यहाँ आओगे"। मंगरू, जो कि अपने बचपन के बारे में कुछ नहीं जानता था। उसे उसके पिता से केवल एक ही बात पता चली थी कि उसकी माँ उसे जन्म देते ही मर गयी थी। लेकिन ये आदमी कहता है कि वो इनके साथ इस गुफा में रही थी और एकाएक उसकी बोली में सहजता आ गयी, उसने उस सन्यासी से पूछा, "मैं केवल अपनी माँ का नाम जानता हूँ, उसके सिवाय मुझे उसके बारे में कोई जानकारी नहीं। क्या आप मुझे मेरी माँ से परिचित करवा सकते हैं?" तब सन्यासी बोला, "तुम्हारी माँ तुम्हारे बिलकुल विपरीत थी, वो अपनी मातृभूमि से प्रेम करती थी। वो सती नियम पर चल रही थी और तुम शक्ति नियम पर" मंगरू को कुछ समझ नहीं आ रहा था। उसने सवाल किया, "मैं आपके कहने का मतलब नहीं समझा", तब सन्यासी बोला, "हर नियम के आठ ही उप नियम या उपशक्ति होती है, जिनका क्रम बिगड़ जाए तो व्यक्ति उलटी दिशा में चल निकलता है। तुम्हारी माँ ने अंतिम उपनियम प्राप्ति पर अपने भौतिक जीवन से मुक्ति पाई थी, जो कि एक सुगम और सीधा मार्ग है और तुमने उसके अंतिम उपनियम से ही अपने जीवन की शुरुवात की है। अब देखो तुम अपने लक्ष्य के कितने पास आ गये, बिना उन अनुभवों को किये जो तुम्हें अपने जीवन में होने जरुरी थे, जिससे तुम अपने जीवन का महत्व समझ पाते।" मंगरू फिर बोला, "मैं अब भी कुछ नहीं समझ पा रहा हूँ, ये नियम क्या हैं और ये उपनियम क्या?" तब सन्यासी बोला, "तुम आज बस इतना जान लो कि इन नियमों को जाने बिना इन पर

चलने से तुम अपने साथ–साथ दूसरों के जीवन को भी संकट में डाल देते हो, बाकी की बात सूर्यास्त के बाद" और वो सन्यासी उस कन्दरा से बाहर निकल गया। मंगरू अकेला उस गुफा में बैठा–बैठा सन्यासी की बातों के बारे में सोचता ही रहा, पर उसे कुछ सूझ नहीं पड़ रही थी। वो उस गुफा की दीवारों से सिर टकरा रहा था, तभी उसे दीवार पर एक कीड़ा ऊपर चढ़ने की कोशिश करता दिखा, लेकिन वो अपने इस प्रयास में सफल नहीं हो पा रहा था। मंगरू को ये खेल अच्छा लगने लगा। उसका सवालों से भरा दिमाग अब इस खेल को देख रोमांचित महसूस कर रहा था। वो वहीं जम कर बैठ गया और इस खेल को देखता रहा। वो कीड़ा जितनी बार भी कोशिश करता उतनी बार नीचे गिर जाता। कई प्रयासों के बाद वो उस दीवार पर चढ़ने में सफल हो ही गया... और तभी मंगरू जोर से चिल्लाया, "तो तुमने अपनी मंजिल को प्राप्त कर ही लिया मेरे नन्हे दोस्त", ये कहते ही वो अचानक रुक गया और गुफा के बाहर देखने लगा जहाँ वो सन्यासी लोगों के पास बैठा उनकी बातें सुन रहा था। उसके चेहरे पर एक तिरछी मुस्कान बिखरने लगी। उसे अपने भीतर ही अपने सवालों के जवाब मिल गये थे। अब वो निश्चिन्त भी था और निश्चित भी कि 'आगे क्या करना है', और उसने उसी हालत में वहां से अपने कबीले की ओर दौड़ लगा दी। कन्दरा के बाहर बैठे लोगों ने सन्यासी से जब इसका कारण पूछा तो वो बोला, "उसे वो मिल गया जिसके लिए वो यहाँ आया था, लेकिन वो नहीं ले पाया जिसके लिए उसे यहाँ बुलाया गया था", इस पर लोगों ने सन्यासी से पूछा, "अर्थात्?", तब सन्यासी बोला, "उसने सत्य प्राप्त कर लिया पर सत्य को प्राप्त नहीं हो पाया", और ये कह कर वो सन्यासी अंतर्ध्यान हो गया।

इधर दादर ने तीनों दिशाओं में अपनी ताकत को मजबूत करना शुरू कर दिया था। अब पश्चिम से, भीतर से और उत्तर से धावा बोलने की

तैयारी शुरू हो चुकी थी, इन्तजार था तो केवल मंगरू की वापसी का कि वो आये और युद्ध की घोषणा कर दे।

भीतर दानसेन का स्वास्थ्य दिन प्रति दिन बिगड़ता जा रहा था, जिसकी वजह से देश के भीतर रोग जाप शुरू हो चुके थे, देवालयों में बड़े–बड़े होम आयोजन किये गये थे, सभी लोग अपने प्रजापालक के लिए प्रार्थनाएं कर रहे थे।

मंगरू जैसे ही उत्तरी भाग के अपने कबीले पहुंचा तो सारी तैयारियां देख खुश हुआ। दादर ने उसे बताया कि 'उन्होंने दीवारों पर चढ़ने के लिए पूर्वीयों की सहायता से कुछ यंत्र भी बना लिए हैं, जिन्हें 'निसेनी' कहते हैं। जब मंगरू ने वो यंत्र देखे तो उसकी खुशी का ठिकाना नहीं रहा। ये वो सीढियां थीं जो मानो आसमान तक जा रही हों। तब मंगरू ने रात होने तक का इंतजार किया और उन निसेनियों की सहायता से अपनी पूरी सेना के साथ उन दीवारों पर चढ़ गया, जहाँ से देखने पर वो उत्तरी नगर पहाड़ियों की तलहटी में बसा चीटियों की बाम्बी सा प्रतीत हो रहा था। बादल उन लोगों के पैरों में थे और अब मंगरू को अपनी मंजिल अपने कदमों के नीचे दिख रही थी। सुबह तक की भी प्रतीक्षा न करते हुए उन्होंने पूर्वी देश पर धावा बोल दिया। अपने प्रजापालक की गति में दुखी पूर्वी देश की सेना संभल ही ना पाई और मंगरु ने उत्तरी सीमा से दीवार के सहारे आकर उस इलाके पर कब्जा कर लिया।

अब मंगरू दीवार के भीतर व बाहर अपनी संख्या फैलाने लगा। उसने उस दीवार के द्वारों को खोल दिया और उन पहाड़ों पर कब्जा करके बैठ गया। इस काम से भीतर बैठे आवारा दल में शामिल उसके गुप्तचर चेतन हो गए और वो भी अब उसका साथ देने लगे। अब मंगरु तक गुप्त रूप से ये संदेश आने लगे कि "हर नगर विज्ञान के रहस्यों और कई संसाधनों से भरा पड़ा है। वो वहां से भी कई संसाधन अपने लोगों के लिए

जुटा सकता है"। मंगरु ने उन नगरों पर अपने उन गुप्तचरों के मार्गदर्शन में आक्रमण करने की योजना बनाई। इधर पश्चिमी सीमा पर तैनात पूर्वी देश के सैनिकों ने उत्तर से घुसपैठ के कारण पश्चिमी सीमा पर रह रहे परवीन कबीलाइयों पर धावा बोल दिया। पर उन्होंने मंगरु का साथ छूट जाने का बहाना बनाकर प्राणदान मांग लिए, साथ ही इसे अपना अपमान समझ मंगरु से संपर्क साधने लगे। मंगरु ने उनके इस गुस्से का फायदा उठाया और अबरू देश से और अधिक मदद मंगवाकर, बड़ी संख्या में, दोनों ओर से धावा बोला, जिससे पूर्वी देश की सेना संभल नहीं पाई। उस पर एक साथ तीन तरफ से वार हो रहे थे, उत्तर, पश्चिम और भीतर। अब पूर्वी सेना आत्मरक्षण करती, तब तक मंगरु नगरों को लूटकर और अपने प्राण बचाकर अपनी आत्मरक्षा के लिए वहां की औरतों को ढाल बनाकर अपने साथ ले जाता। चूँकि उसने अपने पिता हयाती से सुना था कि 'किस तरह परवानाली ने यहाँ की औरतों को बंदी बनाकर आत्मरक्षा की थी'।

पूर्वी देश की इस स्थिति पर तब आवारा दलों को दया आने लगी। वो जर्जर होते इस देश को नहीं देख पा रहे थे, जिसकी खूबसूरती में ये लोग खो जाते थे, जिस देश ने इन्हें मंगरू से बचा कर पनाह दी थी। जब उन्होंने मंगरु के मनसूबे जाने, तो वो इस देश के पुनरुत्थान के हर कार्य में शामिल हो फिर से कंधे से कंधा मिलाकर पूरी ईमानदारी से काम करने लगे। "लेकिन दूध का जला छाछ भी फूंक–फूंक कर पीता है", इसलिए पूर्वी लोग अब इन पर संदेह करने लगे। हालाँकि वो अपनी वफादारी की मिसालें देते रहे थे, पर अब बहुत देर हो चुकी थी। मंगरू के साथ आए बहुत से लोग आवारा दलों में शामिल हो चुके थे, क्योंकि दादर उनका रहन–सहन आवारा लोगों की तरह कर चुका था। अब जब चाहे तब मंगरू पूर्वी देश पर धावा बोलता, उसके नगरों को अपने गुप्तचरों की सहायता से लूटता और अपने लोगों की जरूरतें पूरी करता रहता।

तब एक दिन दादर ने मंगरू से कहा कि "वो कब तक इस तरह लूट मार मचाता रहेगा, क्यों न वो खुद ही इस देश का शासक बन जाए, चूँकि अब वो तीनों ओर से ताकतवर भी हो चुका है", तब उसने प्रजापालक की बीमारी का फायदा उठा, हर तरफ से राजधानी पर धावा बोल दिया। लेकिन पूर्वी सेना अब तक संभल चुकी थी और ये युद्ध महीनों चलता रहा, जिसमें मंगरू को घाव बहुत हुए, फिर भी वो लड़ता रहा। उसके घाव सड़ने लगे थे लेकिन फिर भी मंगरू पूर्वी देश पर कब्ज नहीं कर पाया। अब मंगरू की बैचेनी बढ़ने लगी। उसकी कमर टूट चुकी थी, वो थका हुआ था, घायल था, साथ ही उसकी तबीयत अनियमित दिनचर्या और अधिक श्रम के कारण बिगड़ चुकी थी। तब उसने अपने सेवक दादर को जो कि मंगरू के लिए अपनी भी परवाह नहीं करता था, उसको युद्ध की जवाबदारी सौंप दी और खुद उत्तरी भाग के अपने शिविर में आराम करने लगा, उसकी दवा दारू होती, पर उसकी हालत बिगड़ती ही जा रही थी। उसकी अंतिम इच्छा बस यही रह गयी थी कि वो कैसे भी करके इस पूर्वी देश का शासक बन जाए और इसके लिए उसे दादर पर पूरा भरोसा था।

एक रात दादर ने देखा कि पूर्वी सैनिकों के शिविर में अलग-अलग जगह आग जल रही है। उसने अपने एक सिपाही से इसका कारण पूछा तो उसने बताया कि "ये आग रसोई की है, चूँकि अब पूर्वी योद्धाओं में आवारा दल भी शामिल हो चुका है। इस बात से वे अपने प्रजापालक से नाराज हैं, पर वो उनका विरोध खुल कर नहीं करते क्योंकि वो उन्हें ईश्वर का रूप मानते हैं। इसलिए ये इनके विरोध का तरीका है, कि ये आवारा दल के सिपाहियों के साथ भोजन नहीं करते और अपनी रसोई अलग पकाते हैं"। दादर को शायद इसी मौके की तलाश थी। वो समझ गया कि जो सिपाही दिन में युद्ध तो एक साथ करते हैं, पर भोजन एक साथ नहीं,

उनको अब किस तरह से हराया जा सकता है।

अगले दिन जब युद्ध हुआ तो दादर ने केवल आवारा दल पर हमला किया और पूर्वीयों की प्रतिक्रिया की प्रतीक्षा की। पर जब पूर्वीयों की और से कोई प्रतिक्रिया नहीं हुई, तो आवारा दल ने हथियार डाल दिए और दादर ने इस फूट का फायदा उठा कुछ ही घंटों में राजधानी मंगरू के लिए खाली करवा ली।

इधर शिव गुणियों ने प्रजापालक दानसेन की मृत्यु की खबर फैला, उसे अपने साथ अज्ञात स्थान पर ले गये और इस देश को दार्शनिकों व इतिहासकारों के भरोसे छोड़ दिया, जो कि मिश्रित शिव गुणी व मिश्रित विष्णु गुणी थे, उन्हें ये आश्वासन दिया कि "सही समय आने पर वो वापस अपनी सत्ता सँभालने आयेंगे"। और दादर ने पूरा देश ही, जो कि राजधानी से चलता था, मंगरू के कदमों में लाकर रख दिया। लेकिन मंगरू की हालत उचित चिकित्सा ना मिल पाने के कारण ज्यादा बिगड़ गयी और उसने बची हुई सांसों के साथ इस देश का ताज दादर के हवाले कर दिया। वो इस बात से खुश था कि भले ही मरते समय, पर उसकी ये इच्छा पूरी हुई और उसने अंतिम सन्देश दादर को यही दिया कि "हर देश की ताकत शिक्षा होती है" और ये कह कर वो भी अंतिम पथ पर चल निकला। उसे अपने जीवन पर हंसी आ रही थी, कि 'पूरा जीवन बस दौड़ता ही रहा और जिस चीज के लिए दौड़ा, वही चीज प्राप्त कर भी प्राप्त न कर सका' तब उसे उस सन्यासी की याद आई और वो अपनी अंतिम यात्रा के लिए अकेला ही उस ओर निकल गया।

दादर जब पूर्वी देश का सिंहासन सँभालने बैठा, तो उसे ये तो पता था कि 'ये देश कैसा है। लेकिन ये देश कैसे चलता है?' इस बात की कोई जानकारी नहीं थी। क्योंकि "वो इस देश का विज्ञान तो समझ रहा था, पर उसके पीछे की अध्यात्मिक शक्ति को मरते दम तक जान नहीं

पाया"। इसके लिए उसने आवारा दल को अपने साथ ही शामिल कर लिया और उन्हें खुश करने के लिए पूर्वी देश में कई सारे प्रार्थनाघर परवीन कानून के हिसाब से बनवा दिए। यहाँ तक कि उसने कई महत्वपूर्ण पूर्वी देवालयों को भी परवीन कानून के तहत प्रार्थनाघरों में तब्दील कर दिया और यहाँ से संसाधन लूट-लूट कर अपने परिजनों को, जो कि सीमा के उस पार थे, उन तक पहुँचाना शुरू कर दिया। यहाँ ऐसा खजाना था कि दादर समेटते-समेटते थक गया पर वो खजाना खत्म नहीं हुआ, जिसे यहाँ के लोग 'कुबेर का खजाना' नाम से बुलाते थे। लेकिन अब भी वो इस देश पर अपना पूर्ण अधिकार नहीं कर पा रहा था। उसे मंगरू की अंतिम बात याद आई कि 'हर देश की ताकत शिक्षा होती है'। उसने जितने भी पूर्वी देश के गुरुकुल थे सब तोड़ने शुरू कर दिए, पुस्तकालयों को आग के हवाले करना शुरू कर दिया, क्योंकि उसने खुद तो अपने जीवन में कोई पुस्तक देखी नहीं थी, इसलिए उनको महत्वहीन समझ सब कुछ तबाह करने पर तुल गया और पूर्वी देश को एक खँडहर में तब्दील कर, फिर से परवीन कानून के हिसाब से निर्माण कार्य चला उसे पूर्वीयों का विकास कहने लगा।

अपने देश की होती दुर्दशा पर पूर्वी योद्धा चुप न बैठे। पूरे देश भर में आन्दोलन हुए और थके हुए दादर को खदेड़ कर देश के बाहर करने के प्रयास करने आरम्भ कर दिए। नगर के नगर उसकी मुट्ठी से छीन लिए गये और वहां पर पूर्वी कानून चलने लगा।

जब दादर को सत्ता हाथ से जाती दिखी तो उसने मंगरू के भाई जान को मदद के लिए सन्देश भिजवाया कि "मंगरू पूर्वी देश का शासक बनने के साथ ही मारा गया"। इस सन्देश को पाकर जान अपने भाई के लिए दुखी हुआ, और उसने अपने भाई की मृत्यु का बदला लेने का निश्चय किया। किन्तु पूर्वी नगर के नाम पर वो रुक गया, क्योंकि वहां से उसके

माता–पिता के संबंध थे। इसलिए उसने युद्ध की ना सोचते हुए अपना एक गुप्त दल पूर्वी देश भेजा, जिससे उसे प्रमाणिक तथ्य मिल पाए 'मंगरू की मृत्यु के'। उसने अपने इस दल को समुद्र के मार्ग से पूर्वी देश भेजा, चूँकि अबरू और पूर्वी देश के मध्य की अधिकतर भूमि पर परवीन और मंगरू लोग ही रहते थे।

जब गुप्त दल पूर्वी देश पहुंचा, तो उन्होंने समुद्री तटों के पास रह रहे दादर के द्वारा नियुक्त किये गये परवीन कानून के नगराधीशों और आवारा दल से मुलाकात कर पाया कि "इस देश का खजाना कभी खत्म ही नहीं होता"। ये खबर तुरंत जान तक सांकेतिक भाषा में पहुंचाई गयी कि पूर्वी देश तो "स्वर्णपंछी" है।

जब ये खबर जान के दरबार में पहुंची तो वहां मौजूद पुराने मठाधीशों ने जो कि परवानाली के साथ भी पूर्वी देश के कई बार दौरे कर चुके थे, कहा कि 'अब यदि पूर्वी देश का कोई शासक नहीं बचा है तो परवानाली और आसमानी की संतान होने के नाते उस धरती पर उसी का अधिकार है'।

जान ने इस बात को दरकिनार करते हुए, पूर्वी देश का जब इतिहास और वर्तमान जाना तो उसने इस देश को फिर से समृद्ध करने का सोच इनसे व्यापारिक संबंध बनाए, क्योंकि जान को अब भी मंगरू की मृत्यु के सही प्रमाण नहीं मिले थे और इसने अपने पिता परवानाली को अपनी माँ आसमानी की गोद से ये कहते हुए जाते देखा था कि 'वो पूर्वी देश से सौदे का संबंध बनाने जा रहा है'। वैसे भी जान लड़ाई–झगडे से दूर ही रहता था, जैसा कि उसने बचपन में अपनी माँ से सीखा था।

तब जान खुद भी अपने माता–पिता की इस भूमि को नमन करने आया, लेकिन उसने अपना भेद नहीं बताया कि वो कौन है? और उसने आवारा दलों के सहयोग से पूर्वी देश में अपने सौदे वाले संबंध स्थापित

कर लिए। तब उसे ज्ञात हुआ कि 'मंगरू की मृत्यु हुई ही नहीं, वो तो किसी अज्ञात स्थान पर चला गया है। उसकी मृत्यु की खबर तो दादर का षड्यंत्र था पूर्वीयों पर काबू पाने का। दरअसल मंगरू पूर्वीयों को लूटता था, जिसमें दादर भी उसका साथ देता था और अप्रत्यक्ष रूप से जान खुद भी, क्योंकि मंगरू सारी सहायता अबरू से ही मंगवाता था'। जब जान को ये सब ज्ञात हुआ तो उसके दुःख की सीमा ना थी। वो पूर्वी देश की होती दुर्दशा से व्याकुल हो उठा, जिसका कारण उनके पूर्वज और अप्रत्यक्ष रूप से वो खुद था। तब उसने इस देश को फिर से सुदृढ़ करने का फैसला किया और उसने पाया कि दादर जो कि अनियमित दिनचर्या और अनगिनत युद्धों में शामिल होने के कारण असमय ही मृत्यु को प्राप्त हो गया, तब उसकी मृत्यु के बाद जब उसके बेटों ने, जो कि दादर ने उस समय कई औरतों से पैदा कर लिए थे, उन्होंने इस देश पर अपना हक जताना शुरू कर दिया है और जबरदस्ती यहां के लोगों को परवीन कानून का पालन करने के लिए परेशान भी करते रहते थे, तब जान ने उन्हें मार–मार कर भगाने का काम करना शुरू कर दिया और एक दिन पूरे देश का ही कार्यभार खुद के कंधो पर ले लिया।

दादर ने अपने बच्चों को हर दल में शामिल किया हुआ था, जिनमें से कईं तो आवारा दलों में भी शामिल थे। जिससे आवारा दलों पर भी इस हिंसा का प्रभाव पड़ा और पूरे देश में क्रांति की मशाल जलने लगी। इधर जान इस देश के शोध और विज्ञान को देख भौंचक्का रह गया। तब उसने यहाँ के विज्ञान और दर्शन का भरपूर लाभ उठाया। उसने पाया कि 'मृत्यु अंतिम द्वार है, जिससे ये प्रकृति हर पल आपकी रक्षा करती है। इस देश की जलवायु जो कि हर तीन माह में बदल जाती है, यहाँ पर नियमित रूप से सर्दी, गर्मी, बरसात लोगों की रक्षा करती है, मानव दीर्घायु हो जाता है। उसने इस विज्ञान को समझने के लिए जब यहाँ के इतिहासकारों व

दार्शनिकों से संपर्क किया तो ज्ञात हुआ कि अनपढ़ दादर ने यहां के गुरुकुल और पुस्तकालय नष्ट कर दिए हैं। तब उसे पता लगा कि उनमें से एक पुस्तक उसके पिता परवानाली अपने साथ अबरू ले गये थे। अब वो अधिकतर समय इन्हीं लोगों में बिताता और इस देश की दुर्दशा को सुधारने के प्रयोजन करता रहता।

जान ने खुद को स्थापित करने के साथ ही यहाँ पनप चुके तरह-तरह के कानूनों का सम्मान करते हुए स्वछंदता का कानून लागू करना शुरू कर दिया। उसकी इस हरकत से दादर के बच्चों में गुस्सा भरने लगा और उन्होंने पूर्वी लोगों को इसे उनका भी अपमान बताना शुरू कर दिया, कि ये पूरे पूर्वी देश का अपमान है। साथ ही पूर्वी देश के आवारा दल के लोग भी जान से इसलिए नफरत करने लगे कि जान परवीन कानून के अनुसार चलता तो है और परवानाली की ही प्रार्थना भी करता तो है, पर इसका तरीका अब भी वही पुराना वाला है। जबकि इन लोगों ने जरूरत के अनुसार सब कुछ बदल लिया है और अब यही इनकी और परवीन कानून की पहचान है, जो कि अब सबसे उत्तम तरीका है पश्चाताप रूपी प्रार्थना का। तब ये पूर्वी लोगों के साथ मिल कर जान का अपमान कर उसे यहाँ से निकल जाने के लिए क्रांतियाँ भड़काने लगे, जिससे दुरूखी हो जान यहाँ से चला तो गया, पर अभी इस देश की नाजुक हालत को देखते हुए उसने अपने कुछ सलाहकारों और मठायुक्तों को यहीं पर छोड़ दिया ताकि वो सब चीजों को व्यवस्थित कर वापस अपने देश लौट आएँ और निकल गया उस देवपुत्र के देश की तलाश में जिसकी भविष्यवाणी सदियों पहले हुई थी। चूँकि उसने अपनी माँ से परवानाली की जो कहानी सुनी थी, उससे उसे ये लग गया था कि परवानाली वो नहीं है। देवपुत्र तो बहुत पहले पश्चिम के ही किसी देश में हुआ था, जिसने पूर्वीयों से ही शिक्षा-दीक्षा ली थी और अपने लोगों की मदद करते हुए मारा गया था। जान को

पूर्वीयों से ही पता चला कि 'वो देवपुत्र ब्रह्म गुणी कुंवारी स्त्री से उत्पन्न मिश्रित विष्णु गुणी था और उसने त्याग के गुण को अधिक महत्व देकर प्रस्थान कर लिया था। उसने अपना सब कुछ ही त्याग दिया, यहाँ तक की विष्णु गुणी कलाएं भी, जो कि विष्णु के सबसे बड़े अस्त्र माने गये हैं और शिव गुण में प्रवेश करने लगा था। लेकिन वो ये भूल गया कि शिव गुण वालों के लिए तब एकांत ही सर्वोत्तम स्थान है और वो लोगों में जा मिला, जिससे उसका विष संभल नहीं पाया। फिर वो हुआ जो सभी जानते हैं। बाद में वहां एक बड़ा जन आन्दोलन हुआ और उसी में ईश्वरीय रूप को वहां के लोगों ने स्वीकारा'। जब जान ने वो देश ढूँढ़ लिया और उसी को ईश्वरीय शक्ति मान, देवपुत्र घोषित कर, उसके प्रचार कार्य में लग गया।

जान के जाने के बाद हालात बेकाबू हो गये और यहाँ आये दिन झगड़े शुरू हो गये, जिससे जान के लोगों की सख्ती पूर्वीयों पर बढ़ने लगी। क्योंकि वे भी इस देश की अध्यात्मिक शक्ति से अपरिचित ही थे और ये सख्ती धीरे-धीरे अत्याचारों में तब्दील हो गयी। चूँकि पूर्वीयों की सबसे बड़ी ताकत गुरुकुल परंपरा को ही नष्ट कर दिया गया था, जहाँ से पूर्वी अपने जीवन का प्रारब्ध पाया करते थे, अब इनके जीवन का कोई लक्ष्य ही नहीं बचा था। तब ये जान द्वारा चलाए गये स्वच्छन्दता के नियम में ढलने लगे, जिससे ऊपर उठ कर कभी परवानाली ने एक कबीले को नगर और नगर को देश और देश को एक कानून दिया था, जिसकी सारी शिक्षा उसने पूर्वी देश से ही ली थी, भले ही अप्रत्यक्ष रूप से। आज वही पूर्वी देश पशुओं सा जीवन जी रहा था। इस बात को देख परवानाली और आसमानी उर्फ उमा कितने खुश या दुखी होंगे ये तो वो ही जाने। उनके वंश में तो ऐसा कोई नहीं दिखा जो उनके दर्द को समझ सके और उनके संदेशों को ठीक ढंग से लोगों तक पहुंचा सके।

जब जान को एहसास हुआ कि उससे गलती हो गयी है, तब

उसने अपने दल के सभी लोगों को वहां से निकलने को कहा, लेकिन तब उसे डर लगा कि अचानक जाने से ये देश फिर से अनाथ हो जाएगा, इसलिए उसने यहाँ व्यापारिक संबंध रखते हुए, यहाँ के लोगों के जीने के लिए अपने अनुकूल तरीके से स्वतंत्रता से जीने के नियम बना दिए और इस देश की बागडोर ब्रह्म गुणियों को सौंप यहाँ से प्रस्थान किया। चूँकि वो ये समझ गया था कि "शिव गुणी और विष्णु गुणी अब बचे नहीं थे। यहाँ के लोगों का यही मानना हो गया था कि अब विष्णु गुणी और शिव गुणी लोग पैदा होना बंद हो गये हैं, क्यूंकि अगर वो होते तो इस धरती को बचा लेते। क्योंकि विष्णु पुराण के अनुसार धरती विष्णु की नाभि से उत्पन्न है, इसलिए विष्णु गुणियों का संबंध इस धरती से माँ बेटे का है और वो अपनी इस धरती की रक्षा हर सूरत में करते। पर शायद अभी विष्णु क्षीर सागर में उनके दिन की समाप्ति पर, ब्रह्मा को निगरानी रखने की जवाबदारी संभला कर बायीं करवट लेकर सो रहे हैं और ये दुर्लभ और दुखद समय होता है, क्योंकि तब धर्म ही कर्म हो जाता है और धरती पर धरती के बेटे आपस में लड़ते हैं। लेकिन जब ये नरसंहार पशुता की भी पराकाष्ठा पार कर जाते हैं, तब ब्रह्मा के ही निवेदन पर विष्णु ही उस समय रात्रि निद्रा का भी त्याग कर इस मातृभूमि की सुरक्षा व इसकी समृद्धि के लिए काम करते हैं, क्योंकि यदि इस अप्राकृतिक कृत्य से शिव का ध्यान भंग हुआ तो वो...."। लेकिन जान अब भी परेशान था, क्योंकि वो अब तक माता आसमानी उर्फ उमा की राम कहानी में ही इस बात का हल ढूँढ़ रहा था कि "राम पूर्ण विष्णु गुणी थे या भरत, लेकिन अब तो उसे लक्ष्मण भी पूर्ण विष्णु गुणी लग रहे थे, जिन्होंने वनवास के समय अपनी निद्रा का त्याग कर दिया था"। इसलिए उसने इन सबसे उभरने के लिए केवल उसी को देवपुत्र मान लिया जो अभी कुछ समय पहले पश्चिम में पैदा हुआ था। इस विचार के साथ जान ने उस देश में शरण लेने के लिए यहाँ से पूरी तरह

प्रस्थान करने का मन बना लिया, जहाँ अंतिम देवपुत्र हुआ था।

उधर मंगरू ने अपना बचा हुआ जीवन उस सन्यासी के संरक्षण में बिताने का निर्णय कर लिया था, जिससे मिलकर वो पुनः जी उठा था। वो इस चमत्कार से चमत्कृत था और जीवन को समझना चाहता था। तब उसने वहां जाना कि "अब मिश्रण के नियम के कारण संतानें मिश्रित ब्रह्म गुणी पैदा होती हैं। फिर या तो वो शिक्षा के अभाव में मिश्रित ब्रह्म गुणी जीवन ही जीती हैं या अगर सही शिक्षा मिल जाए तो मिश्रित विष्णु गुणी जीवन जीती हैं, इसके बाद काल के समीप आते–आते वो मिश्रित शिव गुणी होने लगती हैं। यदि यहाँ वो सन्यासी हो जाएँ अर्थात भौतिक चीजों से पूर्ण विरक्त हो जाएँ और निःस्वार्थ भाव से सबकी सहायता करते हुए जीवन बिताएं तो वो विष्णु गुण को पा लेते हैं और यदि ये सहायता गुप्त या अप्रत्यक्ष रूप से हो अर्थात् प्राकृतिक, तो वो शिव गुण को प्राप्त करने लगते हैं। ऐसे विष्णु और शिव गुणी लोगों को दिशाकाल का ज्ञान प्राप्त होने लगता है। वो दसों दिशाओं के भूत, भविष्य और वर्तमान का ज्ञान रखते हैं और अपनी ऊर्जा को प्रकृति को सौंप कर जीवन चक्र से मुक्ति पा लेते हैं। किन्तु यदि वो इस कर्म में कहीं भी भौतिक वस्तुओं से प्रभावित होते हैं तो वो पुनः ब्रह्म गुण को प्राप्त कर जीवन चक्र में बंध जाते हैं"।

मंगरू को अपने जीवन के सभी कार्यों का आभास होने लगा और उसने तब नीति–नियम से उन शक्ति नियमों को उनके सीधे क्रमों में सीखना भी आरम्भ कर दिया था, जिन पर वो उल्टा चल पड़ा था। वो सीख रहा था, "आरम्भ में अणिमा फिर अणिमा से महिमा, महिमा से गरिमा, गरिमा से लघिमा, लघिमा से प्राकाम्य, प्राकाम्य से वशित्व, वशित्व से प्राप्ति और प्राप्ति से ईशित्व"।

वहीं रहते हुए वो दीवार के उत्तरी क्षेत्र के लोगों को, जो कि पश्चाताप में अपना जीवन बिता रहे थे, उनको जीवन के नियम व शोध

सिखाने और बताने लगा। जिसके लिए सदियों पहले दीवार के बनते समय किसी महात्मा ने अपने शिष्यो से ये भविष्यवाणी करते हुए कहा था कि "भविष्य में इस दीवार के उस तरफ एक विकसित सभ्यता का उदय होगा"।

इधर जान यहाँ से पूरी तरह से अपने कुनबे को लेकर उस देवपुत्र की शरण में जाने लगा, तो उसके कानों में ये आवाज आई कि 'इसी तरह परवानाली भी यहाँ से लौट गया था, पर उसके हाथ में थी तो केवल एक पुस्तक'। जान ने उस पुस्तक के बारे में जानकारी निकाली तो उसे मालूम चला कि वो पुस्तक तो अबरू देश में ही है। उसने उस पुस्तक को खोजा और इन वर्षों में पूर्वीयों से जो कुछ सीख पाया था, उसके अनुसार उसका अपनी अंतिम सांसों तक शब्दार्थ किया और बाकि का दुसरो के लिए छोड़ दिया। उसने ये समझ लिया था कि पूर्वीयों की ताकत का रहस्य उसी पुस्तक में है, जिसको अबरू लोगों ने अब तक खोल कर भी नहीं देखा था।

जब आवारा दल को भी इस बात की जानकारी लगी, तो उन्होंने भी आवारा को मार्गरिटा द्वारा दी गयी उस पुस्तक की प्रति को खोज लिया और उसका अपने ईश्वर के प्रार्थनात्मक और भावनात्मक शैली में अनुवाद करना आरंभ कर दिया। जिसके लिए जान ने अपनी अंतिम साँसों के साथ लिखा था कि

"ये वो पुस्तक है, जिसे शिव गुणी लोग 'दुर्गा', विष्णु गुणी लोग 'गीता', ब्रह्म गुणी लोग 'गायत्री' और ब्रह्मऋषि या सप्त ऋषि 'हनुमान' कहते हैं और इनमें आपस में बैर न हो इसलिए सभी मिलकर उसे 'गणेश' भी कहते हैं"।

शिव गुणी लोग बीमार दानसेन को लेकर, जो कि एक मात्र पूर्ण विष्णु गुणी बचा था, की मृत्यु का बहाना बना कर अज्ञात स्थान पर ले गये और प्रतीक्षा करने लगे कि इस भीषण मंथन से फिर से कोई पूर्ण विष्णु गुणी स्त्री निकले, जिससे इनके अंश से ऐसी भी पूर्ण विष्णु गुणी संतान हो जिसकी भविष्यवाणी पुराणों में की गयी है। तब तक शिव गुणी लोग दानसेन के अंशों का शोध कर उनसे विष्णु गुणी संतान उत्पन्न करने की प्रक्रिया चलाये हुए हैं, जिसका एक सफल प्रयोग सदियों पहले एक पूर्ण विष्णु गुणी प्रजापालक के अंश को ले जाकर पश्चिम में भी किया गया था, जिससे एक देवपुत्र उत्पन्न करने के लिए एक पूर्ण ब्रह्म गुणी कुंवारी स्त्री को उस शोध के लिए तैयार किया गया था और आकाश के उन सात तारों में से तीन तारों ने इशारा कर उस देवपुत्र के धरती पर आने का संकेत दिया था, जिसको देखने पूर्व से कुछ लोग भी गये थे।

वैसे ही शोध अब गति लेने लगे और शिव गुणी उनसे उत्पन्न मिश्रित विष्णु गुणियों को धीरे-धीरे पूर्वी देश के नगरों में भेज उनका नैतिक कौशल भी परखने लगे और प्रतीक्षा करने लगे कि इस धरती को फिर से आतंक से मुक्त करने वाला पूर्ण विष्णु गुणी, जो ब्रह्म गुणियों की रक्षा करता है और शिव गुणियों को प्यारा होता है, वो कभी न कभी तो दायीं करवट लेगा और इन्ही में से किसी एक में जाग जाएगा और वो त्याग की अब न जाने कौनसी नयी परिभाषा लिखेगा, जिसे भविष्य पुराण "कलकी" के नाम से कहता है.......अन्यथा शिव का रोद्र तांडव इस सृष्टि को ही मिटा देगा।

धन्यवाद...

प्रतिक्षा

इनका परिचय

राघव इंदौर के हिंदी रंगमंच में ख्यात नाम है। इन्होंने लगभग दस वर्षों में डेढ़ सौ नाटकों के ढाई सौ से अधिक प्रायोगिक प्रदर्शन किए हैं । इन्हें राष्ट्रीय सम्मान नाट्यश्री तथा रंग रत्न से नवाज़ा गया है। नाटकों में निर्देशन के अलावा लेखन, अभिनय, पेंटिंग तथा फिल्म निर्माण में भी सक्रिय हैं। बतौर लेखक इन्होंने कई शॉर्ट फिल्म्स, कहानियों, नाटकों, कविताओं का लेखन किया है।

राघव पुराने किसी लेखन से प्रेरित होने के बजाय अपने जीवन के अनुभवों के आधार पर लेखन करते हैं तथा इनकी लेखन की शैली भी भिन्नता लिए हुए है।

बचपन से ही मां की हर एक बात को गहराई से समझकर जीवन में अमल करने वाले खोजी प्रवृत्ति के राघव, कला को साधना मानते हैं। इन्होने एक बार मां के मुख से सुना कि 'दुनिया में सभी लोग हमारे जीवन में आग लगाने का काम करते हैं'। बात तटस्थ थी, किंतु राघव ने इसे विरोधाभास में लिया और चिंतित रहने लगे और अपने आसपास के हर व्यक्ति शंका की दृष्टि से देखने लगे। तब इनके गुरु, कोटा महाविद्यालय के चित्रकला के व्याख्याता डॉ मनोज वर्मा जी ने बताया कि 'लोगों का काम वास्तव में हमारे जीवन में आग लगाने का रहा है, क्योंकि सभी ऊर्जा से भरे हुए हैं| इसलिए जब हम किसी से मिलते हैं तो उसकी ऊर्जा हम में आकर रूपांतरित होती है और नौ रसों में परिवर्तित हो जाती है। यह हम पर हैं कि हम उस प्राप्त ऊर्जा को कहां रूपांतरित करते हैं'।

यह राघव के जीवन की सबसे बड़ी सीख थी, कि आग का कार्य तो जलाना है, किंतु उसे घर के दिए या चूल्हा जलाने के लिए रूपांतरित करना, यही कला है। इस रहस्य को जान, कला की बारीकियों को सीखने के लिए राघव ने एम. ए. ड्रॉइंग के साथ ही साथ ही तकनीकी विधि को समझने के लिए आई.टी.आई. इंस्ट्रूमेंट मैकेनिक में किया, क्योंकि इंस्ट्रूमेंट प्रत्येक मशीन में एक ऐसी तकनीकी कलाकृति है, जो उस मशीन की भारी–भरकम तकनीक को सरल कर देती है। इसके बाद राघव ने कला का विस्तार किस तरह किया जाए, उसका प्रबंधन किस प्रकार किया जाए, इसके लिए प्रबंधन में भी पोस्ट ग्रेजुएशन किया तथ अपने गुरु डॉ मनोज वर्मा जी से आज्ञा प्राप्त कर कला की साधना में जुट गए। क्योंकि गुरु ने गुरु दक्षिणा में यही मांगा था कि जो कुछ राघव ने अपने जीवन दर्शन से प्राप्त किया है उसे बाकी सभी में साझा कर दे। आज राघव अपनी नाट्य संस्था प्रयास 3डी के माध्यम से उसी प्रयास में लगे हैं।

इन्होंने कला से जुड़े अपने हर कार्य में जटिल सूत्रों का सरलीकरण कर उसे लोगों तक पहुँचाया है। इनके पहले उपन्यास देवानव में ही इनका विषय पर शोध तथा गहरी पकड़ देखी जा सकती है, जिसमें सनातन साहित्य का विस्तृत सरलीकरण तथा इतिहास की झलकियाँ भी समाहित है, परंतु भाषा की सहजता उन्हें हर एक के समझने लायक बना देती है। यही इनके लेखन की विशेषता भी है।

आपको

बहुत सारी शुभकामनाऐं...

- ज्योति राघव

www.ingramcontent.com/pod-product-compliance
Ingram Content Group UK Ltd.
Pitfield, Milton Keynes, MK11 3LW, UK
UKHW040619041026
15589UKWH00011B/35

9 789354 380075